Cugel saga

JACK VANCE | *ŒUVRES*

CYCLE DE TSCHAÏ	
1. LE CHASCH	*J'ai Lu* 721***
2. LE WANKH	*J'ai Lu* 722***
3. LE DIRDIR	*J'ai Lu* 723***
4. LE PNUME	*J'ai Lu* 724***
CUGEL L'ASTUCIEUX	*J'ai Lu* 707**
LES MAÎTRES DES DRAGONS	
LES LANGAGES DE PAO	
UN MONDE D'AZUR	
LE PRINCE DES ÉTOILES	
LA MACHINE À TUER	
LE PALAIS DE L'AMOUR	
LA PLANÈTE GÉANTE	
UN MONDE MAGIQUE	*J'ai Lu* 836**
MARUNE : ALASTOR 933	*J'ai Lu* 1435**
TRULLION : ALASTOR 2262	*J'ai Lu* 1476***
WYST : ALASTOR 1716	*J'ai Lu* 1516***
LES DOMAINES DE CORYPHON	
CUGEL SAGA	*J'ai Lu* 1665****

JACK VANCE

Cugel saga

traduit de l'américain par Monique LEBAILLY

Éditions J'ai Lu

Ce roman a paru sous le titre original :

CUGEL SAGA

DE SHANGLESTONE À SASKERVOY

Flutic

Cugel venait d'être la victime de l'une des plaisanteries les plus caustiques de Iucounu, surnommé dans tout Almery « le Magicien Rieur ». Pour la seconde fois, il avait été enlevé dans les airs, emporté vers le nord, par-dessus l'Océan des Soupirs, et lâché sur cette plage mélancolique qu'était la Grève de Shanglestone.

Cugel se releva, secoua le sable de son manteau et redressa son chapeau. Il se trouvait à une vingtaine de mètres de l'endroit où il avait déjà été déposé auparavant, toujours sur l'ordre de Iucounu(1). Il était sans arme et sa bourse ne contenait pas le moindre terce.

Les lieux étaient totalement déserts. Pas un bruit, sauf le soupir du vent dans les dunes. A l'est et à l'ouest, un promontoire se profilait vaguement dans le lointain. Au sud s'étendait l'océan que seuls troublaient les reflets du vieux soleil rouge.

Cugel retrouva l'usage de ses facultés paralysées et fut la proie de toute une gamme d'émotions successives où primait une colère folle.

Iucounu devait bien s'amuser de sa plaisanterie. Cugel brandit le poing en direction du sud.

– Iucounu, cette fois, tu as dépassé les bornes ! Tu me le paieras ! Moi, Cugel, je jure de ne plus penser qu'à me venger !

Cugel arpenta la grève à grands pas, en criant et en jurant. Il avait de longs membres, des cheveux noirs tout raides, les joues creuses et une bouche douée d'une grande élasticité. L'après-midi était déjà bien

(1) Cf. *Cugel l'Astucieux*, J'ai Lu, nº 707.

entamé et le soleil se traînait vers l'ouest comme une bête malade. Cugel, qui ne perdait jamais le sens pratique, décida de remettre à plus tard le reste de sa diatribe car il était urgent de trouver un abri pour la nuit. Il lança donc contre Iucounu une dernière imprécation, brûlante comme une escarbille, puis, avançant avec précaution sur les galets, il grimpa au sommet d'une dune et regarda autour de lui.

Au nord, des marécages et des bosquets de mélèzes noirâtres se perdaient dans l'obscurité.

Cugel ne jeta qu'un coup d'œil hâtif vers l'est, là où se nichaient les villages de Smolod et de Grodz. On avait bonne mémoire au Pays de Lutz...

Au sud, l'océan, languide et amorphe, se déployait bien au delà de l'horizon.

A l'ouest, le rivage se terminait par des collines basses qui avançaient dans la mer. Une étincelle rougeâtre scintilla au loin et attira instantanément l'attention de Cugel. Cet éclair ne pouvait être produit que par la lumière du soleil se réfléchissant sur une vitre.

Il nota soigneusement l'emplacement de ce miroitement qui s'évanouit lorsque le soleil descendit encore un peu. Puis il se laissa glisser au bas de la dune et partit d'un bon pas le long du rivage.

Le soleil disparut derrière le promontoire; une ombre d'un gris mauve s'abattit sur la plage. La vaste forêt septentrionale, appelée le Grand Erm, étendait jusque-là l'un de ses pseudopodes, et Cugel, évoquant bon nombre de sinistres possibilités, se mit à courir à grandes foulées.

Les collines, menaçantes, se détachaient en noir contre le ciel, mais il n'apercevait toujours aucun signe de vie. Il commença à perdre courage. Ralentissant son allure, il étudia attentivement le paysage et découvrit enfin, à sa grande satisfaction, une vaste demeure d'un style archaïque, ensevelie derrière les arbres d'un jardin mal entretenu. Des fenêtres coulait une lumière ambrée, spectacle réconfortant pour un voyageur surpris par la nuit.

Cugel s'approcha aussitôt, renonçant à ses précautions habituelles et sans même essayer de jeter un coup d'œil à l'intérieur, car il venait d'apercevoir, à l'orée de la forêt, deux formes blanches qui se renfoncèrent dans les ténèbres lorsqu'il se retourna pour les identifier.

Il s'avança vers la porte et tira vivement sur le cordon de la sonnette. Un gong résonna faiblement à l'intérieur.

Quelques secondes s'écoulèrent. Cugel jeta un coup d'œil inquiet par-dessus son épaule et tira de nouveau sur le cordon. Enfin, il entendit des pas lents.

La porte s'ouvrit et un vieillard maigre, le dos voûté, les traits tirés, passa la tête par l'entrebâillement.

– Bonsoir ! dit Cugel d'une voix distinguée. Puis-je me permettre de vous demander le nom de cette belle et antique demeure ?

– C'est Flutic, répondit le vieil homme d'un ton sans aménité. La résidence de Maître Twango. Que voulez-vous ?

– Rien d'extraordinaire, dit Cugel d'un air dégagé. Je suis un simple voyageur et je crois bien m'être égaré. Je vais donc abuser de l'hospitalité de Maître Twango, pour cette nuit. Si vous n'y voyez pas d'inconvénient.

– C'est totalement impossible. D'où venez-vous ?

– De l'est.

– Alors poursuivez votre route, traversez la forêt et, de l'autre côté de la colline, vous arriverez à Saskervoy. Vous pourrez loger à l'*Auberge des Lampes Bleues*.

– C'est trop loin, et de plus des voleurs m'ont pris ma bourse.

– On ne peut rien pour vous ici. Maître Twango ne reçoit jamais les indigents.

Le vieillard fit mine de refermer la porte mais Cugel glissa son pied dans l'ouverture.

– Attendez ! J'ai aperçu deux formes blanches à l'orée de la forêt et je n'ose continuer mon chemin !

– Je veux bien vous donner un renseignement : ces créatures sont probablement des Goinfreurs, ou si vous préférez, des « Mélurses Hyperboréens ». Retournez sur la plage et avancez un peu dans l'eau; vous n'aurez plus rien à craindre de leur avidité. Et vous pourrez vous rendre, demain, à Saskervoy.

La porte se referma. Cugel tourna de nouveau la tête avec inquiétude. A l'entrée du jardin, là où l'allée était bordée d'ifs épais, il distingua deux silhouettes blanches. Il se retourna vers la porte et tira sur le cordon avec l'énergie du désespoir.

Les pas feutrés et lents retraversèrent la pièce et, pour la seconde fois, la porte s'ouvrit. Le vieillard passa la tête.

– Oui ?

– Les goules sont entrées dans le jardin ! Je ne peux plus retourner sur la grève !

Le vieil homme ouvrit la bouche pour répondre puis cligna des yeux, pencha la tête sur le côté et dit d'un air rusé :

– Vous n'avez pas d'argent ?

– Pas la moindre piécette.

– Bien. Alors, vous êtes disposé à accepter un emploi ?

– Sans aucun doute, si je suis encore vivant demain !

– Dans ce cas, vous tombez bien ! Maître Twango peut vous donner du travail.

Le vieillard ouvrit la porte toute grande et Cugel, plein de reconnaissance, pénétra dans la maison. Son hôte referma la porte d'un geste exubérant.

– Venez, je vais vous présenter à Maître Twango et vous pourrez discuter des conditions de votre contrat. Qui dois-je annoncer ?

– Je m'appelle Cugel.

– Par ici, je vous prie ! Vous allez voir, l'emploi est lucratif et va sûrement vous plaire !

Malgré ces paroles, Cugel resta sur place.

– Parlez-moi un peu de ce travail. Après tout, je suis une personne de qualité et je ne peux pas faire n'importe quoi.

– N'ayez crainte ! Maître Twango reconnaîtra vos mérites. Ah, Cugel, vous allez être un homme heureux ! Si seulement je pouvais rajeunir ! Par ici, je vous prie.

Cugel se refusait encore à le suivre.

– Les choses importantes d'abord ! Je suis épuisé de fatigue. Avant de m'entretenir avec Maître Twango, j'aimerais me rafraîchir et peut-être manger un morceau ou deux. Attendons jusqu'à demain matin, je ferai alors une bien meilleure impression sur lui.

Le vieillard hésita.

– A Flutic, on ne laisse rien au hasard; pas un iota qui n'ait sa contrepartie. Sur le compte de qui vais-je porter vos rafraîchissements ? Celui de Gark ? Celui de Gookin ? Ou de Maître Twango lui-même ? C'est absurde. Inévitablement, la consommation retombera sur Weamish, c'est-à-dire sur moi-même. Pas de ça ! J'ai réglé ma note et je vais prendre ma retraite.

– Je ne comprends rien à tout cela, grommela Cugel.

– Oh, vous comprendrez bientôt ! Pour le moment, allons voir Twango !

Cugel suivit Weamish de mauvaise grâce et entra dans une pièce garnie d'étagères et remplie de caisses : un entrepôt de bibelots – d'après les objets exposés.

– Attendez là un instant ! dit Weamish qui partit en sautillant sur ses jambes maigres comme des allumettes.

Cugel examina les bibelots, en estimant leur valeur. C'était étrange de trouver des objets de ce type dans un endroit aussi reculé ! Il se pencha pour étudier une paire de petits grotesques presque humains, rendus dans les moindres détails. Un travail superbe, pensa Cugel.

Weamish reparut.

– Twango va vous recevoir. En attendant, il vous offre cette tasse de verveine. Ainsi que ces deux gaufrettes fort nourrissantes. Tout cela gracieusement.

Cugel but la tisane et dévora les biscuits.

– Ce geste d'hospitalité, bien qu'en grande partie symbolique, est tout à l'honneur de Twango. (Il montra de la main les vitrines.) Est-ce sa collection personnelle ?

– Oui. Autrefois, il faisait commerce d'objets de ce genre.

– Il a des goûts bizarres; excentriques même.

– Je ne peux pas me prononcer là-dessus, dit Weamish en haussant ses sourcils neigeux. Ces choses-là me paraissent plutôt quelconques.

– Pas possible ! s'écria Cugel, en désignant la paire de grotesques. Je n'ai jamais rien vu d'aussi repoussant que ces deux bibelots. Habilement exécutés, je suis d'accord. Regardez les détails de ces horribles petites oreilles ! Les museaux, les crocs... on croit sentir leur méchanceté. C'est indéniablement le produit d'une imagination maladive.

Les statuettes se redressèrent. L'une dit d'une voix grinçante :

– Nul doute que Cugel ait de bonnes raisons pour parler aussi sévèrement de nous; mais ni Gark ni moi ne pouvons prendre ses paroles à la légère.

– De pareilles remarques nous piquent au vif, rétorqua l'autre. Cugel parle en étourdi.

Tous deux sortirent de la pièce en bondissant.

– Vous avez offensé Gark et Gookin qui étaient là pour protéger les objets de valeur de Twango contre les voleurs, dit Weamish d'un ton de reproche. Mais le mal est fait. Venez, allons voir Maître Twango.

Weamish conduisit Cugel dans une grande salle de travail, meublée d'une douzaine de tables recouvertes d'in-folio, de caisses et d'objets dépareillés de toute sorte. Gark et Gookin, coiffés d'élégantes casquettes respectivement rouge et bleue, jetèrent sur Cugel des regards furieux, de l'établi où ils se tenaient accroupis. Twango était assis devant un immense bureau. Petit et corpulent, il avait une bouche délicate, un crâne chauve couronné de boucles brunes et une barbiche follette.

A l'arrivée de Cugel et de Weamish, Twango fit pivoter son fauteuil.

– Ah ! Ah ! Weamish ! Et Cugel, m'a-t-on dit. Bienvenue à Flutic, Cugel !

Cugel ôta son chapeau et s'inclina.

– Monsieur, je vous suis reconnaissant de m'accueillir par une nuit si noire.

Twango farfouilla dans ses papiers tout en évaluant Cugel du coin de l'œil. Il lui montra un siège.

– Asseyez-vous, je vous prie. Weamish m'a dit qu'étant donné certaines circonstances, vous étiez prêt à accepter un emploi.

Cugel hocha gravement la tête.

– Je suis prêt à étudier toute proposition d'un poste pour lequel je me sentirais qualifié et qui me vaudrait une rémunération convenable.

– C'est cela même ! A Flutic, les conditions sont toujours optimales, s'exclama Weamish, et au pire, scrupuleusement remplies.

Twango toussa et gloussa.

– Ce cher vieux Weamish ! Nous avons longtemps travaillé ensemble ! Maintenant, nous avons réglé nos comptes et il veut prendre sa retraite. N'est-ce pas, Weamish ?

– C'est exact !

– Peut-être pourriez-vous me décrire les différents emplois disponibles et les gratifications correspondantes, suggéra Cugel. Après les avoir analysés, je vous indiquerai en quoi je pourrais vous être le plus utile.

– Sage requête ! s'exclama Weamish. Bien pensé, Cugel ! Si je ne m'abuse, vous réussirez à Flutic.

Twango tripota de nouveau les papiers posés sur son bureau.

– En soi, ce que je fais est simple. J'exhume et je restaure les trésors du passé. Je les emballe et les vends à un agent maritime de Saskervoy qui les livre à leur destinataire, un éminent magicien d'Almery. Si j'exécute les différentes phases des opérations avec une efficacité maximale, j'en tire un petit profit.

– Je connais bien Almery, interrompit Cugel. Comment s'appelle ce magicien ?

Twango pouffa.

– Soldinck, l'agent maritime, refuse de me le dire pour m'empêcher de lui vendre directement, avec un double bénéfice. Mais, par d'autres sources, j'ai appris que le destinataire était un certain Iucounu de Pergolo... Vous avez dit quelque chose, Cugel ?

– J'ai simplement éructé, répondit Cugel en se caressant l'estomac. J'ai l'habitude de dîner à cette heure-ci. Et vous ? Peut-être pourrions-nous poursuivre cette conversation à table ?

– Chaque chose en son temps. Pour le moment, poursuivons nos transactions. Weamish a pendant longtemps surveillé les opérations archéologiques et, maintenant, sa place est libre. Le nom de « Sadlark » vous dit-il quelque chose ?

– Franchement, non.

– Alors, je dois faire une petite digression. Durant les guerres Cutz du Dix-Huitième Eon, le démon Underherd s'immisça dans les affaires du monde d'en-haut, aussi Sadlark descendit-il rétablir l'ordre. Pour d'obscures raisons – personnellement, je pense qu'il a simplement eu le vertige – Sadlark est tombé dans un bourbier, créant ainsi une dépression qui se trouve dans mon jardin. Les écailles de Sadlark ont résisté au temps et ce sont les trésors que nous récupérons dans la vase.

– Vous avez de la chance que la fosse soit si proche de votre demeure. Votre efficacité en est accrue d'autant.

Twango essaya de suivre le raisonnement de Cugel, mais il abandonna aussitôt.

– C'est vrai. (Il montra du doigt une table voisine.) Voilà une reconstitution en miniature de Sadlark !

Cugel examina la maquette composée d'un grand nombre d'écailles d'argent fixées sur une matrice en fils de même métal. Le buste aérodynamique reposait directement sur deux jambes courtes terminées par des palmes circulaires. Sadlark n'avait pas de tête; le tronc s'élevait harmonieusement pour former une tourelle en forme de proue; le « visage » était une écaille particulièrement complexe avec, au centre, un nodule rouge. Quatre bras partaient du torse; on ne voyait ni organe des sens ni appareil digestif, et Cugel attira l'attention de Twango sur ce fait.

– Oui, sans aucun doute, répondit Twango. Les choses se passent différemment dans le monde d'en-haut. Comme cette maquette, Sadlark est fait d'écailles mais montées sur des trames de force. Lorsqu'il a plongé dans le bourbier, l'humidité annula ces forces; les écailles se dispersèrent et il fut « désorganisé ». Ce qui, dans le monde d'en-haut, correspond à la mort.

– Quel dommage ! dit Cugel en retournant s'asseoir. Sa conduite semble avoir été chevaleresque.

– Peut-être. Il est difficile de cerner ses motifs. Mais revenons à nos affaires. Weamish quitte notre petite équipe et son poste de surveillant est vacant. Cet emploi serait-il dans vos cordes ?

– J'en suis certain, dit Cugel. Je me suis longtemps consacré à la recherche des objets de valeur !

– Alors ce travail vous convient à merveille !

— Et mon traitement ?

— Il sera exactement le même que celui de Weamish, bien que celui-ci ait été mon associé, habile et compétent, pendant de nombreuses années. Je suis contre le favoritisme.

— Alors, en chiffres ronds, combien gagne Weamish ?

— Je préfère que cela reste confidentiel, répondit Twango, mais je pense que Weamish me permettra de vous révéler que, la semaine dernière, il a gagné près de trois cents terces, et autant la semaine précédente.

— C'est exact, confirma Weamish.

Cugel se frotta le menton et dit :

— Je pense que cela pourrait suffire à mes besoins.

— Bon. Alors quand prenez-vous vos fonctions ?

Cugel réfléchit un court instant.

— Tout de suite, afin de simplifier le calcul de mon traitement. Cependant, j'aimerais disposer de quelques jours pour étudier les conditions de travail. Je suppose que vous me fournissez le logement et la nourriture.

— Vous aurez cela pour une somme insignifiante. (Twango se leva.) Mais je vous retiens à bavarder alors que vous êtes sûrement fatigué et affamé. Weamish, pour son dernier service officiel, va vous conduire au réfectoire où vous pourrez choisir ce que vous voulez pour dîner. Puis vous vous reposerez dans le logement qui vous semblera le plus agréable. Cugel, soyez le bienvenu dans notre équipe. Demain matin, nous fixerons les détails de votre rémunération.

— Au réfectoire ! cria Weamish. (Il courut en boitillant jusqu'à la porte où il s'arrêta et lui fit signe.) Allons, venez, Cugel ! A Flutic, on ne traîne pas !

Cugel se retourna vers Twango.

— Pourquoi Weamish est-il tellement excité et pourquoi ne doit-on jamais traîner ?

— Weamish est incomparable ! dit Twango en secouant la tête d'un air affectueux. N'essayez pas de l'égaler; je ne m'attends pas à retrouver quelqu'un comme lui !

— Venez, Cugel ! réitéra Weamish. Allons-nous rester plantés là jusqu'au coucher du soleil ?

– Je viens mais je refuse de courir à l'aveuglette dans ce grand couloir sombre.

– Par ici. Suivez-moi !

Cugel arriva au réfectoire, une grande salle avec des tables d'un côté et un buffet garni de l'autre. Deux hommes étaient en train de dîner. Un gros personnage au cou épais, au teint rubicond, dont le visage renfrogné était surmonté d'une crinière de boucles blondes, mangeait des fèves et du pain. L'autre, maigre comme un lézard, la peau parcheminée, le visage long entouré d'une chevelure brune et raide, consommait un repas non moins austère composé de chou cuit à la vapeur agrémenté d'un oignon cru.

L'attention de Cugel se fixa aussitôt sur le buffet. Il se retourna, tout étonné, vers Weamish.

– Est-ce que Twango offre toujours des mets aussi délicats ?

– Oui, c'est l'habitude, répondit Weamish d'un air indifférent.

– Les deux hommes là-bas, qui est-ce ?

– A gauche, c'est Yelleg, et l'autre, c'est Malser. Voilà la main-d'œuvre dont vous serez responsable.

– Deux seulement ? Je m'attendais à une équipe plus nombreuse.

– Vous verrez que ces deux-là suffisent.

– Pour des ouvriers, ils ont bien peu d'appétit.

– On dirait, oui, répondit Weamish en jetant sur eux un regard indifférent. Et vous, qu'allez-vous prendre ?

Cugel s'avança pour examiner le buffet de plus près.

– Je vais commencer par du poisson fumé avec une salade. Cette volaille rôtie a vraiment bonne mine et je vais en prendre un morceau... la garniture est bien présentée. Pour finir, quelques-unes de ces pâtisseries et une bouteille de Mendolence violet, et cela me suffira. Il n'y a rien à dire : Twango traite très convenablement son personnel !

Cugel chargea son plateau tandis que Weamish se contentait d'un plat de bardane bouillie. Cugel s'en étonna.

– Ce piètre repas suffira à votre appétit ?

Weamish contempla son assiette en fronçant les sourcils.

– Je reconnais que c'est un peu frugal. Mais je trouve qu'un régime plus riche diminue mon zèle pour le travail.

Cugel rit d'un air suffisant et dit :

– J'ai l'intention d'innover et d'inventer un programme rationnel, qui rendra superflu ce zèle frénétique.

– Vous découvrirez bientôt qu'il vous faut travailler aussi durement que vos subalternes, répliqua Weamish en faisant la moue. C'est d'ailleurs inhérent au poste de surveillant.

– Jamais de la vie! déclara Cugel. Je suis pour une différenciation très nette des fonctions. Un ouvrier n'est pas là pour surveiller et un surveillant ne fait pas un travail de force. Quant à votre repas du soir, puisque vous avez pris votre retraite, vous pourriez manger et boire à votre guise!

– J'ai réglé ma note et je n'ai pas envie de rouvrir un compte.

– Petit problème, en effet; mais si cela vous inquiète, mangez et buvez à volonté et mettez cela sur mon compte.

– C'est fort généreux à vous!

Se relevant d'un bond, Weamish se précipita en boitillant vers le buffet. Il revint avec des pâtés de viande, un gros morceau de fromage, des fruits au sirop, des pâtisseries et une bouteille de vin, et se mit à dévorer son repas.

Un bruit attira l'attention de Cugel qui découvrit Gark et Gookin accroupis sur une étagère. Gark tenait une tablette sur laquelle Gookin inscrivait des chiffres en se servant d'un stylet beaucoup trop grand.

Gark inspecta les plats disposés devant Cugel.

– Item : un poisson fumé, avec de l'ail et un poireau, quatre terces. Item : une volaille de bonne qualité, avec de la sauce et une garniture, onze terces. Item : trois pâtés de hachis de viande aux herbes, à trois terces l'un, total neuf terces. Une salade variée : six terces. Item : une grosse portion de confiture de coing, d'une valeur de trois terces. Du vin, neuf terces. Linge de table et couvert, un terce.

– Noté et calculé, dit Gookin. Cugel, mettez votre marque à cet endroit.

– Attendez! dit brusquement Weamish. Mon souper de ce soir est à porter au compte de Cugel.

– Est-ce vrai, Cugel?

– Je l'ai effectivement invité. Cependant, je dîne ici en qualité de surveillant. Je dois donc être dispensé de frais. Et Weamish, en tant qu'ex-employé, consomme aussi gratuitement.

Gark et Gookin émirent quelques gloussements aigus, et même Weamish se permit un sourire douloureux.

– A Flutic, dit-il, rien n'est laissé au hasard. Twango ne mêle pas les sentiments et les affaires. S'il était maître de l'air, il nous ferait payer chacune de nos respirations.

– Ces pratiques doivent être modifiées, protesta Cugel avec dignité. Autrement, je donne ma démission. Je ferai aussi remarquer que la volaille n'était pas assez cuite et que l'ail manquait de saveur.

Gark et Gookin ne prêtèrent aucune attention à ces remarques. Ils ajoutèrent le repas de Weamish à l'addition.

– Très bien, Cugel. Mettez votre marque.

– Ces pattes de mouche sont illisibles, dit Cugel en examinant la tablette.

– Vraiment? demanda Gark d'un ton doucereux. (Il reprit la tablette.) Ah, je remarque un oubli! Trois terces de plus pour les pastilles digestives de Weamish.

– Arrêtez, rugit Cugel. A combien le compte s'élève-t-il?

– Cent seize terces. On nous laisse souvent un pourboire.

– Ce ne sera pas le cas ce soir! (Cugel lui arracha la tablette et griffonna sa marque.) Maintenant, disparaissez! Je ne peux pas dîner convenablement lorsqu'une paire de sauterelles des marais me regardent faire.

Gark et Gookin s'en furent à grands bonds coléreux.

– Votre dernière remarque était de trop. Souvenez-vous que ce sont eux qui préparent les repas. Si on les contrarie, on découvre parfois des substances nocives dans les aliments.

– Ils devraient plutôt me craindre, fit fermement Cugel. En tant que surveillant, je suis quelqu'un d'important. Si Twango se refuse à entériner mes directives, je me démets de mon poste !

– Vous êtes libre de partir... dès que vous aurez payé votre dépense.

– Je ne vois pas où est le problème. Si le surveillant gagne trois cents terces par semaine, je pourrai rapidement régler ma note.

Weamish vida sa coupe jusqu'à la dernière goutte. Le vin lui délia la langue. Il se pencha vers Cugel et chuchota :

– Trois cents terces par semaine, vraiment ? Ce fut un coup de chance extraordinaire ! Yelleg et Malser plongent dans la boue. Ils gagnent de trois à vingt terces par écaille, selon sa qualité. La « Feuille de Trèfle du Fémur » vaut dix terces, ainsi que la « Double Lumineuse Dorsale ». Une « Séqualion Entrecroisée » de la tourelle ou du pectoral rapporte vingt terces. Une « Clignotante Latérale », fort rare, vaut aussi vingt terces. Celui qui trouve l'« Eclaboussure de Lumière Brise-Ciel » du pectoral gagne cent terces.

– Je vous écoute attentivement, dit Cugel en remplissant la coupe de Weamish.

Weamish la vida et poursuivit :

– Yelleg et Malser travaillent de l'aube au crépuscule. Ils gagnent, en moyenne, de dix à quinze terces par jour, dont il faut déduire les frais de pension. En tant que surveillant, vous devez assurer leur sécurité et leur confort pour un salaire de dix terces par jour. En plus, vous gagnez un bonus d'un terce par écaille qu'ils rapportent, à quelque type qu'elle appartienne. Pendant que Yelleg et Malser se réchauffent ou boivent leur thé, vous devez plonger à leur place.

– Plonger ? demanda Cugel, perplexe.

– Oui, dans la dépression bourbeuse creusée par la chute de Sadlark. Le travail est monotone et l'on doit descendre profond. Récemment (Weamish vida sa coupe d'un trait) je suis tombé sur un nid d'écailles de qualité exceptionnelle. Et, par un coup de chance, cela s'est renouvelé la semaine suivante. Aussi j'ai réglé ma note et décidé de prendre ma retraite.

Le repas de Cugel avait perdu tout son goût.

– Et vos économies ?

– Les bons jours, je gagnais autant que Yelleg et Malser.

Cugel leva les yeux au plafond.

– Avec un revenu de douze terces par jour et des dépenses dix fois plus élevées, quel intérêt y a-t-il à travailler ?

– Votre question est pertinente. Mais on apprend à dîner sans penser aux raffinements et, lorsqu'on est épuisé de fatigue, on dort sans s'occuper du décor de sa chambre.

– En tant que surveillant, je vais changer tout cela, dit Cugel sans grande conviction.

Weamish, maintenant quelque peu éméché, brandit un long doigt blanc.

– N'oubliez pas les occasions qui peuvent s'offrir à vous ! Si inattendues soient-elles !

Weamish se pencha en avant et jeta à Cugel un regard lourd de sous-entendus sibyllins.

– Continuez ! Je vous écoute attentivement !

Après avoir roté et avalé une autre généreuse gorgée de vin, Weamish jeta un coup d'œil par-dessus son épaule et dit :

– Remarquez qu'il faut une habileté extraordinaire pour triompher d'un homme aussi rusé que Twango.

– Ce que vous dites est fort intéressant. Laissez-moi remplir votre coupe.

– Avec plaisir. (Weamish but avec une évidente satisfaction et se pencha une fois de plus vers Cugel.) Vous aimez les bonnes plaisanteries ?

– Bien sûr.

– Alors, écoutez-moi. (Weamish chuchota sur un ton confidentiel.) Twango croit que je suis gâteux !

Il se laissa aller en arrière sur son siège et offrit à Cugel un sourire édenté.

Cugel attendit mais, apparemment, Weamish avait livré toute sa plaisanterie. Cugel rit poliment.

– Quelle absurdité !

– N'est-ce pas ? Alors que, grâce à un moyen ingé-

Twango recula, comme frappé d'horreur.
– Mercantides serait-il mort ?
– Non. Il s'agit de tromperie et de vol.
– Qu'est-ce qu'on a volé ? demanda Twango avec impatience. Qui a été trompé ?
– Je vais vous exposer les faits. Il y a quatre jours, à midi juste, je suis arrivé ici avec mon fardier. Rincz et Jornulk, qui sont, comme vous le savez, des Anciens d'une probité irréprochable, m'accompagnaient.
– Leur réputation n'a jamais été mise en doute, que je sache. Pourquoi en douter maintenant ?
– Patience; écoutez-moi !
– Poursuivez ! Cugel, vous êtes un homme d'expérience; restez là et mettez votre jugement à notre service. A propos, notre visiteur est Maître Soldinck, de la maison Soldinck et Mercantides, Agents Maritimes.
Cugel s'avança et Soldinck reprit son exposé.
– Je suis entré, avec Rincz et Jornulk, dans votre salle de travail. Là, en notre présence, vous avez compté, une par une, six cent quatre-vingts écailles que nous avons emballées dans quatre caisses.
– Il y en avait quatre cents « ordinaires », deux cents « spéciales » et quatre-vingts « de première qualité ».
– Exactement. En présence de Weamish, nous avons scellé les caisses et fixé les bandes et les plaques d'identification. Je vous prie de faire venir le sage Weamish afin qu'il nous aide à trouver la clef du mystère.
– Gark ! Gookin ! Soyez assez bons pour aller chercher Weamish. Maître Soldinck, vous ne m'avez pas encore exposé le mystère lui-même !
– Je vais le faire. Donc, les écailles ont été empaquetées dans votre salle de travail, par Weamish et moi-même, en présence de Rincz, Jornulk et de vous-même. Weamish plaça, sous nos yeux, les caisses sur son petit chariot. Nous lui fîmes compliment du goût avec lequel il l'avait décoré et du soin qu'il mettait à y placer les caisses afin qu'elles ne glissent pas à terre. Puis, Rincz et moi-même en tête, Jornulk et vous fermant la marche, Weamish a poussé le chariot dans le couloir; il ne s'est arrêté, je m'en souviens, que pour rajuster son

soulier et me faire observer combien il faisait froid pour la saison.

— Tout cela est exact. Continuez.

— Weamish a fait rouler les caisses jusqu'à mon fardier et les a transférées dans le coffre-fort que l'on a immédiatement verrouillé. J'ai écrit le reçu que Rincz et Jornulk ont contresigné et sur lequel Weamish a apposé sa marque, en tant que témoin. Pour finir, je vous ai versé l'argent et vous m'avez donné la facture acquittée.

» Nous avons conduit le fardier directement à Saskervoy où, après les formalités d'usage, nous avons entreposé les caisses dans la chambre forte, en attendant qu'elles soient envoyées à Almery.

— Et ensuite ?

— Aujourd'hui, Mercantides a décidé de vérifier la qualité des écailles. J'ai ouvert une caisse dûment certifiée, et n'y ai trouvé que de la boue et des graviers. Aussitôt, nous avons examiné toutes les caisses. Elles ne contenaient que de la terre. Voilà notre mystère. Nous espérons que Weamish et vous allez nous aider à résoudre cette vilaine affaire. Sinon, vous allez être obligé de me rembourser.

— Cette dernière éventualité est tout à fait hors de question. Je ne peux rien ajouter à votre déposition. Tout s'est passé comme vous l'avez décrit. Weamish a peut-être remarqué quelque chose de bizarre, mais il me l'aurait certainement signalé.

— Son témoignage peut tout de même nous orienter vers un éventuel champ d'investigation, s'il veut bien se présenter devant nous.

Gark arriva en bondissant, les yeux exorbités.

— Weamish est sur le toit ! cria-t-il d'une voix grinçante. Il a un comportement étrange !

— Sénile, oui ! rétorqua Twango en levant les bras au ciel. Mais il a déjà perdu la tête ? Il vient seulement de prendre sa retraite !

— Quoi ? s'écria Soldinck. Weamish n'est plus en fonction ? Quelle surprise !

— Ce fut une surprise pour nous tous ! Il a réglé sa note jusqu'au dernier terce, puis il a déclaré qu'il se mettait à la retraite.

– C'est vraiment curieux ! Il faut faire descendre Weamish de ce toit, et sur-le-champ !

Twango sortit dans le jardin, Gark bondissant devant lui, suivi de Soldinck, Rincz, Jornulk et Cugel.

La nuit était sombre, seulement éclairée par quelques constellations souffreteuses. Les lumières intérieures, jaillissant par les lucarnes, révélèrent Weamish qui marchait le long du faîtage.

– Weamish ! cria Twango. Que faites-vous là-haut ? Descendez immédiatement !

Weamish baissa les yeux pour chercher d'où venait cet appel. Apercevant Twango et Soldinck, il poussa un cri sauvage de joie et de défi.

– Voilà une réponse bien ambiguë, dit Soldinck.

– Weamish, plusieurs caisses d'écailles ont disparu et nous avons des questions à poser.

– Allez-y, et toute la nuit si vous voulez... mais ailleurs qu'ici. Je suis en train de parcourir le toit et je ne veux pas être dérangé.

– Mais, Weamish, c'est à vous que nous devons poser des questions. Il faut que vous descendiez immédiatement !

– J'ai réglé mes dettes ! Je me promène où je veux !

Twango serra les poings.

– Maître Soldinck est très inquiet. Les écailles qui manquent sont irremplaçables !

– Pas plus que moi, comme vous allez le découvrir !

De nouveau Weamish éclata d'un rire insensé.

– Weamish est devenu sénile, fit remarquer aigrement Soldinck.

– Seul le travail donnait un sens à sa vie, expliqua Twango. Il a plongé dans le bourbier et trouvé tout un nid d'écailles, aussi a-t-il acquitté sa note. Et depuis, il se conduit bizarrement.

– Quand a-t-il découvert les écailles ? demanda Soldinck.

– Il y a deux jours. Weamish ! Descendez tout de suite ! Nous avons besoin de votre aide !

– Weamish a trouvé ces écailles après que nous avons pris livraison de la dernière cargaison ?

– Oui. Le lendemain.

– Curieuse coïncidence.

– Vous n'allez pas soupçonner Weamish! s'écria Twango en le regardant d'un air interdit.

– Les faits sont contre lui.

– Gark, Gookin, Cugel! Montez sur le toit! Aidez Weamish à descendre!

– Gark et Gookin sont mes subalternes, dit Cugel d'un ton plein de morgue. Faites-moi part de vos désirs et je leur ordonnerai de les satisfaire.

– Cugel, votre attitude devient intolérable! Aussi, je vous rétrograde! Maintenant, tout le monde sur le toit! Je veux que l'on fasse descendre Weamish!

– J'ai le vertige, dit Cugel. Je vous donne ma démission.

– Je ne l'accepterai que lorsque vous aurez réglé votre note, y compris les bons fromages dans lesquels vous avez jeté Gookin.

Cugel se mit à protester mais Twango reporta toute son attention sur le toit et refusa de l'écouter.

Weamish marchait de long en large, sans se presser. Gark et Gookin apparurent derrière lui.

– Weamish! cria Twango. Faites très attention! Gark et Gookin vont vous montrer le chemin!

Weamish poussa un dernier cri et, courant le long du faîte, il se lança dans le vide et tomba tête la première sur le dallage de la cour. Gark et Gookin rampèrent jusqu'au bord du toit et contemplèrent le corps flasque d'un air ébahi.

Après l'avoir brièvement examiné, Twango se tourna vers Soldinck.

– Je crains bien que Weamish ne soit mort.

– Alors, et les écailles qui ont disparu?

– Vous devez chercher ailleurs. Le vol n'a pas pu se produire à Flutic.

– Je n'en suis pas si sûr. En fait, je crois même que c'est tout le contraire.

– Les coïncidences vous égarent. La nuit est glacée; rentrons. Cugel, transportez le cadavre jusque dans la remise du jardinier, derrière la maison. La tombe de Weamish est prête; vous pourrez l'enterrer demain matin.

– Souvenez-vous que j'ai donné ma démission. Je ne

travaille plus à Flutic; à moins que vous ne m'accordiez de meilleures conditions.

– Pourquoi, en ces temps de malheur, venez-vous m'ennuyer avec vos sottises ? (Twango trépignait.) Je n'ai pas la patience de m'occuper de vous ! Gark ! Gookin ! Cugel veut se dérober à son devoir !

Gark et Gookin s'avancèrent en rampant. Le premier lui lança un lasso autour des chevilles tandis que l'autre lui jetait un filet sur la tête. Cugel tomba lourdement sur le sol; Gark et Gookin se mirent à le rouer de coups de bâton.

Au bout d'un moment, Twango apparut sur le seuil de la porte et cria :

– Arrêtez ! Ces cris heurtent mes oreilles ! Si Cugel a changé d'idée, laissez-le faire son travail.

Décidé à obéir aux ordres de Twango, Cugel tira le cadavre jusqu'à la remise tout en jurant à voix basse. Puis il boitilla jusqu'à la masure de Weamish où il passa une nuit sans sommeil à cause des coups et des contusions.

Très tôt le lendemain, Gark et Gookin vinrent frapper à la porte.

– Dehors et au travail ! cria Gookin. Twango veut inspecter l'intérieur de cette baraque.

Cugel, malgré ses douleurs, avait déjà effectué des recherches, sans résultat. Il brossa ses vêtements, coiffa son chapeau, sortit d'un pas nonchalant et demeura là tandis que Gark et Gookin fouillaient les lieux, sous la direction de Twango. Soldinck, qui avait apparemment passé la nuit à Flutic, surveillait attentivement les opérations du seuil de la porte.

– Il n'y a rien, lui dit Twango. Weamish est innocent !

– Il a peut-être caché les écailles ailleurs !

– C'est invraisemblable ! Vous étiez là lorsque nous avons emballé les écailles. C'est sous votre surveillance qu'elles ont été apportées jusqu'à votre fardier. C'est vous-même, aidé par Rincz et Jornulk, qui les avez chargées. Weamish n'a pas eu plus d'occasion de les voler que moi.

– Alors, comment expliquez-vous sa fortune subite ?

– Il a trouvé un nid d'écailles. Qu'y a-t-il de bizarre à cela ?

Soldinck ne répondit rien. Il quitta Flutic et retourna à Saskervoy.

Twango rassembla tout son personnel au réfectoire, c'est-à-dire Yelleg, Malser, Cugel et Bilberd, le jardinier faible d'esprit. Gark et Gookin, accroupis sur une étagère, surveillaient la conduite de chacun.

– J'ai beaucoup de chagrin. Un accident est arrivé au pauvre Weamish alors qu'il se promenait dans l'obscurité et il nous a quittés. Il ne profitera pas de sa retraite, hélas ! Que cela soit pour vous tous une source de réflexion !

» Il y a d'autres nouvelles, tout aussi alarmantes. Quatre caisses d'écailles de grande valeur ont disparu. Est-ce que l'un de vous sait quelque chose, même d'insignifiant, concernant cet acte abominable ? (Twango les regarda l'un après l'autre.) Non ?... Dans ce cas, je n'ai plus rien à vous dire. Que chacun fasse son travail et que l'heureuse trouvaille de Weamish nous inspire tous ! (Twango retint Cugel et lui dit :) Hier au soir, il y a eu un malentendu sur le sens du mot « surveillant ». A Flutic, ce mot désigne la personne qui veille au confort de ses compagnons, y compris moi. Mais il n'a aucune autorité sur eux.

– Vous m'avez déjà fait comprendre la différence, dit sèchement Cugel.

– Bon. Alors, pour votre premier travail, vous allez enterrer Weamish. Sa tombe est là-bas, derrière le buisson d'airelles. Vous pouvez, par la même occasion, choisir l'emplacement de la vôtre et la creuser, au cas où vous trouveriez malheureusement la mort durant votre séjour à Flutic.

– Nous n'avons pas besoin de penser à cela. J'ai encore beaucoup de chemin à parcourir avant de mourir.

– Weamish disait la même chose et il est mort ! Il a creusé, entretenu et décoré sa sépulture, épargnant ainsi à ses camarades une tâche bien mélancolique. (Twango eut une petite moue triste.) Weamish a dû sentir la mort l'effleurer de son aile ! Car, il y a deux jours, je l'ai trouvé en train de nettoyer sa tombe et de tout mettre en ordre!

– Il y a deux jours? (Cugel réfléchit.) C'était après sa découverte du nid d'écailles?

– Tout juste! C'était un homme dévoué! J'espère, Cugel, que vous suivrez son exemple tant que vous travaillerez et vivrez à Flutic!

– C'est ce que je compte faire!

– Maintenant, vous pouvez aller enterrer Weamish. Son petit chariot est là-bas, dans la remise. Il l'a fait lui-même et il est normal que vous vous en serviez pour transporter son corps jusqu'à sa tombe.

– C'est une bonne pensée!

Cugel alla chercher le petit chariot : une table montée sur quatre roues. Poussé, semblait-il, par le désir d'embellir son ouvrage, Weamish l'avait garnie d'un morceau de tissu bleu qui pendait du plateau comme une frange.

Cugel chargea le corps de Weamish sur le chariot et le poussa jusqu'au fond du jardin. Il roulait bien mais le plateau semblait mal fixé au cadre. Bizarre, pensa Cugel, alors que ce véhicule devait porter des caisses de grande valeur! En l'examinant, Cugel découvrit qu'une cheville fixait les deux parties l'une à l'autre. Lorsqu'il l'ôta, le plateau pivota et le cadavre aurait versé, n'eût été la vigilance de Cugel.

Il examina attentivement le chariot, puis poussa le cadavre jusqu'à cet endroit écarté que Weamish avait choisi pour son repos éternel.

Cugel en étudia l'environnement. Un rideau de myrhadions laissait pendre de longs festons de fleurs violettes au-dessus de la fosse. Grâce à des percées dans le feuillage, on pouvait voir la plage et la mer. A gauche, le terrain couvert de douce-amère et de syrinx descendait en pente douce jusqu'à la mare de vase.

Yelleg et Malser étaient déjà au travail. Les épaules remontées, frissonnant de froid, ils plongeaient d'une plate-forme. Alourdis par tout un système de cordes et de poids, ils cherchaient les écailles à tâtons et émergeaient enfin, haletant et suffoquant, dégoulinant de boue noire.

Cugel secoua la tête, dégoûté, puis poussa un petit cri

car quelque chose venait de lui piquer la fesse droite. Il sursauta, se retourna et découvrit que Gark était en train de le surveiller, caché sous la large feuille d'une garance. Il était armé d'un petit lance-pierres. Il rectifia l'angle de la visière de sa casquette et sautilla vers lui.

– Dépêchez-vous, Cugel ! Le travail vous attend.

Cugel ne daigna pas répondre. Il déchargea le cadavre d'un air digne et Gark s'éloigna.

Weamish avait bien entretenu sa tombe. La fosse, profonde d'un mètre cinquante, avait été creusée au carré, bien que, sur les côtés et au fond, la terre parût friable. Cugel hocha la tête d'un air satisfait.

« Ce n'est pas improbable du tout », se dit-il.

La pelle à la main, il sauta dans le trou et tâta le sol. Du coin de l'œil, il vit approcher une petite silhouette coiffée d'une casquette rouge. Gark revenait, espérant prendre Cugel par surprise et lui envoyer un autre caillou bien appliqué. Cugel chargea sa pelle de terre qu'il envoya bien loin, hors du trou; il entendit avec satisfaction un cri de surprise.

Cugel sortit de la fosse. Gark était accroupi et secouait sa casquette.

– Vous pourriez faire attention !

Cugel, appuyé sur sa bêche, gloussa.

– Si vous rôdez sous les buissons, comment voulez-vous que je vous voie ?

– C'est de votre faute. Ma tâche à moi, c'est de vérifier votre travail.

– Sautez dans la fosse et vous pourrez vérifier de plus près !

Les yeux de Gark, outré, lui sortirent de la tête et il fit grincer les parties chitineuses de sa bouche.

– Vous me prenez pour un imbécile ? Continuez votre travail ! Twango ne vous paie pas pour paresser et rêvasser !

– Gark, vous êtes dur. Mais, puisqu'il le faut...

Sans autre cérémonie, il fit rouler Weamish dans sa tombe, le recouvrit de terre et piétina le dessus.

Ainsi passa la matinée. A midi, Cugel fit un excellent repas d'anguille braisée garnie de navets et de raiponce, et de fruits exotiques au sirop, arrosés d'une bouteille de vin blanc. Yelleg et Malser, qui déjeunaient de pain noir et de glands macérés dans le vinaigre, jetèrent sur son plateau des regards de surprise et d'envie.

A la fin de l'après-midi, Cugel se rendit à l'étang pour prêter assistance aux plongeurs qui terminaient leur travail. Malser émergea le premier, suivi de Yelleg. Cugel les lava au jet d'eau, puis les deux hommes allèrent se changer dans la cabane; leur peau était bleue et plissée de froid. Cugel avait négligé d'allumer un feu et si leurs plaintes furent brèves, c'est qu'ils claquaient trop des dents.

Cugel se hâta de réparer cet oubli tandis que les plongeurs parlaient de leur récolte du jour. Yelleg avait déniché trois écailles ordinaires sous une roche alors que Malser, en explorant une fissure, en avait découvert quatre de même qualité.

— Maintenant, vous pouvez plonger si cela vous chante, dit Yelleg à Cugel. Mais la lumière tombe vite.

— C'est l'heure où Weamish plongeait. Le matin de bonne heure aussi. Mais, quelle que fût sa fatigue, il ne manquait jamais de nous allumer un bon feu.

— C'est une étourderie de ma part. Je ne suis pas encore habitué à mon travail.

Yelleg et Malser grommelèrent encore un peu puis se rendirent au réfectoire où ils dînèrent de varech bouilli. Cugel se servit d'abord une portion de goulash du chasseur, avec des morilles et des boulettes de pâte; puis, comme second plat, il choisit une belle tranche de mouton rôti sauce piquante, garnie de légumes; il but un bon vin rouge, et comme dessert, il dévora une bonne quantité de baies de mung.

En sortant du réfectoire, Yelleg et Malser s'arrêtèrent à sa table pour l'avertir.

— Vous consommez des plats d'excellente qualité, mais dont les prix sont excessifs ! Pour régler votre note à Twango, vous allez être obligé de travailler ici toute votre vie.

— Asseyez-vous là, dit Cugel en souriant, et laissez-moi réparer mon oubli de ce soir. Gark ! Deux coupes et une autre bouteille de vin. Et plus vite que cela !

Yelleg et Malser acceptèrent de bon cœur. Cugel les servit généreusement et n'oublia pas de remplir sa propre coupe. Il s'adossa confortablement à son siège.

– L'idée m'est bien sûr venue à l'esprit que ma note allait être exorbitante. Mais, comme je n'ai pas l'intention de payer, je me soucie comme d'une guigne de la dépense!

– C'est une attitude vraiment très audacieuse!

– Pas tout à fait. A tout moment, le soleil peut sombrer à jamais. Si alors je dois à Twango dix mille terces dépensés en excellents repas, je mourrai content!

Cette logique impressionna Yelleg et Malser qui n'avaient jamais pensé à cela.

– Votre idée, dit Yelleg, songeur, c'est que, si notre dette vis-à-vis de Twango tourne toujours autour de trente ou quarante terces, elle peut aussi bien être de dix mille!

– Vingt mille, ou même trente mille, surenchérit Malser, tout pensif, ce serait encore mieux.

– C'est un projet trop ambitieux pour moi, déclara Yelleg. Pour le moment, je me contenterais d'une bonne tranche de mouton rôti!

– Et moi aussi! s'écria Malser. Laissons Twango se faire du souci pour nos notes! Cugel, je bois à votre santé!

Twango surgit d'un recoin où il était assis, invisible.

– J'ai entendu votre conversation, dit-il. Cugel, vos idées ne vous font pas honneur! Gark! Gookin! Dorénavant, Cugel n'aura droit qu'à un menu de Cinquième Catégorie, comme celui dont se contentait Weamish.

– Si c'est nécessaire, je réglerai ma note, fit Cugel en haussant les épaules.

– C'est une bonne nouvelle. Mais où allez-vous trouver les terces?

– J'ai mes petits secrets, répliqua Cugel. Et je peux vous dire que j'ai l'intention d'apporter des améliorations notables aux méthodes de récupération des écailles.

– Je vous en prie, livrez-vous à ces miracles pendant vos loisirs, ricana Twango, incrédule. Aujourd'hui, vous avez omis d'essuyer ma collection; vous n'avez ni ciré ni frotté les parquets. Vous n'avez pas creusé votre tombe et vous avez oublié de sortir les ordures.

– C'est à Gark et à Gookin de s'occuper de la poubelle. Lorsque j'étais encore surveillant, j'ai modifié le programme de travail.

De leur perchoir, Gark et Gookin se mirent à protester.

— L'emploi du temps n'a pas changé, dit Twango. Et vous devez l'observer, Cugel.

Il sortit du réfectoire, laissant Cugel, Yelleg et Malser achever leur vin.

Avant le lever du soleil, Cugel sortit dans le jardin; l'air était glacé et humide, le silence absolu. Les silhouettes des ifs et des mélèzes frangeaient un ciel d'un gris bleuté; des rubans de brume flottaient à la surface de l'étang.

Cugel alla chercher une pelle dans la remise du jardinier. Sur un côté de la cabane, dissimulé par une plante au feuillage luxuriant, il découvrit un bac en fer, ou une auge, de trois mètres de long sur un de large, et dont l'usage n'était pas évident au premier coup d'œil. Cugel l'examina avec soin puis se rendit au fond du jardin. Il se mit, comme Twango le lui avait ordonné, à creuser sa tombe sous le myrhadion.

En dépit de la nature mélancolique de sa tâche, Cugel travaillait avec entrain.

Il fut interrompu par Twango lui-même qui arriva, revêtu de sa robe noire, la tête protégée de la morsure de la bise matinale par un bicorne de fourrure, noire également.

Le Maître s'arrêta au bord de la fosse.

— Je vois que vous avez pris mes reproches au sérieux. Vous travaillez bien, mais puis-je vous demander pourquoi vous creusez si près de la sépulture de ce pauvre Weamish? Vous reposerez quasiment côte à côte.

— C'est vrai. Je sens que Weamish, s'il peut encore percevoir quelque chose de ce monde, sera réconforté par ce geste.

— Cela part d'un bon sentiment, dit Twango en pinçant les lèvres, quoique l'idée me semble un peu baroque. (Il leva les yeux vers le soleil.) Comme le temps passe vite!

» En vous consacrant à cette tâche, vous avez négligé votre travail courant. En ce moment, vous devriez être en train de vider les poubelles de la cuisine !

– Il faudrait plutôt confier ces corvées à Gark et à Gookin.

– Pas du tout ! Les poignées sont trop hautes pour eux.

– Ils n'ont qu'à se servir de boîtes à ordures plus petites ! Des tâches plus importantes m'attendent, comme, par exemple, une récupération plus rapide et plus efficace des écailles de Sadlark.

– Que savez-vous de ces choses ? répliqua Twango en lui lançant un coup d'œil en dessous.

– Comme Weamish, je peux apporter un point de vue nouveau. Il a obtenu une belle réussite, non ?

– C'est vrai... oui. Mais on ne peut pas mettre Flutic sens dessus dessous pour un projet qui sera peut-être irréalisable.

– Comme vous voulez, dit Cugel.

Il sortit de la fosse et exécuta, pendant le reste de la matinée, quelques corvées domestiques de peu d'importance, en riant et en chantant avec tant de verve que Gark et Gookin allèrent le rapporter à Twango.

A la fin de l'après-midi, Twango lui accorda une heure pour ses activités personnelles. Cugel alla déposer une gerbe de lys sur la tombe de Weamish puis se remit à creuser sa propre sépulture... Au bout de quelques minutes, il aperçut la casquette bleue de Gookin, à l'ombre d'une feuille de mauve où ce grotesque hybride d'homoncule et de grenouille était accroupi.

Cugel fit semblant de ne rien voir et continua à travailler avec énergie. Bientôt, il tomba sur les caisses que Weamish avait cachées non loin de sa tombe.

Tout en faisant semblant de souffler un peu, Cugel embrassa du regard le paysage. Gookin était tapi au même endroit. Cugel reprit sa tâche.

L'une des caisses avait été éventrée, sans doute par Weamish, et il n'y restait qu'un petit paquet d'une vingtaine d'écailles « ordinaires », laissé là, sans doute, par mégarde. Cugel le fourra dans sa bourse puis recouvrit la caisse de terre, juste au moment où Gookin arrivait en bondissant.

– Cugel, vous avez dépassé l'heure! Il va falloir apprendre l'exactitude!

– Vous remarquerez que je suis en train de creuser ma tombe, répondit-il d'un air vertueux.

– Peu importe! Yelleg et Malser attendent leur thé.

– Chaque chose en son temps, dit Cugel en se hissant hors de la fosse.

Il se rendit à la resserre du jardinier où il trouva Yelleg et Malser, le dos rond et transis.

– Le thé est l'une des rares gratifications offertes par Twango! Tout le jour, nous fouillons à tâtons dans la boue glacée, en savourant à l'avance le moment où nous pourrons boire du thé et réchauffer à un bon feu notre peau ratatinée!

Malser fit aussitôt chorus.

– Et il n'y a ni thé ni feu! Weamish faisait plus attention à nous!

– Calmez-vous! Je n'ai pas encore l'habitude de mon emploi du temps.

Cugel alluma le feu et prépara le thé. Yelleg et Malser continuèrent à grommeler, mais Cugel promit de faire mieux à l'avenir et les plongeurs s'apaisèrent. Ils se réchauffèrent et burent leur thé, puis se précipitèrent, une fois de plus, vers l'étang.

Peu avant le coucher du soleil, Gookin fit venir Cugel à l'office. Il lui montra un gobelet d'argent posé sur un plateau.

– C'est le vin tonique que vous devez apporter à Twango chaque jour, à cette heure-ci.

– Quoi? s'écria Cugel. Il n'y a donc jamais de répit à mon travail!

Gookin ne répondit que par un coassement indifférent. Cugel s'empara du plateau et se rendit à la salle de travail. Il trouva Twango en train de trier des écailles; il les examinait à la loupe, l'une après l'autre, puis les déposait dans l'une des nombreuses boîtes qui étaient devant lui. Il portait de fins gants de cuir.

Cugel posa le plateau sur la table.

– Twango, j'ai quelque chose à vous dire!

– Un moment, Cugel, répondit Twango, l'œil collé à la loupe. Vous voyez bien que je suis occupé.

– Je vous apporte ce fortifiant contre mon gré! Une

fois de plus, je cite les termes de notre accord selon lequel je suis devenu le « surveillant » des opérations effectuées à Flutic. Ce poste ne saurait comprendre les fonctions de valet, de marmiton, de portier et d'homme à tout faire. Si j'avais su, à l'avance, l'imprécision de vos catégories...

– Taisez-vous, Cugel! dit Twango avec un geste d'impatience. Votre humeur maussade me porte sur les nerfs.

– Mais où en sont nos accords?

– Je vous ai reclassé. La paie restera la même, alors vous n'avez pas de raison de vous montrer mécontent. (Twango but son fortifiant.) Ne parlons plus de cela. Mais je vous ferai tout de même remarquer que Weamish avait l'habitude d'enfiler une veste blanche avant de me servir mon vin. Cela fait plus élégant.

Twango se remit à son travail. Il se reportait aux pages d'un grand livre relié en cuir et renforcé de filigranes de cuivre. Cugel le regardait faire avec aigreur.

– Que ferez-vous lorsqu'il n'y aura plus d'écailles? demanda-t-il.

– Je n'ai pas besoin de m'inquiéter de cela pour le moment, répondit Twango d'un air compassé.

– Quel est ce livre?

– C'est un ouvrage d'érudition auquel je me réfère toujours. C'est l'*Anatomie secrète de Plusieurs Habitants du Monde d'En-Haut,* de Baruviot. Je m'en sers pour identifier les écailles; il m'est d'une aide inestimable.

– Comme c'est intéressant! Combien de sortes d'écailles avez-vous là?

– Je ne peux pas encore répondre avec exactitude. Ces « ordinaires » gris-vert sont typiques de zones dorsales, répondit Twango en montrant un tas d'écailles pas encore triées. Les roses et les vermillon sont disposées sous le torse. Chacune a son timbre particulier.

Twango porta une « ordinaire » gris-vert à son oreille et la frappa avec une petite baguette de métal. Il écouta les yeux mi-clos.

– Le ton est parfait! C'est un plaisir de manier des écailles aussi belles que cela.

– Alors, pourquoi portez-vous des gants?

— Ah, ah ! Ce que nous faisons confond toujours le profane ! Souvenez-vous que nous avons affaire à quelque chose qui vient du monde d'en-haut ! Lorsqu'elles sont mouillées, les écailles sont douces mais, sèches, elles irritent souvent la peau. (Twango étudia son diagramme et choisit l'une des « spéciales ».) Tendez la main... Allons, Cugel, ne reculez pas ! Vous n'allez pas vous changer brusquement en lutin du monde d'en-haut, je vous assure !

Cugel s'exécuta avec prudence. Twango lui effleura la paume avec une « spéciale ». Cugel éprouva une sensation cuisante, comme au contact d'une lamproie. Il retira vivement la main.

Twango gloussa et remit l'écaille dans sa boîte.

— C'est pour cette raison que je porte des gants lorsque je manipule des écailles sèches...

— Sont-elles toutes aussi brûlantes ?

— Vous avez été piqué par une « Lapidante de la Tourelle Frontale », qui est très active. Les « Pointes de Jointure » sont plus douces. L'« Eclaboussure de Lumière Brise-Ciel Pectorale » est, je crois, la plus brûlante de toutes car elle commandait toute la grille de forces de Sadlark. Les « ordinaires » sont bénignes, sauf en cas de contact prolongé.

— C'est étonnant que leur activité ait persisté pendant tant d'éons !

— Qu'est-ce que le temps pour le monde d'en-haut ? Ce mot n'existe pas dans leur langue courante. En parlant du temps, Weamish avait l'habitude de plonger à cette heure-ci; il travaillait souvent très tard dans la nuit. Quel exemple que cet homme ! A force de courage, de persévérance et de cran, il a réglé sa note !

— Mes méthodes seront différentes. Mais les résultats pourraient bien être semblables. Le temps viendra peut-être où vous citerez le nom de « Cugel » pour stimuler votre personnel.

— Je pense que ce n'est pas impossible.

Cugel retourna au fond du jardin. Le soleil s'était couché; dans la pénombre, l'étang paraissait noir et vitreux. Cugel se mit au travail avec une ferveur qui aurait impressionné même Weamish. Il tira la vieille auge de fer jusqu'au bord de l'eau, puis il apporta plusieurs rouleaux de corde.

La lumière du jour avait disparu. Il ne restait qu'une étroite bande aubergine sur l'horizon de l'océan. Cugel examina l'étang où, à cette heure, Weamish avait l'habitude de plonger, à la lueur d'une unique bougie plantée sur la rive.

Cugel secoua la tête d'un air sardonique et revint d'un pas nonchalant vers la maison.

Tôt le lendemain matin, Cugel retourna à l'étang. Il noua l'une à l'autre plusieurs longueurs de corde et attacha l'un des bouts à un genévrier rachitique qui poussait au bord de la mare et l'autre à un magnolia qui se trouvait sur la rive opposée; de sorte que la corde traversait l'étang en passant par son centre.

Cugel alla chercher un seau et un grand baquet en bois. Il mit l'auge à l'eau, embarqua le seau et le baquet dans cet esquif improvisé, sauta dedans et, tirant sur la corde, se propulsa au milieu de l'étang.

Yelleg et Malser, arrivant sur les lieux, s'arrêtèrent pour le regarder d'un air ébahi. Cugel remarqua aussi les casquettes, bleue et rouge, de Gark et de Gookin qui l'épiaient, cachés derrière un rideau d'héliotropes.

Cugel plongea le seau dans la mare, le remonta et en vida le contenu dans le baquet. Six fois, il remplit et versa le seau, puis il revint sur la rive.

Il porta le seau plein de boue jusqu'au ruisseau et se mit à en passer le contenu dans un crible.

A sa grande surprise, lorsque l'eau eut emporté la vase, deux écailles restèrent dans le tamis : une « ordinaire » et une autre de grande taille, ornée d'un motif élaboré qui rayonnait d'un nœud central rouge foncé.

En une fraction de seconde, un petit bras fonça dessus; Cugel essaya de saisir la belle écaille mais trop tard! Gookin filait déjà par petits bonds. Cugel sauta comme un grand chat et le fit tomber. Il s'empara de l'écaille et, d'un bon coup de pied dans ses fesses maigres, envoya Gookin valser à plusieurs mètres de là. Celui-ci se releva, tendit le poing et lança, d'une voix criarde, une bordée d'injures. Cugel répondit en lui jetant une grosse motte de terre. Gookin fit un saut de côté et se précipita à toute vitesse vers la maison.

Cugel réfléchit un moment puis creusa un trou dans l'humus et enterra sa belle écaille. Il fourra l'« ordinaire » dans sa bourse et retourna chercher un autre seau de boue dans l'embarcation.

Cinq minutes plus tard, Twango traversait le jardin d'un pas majestueux. Il s'arrêta pour observer Cugel qui criblait un seau de vase.

– Ingénieuse méthode, dit-il. C'est très astucieux... mais vous auriez pu demander la permission avant de réquisitionner pour votre usage personnel des objets m'appartenant.

– Mon but est, d'abord, de recueillir des écailles pour notre bénéfice mutuel, répondit froidement Cugel.

– Hum... Gookin m'a dit que vous aviez déjà récupéré une « spéciale » remarquable.

– Une « spéciale » ? Ce n'est qu'une « ordinaire ».

Cugel sortit l'écaille de sa bourse.

Les lèvres pincées, Twango examina l'écaille.

– Gookin me l'a pourtant décrite en détail.

– J'ai remarqué que Gookin avait une forte propension au mensonge. On ne peut guère lui faire confiance. Maintenant, je vous prie de m'excuser mais je dois retourner travailler. Mon temps est précieux.

Twango demeura là, l'air indécis, à le regarder tamiser son seau de boue.

– C'est tout de même étrange. Comment Gookin a-t-il pu imaginer une « Eclaboussure de Lumière Brise-Ciel » dans ses moindres détails ?

– Bah ! répliqua Cugel. Je n'ai pas le temps de m'occuper des fantasmes de Gookin.

– Cela suffit comme cela, Cugel ! Vos airs prétentieux ne m'impressionnent pas. Dans sept minutes exactement, vous devez aller désinfecter la buanderie.

Au milieu de l'après-midi, Maître Soldinck, de la maison Soldinck et Mercantides, arriva à Flutic. Cugel l'introduisit dans la salle de travail de Twango, puis s'affaira dans les parages tandis que les deux hommes discutaient des écailles disparues.

Soldinck soutenait toujours qu'elles ne lui avaient

jamais été remises et il réclamait donc le remboursement de leur achat.

Twango rejetait cette proposition avec indignation.

– C'est un fait difficile à comprendre, reconnut-il. A l'avenir, nous instituerons des formalités encore plus strictes.

– D'accord, mais ce qui m'intéresse en ce moment, c'est le passé, pas le futur. Où sont les écailles disparues ?

– Je ne peux que vous répéter que vous avez signé le reçu, que vous avez payé et que vous les avez emportées à Saskervoy. C'est un fait indéniable ! Si Weamish était encore vivant, il en aurait témoigné sous serment !

– Weamish est mort, et son témoignage n'a aucune valeur.

– Les faits sont là. Si vous voulez compenser votre perte, utilisez le procédé courant : faites-les payer plus cher à votre client ; il peut le supporter.

– Voilà, au moins, une suggestion ingénieuse. Je vais la rapporter à Mercantides. Mais nous devons bientôt embarquer une cargaison mixte à bord de la *Galante* et nous espérons pouvoir y adjoindre un lot d'écailles. Pouvez-vous nous préparer quatre autres caisses d'ici un jour ou deux ?

Twango se tapota le menton d'un index grassouillet.

– Il va me falloir travailler dur à trier et répertorier les écailles ; mais, en vidant mes réserves, je devrais pouvoir préparer quatre caisses en un jour ou deux.

– Ce sera très bien et je vais aller rapporter vos paroles à Mercantides.

Deux jours plus tard, Cugel déposa cent dix écailles, « ordinaires » pour la plupart, devant Twango assis à sa table de travail.

– Où avez-vous trouvé cela ? demanda le Maître, stupéfait.

– On dirait que je suis tombé sur la poche où Weamish a trouvé tant d'écailles. Cela suffira, sans doute, à couvrir mes dépenses.

– Attendez, je vais consulter mes registres, dit Twango qui regardait les écailles en fronçant les sourcils... Je m'aperçois que vous me devrez encore cinquante-trois terces. Vous avez beaucoup dépensé au réfectoire et je vois des suppléments que vous n'aviez peut-être pas prévus.

– Montrez-moi les comptes... je ne comprends rien à ces chiffres.

– Ils ont été notés par Gark et Gookin; ils sont peut-être un peu illisibles.

– J'exige des additions exactes et lisibles ! dit Cugel en repoussant les registres avec dégoût.

– Cugel, vous êtes à la fois effronté et cynique. Votre attitude ne dispose pas en votre faveur.

– Changeons de sujet. Quand Maître Soldinck viendra-t-il ?

– Très bientôt. Pourquoi demandez-vous cela ?

– Ses méthodes commerciales m'intéressent. Par exemple, combien ferait-il payer à Iucounu une écaille vraiment remarquable comme l'« Eclaboussure de Lumière Brise-Ciel » ?

– Je doute que Maître Soldinck vous fasse part de cette information. En quoi cela vous intéresse-t-il ?

– Comme cela. Au cours d'une de nos discussions, Weamish a émis l'hypothèse que Soldinck préférerait peut-être acheter les « spéciales », qui valent si cher, directement au plongeur, vous épargnant ainsi un travail considérable.

Durant quelques secondes, Twango remua les lèvres sans pouvoir émettre un son. Il réussit enfin à dire :

– Cette idée est totalement absurde. Maître Soldinck rejetterait toute écaille dont les antécédents seraient aussi douteux. Le seul négociant établi, c'est moi-même, et seul mon sceau peut garantir l'authenticité d'une écaille. Chacune doit être fidèlement identifiée et correctement répertoriée.

– Et les comptes de votre personnel... Sont-ils fidèlement identifiés et correctement répertoriés ? Ou, par curiosité pure et simple, dois-je poser la question à Maître Soldinck ?

Twango reprit, d'un geste coléreux, la note de Cugel.

– Bien sûr, quelques petites erreurs ont pu s'y glisser. Mais elles finissent par se compenser... Oui, je vois ici une bévue : Gark a mal posé la virgule. Il faudra que je lui conseille une plus grande précision. Il est l'heure d'aller servir le thé à Yelleg et à Malser. Il faudra vous corriger de votre indolence ! A Flutic, tout le monde s'active !

Cugel se dirigea vers l'étang. En ce milieu d'après-midi, l'air était extraordinairement vif; des nuages d'un noir pourpré voilaient le vieux soleil rouge tout boursouflé. Le vent du nord ridait la surface de la vase; Cugel frissonna et resserra sa cape autour de son cou.

La surface de l'étang s'entrouvrit; Yelleg émergea, se hissa sur le bord et resta là, accroupi, ruisselant de boue. Il examina sa récolte mais ne vit que quelques cailloux qu'il rejeta, d'un air dégoûté. Malser grimpa sur les mains et les genoux et vint rejoindre Yelleg; tous deux coururent jusqu'à la cabane pour en surgir, quelques secondes plus tard, fous de colère.

– Cugel ! Où est notre thé ? Le feu n'est plus que cendres froides ! Vous n'avez donc aucune pitié ?

Cugel s'approcha nonchalamment de la masure où Yelleg et Malser l'attendaient, dans une attitude menaçante. Yelleg brandit un poing massif devant sa figure.

– Ce sera votre dernière négligence. Nous sommes résolus à vous assommer et à vous jeter dans l'étang !

– Attendez que je vous explique. Laissez-moi allumer le feu car, moi aussi, j'ai froid. Malser, commencez à préparer le thé, je vous prie.

Muets de rage, les deux plongeurs s'écartèrent pour laisser Cugel approcher du feu.

– Apprenez que j'ai dragué en plein dans une belle poche d'écailles. J'ai réglé ma note et, dorénavant, ce sera Bilberd, le jardinier, qui allumera le feu et vous servira le thé.

– Vous avez démissionné ? demanda Yelleg, les dents serrées.

– Pas vraiment. Je vais continuer, au moins quelque temps, à titre consultatif.

– Je suis stupéfait, dit Malser. Comment avez-vous fait pour trouver autant d'écailles en vous donnant si peu de mal ?

– C'est tout de même étrange ! dit pensivement Yelleg. Quatre caisses d'écailles disparaissent. Puis Weamish règle sa note. Gark et Gookin arrivent avec leurs crochets et Weamish saute du toit. Ensuite l'honnête Cugel, si travailleur, règle aussi son compte, bien qu'il n'ait dragué qu'une heure par jour.

– Vraiment très bizarre! renchérit Malser. Je me demande où pouvaient bien être les écailles disparues?

– Et moi aussi! s'exclama Yelleg.

– Vous avez peut-être le temps de rêvasser, mais moi je dois aller à la pêche aux écailles, dit Cugel d'un air vertueux.

Il revint à son chaland et passa plusieurs seaux de boue au tamis. Yelleg et Malser, ayant glané chacun trois écailles, décidèrent d'arrêter le travail. Après s'être rhabillés, ils demeurèrent au bord de l'étang à regarder Cugel et à parler entre eux, à voix basse.

Pendant le repas du soir, ils continuèrent leur conversation, jetant de temps en temps un rapide coup d'œil sur Cugel. Soudain, Yelleg frappa sa paume gauche de son poing droit, comme s'il venait d'avoir une idée nouvelle, qu'il communiqua aussitôt à Malser. Puis tous deux hochèrent la tête et lancèrent un curieux regard sur Cugel.

Le lendemain matin, pendant que Cugel passait sa vase au tamis, Yelleg et Malser se rendirent au fond du jardin. Ils portaient chacun un lys qu'ils déposèrent sur la tombe de Weamish. Cugel les guettait du coin de l'œil. Mais ni Malser ni Yelleg ne portèrent attention à sa fosse. Au point que Malser, en reculant, chut dans l'excavation. Yelleg l'aida à en sortir et tous deux se remirent à la tâche.

Cugel se précipita vers sa tombe et regarda au fond. La terre s'était éboulée sur l'un des côtés et, en l'inspectant minutieusement on pouvait apercevoir le coin d'une caisse.

Cugel se tripota pensivement le menton. Elle n'était pas très visible. Malser, mortifié par sa chute maladroite, n'avait probablement pas remarqué la caisse. Néanmoins, il serait judicieux de changer de place les écailles. Il s'en occuperait dès qu'il en aurait le temps.

Cugel tira son embarcation au milieu de l'étang et remplit son baquet de boue puis, retournant au rivage, il la passa et trouva, dans le tamis, une paire d'« ordinaires ».

Twango convoqua Cugel dans sa salle de travail.

– Demain, à midi, nous expédierons quatre caisses d'écailles de premier choix. Allez commander, chez le charpentier, quatre caisses solides, aux dimensions requises. Puis nettoyez le chariot, huilez les roues, et mettez-le en bon état de marche; cette fois-ci, les choses doivent se passer comme il faut.

– N'ayez crainte. Tout ira bien.

A midi, Soldinck, toujours accompagné de Rincz et de Jornulk, arrêta son fardier devant Flutic. Cugel leur souhaita poliment la bienvenue et les fit entrer dans la salle de travail.

Twango, agacé par la manière dont Soldinck scrutait le plancher, les murs et le plafond, leur parla sèchement.

– Messieurs, vous pouvez voir, sur cette table, six cent vingt écailles, tant « ordinaires » que « spéciales », ainsi qu'il est spécifié sur cette facture. Nous allons d'abord examiner, vérifier et emballer les « spéciales ».

– Pas tant que ces lutins sous-humains resteront là! Je crois qu'ils ont jeté un sort qui a non seulement fait perdre la tête à ce pauvre Weamish, mais qui a obscurci nos esprits. Ce sont eux qui se sont emparés des écailles.

– Le point de vue de Soldinck me semble fondé, s'exclama Cugel. Gark, Gookin, dehors! Allez chasser les grenouilles dans le jardin!

– C'est stupide et inutile! protesta Twango. Mais si vous le désirez vraiment, Gark et Gookin nous feront le plaisir de sortir.

Jetant, de leurs yeux rouges, des regards pleins de fureur sur Cugel, Gark et Gookin quittèrent rapidement la pièce.

Twango compta, pièce par pièce, les « spéciales » tandis que Soldinck en vérifiait la liste sur la facture et que Cugel les empaquetait une à une dans une caisse, sous la surveillance vigilante de Rincz et de Jornulk. Puis, on emballa les « ordinaires » de la même manière. Sous les regards attentifs de tous, Cugel fixa les couvercles des caisses, s'assura qu'elles étaient bien fermées et les chargea sur le chariot.

— D'ici au fardier, dit-il, je suis responsable des écailles. Je vais sceller les couvercles avec de la cire que je vais estampiller de ma propre marque. Vous serez ainsi assurés que les caisses que nous venons de charger ici arriveront en bon état.

— Sage précaution, dit Twango. Nous allons vous regarder faire.

Cugel cacheta les caisses, imprima sa marque dans la cire qui durcit, puis les attacha sur le chariot.

— Il faut faire attention que ni les vibrations ni les secousses ne puissent déplacer les caisses, ce qui endommagerait le contenu, dit-il.

— Bien, Cugel ! Sommes-nous prêts ?

— Oui. Rincz et Jornulk, vous marcherez devant et veillerez à dégager éventuellement le chemin de tout obstacle. Soldinck, vous précéderez le chariot de cinq pas. Moi, je le pousserai et Twango suivra à cinq pas derrière.

— Très bien, dit Soldinck. Rincz, Jornulk ! Partez les premiers et faites bien attention !

La procession quitta la salle de travail et suivit le couloir sombre, d'une quinzaine de mètres de long. Cugel ne s'y arrêta qu'une fois pour appeler Soldinck.

— La voie est libre ?

— Tout va bien. Vous pouvez avancer !

Cugel sortit de la maison et roula le chariot jusqu'au véhicule.

— Notez tous que les quatre caisses sont arrivées ici scellées et que ma marque est intacte ! Soldinck, je remets ces objets de grande valeur entre vos mains. Je vais maintenant appliquer encore de la cire sur laquelle vous imprimerez votre marque... Très bien. Mon travail est fini.

— Et bien fait, Cugel ! le félicita Twango. Le chariot est propre, avec sa belle couche de vernis et le tissu cloué par Weamish. Alors, Soldinck, si vous voulez bien me payer et me rendre le reçu signé, notre transaction sera terminée.

Soldinck, toujours d'une humeur maussade, lui donna le reçu et compta les terces dus ; puis, avec Rincz et Jornulk, il partit pour Saskervoy.

Pendant ce temps, Cugel avait ramené le chariot à

l'atelier. Il fit tourner le plateau sur son pivot secret, s'empara des caisses, les ouvrit, en sortit les paquets d'écailles qu'il mit dans un sac, puis il jeta les caisses dans le feu.

Du coin de l'œil, il aperçut une élégante casquette rouge qui disparaissait de l'angle de la fenêtre.

Cugel resta paralysé quelques secondes puis il sortit en courant; mais il ne vit ni Gark ni Gookin, pas plus que Yelleg ou Malser qui devaient être en train de plonger dans l'étang.

Retournant à l'atelier, il prit le sac d'écailles et fila d'un pied léger jusqu'à la masure de Bilberd, le jardinier faible d'esprit. Il cacha le sac sous un tas de détritus, dans un coin de la pièce, puis il revint en courant à l'atelier. Dans un autre sac, il versa un assortiment de clous, de boulons, d'écrous et autres petits articles de quincaillerie, et remit le sac sur une étagère. Puis, après avoir attisé le feu où brûlaient les caisses, il se mit à passer une nouvelle couche de vernis sur le chariot.

Trois minutes plus tard, Twango arriva, en compagnie de Gark et Gookin, armés de crocs à long manche.

– Attention, Twango! s'écria Cugel en levant la main. Le vernis n'est pas sec!

– Cugel, dit Twango d'une voix nasillarde, pas de faux-fuyant! Où sont les écailles?

– Les écailles? Pourquoi les voulez-vous maintenant?

– Cugel, les écailles, je vous prie!

– Comme vous voudrez, répondit Cugel en haussant les épaules. (Il descendit un plateau d'une étagère.) J'ai fait une bonne matinée. Six « ordinaires » et une belle « spéciale »! Regardez cet extraordinaire spécimen!

– Oui, c'est une « Astragale Malaire », qui est au coude du troisième bras. C'est une écaille exceptionnellement belle. Mais où sont les autres qui, à ce que je sais, s'élèvent à plusieurs centaines de spécimens?

– De quoi parlez-vous? demanda Cugel d'un air stupéfait.

– Donnez-moi les écailles ou je demande à Gark et à Gookin de les chercher.

– Ne vous gênez pas, je vous en prie, dit Cugel avec dignité. Mais laissez-moi d'abord protéger mon bien!

Il mit les six « ordinaires » et l'« Astragale Malaire » dans sa bourse. A ce moment, Gark, sautant sur l'établi, poussa un coassement de triomphe et descendit le sac que Cugel venait de ranger.

– Voilà le sac ! Plein d'écailles !

Twango en déversa le contenu sur la table.

– Il y a quelques minutes, dit Cugel, j'ai fouillé dedans pour y prendre un maillon d'attache dont j'avais besoin pour le chariot. Gark a peut-être pris cette ferraille pour des écailles. (Il se dirigea vers la porte.) Je vous laisse poursuivre vos recherches.

L'heure approchait où Yelleg et Malser réclameraient leur thé. Cugel jeta un coup d'œil dans la cabane mais le feu était éteint et les plongeurs invisibles.

« Très bien », se dit Cugel. Il était temps d'ôter de la tombe les écailles qu'avait chipées Weamish.

Il se rendit au fond du jardin où, à l'ombre du myrhadion, il avait enterré Weamish et creusé sa propre sépulture.

Après avoir constaté qu'il était bien seul, Cugel se préparait à sauter dans la fosse lorsqu'il demeura comme paralysé en voyant les quatre caisses éventrées et vides.

Il retourna à la maison et entra dans le réfectoire où il ne trouva que Bilberd, le jardinier.

– Je cherche Yelleg et Malser. Les avez-vous vus récemment ?

– Oh oui ! répondit Bilberd en clignant des yeux, je les ai vus il y a deux heures, lorsqu'ils sont partis pour Saskervoy. Ils ont dit qu'ils ne plongeraient plus jamais de leur vie.

– C'est surprenant, dit Cugel, la gorge serrée.

– C'est vrai. Mais il faut changer, pour échapper à la stagnation. Ainsi moi, j'ai jardiné, à Flutic, pendant vingt-trois ans et je commence à perdre tout intérêt pour mon travail. Il est temps que je pense à me recycler, je vais peut-être devenir couturier, bien que cela représente un gros risque financier.

– Excellente idée ! Si j'étais riche, je vous avancerais le capital nécessaire !

– Cette offre me touche beaucoup, dit cordialement Bilberd. Vous êtes généreux, Cugel !

Le gong résonna, signalant l'arrivée de visiteurs. Cugel se leva pour répondre puis se réinstalla sur sa chaise. Que Gark, Gookin, ou Twango lui-même, aillent répondre à la porte !

Le gong résonna, encore et encore, et finalement Cugel alla ouvrir, parce que le bruit l'agaçait.

Sur le seuil se tenaient Soldinck, Rincz et Jornulk.

– Où est Twango ? demanda Soldinck d'un air sombre. Je veux le voir immédiatement.

– Vous feriez mieux de revenir demain. Twango fait la sieste.

– Peu importe ! Réveillez-le, et en vitesse ! C'est urgent !

– Je doute qu'il veuille vous voir aujourd'hui. Il m'a dit qu'il était très fatigué.

– Quoi ? rugit Soldinck. Il devrait être en train de danser de joie ! Après tout, il m'a pris mon argent et ne m'a donné que de la boue desséchée !

– C'est impossible ! Nous avons pris toutes les précautions imaginables !

– Votre avis ne m'intéresse pas ! Conduisez-moi tout de suite auprès de Twango !

– Il a dit de ne le déranger que pour des choses importantes. Je vous souhaite, de tout cœur, une bonne journée.

Cugel allait fermer la porte, mais Soldinck se mit à protester bruyamment et Twango apparut, en personne, sur la scène.

– Qu'est-ce que c'est que ce tapage infernal ? Cugel, vous savez combien je suis sensible au bruit !

– C'est vrai, mais Maître Soldinck semble vouloir en établir la preuve.

– Qu'y a-t-il ? Nous avons terminé nos affaires pour la journée, dit Twango en se tournant vers Soldinck.

Cugel n'attendit pas la réponse de ce dernier. Comme Bilberd l'avait fait remarquer, le temps du changement était venu. Il avait perdu un bon nombre d'écailles à cause de la malhonnêteté de Yelleg et de Malser, mais d'autres l'attendaient dans la cabane de Bilberd, dont il saurait se contenter.

Cugel traversa en hâte la maison. Il jeta un coup

d'œil dans le réfectoire où Gark et Gookin préparaient le repas du soir.

« C'est très bien, se dit Cugel, c'est même excellent ! » Il n'avait plus qu'à éviter Bilberd, à prendre le sac d'écailles et à partir... Il sortit dans le jardin, où il ne vit personne.

Il atteignit la masure du jardinier et passa la tête par l'entrebâillement de la porte.

— Bilberd ?

Pas de réponse. Une flèche de lumière illuminait le grabat. Cugel vit que la cabane était vide. Il jeta un coup d'œil par-dessus son épaule, entra et se dirigea vers le coin où il avait caché le sac.

Quelqu'un avait fouillé dans les détritus. Le sac avait disparu.

Des appels lui parvinrent de la maison.

— Cugel ! criait Twango. Où êtes-vous ? Venez ici tout de suite !

Rapide et silencieux comme un spectre, Cugel sortit de la masure de Bilberd et courut se cacher dans un bosquet de genévriers. Se glissant d'arbre en arbre, il contourna la maison et atteignit la route. Il regarda à droite et à gauche, et ne découvrant aucun danger, il partit à longues enjambées vers l'ouest. Il traversa la forêt, puis la colline, et arriva bientôt à Saskervoy.

Quelques jours plus tard, alors qu'il flânait sur l'esplanade(1), Cugel vit s'ouvrir la porte de la taverne *Au Basilic de Fer* et deux hommes sortir en titubant : l'un, massif, avec des boucles blondes et une lourde mâchoire; l'autre, maigre, les joues creuses, les cheveux noirs et le nez busqué. Tous deux étaient richement vêtus, ils portaient des chapeaux d'une hauteur impressionnante, de larges ceintures de satin rouge et des bottes de cuir fin.

Cugel reconnut Yelleg et Malser. Chacun avait bu, au moins, une bouteille de vin, sinon deux. Yelleg chantait une ballade dont Malser reprenait le refrain. Ils étaient si occupés par leur chanson qu'ils passèrent devant

(1) Cet épisode qui a eu lieu après des événements décrits dans le chapitre suivant, est conté ici afin de maintenir l'unité du récit. NDA.

Cugel sans le voir et traversèrent l'esplanade en direction de l'autre taverne, *L'Etoile du Nord.*

Cugel se mit à les suivre, puis recula d'un bond au bruit d'une belle voiture tirée par deux percheurs aux longues pattes. Le véhicule fit une embardée pour l'éviter et longea l'esplanade. Le conducteur portait un costume de velours noir avec des épaulettes d'argent et un large chapeau orné d'une plume noire retroussée. A côté de lui, trônait une dame bien en chair, vêtue d'une robe orange. Ce n'est qu'avec difficulté que Cugel identifia Bilberd, l'ancien jardinier de Flutic. « Sa nouvelle carrière, que je m'étais généreusement offert à financer, m'a coûté plus que je ne pensais », murmura-t-il avec aigreur.

Tôt le lendemain, Cugel quitta Saskervoy par la route de l'est. Il retraversa les collines et se retrouva sur la grève de Shanglestone.

Les tours excentriques de Flutic se dressaient dans le soleil levant, tranchant sur l'obscurité du septentrion.

Cugel s'approcha de la demeure par un chemin détourné; il resta sous le couvert des arbustes et des haies, s'arrêtant parfois pour écouter. Il n'entendait rien; une atmosphère de désolation régnait dans l'air.

Avec précaution, Cugel contourna la maison et arriva en vue de l'étang. Twango était en plein milieu, dans l'auge de fer, les épaules voûtées, la tête penchée. Il halait une corde et bientôt Gark sortit des profondeurs, tenant un petit seau de boue que Twango vida dans le baquet en bois.

Le Maître rendit le seau à Gark qui glapit quelque chose avant de plonger à nouveau dans la mare. Twango hala une autre corde, ramenant Gookin avec son seau.

Cugel recula jusque dans l'ombre du mitre bleu. Il creusa et, protégeant sa main d'un tissu plié, il récupéra l'« Eclaboussure de Lumière Brise-Ciel Pectorale ».

Cugel alla jeter un dernier coup d'œil sur l'étang. Le baquet était plein. Les deux petites silhouettes de Gark et de Gookin, encroûtées de boue, s'accroupirent à chaque extrémité de l'embarcation tandis que Twango tirait sur la corde afin de rejoindre la rive. Cugel les observa un moment, puis fit demi-tour et revint à Saskervoy.

A l'Auberge des Lampes Bleues

Lorsque Maître Soldinck revint à Flutic pour réclamer les écailles volées, Cugel décida de ne pas prendre part aux recherches. Il quitta aussitôt la propriété par un chemin obscur et s'en alla vers l'ouest, en direction de Saskervoy(1).

Au bout d'un certain temps, Cugel s'arrêta pour souffler. Il était plein d'amertume. A cause de la duplicité de ses subalternes, il n'emportait qu'une poignée d'« ordinaires » et une seule « spéciale » : l'« Astragale Malaire ». La plus précieuse de toutes, l'« Eclaboussure de Lumière Brise-Ciel Pectorale », restait cachée dans le fond du jardin de Flutic, et Cugel espérait pouvoir la récupérer, surtout parce qu'elle était convoitée par Iucounu, le Magicien Rieur.

Il reprit sa marche à travers une forêt de chênes, d'ifs, de mernaches et d'arbres à gobelins, humide et froide. Le feuillage tamisait la pâle lumière du soleil rouge; les ombres, par quelque illusion d'optique, semblaient souillées de bleu sombre.

Cugel surveillait avec inquiétude les abords du chemin, comme il était prudent de le faire en cette fin des temps. Il vit beaucoup de choses étranges, et certaines fort belles : des fleurs blanches dressées au bout de longues vrilles sur des feuilles plates toutes pailletées : de féeriques châteaux de champignons poussant en terrasses et en tourelles sur des souches pourrissantes; des motifs composés de fougères orange et noires. Cugel crut voir un homme de grande taille en justaucorps lavande. Il n'avait pas d'arme et respira plus

(1) Le fil du récit reprend au moment où Cugel quitte Flutic pour la première fois, c'est-à-dire avant les événements décrits dans les pages précédentes. NDA.

librement lorsque la route, grimpant une colline, déboucha au grand jour.

A ce moment, Cugel entendit le fardier de Soldinck qui revenait de Flutic. Il quitta le chemin et attendit, dans l'ombre d'un rocher. La voiture passa devant lui et, à l'expression lugubre du négociant, il devina que son entretien avec Twango n'avait pas tourné à son avantage.

Le bruit s'éteignit et Cugel reprit son voyage. La route traversa une corniche éventée, redescendit la colline par une série de traverses et, contournant un à-pic, offrit à Cugel une belle vue sur Saskervoy.

Il s'était attendu à trouver un village. Saskervoy dépassait ses espérances, à la fois par sa taille et par son air d'antique respectabilité. Les rues étaient bordées de hautes maisons étroites dont la pierre était patinée par des siècles de fumée, de lichen et de brume marine. Les fenêtres scintillaient et les ornements de cuivre reluisaient à la rougeoyante lumière du soleil.

Cugel suivit la rue qui traversait la ville jusqu'au port. Les étrangers étaient une nouveauté pour les habitants de Saskervoy. A son approche, tous s'arrêtaient pour le regarder fixement et beaucoup s'empressèrent de traverser la rue. « Ils ont gardé les mœurs d'autrefois, se disait Cugel, et ils doivent avoir des idées conservatrices. » Les hommes portaient des vestes noires à queue de pie, des pantalons amples et des souliers à boucle; les femmes, dans leurs robes informes, sous leurs chapeaux ronds enfoncés jusqu'aux yeux, ressemblaient à des boulettes de pâte.

Cugel arriva sur une place, en vue du port. Plusieurs navires de bonne taille étaient amarrés le long des docks et l'un d'eux allait peut-être s'en aller bientôt vers le sud, jusqu'en Almery.

Il alla s'asseoir sur un banc, pour examiner le contenu de son sac : seize « ordinaires », deux « spéciales » de valeur moyenne et l'« Astragale Malaire ». Selon les tarifs de Soldinck, cela suffirait, ou non, à couvrir les frais de son voyage en mer.

De l'autre côté de la place, Cugel remarqua un panneau, au fronton d'un imposant bâtiment de pierre :

SOLDINCK & MERCANTIDES
Importateurs et Exportateurs de Produits de Qualité
AGENTS MARITIMES

Cugel balança entre plusieurs stratégies possibles, chacune plus subtile que la précédente. Toutes venaient s'échouer sur cette réalité élémentaire : pour prendre logement à l'auberge et payer sa pension, il lui fallait vendre des écailles.

L'après-midi s'achevait. Cugel se leva, traversa la place et pénétra dans les bureaux de Soldinck et Mercantides.

Les lieux étaient imprégnés de dignité et de tradition; aux odeurs de vernis et de vieux bois se mêlait la senteur aigre-douce de la bienséance. Affrontant le silence d'une salle aux proportions majestueuses, Cugel se dirigea vers un comptoir de marbre brun, poli. De l'autre côté, un vieil employé plongé dans un grand livre, le sourcil froncé, fit semblant d'ignorer sa présence.

Cugel frappa un petit coup sec et péremptoire sur le comptoir.

— Un moment! Patience, je vous prie! dit l'employé qui retourna à son travail, en dépit d'un second coup de Cugel, irrité.

Pour finir, obligé de se plier aux circonstances, il se résigna à attendre le bon vouloir de l'employé.

La porte donnant sur la place s'ouvrit; un homme de l'âge de Cugel entra, coiffé d'un chapeau de feutre brun à large bord et vêtu d'un costume de velours bleu tout froissé. Son visage rond était placide; des touffes de cheveux pâles, qui ressemblaient à des fétus de paille, dépassaient de sa coiffure. Son ventre tendait le tissu de sa veste et ses longues jambes de faucheux étaient surmontées d'une paire de fesses épanouies.

Le nouvel arrivant s'avança vers le comptoir; l'employé se leva avec empressement.

— Monsieur, que puis-je faire pour vous?

Cugel, mécontent, leva la main.

— Un instant! Vous ne vous êtes pas encore occupé de mes affaires!

Mais les deux hommes ne lui prêtèrent aucune attention.

– Je m'appelle Bunderwal, dit le nouveau venu, et je voudrais voir Soldinck.

– Suivez-moi, monsieur ! Vous avez de la chance, Soldinck a le temps de vous recevoir.

Ils quittèrent tous deux la pièce, laissant Cugel piaffer d'impatience.

L'employé revint. Il fit mine de retourner à son grand livre, puis il s'adressa à Cugel.

– Vous désirez ?

– Moi aussi, je veux parler à Soldinck, répliqua Cugel d'un air hautain. Vos manières sont fort incorrectes. Je suis entré le premier dans cette salle et vous auriez dû vous occuper de moi d'abord.

– Votre conception des choses ne manque pas d'une certaine simplicité candide. Que voulez-vous dire à Soldinck ?

– Je désire me rendre en Almery, le plus rapidement et le plus confortablement possible.

L'employé alla consulter une carte murale.

– Je ne vois ce pays mentionné nulle part.

– Almery est plus bas que le bord de la carte.

L'employé jeta à Cugel un regard rêveur.

– C'est bien loin. Mais venez ; peut-être Soldinck acceptera-t-il de vous voir.

– Vous n'avez qu'à lui annoncer « Cugel ».

L'employé lui fit parcourir un couloir et passa la tête entre des tentures.

– Un certain « Cugel » désire vous voir.

Il y eut un silence pesant, puis la voix de Soldinck répondit :

– Et alors, Diffin, que veut-il ?

– Si j'ai bien compris, il désire se rendre dans un pays peut-être imaginaire.

– Hum... Faites-le entrer.

Diffin écarta les tentures pour laisser passer Cugel puis il repartit en traînant les pieds, comme il était venu. Cugel entra dans une pièce octogonale meublée avec un luxe austère. Soldinck, un homme aux cheveux gris et à l'expression sévère, était assis à un bureau, octogonal lui aussi. Bunderwal avait pris place sur un canapé de peluche marron. La lumière cramoisie qui pénétrait par de hautes fenêtres illuminait deux tapisseries barbares, tissées dans les terres reculées de l'Extrême Cutz. Un lustre de fer forgé noir, aux formes massives, était accroché au plafond par une chaîne.

Cugel fit un signe de tête compassé que Soldinck lui rendit sans cordialité.

— Que voulez-vous, Cugel ? Je suis en train de m'entretenir d'une affaire importante avec Bunderwal et je n'ai que peu de temps à vous consacrer.

— Je serai bref, dit froidement Cugel. Si je ne me trompe, vous expédiez en Almery des écailles commandées par le magicien Iucounu ?

— Pas directement. Nous transmettons les écailles à notre agent de Port Perdusz qui assure leur transbordement.

— Puis-je vous demander pourquoi vous n'expédiez pas la marchandise directement en Almery ?

— Ce n'est pas pratique de s'aventurer si loin dans le Sud.

Cugel, chagriné, se renfrogna.

— Quand aura lieu le prochain départ pour Port Perdusz ?

— La *Galante* appareillera avant la fin de la semaine.

— Et à combien s'élève le prix de la traversée ?

— Nous n'embarquons que des passagers triés sur le volet. Le prix est, je crois, de trois cents terces : une somme... (la voix de Soldinck se fit dédaigneuse)... peut-être au delà de vos possibilités ?

— Pas du tout. J'ai sur moi un certain nombre d'écailles qui doivent valoir plus que cela.

— Jetons, au moins, un coup d'œil dessus, dit Soldinck dont le regard commençait à luire d'intérêt.

Cugel étala ses écailles.

— Je me permets d'attirer votre attention sur cette très belle « Astragale Malaire » !

— C'est un spécimen en bon état, en dépit de la teinte verdâtre du marathaxus. (Soldinck scruta les écailles de son œil exercé.) J'estime, généreusement, le lot à, disons, cent quatre-vingt-trois terces.

C'étaient vingt terces de plus que n'avait espéré Cugel. Il fut sur le point de discuter, puis se ravisa.

– Très bien. Elles sont à vous.

– Donnez-les à Diffin; il vous comptera votre argent.

– Autre chose, je vous prie. Par simple curiosité, combien seriez-vous prêt à verser pour une « Eclaboussure de Lumière Brise-Ciel Pectorale »?

– Vous en détenez une? demanda vivement Soldinck.

– Pour le moment, considérons cela comme une possession hypothétique.

– Si elle était de première qualité, dit Soldinck en levant les yeux au plafond, j'irais jusqu'à deux cents terces.

– Pourquoi pas, puisque Iucounu vous la paiera au moins deux mille.

– Je vous conseille alors de porter vous-même cet objet hypothétique à Iucounu. Je peux même vous indiquer un bon itinéraire. Si vous longez, vers l'est, la grève de Shanglestone, vous arriverez à La Tête de Sorcière et au Château de Cil. Il faudra virer au nord pour vous écarter du Grand Erm que vous trouveriez infesté d'erbs et de leucomorphes. Vous arriverez alors aux Montagnes de Magnatz qui sont extrêmement dangereuses; mais si vous voulez les éviter, vous devrez vous risquer dans le désert des Obélisques. Je sais peu de chose sur les terres qui s'étendent au delà.

– Moi, je connais un peu et je préfère voyager à bord de la *Galante*.

– Mercantides est intraitable là-dessus : nous ne transportons que nos propres employés. Nous nous méfions des passagers au langage châtié qui, au premier signal, se tranforment en impitoyables pirates.

– Je serais très heureux d'accepter un emploi dans votre maison, dit Cugel. J'ai de nombreuses aptitudes; je crois que vous découvrirez rapidement mes compétences.

– Malheureusement, répondit Soldinck avec un bref sourire glacé, je n'ai qu'un seul poste disponible pour le moment, celui de subrécargue à bord de la *Galante*, pour lequel j'ai déjà un postulant qualifié en la personne de Bunderwal, ici présent.

Cugel examina attentivement Bunderwal.

– Il a l'air honnête, réservé et sans prétention mais pas du tout fait pour occuper le poste de subrécargue.

– Pourquoi dites-vous cela ?

– Regardez-le bien. Bunderwal a les narines peu visibles, signe infaillible d'une propension au mal de mer.

– Cugel est un homme de discernement ! déclara Bunderwal. Je crois que c'est un juge équitable et je vous supplie de ne pas tenir compte de ses longs doigts en spatule. J'ai vu les mêmes aux mains de Larkin, le voleur de bébé, mais il faut reconnaître qu'il y a, entre eux, une différence considérable : Larkin a été pendu et Cugel, pas encore.

– Nous posons un grave problème au pauvre Soldinck qui a déjà suffisamment d'ennuis comme cela. Pensons un peu à lui. Je propose donc que nous nous en remettions à Mandrigo aux Trois Yeux, Déesse de la Chance, dit Cugel en sortant un paquet de cartes de son sac.

– C'est une bonne idée. Mais servons-nous des miennes qui sont neuves et fatigueront moins les yeux de Soldinck.

Cugel se rembrunit. Il secoua la tête et rangea ses cartes.

– Plus j'analyse la situation, plus je considère qu'en dépit de vos inclinations... je suis vraiment désolé de vous dire cela, Bunderwal... il ne serait pas convenable de régler les importantes affaires de Soldinck d'une manière aussi frivole. Je n'ai suggéré cela que pour vous mettre à l'épreuve. Une personne vraiment comme il faut aurait rejeté cette idée sans hésiter !

– Coup bien porté ! s'exclama Soldinck favorablement impressionné.

– Etant donné ma grande expérience et mon savoir-faire, j'accepte volontiers le poste de subrécargue. Je pense que Bunderwal ferait un excellent assistant pour Diffin, votre employé aux écritures.

– Que dites-vous de cela ? demanda Soldinck en se tournant vers l'autre candidat.

– Cugel est sûrement qualifié pour ce poste, admit Bunderwal. Je ne peux que lui opposer mon honnêteté, mon talent, mon dévouement et mon zèle infatigable. De plus, je suis un digne citoyen de cette ville et non un vagabond à face de renard sous un chapeau plus que fantaisiste.

– Au moins, rétorqua Cugel en se tournant vers Soldinck, notez combien Bunderwal calomnie et vitupère alors que moi, je garde ma dignité et ma retenue. J'aurais pu faire remarquer sa peau huileuse et ses grosses fesses, qui indiquent une propension à mener la grande vie, et même une tendance à la malversation. Si vous engagez tout de même Bunderwal comme sous-employé de bureau, je vous conseille de faire renforcer les serrures, pour protéger vos biens.

Bunderwal s'éclaircit la voix pour répondre mais Soldinck leva les mains.

– Messieurs, ça suffit comme cela ! Je vais discuter de vos qualifications avec Mercantides qui voudra, peut-être, s'entretenir avec vous. Demain, à midi, j'aurai d'autres informations à vous transmettre.

– Merci, monsieur, dit Cugel en s'inclinant. (Il se tourna vers Bunderwal et lui désigna les tentures.) Vous pouvez partir, Bunderwal. J'ai quelque chose à dire en privé à Soldinck.

Bunderwal commença à protester mais Cugel l'interrompit :

– J'ai des écailles de valeur à vendre.

Alors, Bunderwal sortit à contrecœur. Cugel se retourna vers Soldinck.

– Durant notre discussion, j'ai mentionné l'« Eclaboussure de Lumière ».

– C'est vrai. Mais vous n'avez pas dit si elle était en votre possession.

– Et je ne le ferai pas maintenant, sauf pour souligner que l'écaille est bien cachée. Si j'étais attaqué par des voleurs de grand chemin, leurs efforts seraient vains. Je ne dis cela que pour nous éviter, à tous deux, quelques inconvénients.

Soldinck sourit d'un air sardonique.

– Vous vous présentez comme un homme doué

d'une grande expérience, et cette prétention pourrait bien être légitime.

Cugel reçut la somme de cent quatre-vingt-trois terces que Diffin compta, pièce à pièce, trois fois, et qu'il ne déposa qu'à contrecœur sur le comptoir de marbre brun. Cugel les fit tomber dans son sac et quitta les lieux.

Se souvenant des conseils de Weamish, il s'installa à l'*Auberge des Lampes Bleues*. Pour souper, il s'offrit un poisson-boule grillé accompagné de carbades et de patates douces en purée, qu'il arrosa de vin. Au fromage, il se laissa aller en arrière sur sa chaise et passa la compagnie en revue.

A l'autre bout de la salle, deux hommes, installés à une table près de la cheminée, commencèrent à jouer aux cartes. L'un était grand et mince, avec un teint cadavérique, de mauvaises dents, une mâchoire chevaline, de longs cheveux noirs et des paupières tombantes. L'autre puissamment bâti avec des traits lourds, un toupet de cheveux rouges et une belle barbe rousse.

Pour élargir le cercle de leur jeu, ils se cherchèrent d'autres partenaires. Le plus grand appela :

– Hé, toi! Fursk! Ça te dit une partie de Skax? Non?

– Voilà ce bon Sabtile, qui ne refuse jamais de jouer! s'écria l'homme à la barbe rousse. Sabtile, viens par ici avec ta bourse pleine et ta malchance! Très bien.

– Qui d'autre? Eh! vous, là-bas, au long nez et au drôle de chapeau!

Cugel s'approcha de la table, d'un air un peu timide.

– A quoi jouez-vous? Je vous préviens que je ne vaux rien aux cartes.

– On joue au Skax, et peu importe comment vous jouez, du moment que vous pouvez mettre la mise.

– Je veux bien essayer une partie ou deux, dit Cugel en souriant poliment, mais uniquement pour être sociable. Et il faudra m'apprendre les subtilités du jeu.

L'homme à la barbe rousse partit d'un grand éclat de rire.

– N'ayez crainte! Le temps de distribuer les cartes et vous saurez! Moi, je m'appelle Wagmund; là, c'est

Sabtile; et ce mélancolique assassin, c'est Koyman, embaumeur et citoyen estimé de la ville de Saskervoy. Maintenant, allons-y! Voilà quelles sont les règles du Skax. (Wagmund se mit à expliquer comment on jouait, en frappant la table de son index carré.) Alors, Cugel, est-ce bien clair? Pensez-vous pouvoir vous en tirer? Souvenez-vous que les mises s'effectuent en terces sonnants et trébuchants. On n'a pas le droit de tenir ses cartes sous la table ni de les manipuler de façon suspecte.

– Je suis à la fois inexpérimenté et prudent. Mais je pense avoir compris le jeu et je vais risquer deux, non, trois terces. Je parie un terce, sonnant et trébuchant, sur la première partie.

– Voilà comment il faut parler, Cugel! approuva Wagmund. Koyman, distribue les cartes, je te prie!

– Il faut d'abord que vous mettiez vos mises sur la table! fit remarquer Sabtile.

– C'est vrai, reconnut Wagmund. A condition que tu fasses pareil.

– Ne crains rien pour ça. Tu sais bien que je joue vite et bien.

– Moins de vantardises et plus d'argent! s'écria Koyman. J'attends les terces.

– Et où est ta mise, à toi qui voles les fermoirs-de-sphincters (1) décoratifs, en or, des cadavres que l'on te confie?

– Je les prends par mégarde, sans plus.

Le jeu s'engagea. Cugel perdit onze terces et but deux chopes de bière du pays : une boisson âcre faite à partir de glands et de mousse amère. Bientôt, Cugel fut capable d'introduire ses cartes dans le jeu; sa chance tourna et il gagna rapidement trente-huit terces, si bien que Wagmund, Koyman et Sabtile se mirent à crier et à se frapper le front devant les conséquences déplorables de leur jeu.

Bunderwal entra d'un pas tranquille dans la salle commune. Il commanda une bière et contempla le jeu pendant un certain temps en se balançant sur ses

(1) Traduction maladroite de l'expression plus succincte *Anfangel dongobel.* NDA.

talons tout en fumant des herbes séchées dans une pipe en terre au long tuyau. Il analysait bien le jeu, lançant de temps en temps une approbation ou taquinant les perdants sur leurs bévues.

– Koyman, pourquoi n'as-tu pas joué ton Double-Rouge et tout raflé avant que Cugel ne te batte avec son Valet Vert ?

– Parce que, la dernière fois que j'ai fait cela, Cugel a sorti sa Dame de Diables, dit Koyman en se levant. Je n'ai plus un seul terce. Cugel, offrez-moi au moins une bière avec vos gains !

– Et avec plaisir ! (Cugel appela le serveur.) Une bière pour Koyman et une aussi pour Bunderwal !

– Merci. (Koyman fit signe à Bunderwal de prendre sa place.) Tu peux tenter ta chance contre Cugel qui joue avec une habileté inquiétante.

– Je veux bien essayer pour un terce ou deux. Apportez des cartes neuves et jetez ces vieux chiffons de carton ! Certaines sont petites, d'autres grandes; d'autres sont tachées; d'autres encore portent d'étranges dessins.

– Des cartes neuves, tout à fait d'accord, cria chaleureusement Cugel. Mais je vais prendre ces vieilles cartes pour m'entraîner. Bunderwal, où est votre mise ?

Bunderwal déposa un terce sur la table et distribua les nouvelles cartes avec une agilité qui fit cligner les yeux de Cugel.

Plusieurs parties se succédèrent, mais la chance avait déserté Cugel. Il abandonna sa chaise à quelqu'un d'autre et vint se mettre debout derrière Bunderwal, afin d'étudier sa manière de jouer.

Après avoir gagné dix terces, Bunderwal déclara qu'il avait suffisamment joué pour la soirée. Il se tourna vers Cugel.

– Permettez-moi d'investir une partie de mes gains dans un noble but : l'ingestion de quelques bonnes bières. Venez par ici, je vois deux chaises libres près du mur. Garçon ! Deux chopes de la meilleure Tatterblass !

– Tout de suite, monsieur !

Le garçon le salua et courut vers l'office.

– Eh bien, Cugel, que pensez-vous de Saskervoy ?

– C'est une sympathique communauté, présentant des perspectives d'avenir pour quelqu'un de sérieux.

– Tout à fait, et c'est à cette tâche que moi-même je m'attelle. Tout d'abord, je bois à la continuation de votre prospérité.

– Je veux bien boire à la prospérité tout en n'ayant d'elle qu'une connaissance théorique, rétorqua prudemment Cugel. J'en ai fort peu l'expérience.

– Allons donc ! Avec la dextérité que vous venez de montrer au Skax ? Je louchais à essayer de suivre vos flamboyants moulinets !

– C'est un maniérisme stupide, dit Cugel. Il faut que j'apprenne à jouer avec moins d'ostentation.

– Ce n'est pas grave. Bien plus important est cet emploi offert par Soldinck et qui nous a déjà poussés à échanger quelques propos regrettables.

– C'est vrai, reconnut Cugel. Faites-moi une proposition.

– Je suis toujours ouvert aux idées nouvelles.

– D'autres postes, à bord de la *Galante,* doivent dépendre du subrécargue. Si vous le désirez...

Bunderwal leva la main pour l'arrêter.

– Soyons réalistes. J'ai décelé en vous un homme d'action. Mettons tout de suite notre affaire à l'épreuve de la chance et laissons Mandigo déterminer qui posera sa candidature pour le poste et qui se retirera.

– Le jouons-nous au Skax ou au Rampolio ? demanda Cugel en sortant ses cartes.

– Ni à l'un ni à l'autre. Il nous faut une épreuve dont le résultat ne peut être préordonné... Regardez ce récipient en verre, là-bas, où Krasnark, l'aubergiste, garde ses sphigales.

Bunderwal montrait du doigt une boîte aux parois de verre. Il y avait dedans un certain nombre de crustacés qui, une fois grillés, étaient réputés pour la délicatesse de leur chair. Le sphigale type mesurait une vingtaine de centimètres de long et possédait une paire de pinces puissantes et un dard-fouet.

– Ces créatures ont des tempéraments bien différents, dit Bunderwal. Certains sont rapides, d'autres lents. Choisissez-en un et moi un autre. Nous poserons nos coureurs sur le sol et le premier qui atteindra le mur opposé gagnera l'épreuve.

– Ce sont des bêtes fougueuses, dit Cugel après avoir étudié les sphigales.

L'un d'eux, rayé de rouge, de jaune et d'un bleu crayeux fort déplaisant, retint son attention.

– Très bien. J'ai choisi le mien.

– Sortez-le avec les pincettes, mais attention ! Ils sont prompts à se servir de leur aiguillon et de leurs pinces.

Discrètement, afin de ne pas attirer l'attention, Cugel attrapa son champion et le posa sur la ligne de départ. Bunderwal fit de même.

Ce dernier s'adressa en ces termes à sa bête :

– Bon sphigale, cours le mieux que tu pourras; mon avenir dépend de ta célérité ! A vos marques ! Prêt ! Partez !

Les deux hommes levèrent leurs pincettes et s'éloignèrent du réservoir. Les sphigales détalèrent. Celui de Bunderwal, remarquant la porte ouverte sur la place, s'enfuit dans la nuit. Le sphigale de Cugel se réfugia dans l'une des bottes que Wagmund avait ôtées pour se chauffer les pieds au feu.

– Je déclare les deux concurrents disqualifiés, dit Bunderwal. Essayons autre chose.

Cugel et Bunderwal revinrent à leurs sièges. Au bout d'un moment, Bunderwal eut une autre idée.

– L'office est de l'autre côté de ce mur et à un demi-étage plus bas. Pour éviter les collisions, les serveurs descendent par l'escalier de droite et remontent avec leurs plateaux chargés par celui de gauche. Chacun est fermé, en dehors des heures de travail, par un lourd volet mobile. A ce que j'ai observé, ils sont tous deux fixés par une chaîne. Regardez bien. Cette chaîne, ici, commande le volet de l'escalier de gauche, par où les serveurs arrivent avec leurs bières et autres. Tous les serveurs portent une toque pour que leurs cheveux ne tombent pas sur leur plateau. Voilà quel va être notre jeu. Chacun à notre tour, nous allons baisser la chaîne du volet d'un ou deux maillons. A la longue, l'un des serveurs va finir par heurter de sa toque la barre inférieure du volet. Lorsque cela se produira, celui de nous deux qui aura touché à la chaîne en dernier aura perdu la partie et devra abandonner toute prétention au poste de subrécargue.

Cugel étudia la chaîne, le volet qui glissait de haut en bas pour fermer le passage qui menait à l'office et les serveurs.

– Les garçons n'ont pas tous la même taille, fit observer Bunderwal, et il y a environ huit centimètres de différence entre le plus petit et le plus grand. D'un autre côté, je crois que le plus grand a tendance à rentrer la tête dans les épaules. Cela complique notre stratégie.

– Je tiens à stipuler, dit Cugel, qu'aucun de nous ne pourra faire un signe, appeler ou distraire les serveurs, toutes choses qui pourraient contrarier la logique du jeu.

– D'accord! Jouons en gentilshommes. De plus, pour éviter toute fallacieuse tactique de retardement, décidons que chaque manœuvre doit être effectuée avant que le second garçon n'émerge. Par exemple, vous avez baissé le volet et j'ai calculé que c'était au garçon le plus grand d'émerger. Je peux ou non, au choix, attendre jusqu'à ce qu'il ait apparu mais alors, il faudra que je fasse glisser ma chaîne avant que le deuxième garçon n'arrive.

– Sage règlement, auquel j'adhère. Est-ce vous qui commencez?

– Non, car vous êtes notre invité ici, à Saskervoy, et vous aurez l'honneur du premier coup.

– Merci.

Cugel ôta la chaîne de la cheville qui la retenait et baissa le volet de deux maillons.

– A votre tour, Bunderwal. Vous pouvez attendre jusqu'à ce qu'un garçon soit sorti et moi, j'accélère le processus en commandant des bières.

– Bon. Maintenant, il faut que je fixe mon attention la plus pénétrante sur le jeu. Je vois qu'il faut développer, d'une manière extrême, son sens du minutage. Je vais baisser la chaîne de deux maillons.

Le serveur le plus grand apparut, portant quatre cruches de bière sur son plateau. Cugel estima que le volet le surplombait de treize chaînons. Donc, il en laissa glisser quatre.

— Ah, ah ! s'exclama Bunderwal. Vous jouez avec perspicacité ! Je vais vous montrer que je ne suis pas moins impétueux que vous ! Encore quatre maillons !

Cugel évalua la situation, les yeux plissés. Encore six chaînons de plus et la toque du plus grand des serveurs tomberait au passage. S'ils servaient régulièrement chacun leur tour, celui-là sortirait le troisième. Cugel attendit que le garçon de taille moyenne soit passé puis il baissa la chaîne de cinq maillons d'un coup.

Bunderwal eut un hoquet de surprise puis poussa un petit cri de triomphe.

— Bonne idée, Cugel ! Mais moi, je me dépêche de faire glisser deux chaînons de plus et ainsi, j'évite le plus petit serveur qui monte maintenant l'escalier.

Sa toque passa à un ou deux maillons du volet ; Cugel devait soit agir, soit se retirer du jeu. D'un air morne, il fit descendre la chaîne d'un maillon et voilà que le plus grand serveur sortit de l'office. Par chance, tout en montant, il baissa la tête afin de s'essuyer le nez sur sa manche, et il passa sous le volet sans déranger sa toque. Et ce fut au tour de Cugel de glousser de joie.

— A vous, Bunderwal, à moins que vous n'acceptiez de vous reconnaître vaincu.

L'air inconsolable, Bunderwal laissa la chaîne glisser d'un chaînon.

— Il ne me reste plus qu'à prier pour qu'un miracle se produise.

Krasnark, l'aubergiste, montait l'escalier : un homme aux traits lourds, avec des bras énormes et de noirs sourcils qui lui retombaient sur les yeux ; il était plus grand que le plus grand de ses serveurs. Il portait, sur son plateau, une soupière, une volaille rôtie et un grand hémisphère, tremblotant, de dessert à la crème sure. Il heurta de la tête la barre du volet, tomba en arrière et disparut. De l'office leur parvinrent presque aussitôt un bruit de vaisselle cassée et des cris de fureur.

Bunderwal et Cugel s'empressèrent de relever le volet et regagnèrent leurs places.

— C'est moi le gagnant puisque c'est vous qui aviez touché à la chaîne en dernier.

– Pas du tout! protesta Bunderwal. Le but de ce jeu, c'était de faire tomber la toque de l'un des trois serveurs. Ce qui n'a pas eu lieu puisque Krasnark a interrompu la partie.

– Le voici qui examine le volet d'un air perplexe.

– Impossible de continuer. Quant à moi, je proclame que le jeu est terminé.

– Mais le jugement n'a pas été prononcé, dit Cugel. Je suis nettement le gagnant.

– Krasnark ne portait pas de toque et c'est sur elle que reposait toute l'astuce du jeu. Trouvons une autre épreuve dans laquelle la chance jouera un rôle plus décisif.

– Voilà enfin le serveur avec nos bières. Garçon, vous n'êtes pas très rapide!

– Je suis désolé, monsieur, Krasnark est tombé dans l'escalier de l'office et cela a mis tout le monde en émoi.

– Je m'en doute. Bunderwal, expliquez-moi votre nouveau plan.

– Il est tellement simple que j'en suis gêné. La porte, là-bas, mène à l'urinoir. Observez la salle et choisissez un champion. Je vais faire de même. Le dernier à se rendre à l'urinoir fera gagner celui qui l'a distingué.

– Ce n'est pas mal. Avez-vous trouvé votre champion?

– Oui. Et vous?

– Je l'ai sélectionné tout de suite. Je le crois invincible dans ce type de concours. C'est l'homme assez âgé, au nez mince et à la bouche pincée, qui est assis sur ma gauche. Je lui fais confiance car, rien qu'à la manière dont il tient son verre, je le crois sobre.

– C'est un bon choix, admit Bunderwal. Par hasard, j'ai choisi son compagnon, le gentilhomme en robe grise qui sirote sa bière avec répugnance.

Cugel appela le garçon et lui dit, de manière à ce que Bunderwal ne l'entende pas :

– Les deux messieurs qui sont à ma gauche... pourquoi boivent-ils si lentement?

– Si vous voulez tout savoir, dit le garçon en haussant les épaules, ils détestent dépenser de l'argent, bien que tous deux disposent d'une fortune considérable. Ils viennent à cette heure couver un quart de pinte de bière bon marché, la plus âcre qui soit.

— Dans ce cas, allez porter à ce gentilhomme en gris une double pinte de votre meilleure bière, que vous mettrez sur mon compte. Mais ne lui dites pas que c'est moi qui le lui offre.

— Très bien, monsieur.

Le garçon se retourna alors pour répondre à l'appel de Bunderwal qui échangea avec lui quelques chuchotements. Le serveur s'inclina et descendit à l'office. Il revint bientôt pour servir aux deux champions de grandes chopes de bière qu'ils acceptèrent de bonne grâce mais avec la même mine lugubre; cette générosité les laissa nettement perplexes.

Cugel s'inquiéta en voyant son champion boire sa bière avec avidité.

— J'ai peur d'avoir fait un mauvais choix, s'inquiéta-t-il. Il boit comme s'il venait de passer une journée dans le désert.

Bunderwal aussi critiqua son champion.

— Il est déjà le nez dans sa chope. Votre tour est vraiment sournois; pour protéger mes intérêts, j'ai été obligé de consentir à une dépense considérable.

Cugel pensa détourner son champion de sa boisson en engageant la conversation avec lui. Il se pencha et dit :

— Monsieur, vous résidez à Saskervoy, n'est-ce pas ?

— Oui. Et tout le monde sait combien ici nous répugnons à parler avec des inconnus habillés bizarrement.

— Vous êtes aussi célèbres pour votre sobriété.

— Quelle idiotie ! Regardez ceux qui sont ici, en train d'engloutir la bière par gallons ! Excusez-moi, mais je souhaite suivre leur exemple.

— Je dois vous avertir que la bière du pays congestionne beaucoup. A chaque gorgée que vous buvez, vous risquez des troubles spasmodiques.

— Balderdash ! La bière purifie le sang ! Ne touchez pas à la vôtre, si vous êtes inquiet, mais laissez-moi boire la mienne en paix !

Mécontent des manœuvres de Cugel, Bunderwal essaya de distraire son champion en lui marchant sur les pieds et en entamant avec lui une altercation qui aurait duré un bon moment si Cugel n'était pas intervenu et n'avait pas repoussé Bunderwal sur son siège.

– Jouez honnêtement le jeu ou je me retire de la partie !

– Votre propre tactique est quelque peu douteuse, murmura Bunderwal.

– Très bien ! dit Cugel. Cessons de nous en mêler, d'une manière ou d'une autre !

– D'accord, mais cela vous est facile car votre champion montre des signes de malaise. Il va se lever, auquel cas je gagne.

– Pas du tout. C'est le premier à se rendre à l'urinoir qui perd. Regardez ! Votre champion se lève. Ils vont y aller ensemble.

– Alors, le premier à quitter la salle commune doit être estimé perdant car il va, presque à coup sûr, utiliser le bassin avant l'autre !

– Parce que c'est mon champion qui est en tête ? Pas du tout. C'est le premier à se servir réellement du bassin qui est le perdant.

– Alors, venez. Nous ne pouvons pas juger cela d'ici.

Cugel et Bunderwal se hâtèrent de suivre les deux hommes; ils traversèrent la cour et entrèrent dans une cabane éclairée où un bassin, fixé au mur de maçonnerie, servait aux besoins des clients de l'auberge.

Les deux champions ne paraissaient pas pressés; ils firent une pause afin de commenter la douceur de la nuit puis, presque en même temps, ils s'avancèrent vers le bassin. Cugel et Bunderwal les suivirent et se postèrent de chaque côté afin de rendre leur jugement.

Les deux hommes allaient se soulager, mais le champion de Cugel, jetant un regard vers lui, vit sur quoi il fixait son attention et s'en indigna aussitôt.

– Qu'est-ce que vous regardez ? Aubergiste ! Venez ici tout de suite ! Appelez la garde !

– Monsieur, ce n'est pas ce que vous croyez ! dit Cugel en essayant de se justifier. Bunderwal en est témoin ! Bunderwal ?

Celui-ci était, en effet, retourné dans la salle commune. Krasnark, l'aubergiste, apparut, un bandage autour de la tête.

– Je vous en prie, messieurs, un peu de silence !

Maître Chernitz, calmez-vous ! Quel ennui vous est arrivé ?

— Ce n'est pas un ennui ! postillonna Chernitz. C'est un outrage ! Je suis sorti pour me soulager et ce lépreux de l'âme est venu se mettre à côté de moi et s'est conduit d'une manière inconvenante. J'ai aussitôt donné l'alarme !

Son ami, le champion de Bunderwal, dit en pinçant les lèvres :

— J'apporte mon témoignage et mon soutien ! Il faut éjecter cet homme de l'auberge et avertir toute la ville !

— Ce sont des accusations sérieuses, dit Krasnark en se tournant vers Cugel. Qu'avez-vous à répondre ?

— Maître Chernitz se trompe ! Je suis, aussi, venu ici pour me soulager. Et, apercevant mon ami Bunderwal, je lui ai fait signe et alors Maître Chernitz s'est mis à pousser des cris et à émettre, sur mon compte, des insinuations abominables ! Ce sont ces deux vieilles fouines des arbres qu'il faut mettre à la porte !

— Quoi ? s'écria Chernitz furieux. Je suis un homme respectable et j'ai du bien !

Krasnark leva les bras au ciel.

— Messieurs, soyez raisonnables ! C'est une affaire sans gravité. Cugel n'aurait pas dû faire de signe et accueillir son ami dans l'urinoir. Maître Chernitz pourrait être plus modéré dans ses suppositions. Je vous conseille, Maître Chernitz, de rétracter le terme de « lépreux de l'âme », et à vous Cugel, de faire de même pour l'expression « fouine des arbres » et mettons un terme à cet incident.

— Je n'ai pas l'habitude d'être ainsi humilié, dit Cugel. Je ne retirerai pas mes paroles avant que Maître Chernitz ne se soit excusé.

Cugel revint dans la salle commune s'asseoir près de Bunderwal.

— Vous avez quitté bien brusquement l'urinoir, lui dit-il. J'ai attendu pour vérifier les résultats de notre pari. Votre champion a été vaincu de plusieurs secondes.

— Seulement après que vous avez distrait le vôtre. La partie est nulle.

Maître Chernitz et son ami reprirent place à leur

table. Ils jetèrent un regard glacial à Cugel, puis se détournèrent et se mirent à parler à voix basse.

Sur un signal de Cugel, le serveur apporta deux grandes chopes de Tatterblass et, après s'être rafraîchi, Bunderwal dit :

– En dépit de nos efforts, notre petit problème n'est toujours pas résolu.

– Et pourquoi ? Parce que nous avons voulu nous en remettre à la chance. Ce n'est pas compatible avec un tempérament comme le mien. Je ne suis pas homme à rester passivement accroupi, l'arrière-train levé, à attendre le coup de pied ou la caresse de la Destinée ! Je suis Cugel ! Intrépide et indomptable, j'affronte l'adversité ! Par la simple force de ma volonté, je...

– Taisez-vous, Cugel ! l'interrompit Bunderwal avec un geste d'impatience. J'en ai assez de vos fanfaronnades. Vous avez beaucoup trop bu et je crois que vous êtes ivre.

– Ivre ? (Cugel le regarda d'un air incrédule.) Pour trois verres de cette blafarde Tatterblass ? J'ai bu de l'eau de pluie qui était plus forte que cela. Garçon ! Encore de la bière ! Et vous ?

– Je vous accompagne avec plaisir. Alors, puisque vous rejetez l'idée d'une autre épreuve, vous êtes d'accord pour vous reconnaître vaincu ?

– Jamais de la vie ! Buvons de la bière, par litre, et dansons le coppola ! Le premier qui s'écroulera aura perdu.

– Vous savez bien que nous sommes deux nobles héros de légende, dit Bunderwal en secouant la tête. Nous danserions toute la nuit, jusqu'à épuisement total, et nous ne ferions qu'enrichir Krasnark.

– Bon, alors, avez-vous une meilleure idée ?

– Bien sûr ! Si vous jetez un coup d'œil sur votre gauche, vous verrez que Chernitz et son ami sont en train de somnoler. Regardez comme leurs barbes pointent ! Voici un swange, qui sert à couper le varech. Tranchez la barbe de l'un d'eux et je vous accorde la victoire.

– Ils ne sont pas endormis assez profondément, dit Cugel en jetant un regard torve sur les deux amis. Je veux bien défier la Destinée mais pas sauter du haut d'une falaise.

– Bon, dit Bunderwal. Passez-moi le swange. Si je leur coupe la barbe, concédez-moi la victoire.

Le serveur apporta encore de la bière. Cugel, pensif, but une longue gorgée.

– L'exploit n'est pas facile à ce qu'il semble, dit-il à voix basse. Supposons que je choisisse Chernitz. Il suffit qu'il ouvre les yeux et dise : « Cugel, pourquoi me coupez-vous la barbe ? » Après quoi, je serai soumis au châtiment que la loi de Saskervoy a prévu pour cette offense.

– La même chose s'applique à moi, rétorqua Bunderwal. Mais j'ai poussé plus loin mes réflexions. Est-ce que Chernitz, ou son ami, pourrait reconnaître votre visage, ou le mien, si les lumières étaient éteintes ?

– Dans l'obscurité, votre plan devient réalisable. Faire trois pas, saisir la barbe, la couper et reculer de trois pas; c'est faisable. Et je vois là-bas la valve qui commande le lucifer.

– C'est ce que je pense, dit Bunderwal. Bon, alors, qui va tenter sa chance, vous ou moi ? C'est à vous de choisir.

Pour s'éclaircir les idées, Cugel prit une longue goulée de bière.

– Laissez-moi tâter le swange... Il est bien affûté. Bon, allons-y, il faut faire un boulot de ce genre pendant que le cœur y est.

– Je m'occupe de la valve du lucifer, dit Bunderwal. Dès que les lumières s'éteindront, mettez-vous-y aussitôt.

– Attendez. Il faut que je choisisse ma barbe. Celle de Chernitz est tentante, mais l'autre pointe sous un meilleur angle... Très bien, je suis prêt.

Bunderwal se leva et s'approcha de la valve d'un air nonchalant. Il regarda Cugel et hocha la tête.

Cugel se prépara à l'action.

Les lumières s'éteignirent. La salle n'était plus éclairée que par la faible lueur du feu. Cugel fit plusieurs grands pas, saisit la barbe qu'il avait choisie et mania habilement le swange... Durant un instant, la valve échappa à Bunderwal, ou peut-être une bulle de lucifer était-elle restée dans les tubes. En tout cas, pendant une fraction de seconde, les lumières brillèrent violemment et le gentilhomme, maintenant privé de sa barbe, sursauta et regarda Cugel, les yeux dans les yeux. Puis les lumières s'éteignirent de nouveau et le pauvre homme garda l'image d'un visage au long nez et de cheveux noirs et raides qui s'échappaient d'un chapeau élégant.

– Holà ! Krasnark ! s'écria-t-il affolé. Des coquins et des filous nous attaquent ! Où est passée ma barbe ?

Un serveur, avançant à tâtons dans le noir, tourna la valve et les lampes déversèrent à nouveau leur lumière.

Krasnark, le bandage de guingois, se précipita pour voir ce qui se passait. Le gentilhomme sans barbe désignait du doigt Cugel, à demi couché sur sa chaise, la chope à la main, l'air somnolent.

– Voilà le gredin ! Je l'ai vu couper ma barbe en riant comme un loup !

– Il est fou; ne faites pas attention à lui ! J'étais assis là, ferme comme un roc, tandis qu'on lui coupait la barbe. Cet homme ne tient pas la boisson.

– Ce n'est pas vrai ! Je l'ai vu, de mes yeux vu !

– Pourquoi m'en prendrais-je à votre barbe ? demanda Cugel avec une patience angélique. A-t-elle de la valeur ? Fouillez-moi si vous voulez ! Vous ne trouverez pas un poil !

– Ce que dit Cugel est logique ! fit remarquer Krasnark d'un air perplexe. Après tout, pourquoi aurait-il coupé votre barbe ?

– Pourquoi quelqu'un aurait-il coupé ma barbe ? hurla la victime pourpre de colère. Mais, pourtant, on l'a fait; voyez vous-même !

– Je n'y comprends rien, dit Krasnark en secouant la tête et en se détournant. Garçon, apportez à Maître Mercantides, pour lui calmer les nerfs, une chope de bonne Tatterblass, aux frais de la maison.

Cugel se tourna vers Bunderwal.

– L'exploit est accompli.

– Et bien, reconnut généreusement Bunderwal. La victoire est à vous ! Demain matin, nous nous rendrons ensemble dans les bureaux de Soldinck et Mercantides, et je vous recommanderai pour le poste de subrécargue.

— Mercantides ! dit Cugel d'un air songeur. N'est-ce pas le nom que Krasnark a donné au gentilhomme dont j'ai coupé la barbe ?

— Maintenant que vous le mentionnez, je crois que oui, dit Bunderwal.

A l'autre bout de la salle, Wagmund bâilla à grand bruit.

— J'ai eu assez d'émotions comme cela pour ce soir ! Je suis fatigué et engourdi. Mes pieds sont chauds et mes bottes sèches ; il est temps que je parte. Remettons nos bottes.

A midi, Cugel rejoignit Bunderwal sur la place. Ils se rendirent dans les bureaux de Soldinck et Mercantides.

Diffin les introduisit auprès de Soldinck qui leur fit signe de prendre place sur le canapé en peluche marron.

— Asseyez-vous. Mercantides va bientôt arriver et nous allons pouvoir régler notre affaire.

Cinq minutes plus tard, Mercantides entra. Il vint se placer à côté de Soldinck, à la table octogonale, sans jeter un seul regard autour de lui. Puis, levant les yeux, il aperçut Cugel et Bunderwal.

— Qu'est-ce que vous faites ici ?

— Hier, Bunderwal et moi avons proposé notre candidature pour le poste de subrécargue à bord de la *Galante*. Depuis, Bunderwal s'est retiré, donc...

— Cugel, interrompit Mercantides en tendant le cou, votre demande est rejetée, pour de nombreuses raisons. Bunderwal, pourriez-vous reconsidérer votre décision ?

— Certainement, si Cugel ne vous convient pas.

— Non. Vous êtes donc désigné au poste de subrécargue. Soldinck, est-ce que vous souscrivez à ma décision ?

— Je suis satisfait des références de Bunderwal.

— Alors, tout est réglé. J'ai la migraine. Si vous avez besoin de moi, Soldinck, vous me trouverez chez moi.

Mercantides quitta la pièce, presque au moment où Wagmund entrait, en marchant avec des béquilles.

Soldinck le regarda de bas en haut.

– Eh bien, Wagmund ? Que vous est-il arrivé ?

– Monsieur, j'ai eu un accident hier soir. Je ne pourrai donc pas m'embarquer sur la *Galante.*

– C'est une mauvaise nouvelle pour nous tous ! Les vermiers ne courent pas les rues, surtout les bons !

– En tant que nouveau subrécargue de la *Galante,* permettez-moi de vous donner un conseil, dit Bunderwal en se levant. Engagez Cugel comme vermier.

– Avez-vous un peu d'expérience en ce domaine ? demanda Soldinck à Cugel, sans enthousiasme.

– Elle remonte à loin, mais je peux consulter Wagmund sur les techniques nouvelles.

– Très bien. Nous ne pouvons pas nous permettre de faire les difficiles car la *Galante* doit partir à l'heure dite. Bunderwal, vous vous rendez tout de suite au navire. Il faut arrimer convenablement la cargaison et les provisions ! Wagmund, vous devriez montrer vos vers à Cugel et lui expliquer leurs petits caprices. Avez-vous des questions à poser ? Sinon, au travail ! La *Galante* appareille dans trois jours !

DE SASKERVOY À TUSTVOLD

A bord de la *Galante*

La première impression produite par la *Galante* sur Cugel fut, dans l'ensemble, favorable. La coque était bien proportionnée et flottait avec fierté et allégresse. Une belle menuiserie et la richesse des ornements indiquaient que les armateurs s'étaient autant souciés du luxe que du confort des passagers. L'unique mât supportait une vergue à laquelle était fixée une voile de soie bleu marine. A la proue, une lanterne de fer se balançait en haut d'une perche en col de cygne; une autre, plus massive, était accrochée au-dessus du gaillard d'avant.

Cugel approuva l'ensemble qui contribuait, pensait-il, tant à la bonne marche du navire qu'à l'agrément de l'équipage. Mais il ne sut que dire des deux passerelles disgracieuses qui couraient le long de la coque, à la fois sur tribord et sur bâbord, à quelques centimètres seulement au-dessus de la ligne de flottaison. A quoi pouvaient-elles servir ? Cugel s'avança de quelques pas sur le quai pour mieux voir ces étranges constructions. Etaient-ce des ponts-promenades sur lesquels les passagers pouvaient prendre de l'exercice ? Ils étaient trop étroits et instables, ainsi exposés aux vagues et aux embruns. Etaient-ce des plates-formes destinées à faciliter les bains et la lessive des passagers et des membres de l'équipage, lorsque le navire était encalminé ? Ou cela devait-il permettre aux matelots de réparer plus facilement la coque ?

L'avenir apporterait la solution de ce petit problème, décida Cugel. Du moment que la *Galante* l'emportait confortablement vers Port Perdusz, pourquoi chicaner sur des détails? Il valait mieux s'enquérir de ses devoirs de vermier, occupation dont il ignorait tout.

Wagmund, qu'il remplaçait, avait refusé de lui venir en aide.

– Les choses importantes d'abord! avait-il dit d'une voix bourrue. Montez à bord, assurez-vous de l'endroit où sera votre cabine et arrimez vos affaires; le capitaine Baunt est intraitable en ce qui concerne la discipline et il ne supporte pas la pagaille. Quand vous aurez réglé cela, présentez-vous à Drofo, le vermier en chef; il se chargera de vous instruire. Heureusement pour vous, les vers sont en excellente santé.

Cugel ne possédait que les vêtements qu'il avait sur le dos; c'étaient là toutes « ses affaires », quoiqu'il emportât dans son sac un objet de grande valeur : « L'Eclaboussure de Lumière Brise-Ciel Pectorale » de la tourelle du démiurge Sadlark. Il était encore sur le quai lorsqu'il conçut un moyen de sauvegarder l'écaille des entreprises des chapardeurs.

Bien isolé derrière une pile de cageots, Cugel ôta son couvre-chef. Il en arracha l'ornement plutôt tapageur qui relevait le bord gauche puis, en prenant soin d'éviter la morsure avide de « L'Eclaboussure de Lumière », il attacha au chapeau, avec du fil métallique, l'écaille ainsi devenue une simple garniture. Il fourra l'ancienne agrafe dans son sac.

Cugel retraversa le quai, franchit la passerelle et mit le pied sur le pont de la *Galante.* Il vit, sur sa droite, le rouf et l'escalier qui menait au gaillard d'arrière. A l'avant, dans la partie renflée de la proue, le poste avant, la cuisine et le mess; en dessous, le poste d'équipage.

Cugel aperçut là trois hommes. Le premier, c'était le cuisinier qui sortit sur le pont afin de cracher par-dessus bord. Le second, grand et décharné, le visage cireux comme un poète tragique, s'appuyait au bastingage et méditait en regardant la mer d'un air sombre. Une barbe acajou, clairsemée et hirsute poussait à son menton; ses cheveux, du même roux, étaient attachés par un foulard noir. Ses mains blanches et nerveuses serraient la rambarde et l'homme ne se retourna même pas pour jeter un regard sur Cugel.

Le troisième portait un seau dont il jeta le contenu par-dessus bord. Ses épais cheveux blancs étaient coupés très court; sa bouche mince dessinait une balafre sur son visage coloré, à la mâchoire carrée. Ce devait être le steward, pensa Cugel, ce qui ne semblait pas compatible avec le comportement vif et agressif de cet homme.

Des trois, seul ce dernier décida de réagir à l'arrivée de Cugel.

– Holà, vagabond à la figure de traviole ! Hors d'ici ! Nous n'avons besoin ni de baumes, ni de talismans, ni de prières, ni d'accessoires érotiques !

– Vous feriez bien de changer de ton, répondit Cugel d'un air glacial. Je m'appelle Cugel et je viens à la demande expresse de Soldinck ! Montrez-moi ma cabine et tâchez d'être poli !

Son interlocuteur poussa un gros soupir, comme si l'on mettait sa patience à l'épreuve. Puis il appela.

– Bork ! Montez sur le pont !

Un petit homme gras, au visage tout rond, gravit l'escalier en courant.

– Oui, capitaine. Vous avez besoin de quelque chose ?

– Montre sa cabine à ce garçon. Il prétend être invité par Soldinck. J'ai oublié son nom; Fugle ou Kungle ou quelque chose comme ça.

Bork se gratta le nez d'un air perplexe.

– On ne m'a pas annoncé sa venue. Avec Maître Soldinck et toute sa famille à bord, où vais-je trouver de la place ? A moins que ce monsieur ne s'installe dans votre cabine et que vous n'alliez à l'avant, partager celle de Drofo.

– L'idée ne me chante guère !

– Avez-vous une meilleure solution ? demanda plaintivement Bork.

Son interlocuteur leva les bras au ciel et partit d'un air digne.

– Qui est ce type revêche ? demanda Cugel en le suivant des yeux.

– C'est le capitaine Baunt. Il est de mauvaise humeur parce que vous allez occuper sa cabine.

— Tout bien réfléchi, je préférerais une cabine ordinaire.

— Impossible pour ce voyage, monsieur. Maître Soldinck est accompagné de Mme Soldinck et de leurs trois filles, et la place nous manque.

— J'hésite à déranger le capitaine. Peut-être ferais-je mieux...

— Mais non, monsieur ! Les ronflements de Drofo ne gêneront guère le capitaine Baunt et tout ira très bien. Par ici, monsieur; je vais vous conduire à votre cabine.

Le steward fit entrer Cugel dans une pièce spacieuse. Cugel jeta des regards approbateurs à gauche et à droite.

— Cela fera très bien l'affaire. J'aime beaucoup la vue que l'on a de ces fenêtres.

Le capitaine Baunt apparut sur le seuil.

— J'espère que vous êtes satisfait ?

— Tout est parfait, capitaine.

— Je vous demanderai seulement de ne pas faire de désordre sur mes étagères, dit le capitaine Baunt d'un ton bourru. Ma collection de coquilles d'élophiles est irremplaçable et je ne veux pas que l'on dérange mes livres anciens.

— Ne craignez rien ! Je traiterai vos affaires comme si c'étaient les miennes. Et maintenant, je vous prie de m'excuser, mais je voudrais me reposer quelques heures avant de m'enquérir des devoirs de ma profession.

— Votre profession ? (Le capitaine Baunt fronça les sourcils d'un air perplexe.) Quelle est-elle ?

— Soldinck m'a demandé d'assumer quelques petites tâches durant le voyage.

— C'est étrange. Il ne m'en a rien dit. Il y a le nouveau subrécargue, Bunderwal, et j'ai compris qu'une espèce de drôle d'étranger, aux membres grêles, allait exercer les fonctions de sous-vermier.

— J'ai, en effet, accepté le poste de vermier, dit Cugel d'un air austère.

Le capitaine Baunt le regarda, les yeux écarquillés.

— Vous êtes notre sous-vermier ?

— C'est ce qui a été décidé entre Soldinck et moi.

Les nouveaux quartiers de Cugel se situaient à fond de cale, là où l'étrave rejoignait la quille. L'ameublement en était très sommaire : une couchette étroite avec une paillasse de roseaux séchés et un coffre où traînaient encore quelques vêtements de Wagmund, qui puaient le renfermé.

A la lueur d'une chandelle, Cugel évalua la gravité de ses contusions. Aucune ne semblait mettre sa santé en danger; il ne garderait même pas de marque, quoique la conduite du capitaine Baunt ait manqué totalement de retenue.

– Cugel, où êtes-vous ? dit une voix nasillarde. Montez sur le pont, et au pas de course !

Cugel gémit et gravit l'escalier en boitillant. Un grand jeune homme, bien en chair, avec une crinière de boucles brunes et de petits yeux noirs rapprochés, l'attendait. Il inspecta Cugel avec une curiosité non dissimulée.

– Je m'appelle Lankwiler et je suis un vermier très compétent, donc votre supérieur, bien que nous servions tous deux sous les ordres du vermier en chef, Drofo. Il souhaite nous adresser maintenant quelques paroles inspirées. Si vous voulez vous faire bien voir, écoutez-le attentivement. Venez par ici.

Drofo se tenait à côté du mât. C'était l'homme émacié à la barbe acajou que Cugel avait remarqué dès son arrivée à bord.

– Asseyez-vous, dit Drofo en montrant l'écoutille.

Cugel et Lankwiler prirent place et attendirent avec un air d'attention polie.

La tête penchée en avant et les mains derrière le dos, Drofo examina ses subordonnés.

– Ecoutez-moi, dit-il enfin d'une voix grave et neutre, et vous obtiendrez une connaissance qui surpassera celle des érudits de l'Institut, malgré leurs consonances et leurs paradigmes ! Mais comprenez-moi bien ! Le poids de mes mots n'excède pas celui d'une seule goutte d'eau ! Le savoir, il faudra bien l'acquérir ! Après cent vers et dix mille lieues, vous pourrez dire : « Je suis savant ! » Ou, ce qui revient au même, « Je suis un vermier ! » Alors, puisque vous serez un savant, et puisque vous serez un vermier, vous n'aurez plus à souhaiter de vaine gloire. Vous n'aurez même rien à dire car votre travail parlera pour vous ! (Drofo les regarda l'un après l'autre.) Suis-je assez clair ?

– Pas suffisamment, dit Lankwiler d'un air perplexe. Les Erudits de l'Institut calculent couramment le poids d'une seule goutte d'eau. Devons-nous considérer cela comme bien ou mal ?

– Nous n'avons pas à juger de la recherche des Erudits de l'Institut, répondit patiemment Drofo. Nous discutons du travail d'un vermier.

– Ah ! Maintenant, tout est clair !

– Oh oui ! dit Cugel. Poursuivez, Drofo, ce que vous dites là est fort intéressant !

Les mains derrière le dos, Drofo fit un pas vers bâbord, puis un autre vers tribord.

– Notre métier est plein de noblesse ! Le dilettante, la poule mouillée, l'irréfléchi, tous finissent par se révéler. Tant que le voyage se déroule sans incident, le sot est radieux et s'adonne à la joie; il danse la gigue et joue de l'harmonica, et tout le monde pense, « Oh ! Je donnerai n'importe quoi pour être vermier ! » Mais que les épreuves commencent ! Que la peste noire se déchaîne; que les coups résonnent comme le gong du Destin; que le ver se cabre et plonge ! Alors, on découvre le freluquet caché dans le coin le plus obscur de la cale !

Cugel et Lankwiler purent réfléchir à ces profondes remarques tandis que Drofo faisait un pas vers le rouf, puis un autre vers tribord.

– Nous allons là-bas, dit-il en brandissant un long index pâle en direction de la mer, à mi-chemin entre le ciel et l'océan, là où les secrets des âges sont dissimulés, dans des ténèbres qui deviendront absolues lorsque le soleil s'éteindra.

Comme pour illustrer ce que disait Drofo, la face du soleil fut momentanément ternie par une pellicule sombre qui le fit ressembler à l'œil chassieux d'un vieillard. Après un battement de paupières, la lumière du soleil reparut, au grand soulagement de Lankwiler; Drofo ignora l'incident et brandit de nouveau son doigt.

— Le ver est un familier de la mer! C'est un sage, bien qu'il n'utilise que six concepts : le soleil, la vague, le vent, l'horizon, les profondeurs, la voie conforme, la faim et l'assouvissement... Oui, Lankwiler? Pourquoi comptez-vous sur vos doigts?

— Pour rien, monsieur.

— Les vers ne sont pas doués d'intelligence, poursuivit Drofo. Ils ne font pas de tours et ne connaissent pas d'histoires drôles. Le bon vermier est, comme ses vers, un homme simple. Il ne fait guère attention à ce qu'il mange et peu lui importe de dormir au sec, et même simplement de dormir... Quand ses vers pilotent correctement, le sillage est bien droit. Quand l'ingestion est vive, l'expulsion est adéquate, alors le vermier est serein. Il n'attend rien d'autre de l'univers, ni richesses, ni bien-être, ni la caresse sensuelle des femelles languides, il est indifférent aux colifichets comme cette agrafe de dandy que Cugel porte à son chapeau. Sa voie, c'est le vide aqueux!

— Comme c'est encourageant! s'écria Lankwiler. Je suis fier d'être vermier! Et vous, Cugel?

— Pas moins que vous! déclara Cugel. C'est un digne métier; et quant à l'agrafe de mon chapeau, d'ailleurs dépourvue de valeur, c'est un héritage.

— Maintenant, reprit Drofo après un hochement de tête indifférent, je vais vous apprendre le premier axiome de notre profession, qui peut prétendre d'ailleurs à une application universelle. Le voici : Un homme peut venir vous dire, « Je suis un Maître Vermier! » ou un Maître Vermier peut rester à l'écart et ne dire mot. Comment la vérité sera-t-elle révélée? Par les vers.

» Je vais préciser ma pensée. Si vous voyez un ver d'un jaune bilieux, avec des fausicles boursouflés, des branchies incrustées de calcaire et un clote occlus, à qui la faute? Au ver, qui ne connaît que l'eau et l'espace? Ou à celui qui s'en occupe? Peut-on alors l'appeler un vermier? Je vous en laisse juge. Mais voilà un autre ver vigoureux, au sillage droit, rose comme le soleil levant! Ce ver témoigne de la foi de son vermier, qui infatigablement polit ses linctures, dégage son clote, gratte et peigne ses branchies jusqu'à ce qu'elles brillent comme de l'argent! Il vit en communion mystique avec la houle et la mer, et connaît une sérénité à laquelle seul le ver peut atteindre!

» Je n'ai pas grand-chose à ajouter. Cugel, vous savez peu de chose sur notre métier mais c'est bon signe que vous soyez venu à moi pour l'apprendre, car je suis sévère. Vous apprendrez, ou bien vous vous noierez, ou vous recevrez un coup de nageoire, ou pire encore, vous encourrez mon mécontentement. Mais vous débutez bien et je vous enseignerai le métier à fond. Ne pensez pas que je sois dur ou autoritaire. Ce serait commettre une funeste erreur. Je suis strict, et même sévère, mais à la fin, quand j'aurai fait de vous un vermier, vous me remercierez.

» Lankwiler, vous n'avez peut-être pas l'enthousiasme de Cugel, mais vous avez eu la chance d'effectuer un voyage aux côtés de Wagmund, qui souffre en ce moment d'une inflammation à la jambe. Je vous ai fait remarquer certaines erreurs et certaines négligences, et ce que je vous ai dit doit être encore frais dans votre mémoire. N'est-ce pas?

– Vous avez raison! dit Lankwiler avec un sourire doucereux.

– Bien. Vous montrerez à Cugel où sont les coffres et les sacs et vous l'équiperez de pinctes et d'un bon alésoir.

» Cugel, avez-vous une selle de bonne qualité dans vos affaires?

– Dans ma hâte à embarquer, j'ai oublié de la prendre, répondit Cugel en secouant la tête.

– Dommage... Eh bien, vous pourrez vous servir de l'excellent équipement de Wagmund, mais à condition d'en prendre bien soin.

– Je n'y manquerai pas.

– Bon. Préparez-vous. Il est bientôt l'heure d'aller chercher les vers. La *Galante* appareillera sous les ordres de Soldinck lui-même.

Lankwiler, suivi de Cugel, alla fouiller dans l'armoire qui se trouvait sous le coqueron avant. Il mit de côté, pour lui, les meilleurs accessoires et jeta à Cugel ce qu'il pêchait, au hasard, dans le reste de l'équipement.

– Ne faites pas trop attention à ce que dit le vieux

Drofo. Il a inhalé beaucoup trop d'embruns salés et je le soupçonne de s'enivrer avec le tonique auriculaire des vers, car il a souvent un comportement bizarre.

— Si nous ne nous occupons que des vers, pourquoi avons-nous besoin d'un équipement aussi lourd et aussi grossier? demanda Cugel, enhardi par l'affabilité de son collègue. (En voyant son air interdit, il se hâta d'ajouter :) Je suppose que nous travaillons à une table ou peut-être assis sur un banc; alors je me demande pourquoi Drofo glorifie les privations de toutes sortes et l'exposition aux éléments. Devons-nous rincer les vers à l'eau salée ou les tirer de la vase en pleine nuit?

— Vous n'avez jamais été vermier?

— Pendant très peu de temps.

— Vous comprendrez tout très vite. Pas de bavardages ni de grandes théories; ne perdons pas de temps en paroles inutiles, comme Drofo. Moi, je suis un homme d'action et non de rhétorique.

— D'accord, dit froidement Cugel.

— D'après le style particulier de votre chapeau, je suppose que vous venez d'un pays exotique et lointain, dit Lankwiler avec un petit sourire moqueur.

— C'est exact.

— Et que pensez-vous du pays de Cutz?

— Certains de ses aspects sont très intéressants, mais j'ai hâte de retrouver la civilisation.

— Je suis de Tugersbir, à une centaine de kilomètres au nord d'ici, et c'est aussi un pays civilisé, fit remarquer Lankwiler avec une moue. Bon, voici la selle de Wagmund. Je crois que je vais prendre la trousse avec les conques en argent. Vous pouvez en choisir une parmi les autres. Wagmund est aussi fier et vaniteux qu'un homme chauve coiffé d'un bonnet de fourrure, et puérilement méticuleux en ce qui concerne son équipement. Dépêchons-nous, à moins que vous ne vouliez subir une autre averse de dogmes.

Ils rassemblèrent leur matériel. A la suite de leur chef, ils débarquèrent de la *Galante* et longèrent les quais en direction du nord jusqu'à un bassin tout en longueur où d'énormes créatures tubulaires, de deux ou trois mètres de diamètre et presque aussi longues que la *Galante,* flottaient placidement.

– Les vers avec les protubérances jaunes, là-bas, ce sont vos bêtes, Lankwiler, dit Drofo. Comme vous le voyez, ils ont bien besoin de vos soins. A gauche, ceux dont les protubérances sont bleues, ce sont les beaux vers de Wagmund dont vous allez vous charger, Cugel.

– Pourquoi ne pas donner ceux aux protubérances jaunes à Cugel et me confier les bleus ? Cela lui permettrait de commencer son apprentissage par l'acquisition des méthodes de base.

Drofo réfléchit un bon moment.

– Peut-être que oui, peut-être que non. Mais nous n'avons pas le temps d'analyser à fond votre proposition; nous nous en tiendrons donc à mon plan.

– Cela me paraît conforme au Second Axiome de notre profession, dit Cugel : si le Vermier A néglige ses bêtes, c'est le Vermier A qui doit leur rendre la santé et non le Vermier B, travailleur irréprochable.

– Cugel a peut-être appris une trentaine d'axiomes dans un livre, rétorqua Lankwiler tout déconfit, mais, comme Drofo l'a fait remarquer, rien ne remplace l'expérience pratique.

– Restons-en à la première distribution, insista Drofo. Alors, conduisez vos bêtes au navire et attachez-les dans leurs harnais; Cugel à bâbord et Lankwiler à tribord.

– Oui, monsieur, cria de tout son cœur Lankwiler qui avait déjà retrouvé son calme. Venez, Cugel; remuez vos abattis ! Nous allons installer ces vers en moins de deux, à la mode de Tugersbir !

– Du moment que vous ne les attachez pas avec vos fameux nœuds à la Tugersbir, dit Drofo. Au dernier voyage le capitaine Baunt et moi nous avons dû réfléchir pendant une demi-heure sur vos demi-clefs.

Lankwiler et Cugel descendirent tous deux dans le bassin où une douzaine de vers paressaient à la surface de l'eau ou remuaient lentement, sous la poussée de leurs nageoires caudales. Certains étaient roses ou franchement écarlates; d'autres d'une pâleur d'ivoire ou d'un jaune sulfureux. Leur tête comprenait une courte trompe, une bosse optique portant un seul petit œil et, juste derrière, deux pédoncules terminés par des protubérances. Peintes de couleurs différentes, elles révélaient quel était le propriétaire de l'animal et fonctionnaient comme un organe directionnel.

— Allez-y, Cugel ! cria Lankwiler. Mettez vos théorèmes en application ! Le vieux Drofo aime voir nos queues-de-pie voler au vent ! Enfourchez votre selle et chevauchez l'un de vos vers !

— En toute sincérité, j'ai oublié la plus grande partie de mes connaissances.

— Pas besoin de beaucoup de savoir. Regardez-moi faire ! Je saute sur la bête, je jette le capuchon sur son œil. J'empoigne les protubérances et le ver me porte où je veux aller. Attention ! Vous allez voir !

Lankwiler sauta sur l'un des vers, courut tout le long de son dos, bondit sur un autre, puis sur un autre encore et en enfourcha enfin un, à bosse jaune. Il lui jeta un capuchon sur l'œil et empoigna les protubérances. Le ver battit des nageoires et l'emporta hors du bassin, dont Drofo venait d'ouvrir la porte, jusqu'à la *Galante*.

Cugel essaya, avec précaution, de l'imiter, mais lorsqu'il eut enfin enfourché son ver et saisi ses protubérances à pleines mains, l'animal plongea dans l'eau. Cugel tira désespérément sur les bosses et le ver fonça vers la surface, fit un bond de cinq mètres dans les airs et l'envoya voltiger dans le bassin.

Il s'empressa de reprendre pied. Drofo se tenait près de la porte, les yeux sombrement fixés sur lui.

Les vers flottaient aussi placidement qu'auparavant. Cugel poussa un gros soupir; une fois de plus, il sauta sur sa bête et l'enfourcha. Il lui encapuchonna l'œil et tortilla les protubérances bleues avec prudence. La bête fit comme si de rien n'était. Cugel tordit délicatement l'organe, ce qui fit tressaillir le ver qui commença enfin à bouger. Il continua ses expériences, et de spasmes en sursauts, le ver arriva au bout du bassin. Par chance, ou par perversité, l'animal nagea vers la porte que Drofo entrebâilla; le ver s'y glissa avec Cugel qui, la tête haute, feignait la confiance et l'autorité.

— Allons ! cria-t-il. Maintenant, à la *Galante* !

Faisant fi de cet ordre, le ver tourna vers la haute mer. Drofo hocha tristement la tête, comme si cela vérifiait quelque conviction antérieure. Il sortit de son gilet un sifflet d'argent et en tira trois notes stridentes. Le ver décrivit un cercle et revint à la porte du bassin. Drofo sauta sur le dos rose et crêté, et se mit à donner, avec désinvolture, des coups de pied dans les bosses.

– Regardez bien! C'est comme cela que l'on se sert des protubérances. Droite. Gauche. En haut. En bas. Arrêt. Mise en route. Est-ce clair?

– Une fois encore, je vous en prie. Je suis avide d'apprendre votre technique.

Drofo répéta la manœuvre puis, poussant l'animal vers la *Galante,* resta plongé dans ses mélancoliques réflexions tandis que le ver fendait les eaux et allait se ranger de lui-même contre la coque; et c'est alors que Cugel comprit à quoi servaient les drôles de passerelles qui l'avaient étonné; elles permettaient d'accéder facilement aux vers.

– Observez-moi bien. Je vais vous montrer comment on fixe la bête. Comme ça, puis comme ça, et comme ça. On applique un onguent là et là, afin d'empêcher les écorchures. Avez-vous compris?

– Bien sûr!

– Alors, amenez le second ver.

Mettant la leçon à profit, Cugel guida le second ver jusqu'à sa place et l'attacha convenablement. Puis, ainsi que Drofo le lui avait ordonné, il appliqua un baume. Quelques minutes plus tard, à sa grande satisfaction, il entendit Drofo réprimander Lankwiler pour avoir négligé l'onction. Ce dernier eut beau dire qu'il détestait l'odeur de l'onguent, cela ne convainquit pas Drofo.

Puis les deux sous-vermiers restèrent au garde-à-vous pendant que Drofo leur exposait de nouveau ce qu'il attendait d'eux.

– Lors du dernier voyage, je n'étais pas à bord et c'est Gieselman qui a rempli les fonctions de Vermier en Chef avec, pour l'assister, Wagmund et Lankwiler. Et je m'aperçois qu'il a été beaucoup trop mou. Car, si Wagmund s'est occupé de ses vers en homme de métier, Lankwiler, par ignorance et par fainéantise, a laissé ses animaux se détériorer. Examinez-les. Ils sont jaunes comme des coings. Leurs branchies sont noires de concrétions. Mais soyez certains qu'à l'avenir Lankwiler soignera plus fidèlement ses vers. Quant à Cugel, sa formation a vraiment été très médiocre. A bord de la *Galante,* ses lacunes seront comblées, comme par magie, et Lankwiler se corrigera de ses turpitudes.

» Maintenant, attention! Nous allons quitter Saskervoy pour la haute mer dans deux heures. Vous donnerez une demi-mesure de victuailles à vos bêtes et préparerez vos amorces. Cugel, pansez vos bêtes et voyez si elles n'ont pas de timpes. Lankwiler, commencez tout de suite à nettoyer leurs branchies. Cherchez aussi si vos vers n'ont pas de timpes, de pustes ou de mites des nageoires. L'un de vos vers montre des signes d'occlusion, il faudra leur administrer un lavement.

» Vermiers! à vos bêtes!

A grand renfort de brosses, de grattoir, de gouge et d'alésoir, de pots d'onguent, de lotion tonique et de baumes, Cugel fit la toilette de ses vers, selon les instructions de Drofo. De temps en temps, une vague balayait les vers et toute la passerelle. Drofo, penché sur le bastingage, lui disait :

— Ne vous occupez pas de l'eau. Vous vous sentez trempé, mais ce n'est qu'une impression artificielle. Vous êtes constamment mouillé, à l'intérieur de votre corps, par toute une quantité de fluides dont certains d'une nature bien grossière; pourquoi reculer devant de la bonne eau salée? Ne vous occupez pas de l'humidité, sous toutes ses formes; c'est l'état naturel du vermier d'être mouillé.

Maître Soldinck et les siens arrivèrent sur le quai en milieu d'après-midi. Le capitaine Baunt rassembla l'équipage sur le pont du milieu pour les accueillir à bord.

Soldinck, donnant le bras à Mme Soldinck et suivi de ses trois filles, Meadhre, Salasser et Tabazinth, franchit la passerelle et mit le pied sur le pont.

Le capitaine Baunt, tiré à quatre épingles dans son uniforme immaculé, fit un bref discours.

— L'équipage de la *Galante* vous souhaite la bienvenue à bord, à vous, Soldinck et à votre admirable famille! Puisque nous allons vivre ensemble pendant plusieurs semaines, ou même plusieurs mois, permettez-moi de faire les présentations.

» Moi, je suis le capitaine Baunt; voici Bunderwal, notre subrécargue. A côté de lui, c'est Sparvin, notre redoutable maître d'équipage qui commande Tilitz... vous le voyez là-bas, avec sa barbe blonde... et Parmele. Angshott est notre cuisinier et Kinnolde notre charpentier.

» Là, ce sont les stewards : le fidèle Bork, qui n'a pas son pareil pour identifier les oiseaux de mer et les mites d'eau, secondé par Claudio et Vilips, et, lorsqu'on réussit à le découvrir et qu'il est disposé à travailler, par Codniks, le mousse.

» Près du bastingage, se tenant à l'écart de la société des simples mortels, vous voyez nos vermiers ! Drofo, leur remarquable chef, qui jongle avec les mystères de la nature comme Angshott le cuisinier avec ses fèves et son ail. Derrière lui se tiennent, ardents et prompts, Lankwiler et Cugel. Ils ont l'air trempés et abattus, je vous l'accorde, et ils sentent quelque peu le ver, mais c'est ainsi qu'ils doivent être. Rappelons-nous l'un des dictons favoris de Drofo : « Un vermier sec et qui sent bon est un vermier paresseux. » Aussi, ne vous laissez pas abuser; ce sont d'intrépides marins prêts à tout !

» Vous avez là un beau navire, un équipage vigoureux et, en sus, par on ne sait quel miracle, un essaim de belles jeunes filles pour rehausser le panorama marin ! Les présages nous sont favorables, bien que notre voyage s'annonce long ! Nous allons traverser l'Océan des Soupirs en maintenant notre cap sud quart est. Le moment venu, nous relèverons l'estuaire de la Grande Rivière Chaing, qui s'enfonce dans la Terre du Mur qui Tombe; là se trouve Port Perdusz. Et nous serons arrivés.

» Maintenant, l'heure du départ a sonné. Maître Soldinck, avez-vous quelque chose à ajouter ?

– Tout me paraît parfait. A vous de donner les ordres.

– Très bien, monsieur. Tilitz, Parmele ! Larguez les amarres, à l'avant et à l'arrière ! Drofo, préparez vos vers ! Sparvin, barrez obliquement, passé l'azimut de notre vieux soleil, jusqu'à ce que nous ayons laissé derrière nous les Ecueils de Bracknock ! La mer est calme, le vent est faible. Ce soir, nous dînerons à la lueur des lanternes, sur le gaillard d'arrière, pendant que nos grands vers, guidés par Cugel et Lankwiler, nous tireront dans l'obscurité !

Trois jours s'écoulèrent, durant lesquels Cugel acquit les bases du métier de vermier.

Drofo, par ses commentaires, lui apporta un grand nombre d'éléments théoriques.

— Pour le vermier, dit-il, le jour et la nuit, l'eau, l'air et l'écume, ne sont que des aspects légèrement différents d'un plus vaste environnement dont les paramètres sont définis par la grandeur de la mer et le tempo du ver.

— Puis-je poser une question ? Quand aurai-je le droit de dormir ?

— « Dormir » ? Quand vous serez mort, vous dormirez longtemps et profondément. Jusqu'à ce triste événement, utilisez chaque iota de votre temps de veille ; c'est le seul trésor qui ait de la valeur. Qui sait quand le feu abandonnera le soleil ? Même les vers, qui sont pourtant fatalistes et impénétrables, montrent des signes d'inquiétude. Ce matin même, à l'aube, j'ai vu le soleil chanceler à l'horizon et s'affaisser, comme pris de faiblesse. Ce n'est qu'après avoir été secoué par une grande pulsation maladive qu'il s'est enfin propulsé dans le ciel. Un matin, nous attendrons en regardant vers l'est, mais le soleil ne sera pas au rendez-vous. Alors, vous pourrez dormir.

Cugel apprit à se servir de ses seize instruments et découvrit beaucoup de choses sur la physiologie des vers. Les timpes, les mites des nageoires, les concrétions et les pustes devinrent ses pires ennemis ; son grand souci, l'occlusion de la clote, l'obligeait à se servir de l'alésoir sous l'eau ; il devait alors administrer le lavement dans une position qui, lorsque l'occlusion cédait, le soumettait au plein jet de l'écoulement.

Drofo passait la plus grande partie de son temps installé à la proue, à broyer du noir en contemplant la mer. Parfois, Soldinck, ou Mme Soldinck, venait d'un pas nonchalant bavarder avec lui ; d'autres, Meadhre,

Salasser et Tabazinth, seules ou de concert, rejoignaient Drofo à la proue et écoutaient ses propos avec un profond respect. Le capitaine Baunt leur avait suggéré de persuader Drofo de leur jouer de la flûte. « La fausse modestie ne convient pas à un vermier » avait-il dit. Il pouvait, simultanément, jouer et danser trois matelotes et une saltarelle.

Drofo avait l'air de ne s'occuper ni des vers ni des vermiers, mais cette indifférence n'était qu'apparente. Un après-midi, Lankwiler négligea de renouveler les appâts des paniers qui étaient suspendus à vingt centimètres devant ses vers; aussitôt, ils relâchèrent leur effort tandis que ceux de Cugel, convenablement amorcés, nageaient avec zèle; alors la *Galante* se mit à tourner lentement en un grand cercle, malgré la correction apportée par le timonier.

Drofo, convoqué à la proue, diagnostiqua aussitôt la cause et découvrit Lankwiler endormi dans un coin confortable, près de la cuisine. Il lui donna un léger coup de pied.

– Ayez la bonté de vous réveiller. Vous n'avez pas appâté vos vers et le navire a dévié de son cap.

Lankwiler, tout ensommeillé, ses boucles brunes emmêlées, jeta des regards affolés dans toutes les directions.

– Ah, oui, marmonna-t-il. Les appâts ! Cela m'est sorti de l'esprit et je crains bien d'avoir un peu somnolé.

– Je suis très étonné que vous puissiez dormir si profondément alors que vos vers se relâchent ! Un vrai vermier est constamment en éveil. Il apprend à sentir la moindre irrégularité et en devine aussitôt la source.

– Oui, oui, murmura Lankwiler. Je vois maintenant quelle est mon erreur. « Sensation d'irrégularité », « source divine » ! Je vais en prendre note.

– De plus, poursuivit Drofo, j'ai remarqué que votre second ver est infesté de timpes, ce qui va vous donner bien du mal.

– J'y vais tout de suite, monsieur !

Lankwiler se remit à grand-peine sur ses pieds en dissimulant de la main un profond bâillement et partit rejoindre ses vers en vacillant, sous l'œil impassible de Drofo.

Plus tard, au cours de cette même journée, Cugel eut la chance de surprendre une conversation entre Drofo et le capitaine Baunt.

– Demain après-midi, dit Drofo, nous allons avoir du vent. Ce sera bon pour les vers. Ils n'ont pas encore toute leur vitalité et je ne vois pas de raison de les harceler.

– C'est vrai, acquiesça le capitaine. Que pensez-vous de vos vermiers ?

– Jusqu'à maintenant, aucun d'eux ne mérite d'être classé « excellent ». Lankwiler est obtus et apathique. Cugel manque d'expérience et perd beaucoup d'énergie à se pavaner devant les jeunes filles. Il fait le minimum de travail et déteste l'eau avec la ferveur d'un chat hydrophobe.

– Ses vers ont l'air de bien se porter.

– Cugel fait bien les choses pour de mauvaises raisons, dit Drofo d'un air méprisant. Il ne les suralimente pas, par pure fainéantise; ses vers ne risquent pas d'être bouffis. Il méprise si violemment les soins à donner en cas d'invasion de timpes ou d'encrassement des branchies qu'il se précipite dessus aux premiers signes.

– Dans ce cas, son travail devrait donner toute satisfaction.

– Aux yeux d'un profane, peut-être ! Mais pour un vermier, tout est dans le style et l'harmonie des intentions.

– Vous avez vos problèmes; j'ai les miens.

– Comment cela ? Je croyais que tout se passait bien.

– Jusqu'à un certain point. Comme vous vous en êtes peut-être aperçu, Mme Soldinck est une femme qui sait très bien ce qu'elle veut.

– J'ai subodoré quelque chose comme cela.

– Aujourd'hui, pendant le déjeuner, j'ai mentionné que nous étions à deux ou trois jours de voile au nord-est de Lausicaa.

– C'est ce que l'aspect de la mer m'avait fait supposer, dit Drofo. C'est une île intéressante. Pulk, le vermier, habite Pompodouros.

— Connaissez-vous les Bains Paphnissiens ?

— De renommée seulement. Je crois que les femmes se baignent dans ces sources en espérant retrouver la jeunesse et la beauté.

— C'est exact. Vous serez d'accord avec moi pour admettre que Mme Soldinck est une femme admirable.

— A tout point de vue. Elle a des principes rigoureux, une droiture inflexible et elle ne commettrait pas d'injustice.

— Oui. Bork dit qu'elle est dogmatique, obstinée et acariâtre, mais ce n'est pas tout à fait la même chose.

— Le langage de Bork a au moins le mérite d'être lapidaire.

— En tout cas, Mme Soldinck n'est ni jeune ni belle. Elle est grassouillette et courtaude. Son visage est prognathe et pourvu d'une légère moustache brune. C'est sans aucun doute une dame très distinguée et, comme elle ne manque pas de caractère, Soldinck cède facilement à ses désirs. Aussi, puisque Mme Soldinck veut se baigner dans les Sources Paphnissiennes, nous sommes obligés de faire escale à Lausicaa.

— Cela n'est pas pour me déplaire, fit remarquer Drofo, l'air satisfait. A Pompodouros, je vais embaucher Pulk et congédier, soit Cugel, soit Lankwiler, qui se débrouillera pour retourner sur le continent.

— Ce n'est pas une mauvaise idée, si Pulk réside toujours à Pompodouros.

— Il y est et sera trop content de s'embarquer.

— Dans ce cas, vos problèmes sont en partie résolus. Qui allez-vous débarquer, Cugel ou Lankwiler ?

— Je n'en sais rien encore. Cela dépendra de l'état des vers.

Les deux hommes s'éloignèrent et Cugel put méditer sur cette conversation. Il en conclut qu'il lui faudrait, au moins jusqu'à ce que la *Galante* reparte de Lausicaa, travailler avec ardeur et prêter moins d'attention aux filles de Soldinck.

Il se précipita donc sur ses grattoirs et ôta de ses vers toute trace de concrétions, puis il brossa leurs branchies jusqu'à ce qu'elles brillent d'un rose argenté.

Pendant ce temps, Lankwiler avait constaté que son second ver était envahi par les timpes. Durant la nuit, il peignit ses protubérances en bleu, et tandis que Cugel dormait, il conduisit son ver de l'autre côté du bateau et l'échangea contre celui, en bon état, de Cugel, qu'il attacha à la place du sien. Il passa de la peinture jaune sur ses bosses et se félicita d'avoir ainsi évité une tâche fastidieuse.

Au matin, Cugel fut stupéfait en découvrant combien l'état de son deuxième ver s'était détérioré.

– Il est épouvantablement infesté de timpes, fit remarquer Drofo qui passait à ce moment-là. Et si je ne me trompe, cette enflure indique une sévère occlusion qu'il faut soulager immédiatement.

Se rappelant la conversation qu'il avait entendue par hasard, la veille, Cugel se mit au travail avec ardeur. Tout en se laissant tirer sous l'eau, il mania l'alésoir, le clystère et le croc à manchettes; et, au bout de trois heures épuisantes, il réussit à débloquer l'occlusion. Aussitôt le ver perdit quelque peu sa couleur bilieuse et nagea vers son appât avec un zèle tout neuf.

Lorsque Cugel remonta enfin sur le pont, il entendit Drofo crier à Lankwiler :

– Votre ver subsidiaire s'est beaucoup amélioré! Continuez à travailler aussi bien!

Cugel se pencha pour regarder le ver de Lankwiler... C'était étrange qu'en une nuit l'animal jaune et infesté de timpes soit devenu remarquablement sain alors que, durant le même intervalle, son ver rose en bonne santé se soit autant détérioré!

Cugel réfléchit puis il descendit sur la passerelle, gratta les protubérances du ver et découvrit du jaune sous la peinture bleue.

Il retourna cela dans sa tête puis transféra ses vers, mettant celui qui était sain en position de repos.

Tandis qu'ils prenaient leur repas du soir, Cugel parla à Lankwiler de ses soucis.

– C'est bizarre comme ils attrapent rapidement des timpes ou une occlusion! Toute la journée, je me suis occupé de lui et ce soir, je l'ai mis à bâbord où je pourrai m'en occuper plus aisément.

– Bonne idée, répondit Lankwiler. Moi, j'ai réussi à

guérir l'une de mes bêtes et l'autre montre des signes d'amélioration. Avez-vous appris la nouvelle ? Il paraît que nous faisons escale à Lausicaa pour que Mme Soldinck puisse se baigner dans les eaux paphnissiennes et en ressorte transformée en jeune fille.

– Je vais vous apprendre quelque chose sous le sceau du secret. Le mousse m'a dit que Drofo allait engager un vermier expérimenté du nom de Pulk qui habite à Pompodouros.

– J'ai du mal à croire qu'il veuille vous congédier, ou me renvoyer. Et, pourtant, c'est la seule éventualité possible.

Lankwiler se renfrogna et termina son repas en silence.

Cugel attendit que son collègue fût parti faire son petit somme du soir, puis il descendit à pas furtifs sur l'encorbellement de tribord et entailla profondément les protubérances de la bête malade appartenant à Lankwiler. Puis, revenant à sa propre passerelle, il se mit à détruire les timpes de « son » ver.

Du coin de l'œil, il vit Drofo s'approcher du bastingage, demeurer là un moment, puis continuer sa promenade.

A minuit, on ôta les appâts afin que les vers puissent se reposer. La *Galante* flotta tranquillement sur la mer d'huile. Le timonier arrima le gouvernail et partit se reposer. Le mousse somnolait sous la grande lanterne de l'avant, alors qu'il était censé faire le guet. Dans le ciel luisaient faiblement les dernières étoiles, dont Achernar, Algol, Canopus et Cansaspara.

Lankwiler rampa hors de sa niche. Il traversa le pont en se glissant comme un grand rat noir et descendit sur l'encorbellement de tribord. Il détacha le ver malade.

La bête flottait, délivrée de son harnais. Lankwiler s'assit sur la selle et empoigna les protubérances, mais les nerfs avaient été tranchés par Cugel et le seul signal transmis fut la douleur. Le ver battit des nageoires et fonça vers le nord-ouest tandis que Lankwiler, assis à califourchon sur son dos, tirait frénétiquement sur les pédoncules.

Le lendemain matin, on ne parlait que de la disparition de Lankwiler. Drofo, le capitaine Baunt et Soldinck se réunirent dans le grand salon pour en discuter, et bientôt ils convoquèrent Cugel.

Soldinck, assis sur un fauteuil de skeel sculpté à grand dossier, s'éclaircit la voix.

– Comme vous le savez, Cugel, Lankwiler est parti avec un ver de grande valeur. Pouvez-vous nous apporter quelque lumière sur ce fait ?

– Je ne peux que risquer une hypothèse.

– Nous aimerions bien entendre votre opinion là-dessus, dit Soldinck.

– Je crois que Lankwiler désespérait de jamais devenir un vermier compétent. Ses vers tombaient malades et le pauvre garçon n'arrivait pas à relever le défi. J'ai essayé de l'aider; je l'ai laissé prendre mon ver subsidiaire et j'ai rendu la santé au sien qui était malade, comme Drofo l'a sûrement remarqué, bien qu'il ait été exceptionnellement réservé là-dessus.

– Est-ce vrai ? demanda Soldinck en se tournant vers Drofo. Si oui, ceci est à mettre au crédit de Cugel.

– Hier matin, je lui ai conseillé d'agir en ce sens.

– Poursuivez, je vous prie, dit Soldinck en reportant son attention sur Cugel.

– Je peux seulement présumer que c'est le découragement qui a poussé Lankwiler à commettre cet acte de désespoir.

– Cela ne tient pas debout ! s'écria le capitaine Baunt. Pourquoi ne pas sauter tout simplement à la mer ? Pourquoi détourner à son usage un ver de grande valeur ?

– Je suppose, dit Cugel après avoir réfléchi un moment, qu'il voulait en faire une sorte de cérémonie.

– Il n'empêche que son acte nous cause grand tort, rétorqua Soldinck. Drofo, pouvons-nous voyager avec trois vers seulement ?

– C'est faisable. Cugel peut aisément s'occuper des deux passerelles. Pour ne pas gêner le timonier, nous mettrons double appât à tribord et la moitié d'une ration à bâbord; et nous arriverons sans difficulté à Lausicaa où nous prendrons d'autres dispositions.

Le capitaine Baunt avait changé de cap et le vaisseau se dirigeait vers Lausicaa afin que Mme Soldinck puisse se baigner dans les Sources Paphnissiennes. Ayant compté sur une prompte traversée, il était mécontent de ce retard et surveillait Cugel de près, afin de s'assurer que les vers travaillaient avec le maximum d'efficacité.

– Cugel ! Rectifiez la direction de votre second ver; il nous tire par le travers.

– Oui, capitaine.

– Cugel ! Votre ver de tribord est apathique; il se contente de faire clapoter l'eau. Changez ses appâts !

– J'en suis déjà à double ration, grommela Cugel. Que j'ai changée il y a une heure.

– Alors, ajoutez-y une demi-pinte d'Attrait d'Heidinger, et en vitesse ! Je veux arriver à Pompodouros avant demain soir !

Durant la nuit, le ver de tribord s'agita et se mit à battre l'eau de ses nageoires. Drofo, réveillé par le bruit des éclaboussures, sortit de sa cabine et monta sur le pont. Penché sur le bastingage, il regarda Cugel courir de long en large sur l'encorbellement, en essayant de jeter une ligne de contrôle sur les nageoires du ver malicieux.

Après quelques secondes d'observation, Drofo diagnostiqua la cause du mal.

– Levez toujours le panier d'appâts avant de jeter une ligne de contrôle, cria-t-il d'une voix nasillarde... Alors, qu'est-ce qui se passe ?

– Le ver veut nager dans toutes les directions.

– Que lui avez-vous donné à manger ?

– Comme d'habitude, moitié Chalcorex, moitié Illem.

– Demain, vous pourriez lui donner un peu moins de Chalcorex. Cette masse de chair que vous voyez, derrière la tourelle, est un signe auquel on doit toujours se fier. Quelle quantité d'appâts avez-vous donnée ?

– Double ration, comme on me l'a ordonné. Le capitaine m'a dit d'y ajouter une demi-pinte d'Attrait d'Heidinger.

— Voilà la cause de son agitation. Vous l'avez trop appâté, c'est de la folie.

— C'était les ordres du capitaine Baunt !

— Cette excuse est pire que pas d'excuse du tout ! Qui est le vermier ? Vous ou le capitaine ? Vous connaissez vos vers; vous devez les faire travailler selon les directives que vous dictent votre expérience et votre jugement de vermier. Si Baunt s'en mêle, demandez-lui de descendre sur l'encorbellement et de vous conseiller au sujet d'un engorgement des branchies. Voilà comment doit agir un vermier ! Changez tout de suite les appâts et frottez le ver de Mulcent de Blagin.

— Très bien, monsieur, dit Cugel entre ses dents.

Drofo étudia brièvement le ciel et l'horizon, puis retourna dans sa cabine, et Cugel s'attela à sa tâche.

Le capitaine Baunt avait ordonné de déployer la voile, espérant attraper ainsi la première bouffée d'air favorable. A 2 heures du matin, un vent de travers se leva, faisant claquer la voile contre le mât et provoquant ainsi un bruit qui tira le capitaine de son paisible sommeil. Il monta sur le pont en titubant.

— Qui est de quart ? Ohé ! Vermier ! Il n'y a personne ici ?

— Seulement l'homme de veille qui s'est endormi sous la lanterne, répondit Cugel en remontant de l'encorbellement sur le pont.

— Alors, et vous ? Pourquoi n'avez-vous pas attaché cette voile ? Etes-vous sourd ?

— Non, capitaine. Mais j'étais sous l'eau, en train de frotter le ver de Mulcent de Blagin.

— Alors, rattachez le filin et mollissez cette maudite souillon !

Cugel s'empressa d'obéir tandis que le capitaine Baunt allait s'appuyer au bastingage de tribord. Il découvrit là une nouvelle source de mécontentement.

— Vermier, où sont les appâts ? J'avais ordonné une double ration aromatisée d'Attrait !

— Capitaine, on ne peut soigner le ver pendant qu'il s'épuise sur les appâts.

— Pourquoi le soignez-vous ? Je ne vous ai pas ordonné de le traiter au Mulcent !

— Capitaine, répondit Cugel en se redressant de

toute sa hauteur, je soigne ce ver selon les directives que me dictent mon expérience et mon jugement de vermier.

Le capitaine Baunt le regarda, les yeux écarquillés, leva les bras au ciel, fit demi-tour et retourna se coucher.

Lausicaa

Le soleil, dégringolant du ciel, se dissimula derrière un banc de nuages et laissa tôt la place au crépuscule. Pas un souffle de vent; l'océan, uni comme un satin épais, reflétait le ciel, si bien que la *Galante* semblait flotter dans un vide d'une merveilleuse luminosité lavande. Seules les ondulations bleues, mauves et noires qui s'élargissaient en V depuis la proue, délimitaient la mer du firmament.

Une heure avant le coucher du soleil, Lausicaa apparut à l'horizon comme une ombre à peine discernable dans l'obscurité couleur de prune.

Lorsque la nuit tomba, quelques lumières se mirent à trembloter, révélant ainsi l'emplacement de la ville de Pompodouros, et se réfléchissant dans le port, facilitèrent l'approche du navire.

Le quai n'était qu'une tache plus foncée que les ténèbres, par-delà les reflets qui dansaient sur l'eau. Dans ces lieux inconnus où il arrivait de nuit, le capitaine Baunt trouva plus prudent de jeter l'ancre au lieu d'essayer de mouiller dans le bassin.

Du tillac, où il se tenait, il cria :

– Drofo ! Relevez les appâts !

– Relever les appâts ! répondit en écho le vermier qui lança ensuite, sur un ton différent. Cugel ! Désappâtez les vers !

Cugel enleva les amorces des deux vers de bâbord, traversa le pont en courant et sauta sur l'encorbellement de tribord pour y répéter la même manœuvre. La *Galante* dériva lentement, aux gestes nonchalants des nageoires caudales des vers.

Le capitaine Baunt cria de nouveau :

– Drofo ! Amortissez vos vers !

– Amortir les vers ! réitéra Drofo, puis : Cugel ! Amortissez les vers ! Et en vitesse !

Cugel tomba à l'eau en amortissant le ver de tribord; il fut donc plus lent à faire de même avec celui de bâbord, arrachant des récriminations au capitaine.

– Drofo, accélérez l'amortissage ! Vous vous croyez en train de conduire des funérailles ? Maître d'équipage, préparez l'ancre !

– Amortissage en cours d'opération ! cria Drofo. Dépêchez-vous, Cugel !

– L'ancre est prête, capitaine.

Les vers enfin amortis, la *Galante* ne dériva plus qu'à peine.

– Jetez l'ancre ! cria le capitaine.

– Ancre à l'eau, capitaine ! Fond par dix brasses !

La *Galante* reposait placidement à l'ancre. Cugel desserra les harnais des vers, appliqua de l'onguent à l'endroit des frottements et leur donna à chacun une mesure de nourriture.

Après le repas du soir, le capitaine Baunt rassembla tout le monde sur le tillac. Se tenant à mi-hauteur de l'échelle de commandement, il fit un petit discours sur l'île de Lausicaa et la ville de Pompodouros.

– Ceux d'entre vous qui ont déjà visité ces lieux – et je doute qu'ils soient nombreux – comprendront pourquoi j'émets ces avertissements. Vous découvrirez que les coutumes des habitants de ces îles ne ressemblent guère aux nôtres. Elles pourront vous paraître étranges, grotesques, risibles, pittoresques ou dignes d'éloges, selon votre point de vue. Quoi qu'il en soit, il vous faudra en tenir compte et vous y soumettre, car les habitants de Lausicaa ne vont pas changer leurs manières pour adopter les nôtres. (Le capitaine Baunt se tourna en souriant vers Mme Soldinck et ses trois filles.) Mes remarques s'adressent presque exclusivement aux hommes, et si j'aborde des sujets qui peuvent être considérés comme de mauvais goût, je ne peux que plaider la nécessité; j'implore donc votre indulgence !

– Assez de *mea culpa,* Baunt, s'écria Soldinck d'un

ton bourru. Ne mâchez pas vos mots! Nous sommes tous des gens raisonnables, y compris Mme Soldinck!

Le capitaine Baunt attendit que les rires s'éteignent.

– Bon, alors! Regardez le quai là-bas; vous remarquez trois personnes qui se tiennent sous un lampadaire. Tous trois sont des hommes. Leurs visages sont dissimulés par des capuchons ou des voiles. Ces précautions sont dues à l'effervescence toute particulière des femmes du pays. Si vif est leur tempérament que les hommes n'osent pas montrer leur visage par peur de provoquer des élans irrépressibles. Les « voyeuses » vont jusqu'à jeter des coups d'œil furtifs par les fenêtres des tavernes où les hommes se rassemblent pour boire de la bière, le visage parfois en partie exposé aux regards.

En entendant cela, Mme Soldinck et ses filles éclatèrent d'un rire nerveux.

– C'est incroyable! dit-elle. Et elles agissent toutes ainsi, quelle que soit leur classe sociale?

– Eh oui!

– Est-ce que les hommes ont le visage voilé lorsqu'ils font leur demande en mariage? questionna Meadhre d'un air un peu gêné.

Le capitaine Baunt réfléchit avant de répondre.

– Autant que je sache, l'idée n'est venue à personne de faire autrement.

– A mon avis, ce n'est pas une atmosphère saine pour élever des enfants, remarqua Mme Soldinck.

– Apparemment, cette coutume ne semble pas affecter sérieusement les enfants. Jusqu'à dix ans, les petits garçons vont parfois le visage découvert, mais même pendant cet âge tendre, on les protège des petites filles audacieuses. A partir de leur dixième anniversaire, ils « prennent le voile », comme on dit dans l'idiome du pays.

– Ce doit être assommant pour les jeunes filles! soupira Salasser.

– Et combien cela manque de dignité! insista Tabazinth. Supposez que je remarque un jeune homme qui semble beau. Je lui fais des avances et je réussis à le séduire. Lorsque je baisse son capuchon, je découvre qu'il a de grandes dents jaunes, un gros nez et un front fuyant... Que faire? J'aurais l'air d'une idiote si je me contentais de me lever et de filer.

– Tu pourrais lui dire, suggéra Meadhre, que tu voulais seulement te renseigner sur le chemin du port.

– Quoiqu'il en soit, poursuivit le capitaine Baunt, les femmes de Lausicaa ont élaboré certaines techniques qui rétablissent l'équilibre.

» Les hommes ont un faible pour les spralings, qui sont de délicats petits bidechtels. Ils nagent à la surface de la mer très tôt le matin. Donc les femmes se lèvent avant l'aube, pataugent dans l'eau et en attrapent le plus possible puis retournent à leur hutte.

» Les femmes qui ont fait bonne pêche allument leur feu et suspendent dehors des pancartes avec : AUJOURD'HUI BEAUX SPRALINGS ou SAVOUREUX SPRALINGS A VOTRE DISPOSITION.

» Les hommes se lèvent et se promènent nonchalamment par la ville. Quand leur appétit se réveille enfin, ils s'arrêtent devant une hutte dont l'enseigne offre un programme à leur goût. Si le spraling est frais et la compagnie agréable, ils restent souvent jusqu'au soir.

Mme Soldinck fit la moue et murmura quelque chose à ses filles qui se contentèrent de hausser les épaules et de secouer la tête.

Soldinck grimpa deux échelons et prit la parole.

– Il ne faut pas prendre à la légère les remarques du capitaine Baunt! Lorsque vous irez à terre, revêtez une robe ample et débrouillez-vous pour dissimuler votre visage afin d'éviter tout incident indécent ou scabreux! Me suis-je bien fait comprendre?

– Demain matin, reprit le capitaine Baunt, nous mouillerons à quai et vaquerons à nos différentes affaires. Drofo, je vous conseille de mettre cette escale à profit. Oignez bien vos animaux et guérissez leurs irritations, leurs écorchures et leurs ulcères. Qu'ils prennent chaque jour de l'exercice dans le port car l'oisiveté provoque l'occlusion. Débarrassez-les aussi de leurs parasites; rafraîchissez leurs branchies. Les heures passées ici sont précieuses; chacune d'elles doit être utilisée au maximum, de nuit comme de jour.

– Vous vous faites l'écho de mes pensées, dit Drofo.

Je vais tout de suite donner les ordres nécessaires à Cugel.

– Un dernier mot! cria Soldinck. Le départ de Lankwiler, avec le ver de tribord, nous aurait causé un tort considérable sans la sage tactique de notre Vermier en Chef. Je vous propose d'acclamer en chœur l'estimable Drofo!

Drofo accueillit l'ovation d'un bref signe de tête puis se retourna pour donner des instructions à Cugel, après quoi il revint à l'avant s'appuyer au bastingage et regarder les eaux du port d'un air sombre.

Cugel s'escrima jusqu'à minuit avec ses tranchets, ses lizés et son alésoir, pour traiter les pustes, les timpes et les concrétions. Drofo avait depuis longtemps quitté sa place à la proue et le capitaine Baunt s'était retiré tôt. Cugel abandonna furtivement son travail et regagna sa couchette.

Presque immédiatement, du moins lui sembla-t-il, il fut réveillé par Codniks, le mousse. Bâillant et clignant des yeux, Cugel monta en trébuchant sur le pont et s'aperçut que le soleil se levait et que le capitaine Baunt marchait de long en large d'un air impatient. En le voyant, il s'arrêta.

– Bravo! Vous vous êtes enfin décidé à nous honorer de votre présence? Bien sûr, ce que nous avons à faire à terre, quoiqu'important, peut attendre jusqu'à ce que vous ayez dormi tout votre content. Etes-vous enfin capable d'affronter cette journée?

– Oui, capitaine.

– Merci, Cugel. Drofo, voici enfin votre vermier.

– Très bien, capitaine. Cugel, apprenez à être disponible lorsque nous avons besoin de vous. Remettez vos vers dans les harnais. Nous allons entrer dans le port. Gardez vos amortisseurs à portée de main. N'utilisez pas d'appâts.

Le capitaine Baunt sur le tillac, Drofo attentif à la proue et Cugel s'activant à bâbord et à tribord, la *Galante* se faufila jusqu'au quai. Des débardeurs, vêtus de longues robes noires et coiffés de grands chapeaux dont le voile dissimulait les traits, attrapèrent les câbles d'amarrage et attachèrent le bateau aux bollards. Cugel amortit les vers, desserra les harnais et les nourrit tous.

Le capitaine Baunt désigna Cugel et le mousse pour le quart sur l'appontement; tous les autres, vêtus et voilés comme il convenait, se rendirent à terre. Cugel dissimula immédiatement ses traits sous un voile de fortune, endossa une grande cape et débarqua également, suivi de près par Codniks, le mousse.

Plusieurs années auparavant, Cugel avait traversé l'ancienne cité de Kaiin, en Ascolais, au nord d'Almery. La grandeur décadente de Pompodouros lui rappela Kaiin, surtout par ses palais en ruine à flanc de coteaux, maintenant envahis par les grandes digitales, l'herbe aux perles et quelques petits cyprès.

Pompodouros se trouvait dans un vallon aride entouré de collines peu élevées. Les habitants actuels avaient pris, dans les ruines, les pierres qui s'effritaient pour construire leurs maisons, les tavernes, le marché couvert, un hôpital pour les hommes et un autre pour les femmes, un abattoir, deux écoles, six temples, une brasserie et un certain nombre d'ateliers. Sur la place principale, une douzaine de statues en dolomite blanche, plus ou moins délabrées, jetaient de mornes ombres noires sous la lumière rouge et blafarde du soleil.

Il n'y avait pas de rues à Pompodouros, seulement des espaces dégagés et des passages entre les décombres, et qui servaient d'avenues. Les hommes et les femmes de la cité allaient à leurs affaires le long de ces voies de fortune. Les premiers, à cause de leurs longues robes et des voiles noirs qui flottaient à leurs chapeaux, paraissaient grands et maigres. Les secondes portaient des jupes d'ajoncs tressés teints en vert sombre, rouge foncé, gris ou violet, des châles à pompons et des coiffes ornées de perles dans lesquelles les plus coquettes piquaient des plumes d'oiseaux de mer.

De petites voitures, tirées par ces animaux trapus aux jambes épaisses que l'on appelle « droggers », parcouraient les places de Pompodouros; d'autres attendaient le client, rangées devant les tavernes.

Le visage dissimulé derrière son voile, Cugel entra

dans l'une d'elles. Il acheta, au comptoir, une bière servie dans un pot d'étain et l'emporta jusqu'à un box proche de celui où le capitaine Baunt, Soldinck et quelques autres buvaient et discutaient de leurs affaires.

En appuyant l'oreille contre la cloison et en écoutant attentivement, Cugel put saisir l'essentiel de leur conversation.

– ... l'étrange saveur de cette bière, dit Soldinck. Elle a un goût de goudron.

– Je crois qu'elle est brassée à partir de plantes qui en contiennent, répondit le capitaine. On dit qu'elle est nourrissante mais elle descend dans le gosier comme si elle avait des griffes... Ah ! Ah ! voilà Drofo.

Soldinck leva son voile pour mieux regarder.

– Comment pouvez-vous dire cela puisqu'on ne voit pas son visage ?

– C'est facile. Il porte les bottes jaunes d'un vermier.

– C'est vrai. Qui l'accompagne ?

– Je suppose qu'il s'agit de son ami Pulk. Eh, Drofo ! Par ici !

Les nouveaux venus s'installèrent à leur table.

– Je vous présente le vermier Pulk dont je vous ai déjà parlé. Je lui ai laissé entendre nos besoins et il a bien voulu nous réserver ses services.

– Bien, dit le capitaine Baunt. J'espère que vous avez aussi mentionné qu'il nous fallait un ver, de préférence un « Ambulateur » ou un « Maxi-Nageoires ».

– Eh bien, Pulk, demanda Drofo, qu'en pensez-vous ?

– Je crois que mon neveu Fuscule pourra vous trouver un ver de la qualité désirée, dit Pulk d'une voix mesurée, surtout s'il est engagé en qualité de vermier à bord de la *Galante.*

– Alors, nous aurions trois vermiers à bord, fit remarquer Soldinck. Ce qui ne serait pas pratique.

– Je suis d'accord avec vous, répondit Drofo. Il y a les vermiers indispensables, c'est-à-dire moi-même, Pulk, et Fuscule, et puis... (Drofo s'interrompit.)

– Cugel ?

– Eh oui.

– Vous insinuez qu'il nous faudrait débarquer Cugel sur cette île minable ?

– C'est l'une des options possibles.

– Mais comment Cugel ferait-il pour revenir sur le continent ?

– Un moyen se présentera bien un jour ou l'autre.

– Après tout, glissa Pulk, Lausicaa n'est pas le pire endroit de ce monde. Le spraling y est excellent.

– Ah oui, ce fameux spraling ! acquiesça Soldinck avec empressement. Comment faire pour goûter à ce mets délicat ?

– Rien de plus facile, dit Pulk. Il suffit de se promener dans les rues du quartier des femmes jusqu'à ce que l'on aperçoive une enseigne qui corresponde à ses goûts. Il ne reste plus qu'à tendre le bras, décrocher le panonceau et l'emporter à l'intérieur de la hutte.

– Faut-il frapper à la porte ? demanda prudemment Soldinck.

– Si l'on veut. C'est considéré comme une preuve de bonne éducation.

– Encore une question. Comment peut-on découvrir les attributs de son hôtesse avant de, disons, s'engager dans l'action ?

– Il y a plusieurs tactiques possibles. Le visiteur occasionnel, tel que vous, ferait bien de demander conseil à quelqu'un de la ville. Car, une fois que la porte est ouverte et que le visiteur est entré, il lui sera difficile, sinon impossible, d'effectuer une retraite élégante. Si vous le désirez, je demanderai à Fuscule de vous conseiller.

– Discrètement, bien sûr. Il n'est pas nécessaire que Mme Soldinck apprenne l'intérêt que je porte à la cuisine locale.

– Vous verrez combien Fuscule est accommodant.

– Autre chose encore. Mme Soldinck veut visiter les Bains Paphnissiens dont elle a entendu dire beaucoup de bien.

– J'aurais été heureux d'escorter moi-même Mme Soldinck, dit Pulk avec courtoisie. Malheureusement, je serai très occupé pendant les jours à venir. Je vous conseille de charger Fuscule de cette mission de confiance.

– Mme Soldinck saura s'en contenter. Eh bien, Drofo, courons-nous le risque de boire une autre chope de cette boisson phénolée ? Au moins, elle ne manque pas de force.

– Monsieur, mes mœurs sont austères.

– Et vous, capitaine ?

– Je dois retourner au navire, répondit-il en déclinant l'invitation, et congédier Cugel, puisque vous en avez décidé ainsi.

Il se leva et sortit de la taverne, suivi de Drofo.

Soldinck but une gorgée de bière et fit une terrible grimace.

– On pourrait enduire le fond du navire avec cette boisson afin d'empêcher que les parasites marins ne s'y installent. Mais vidons notre coupe. (Il reposa bruyamment sa chope.) Pulk, peut-être est-il temps de goûter le spraling du pays. Est-ce que Fuscule est disponible maintenant ?

– Il est peut-être en train de se reposer, ou de soigner son ver, mais il sera très heureux de vous prêter assistance. Garçon ! Cours chez Fuscule et demande-lui de venir ici, sur-le-champ, faire la connaissance de Maître Soldinck. Explique-lui que c'est moi, Pulk, qui envoie ce message et que c'est urgent. Maintenant, monsieur... (Pulk se leva.)... je vais vous laisser aux bons soins de mon neveu qui ne va pas tarder à arriver.

Cugel sauta hors du box, se précipita dehors et attendit dans l'obscurité. Pulk et le serveur sortirent de la taverne et partirent chacun de leur côté. Cugel courut après le jeune garçon.

– Attends ! Soldinck a changé d'avis. Voici un florin pour ta peine.

– Merci, monsieur.

Le serveur fit demi-tour et repartit en direction de la taverne. Cugel l'appela de nouveau.

– Tu connais bien, sans doute, les femmes de Pompodouros ?

– Seulement de vue. Elles ne me serviraient pas de spraling, à moi, mais m'accableraient de leurs sarcasmes.

– Quel dommage ! Mais ton temps viendra bientôt.

Dis-moi, de toutes ces femmes, quelle est la plus terrifiante ?

– C'est difficile à dire. (Le jeune garçon réfléchit.) Krislen ? Ottleia ? Terlulia ? Je pense que c'est Terlulia. On dit que, lorsqu'elle part pêcher le spraling, tous les oiseaux de mer s'envolent de l'autre côté de l'île. Elle est grande et corpulente; elle a des taches rouges sur les bras et de grandes dents. Son ton est impérieux et l'on dit qu'elle insiste pour tirer le maximum de ses spralings.

– Où habite-t-elle ?

– Vous voyez la hutte là-bas, celle qui a deux fenêtres ? C'est sa demeure.

– Et où puis-je trouver Fuscule ?

– Plus loin, sur la même avenue, à côté d'un enclos à vers.

– Bien. Voilà un autre florin pour toi. Quand tu reviendras à la taverne, dis à Maître Soldinck que Fuscule ne va pas tarder.

– Entendu, monsieur.

Cugel parcourut rapidement l'avenue et arriva bientôt à la demeure de Fuscule, située tout à côté d'un enclos à vers constitué de pierres empilées dans l'eau. Fuscule était debout devant un établi et réparait un polissoir; c'était un homme grand et très maigre, tout en coudes, en genoux et en jambes longues et décharnées.

Cugel prit son air le plus arrogant.

– Dites, jeune homme, seriez-vous Fuscule ?

– Et alors ? répliqua celui-ci d'une voix aigre sans se donner la peine de lever les yeux de son ouvrage. Qui êtes-vous ?

– Vous pouvez m'appeler Maître Soldinck, propriétaire du vaisseau la *Galante.* On m'a dit que vous vous considériez comme un vermier.

Fuscule leva brièvement les yeux et se remit au travail.

– Croyez ce qui vous plaira !

– Allons, mon vieux ! Ne me parlez pas sur ce ton ! Je suis un homme important ! Je viens acheter votre ver, si vous ne le vendez pas trop cher.

Fuscule posa ses outils et, de sous son voile, inspecta Cugel d'un air glacial.

— Bien sûr que je vais vendre mon ver. Vous en avez sans doute grand besoin, sinon vous ne viendriez pas l'acheter à Lausicaa. Etant donné les circonstances, et à cause de vos manières courtoises, mon prix sera de cinq mille terces. C'est à prendre ou à laisser.

Cugel poussa un cri d'outrage.

— Seul un scélérat peut avoir d'aussi cupides exigences! J'ai parcouru tout ce monde mourant; je n'ai jamais rencontré une telle rapacité! Fuscule, vous êtes un vaurien et un voleur et, de plus, physiquement repoussant!

Le sourire impitoyable de Fuscule fit frémir le tissu de son voile.

— Ce genre d'injures ne me poussera pas à baisser mes prix.

— C'est dramatique, mais je suis obligé de m'y soumettre, se lamenta Cugel. Fuscule, vous êtes dur en affaires!

— Peu m'importe ce que vous pensez de moi, dit-il en haussant les épaules. Où est votre argent? Payez tout de suite, en terces sonnants et trébuchants! Puis emportez le ver et nous en aurons fini l'un avec l'autre.

— Patience! s'écria sévèrement Cugel. Croyez-vous que je porte sur moi une somme pareille? Il faut que j'aille chercher l'argent. M'attendrez-vous ici?

— Dépêchez-vous! Quoique je sois obligé d'avouer... (Fuscule laissa échapper un gloussement discordant.)... que pour cinq mille terces, je suis capable d'attendre un certain temps.

Cugel s'empara d'un des outils de Fuscule et le jeta d'un geste désinvolte dans l'enclos du ver. Bouche bée, Fuscule se pencha pour regarder où était tombé l'outil. Cugel s'avança d'un pas et le poussa dans l'eau, puis resta là à le regarder patauger.

— C'est pour vous punir de votre insolence. Souvenez-vous que je suis Maître Soldinck, un homme important. Je reviendrai en temps voulu avec l'argent.

Cugel repartit à grands pas vers la taverne et se présenta devant Soldinck.

— Je suis Fuscule, dit-il en déguisant sa voix. On m'a

dit que vous aviez envie de manger quelques bons spralings.

— C'est vrai ! (Soldinck essaya de scruter au travers du voile de Cugel et lui fit un clin d'œil d'espiègle camaraderie.) Mais soyons discrets ! Cela s'impose !

— Bien sûr ! Je vous comprends !

Cugel et Soldinck sortirent de la taverne et continuèrent à parler, sur la place.

— Je dois reconnaître que je suis quelque peu difficile, en quoi j'ai peut-être tort. Pulk m'a parlé de vous en termes élogieux, disant que vous aviez un discernement rare en la matière.

— On peut dire de moi que je sais reconnaître mon pied gauche de mon pied droit, dit Cugel en hochant la tête d'un air solennel.

— J'aimerais dîner dans un lieu agréable, poursuivit Soldinck d'une voix pensive, et dont l'hôtesse serait charmante. Il faudrait qu'elle soit d'une beauté exquise, ni corpulente ni émaciée, le ventre plat, les hanches rondes, les jambes fines comme celles d'un animal de course. Je la voudrais raisonnablement propre, et surtout, qu'elle ne sente pas le poisson; si elle avait, en plus, l'âme portée à la poésie et le cœur tendre, cela ne me déplairait pas.

— C'est la catégorie de luxe, dit Cugel. Je vois Krislen, Ottleia, et plus probablement Terlulia.

— Pourquoi perdre notre temps, hein ? Vous pouvez me conduire tout de suite à la demeure de Terlulia, mais en voiture, je vous prie. Je chavire presque sous le chargement de bière que j'ai embarqué.

— Ce sera comme vous dites, ou je ne m'appelle pas Fuscule.

Cugel fit signe à une voiture. Après avoir aidé Soldinck à s'asseoir sur le siège du passager, Cugel alla s'entretenir avec le cocher.

— Vous savez où habite Terlulia ?

Le conducteur le regarda avec une curiosité bien visible quoique son voile dissimulât son expression.

— Bien sûr, monsieur.

— Pouvez-vous nous amener non loin de sa maison ?

Cugel grimpa sur le siège voisin de celui de Soldinck. Le cocher appuya du pied sur une pédale reliée à un levier qui, à son tour, envoya une baguette flexible heurter la croupe du drogger. L'animal traversa la place au trot et le conducteur fit tourner une roue qui tira sur des cordes attachées aux longues et minces oreilles de la bête.

En chemin, Soldinck parla de la *Galante* et de ses soucis.

— Les vermiers sont d'humeur fantasque. C'est évident dans le cas de Lankwiler qui sauta sur son ver et partit vers le nord; quant à Cugel, sa conduite n'est guère moins excentrique. Nous allons le débarquer ici et c'est vous, du moins je l'espère, qui assumerez dorénavant ses fonctions... surtout, mon cher ami, si vous me vendez votre beau ver à un prix satisfaisant pour nous deux.

— Sans aucune difficulté, répondit Cugel. Quel prix avez-vous en tête?

Sous son voile, Soldinck fronça pensivement les sourcils.

— A Saskervoy, un ver comme le vôtre vaudrait de sept cents à huit cents terces. Avec la remise habituelle, nous pourrions arriver à la somme approximative, mais généreuse, de six cents terces.

— Ce chiffre me paraît un peu bas, dit Cugel d'un air incertain. J'avais espéré au moins cent terces de plus.

Soldinck fouilla dans son sac et compta six centums d'or.

— Je crains bien de ne pouvoir vous donner plus pour le moment.

— Le ver est à vous, dit Cugel en acceptant l'argent.

— Voilà comme j'aime à traiter les affaires! s'exclama Soldinck. Rapidement et avec un minimum de discussion. Fuscule, vous êtes un garçon intelligent et un rude marchandeur! Vous irez loin!

— Je suis heureux de la bonne opinion que vous avez de moi. Regardez là-bas! Voici la hutte de Terlulia. Cocher, arrêtez!

Le conducteur, tirant vers lui un grand levier, serra des taquets contre les pattes du drogger, immobilisant ainsi l'animal.

Soldinck descendit et examina la hutte que Cugel lui désignait du doigt.

– C'est la demeure de Terlulia?

– Mais oui. Regardez son enseigne.

Soldinck inspecta d'un air incertain le panneau que Terlulia avait fixé à sa porte.

– De la peinture rouge et des petites lampes orange qui clignotent, ce n'est guère discret.

– C'est le principe de base du camouflage, fit remarquer Cugel. Frappez à la porte, détachez l'enseigne et emportez-la à l'intérieur!

– Allons-y! se décida Soldinck en prenant une profonde inspiration. Et, attention, pas la moindre allusion devant Mme Soldinck! C'est le moment de lui faire visiter les Bains Paphnissiens, si Bunderwal l'a reconduite au navire.

– Je vais m'en occuper tout de suite, dit Cugel en s'inclinant. Cocher, conduisez-moi au vaisseau la *Galante.*

La voiture tourna vers le port. Jetant un coup d'œil en arrière, Cugel vit Soldinck s'approcher de la hutte de Terlulia. La porte s'ouvrit dès son arrivée; Soldinck parut se figer sur place, et s'affaisser sur ses jambes devenues molles, mais quelqu'un que Cugel ne put voir l'agrippa et l'entraîna à l'intérieur de la maison.

Comme ils approchaient de leur destination, Cugel dit au conducteur :

– Parlez-moi des Bains Paphnissiens. Est-ce qu'ils produisent des bienfaits mesurables?

– J'ai entendu là-dessus des opinions fort contradictoires. On raconte que Paphnis, qui était alors déesse de la Beauté et Gydonyde du Siècle, s'arrêta pour se reposer au sommet du Mont Dein. Près de là, elle découvrit une source où elle se lava les pieds, imprégnant ainsi l'eau d'une vertu particulière. Quelque temps après, le Pandalecte Cosmei installa un nympharium sur le site et construisit une superbe station balnéaire, de nacre et de verre émeraude; et c'est ainsi que la légende se répandit.

– Et de nos jours?

– La source coule toujours. Certaines nuits, le fantôme de Cosmei se promène parmi les ruines. D'autres fois, on peut entendre un faible chant, aussi doux qu'un chuchotement, sans doute les échos des chansons des nymphes.

– Si ces eaux étaient vraiment efficaces, fit remarquer Cugel, Krislen, Ottleia et même la redoutable Terlulia auraient mis leur magie à profit. Pourquoi ne l'ont-elles pas fait ?

– Elles disent qu'il faut que les hommes de Pompodouros les aiment pour leurs qualités d'âme. C'est peut-être par obstination, ou bien elles ont expérimenté les sources, sans obtenir de résultats. C'est l'un des grands mystères féminins.

– Et les spralings ?

– On est bien obligé de manger.

La voiture était arrivée sur la place et Cugel demanda au cocher de s'arrêter.

– Laquelle de ces avenues conduit aux Bains Paphnissiens ?

– Celle-là, et c'est à huit kilomètres, à flanc de montagne.

– Et combien prendriez-vous pour la course ?

– Habituellement, c'est trois terces, mais pour des personnes de qualité, le prix est un peu plus élevé.

– Bon, voilà. Soldinck m'a demandé d'escorter son épouse aux Bains et elle préfère que nous y allions seuls, ce qui l'embarrassera moins. Je vais donc vous louer votre voiture pour dix terces, plus cinq autres afin que vous buviez une bière pendant mon absence. Soldinck vous versera la somme lorsqu'il reviendra de chez Terlulia.

– S'il a encore la force de lever le bras, grommela le conducteur. Il faut que vous me versiez d'avance le prix de la location.

– Voilà, au moins, de quoi payer votre bière. Vous recevrez le complément des mains de Soldinck.

– Ce n'est pas régulier, mais cela ira. Alors, écoutez bien. Cette pédale permet d'accélérer. Ce levier sert à s'arrêter. Tournez la roue pour diriger le véhicule dans la direction que vous souhaitez prendre. Si le drogger s'accroupit sur le sol, ce levier plonge un éperon dans son ventre et il repartira avec une vigueur renouvelée.

– C'est simple, dit Cugel. Je ramènerai votre voiture devant la taverne.

Cugel vint s'arrêter sur le quai, en face de la *Galante*. Mme Soldinck et ses filles étaient installées dans des chaises longues, sur le pont; elles observaient la place et faisaient des commentaires sur le curieux spectacle qu'offrait la ville.

— Madame Soldinck! cria Cugel. Je suis Fuscule, celui qui doit vous accompagner aux Bains de Paphnis. Etes-vous prête à partir? Il faut nous hâter car le jour tire à sa fin!

— Je suis prête. Y a-t-il de la place pour nous quatre?

— Je crains bien que non. La bête ne pourrait nous hisser dans la montagne. Vos filles devront rester à bord.

Mme Soldinck franchit la passerelle et Cugel sauta sur le sol.

— Fuscule? dit-elle d'un air pensif. J'ai entendu votre nom mais je ne sais plus qui vous êtes.

— Le neveu de Pulk, le vermier. Je suis en train de vendre un ver à Maître Soldinck et j'espère devenir vermier à bord de votre navire.

— Je vois. Quoiqu'il en soit, c'est gentil à vous de m'accompagner dans cette excursion. Aurai-je besoin d'un costume de bain spécial?

— Absolument pas. Le site est suffisamment isolé et les vêtements atténueraient les effets de l'eau.

— Oui, c'est vrai.

Cugel aida Mme Soldinck à monter en voiture puis il s'installa sur le siège du cocher. Il appuya sur la pédale de l'accélérateur et la voiture traversa la place.

Cugel suivit la route qui gravissait la montagne. Ils surplombèrent d'abord Pompodouros, qui disparut bientôt complètement entre les collines rocailleuses. De chaque côté de la route, d'épais carex noirs répandaient une odeur âcre et Cugel comprit d'où les habitants tiraient leur bière.

Enfin la route tourna pour aboutir à une petite prairie lugubre. Cugel arrêta la voiture pour laisser reposer le drogger.

— Sommes-nous bientôt arrivés à la fontaine? demanda Mme Soldinck d'une voix aiguë. Où est le temple qui abrite les bains?

— C'est encore à une certaine distance d'ici.

— Vraiment ? Fuscule, vous auriez pu vous procurer un véhicule plus confortable. Cette voiture rebondit comme une planche que l'on tirerait sur des rochers ; et puis l'on n'est pas protégé de la poussière.

Se retournant vivement sur son siège, Cugel dit avec sévérité :

— Madame Soldinck, je vous en prie, cessez vos récriminations car elles me portent sur les nerfs. De plus, je vais vous parler avec la sincérité impartiale d'un vermier. Malgré toutes vos estimables qualités, vous avez été gâtée par le luxe et par les excès de table. Vous vivez dans un rêve décadent ! Quant à la voiture, profitez de son confort pendant que vous l'avez car lorsque le chemin deviendra plus abrupt, vous serez obligée de marcher.

Mme Soldinck en resta le souffle coupé.

— De plus, reprit Cugel, nous sommes arrivés à l'endroit où j'ai l'habitude de me faire payer. Combien avez-vous sur vous ?

Mme Soldinck retrouva enfin l'usage de sa langue.

— Vous pouvez sûrement attendre jusqu'à ce que nous soyons revenus à Pompodouros, dit-elle d'un ton glacial. Maître Soldinck traitera de cela avec vous en temps opportun.

— Je préfère tenir que courir. Et puis ici, je peux demander le tarif maximum. A Pompodouros, je devrais compter avec l'avarice de Soldinck.

— C'est une manière bien cynique d'envisager les choses.

— C'est le point de vue logique que l'on nous enseigne à l'école des vermiers. Vous pouvez me verser au moins quarante-cinq terces.

— Quelle absurdité ! Je n'ai jamais une telle somme sur moi !

— Alors, donnez-moi cette belle opale que vous portez à l'épaule.

— Jamais de la vie ! C'est une pierre d'une grande valeur ! Voilà dix-huit terces. C'est tout ce que j'ai dans ma bourse. Maintenant, conduisez-moi aux bains et cessez vos insolences.

— Vous entamez nos relations sur un mauvais pied,

madame Soldinck ! J'ai décidé de signer un engagement de vermier à bord de la *Galante,* quelles qu'en soient les conséquences pour Cugel. Il peut bien rester bloqué à jamais ici, je m'en moque. En tout cas, vous allez me voir souvent, et la cordialité ne doit pas être à sens unique; vous pourrez aussi me présenter à vos délicieuses filles.

De nouveau, Mme Soldinck resta muette de stupéfaction. Elle finit par dire :

– Conduisez-moi aux sources.

– Il est, en effet, temps de continuer notre route. Je suppose que, si l'on pouvait consulter le drogger, il proclamerait bien haut qu'il a déjà dépensé pour dix-huit terces d'efforts. A Lausicaa, nous ne sommes pas comme vous, les étrangers, nous n'avons pas de kilos en trop.

– Vos remarques sont vraiment surprenantes, Fuscule, dit Mme Soldinck avec une belle maîtrise d'elle-même.

– Economisez votre souffle, vous en aurez peut-être besoin lorsque le drogger commencera à fléchir.

De nouveau, Mme Soldinck préféra garder le silence.

Le versant de la colline devenait plus abrupt et la route se mit à monter en lacets jusqu'au moment où, atteignant une petite corniche, elle plongea dans une clairière ombragée par des arbres d'un vert jaunâtre, sentant le gingembre, et un seul grand lancelade, au tronc vernissé rouge foncé, au feuillage noir et duveteux, qui se dressait là comme un roi.

Cugel arrêta la voiture à côté du ruisseau qui traversait, sans se presser, la clairière.

– Vous voilà arrivée, madame. Baignez-vous et moi, je noterai les résultats.

Mme Soldinck étudia le courant, sans grand enthousiasme.

– Est-ce là le site des bains ? Où est le temple ? Et les statues tombées ? Où est l'arc de Cosmei ?

– Les bains à proprement parler sont plus haut dans la montagne, dit Cugel d'une voix languissante, mais c'est la même eau; qui d'ailleurs produit peu d'effet, surtout dans les cas graves.

– Redescendez-moi tout de suite, décida Mme Soldinck dont le visage était devenu écarlate. Monsieur Soldinck prendra d'autres mesures en ce qui me concerne.

– A votre convenance. Cependant je voudrais mon pourboire tout de suite, je vous prie.

– Adressez-vous à M. Soldinck. Je suis sûre qu'il aura beaucoup de choses à vous dire.

Cugel fit faire demi-tour au drogger et entama la descente en disant :

– Je ne comprendrai jamais rien aux femmes.

Mme Soldinck s'enferma dans un silence glacial; Cugel la reconduisit jusqu'à la *Galante* dont elle franchit la passerelle d'un air digne, sans jeter un regard en arrière.

Il ramena la voiture à la station, entra dans la taverne et s'installa dans un box, à l'écart. Il changea la manière dont son voile était drapé au bord de son chapeau, afin de ne plus être pris pour Fuscule.

Une heure s'écoula. Le capitaine Baunt et Drofo, ayant terminé leurs différentes transactions, traversèrent la place à pas lents pour venir s'arrêter devant la taverne, où Pulk vint se joindre à eux.

– Où est Soldinck? demanda ce dernier. Il a sûrement consommé tout le spraling qu'il pouvait désirer.

– C'est ce que je pense, dit le capitaine Baunt. Il ne peut rien lui être arrivé de fâcheux?

– Pas en compagnie de Fuscule, répondit Pulk. Ils doivent être à l'enclos en train de discuter du ver de mon neveu!

– Le voilà enfin qui arrive! dit le capitaine Baunt en montrant le flanc de la colline. Il semble mal en point, comme s'il pouvait à peine mettre un pied devant l'autre!

Plié en deux, Soldinck traversa la place en marchant avec une prudence exagérée. Il rejoignit enfin le groupe qui stationnait devant la taverne.

– Qu'avez-vous? Il vous est arrivé quelque chose de désagréable? demanda le capitaine Baunt en allant au-devant de lui.

– Je viens de subir une terrible expérience, répondit Soldinck d'une voix faible et enrouée.

– Que s'est-il passé? Au moins, vous êtes en vie!

— A peine. Les heures que je viens de passer hanteront à tout jamais ma mémoire. Fuscule est à blâmer, à tous égards. C'est un démon pervers ! J'ai acheté son ver; nous aurons au moins ça. Drofo, allez le chercher pour le conduire au navire; nous allons tout de suite quitter ce cloaque.

— Allez-vous tout de même engager Fuscule comme vermier ? demanda timidement Pulk.

— Ah non ! s'écria sauvagement Soldinck. Il ne soignera pas de ver à bord de mon navire ! Cugel garde sa place.

Mme Soldinck, ayant vu son époux traverser la place, ne put contenir sa rage plus longtemps. Elle descendit sur le quai et s'approcha de la taverne. Dès qu'elle arriva assez près pour être entendue, elle s'écria :

— Alors, te voilà enfin ! Où étais-tu pendant que je supportais l'insolence et les railleries de ce monstre de Fuscule auquel tu m'as livrée ? S'il met le pied à bord, je quitte le navire ! Comparé à lui, Cugel est un ange de lumière ! Il faut le garder comme vermier !

— Ma chérie, c'est exactement ce que je pense.

— Je n'arrive pas à croire que Fuscule ait pu se conduire autrement qu'avec politesse ! dit Pulk en essayant d'adoucir les angles. Il y a sûrement un malentendu ou une méprise entre vous et....

— Un malentendu ! Alors qu'il a demandé quarante-cinq terces et m'en a pris dix-huit, parce que je n'en avais pas plus sur moi ! Et il voulait même m'arracher ma précieuse opale ! Et puis il a déversé sur moi des ignominies que je ne peux même pas supporter d'évoquer ! Et il s'est vanté de devenir vermier à bord de la *Galante* ! Mais cela ne se fera pas, même si je dois, pour cela, monter moi-même la garde sur la passerelle !

— Notre décision est prise en ce sens, dit le capitaine Baunt. Ce Fuscule doit être fou !

— Fou, ou pire encore ! Il est difficile de dépeindre l'étendue de sa malveillance ! Et pourtant, j'ai eu l'impression qu'il m'était familier, comme si, quelque part, dans une existence antérieure, ou bien dans un cauchemar, je l'avais déjà rencontré !

— L'esprit nous joue parfois d'étranges tours,

observa le capitaine Baunt. Je suis impatient de faire la connaissance de ce remarquable individu !

– Le voilà qui arrive, en compagnie de Drofo ! s'écria Pulk. Au moins, nous allons obtenir de lui des explications, et peut-être des excuses qui vous satisferont.

– Je n'en veux pas ! hurla Mme Soldinck. Je désire seulement ne plus jamais revoir cette île lugubre !

Tournant les talons, elle traversa majestueusement la place et remonta à bord de la *Galante.*

Marchant à pas décidés et suivi de Drofo, Fuscule s'approcha du groupe. Il s'arrêta et, relevant son voile, il les examina.

– Lequel de vous est Soldinck ?

– Vous savez très bien que c'est moi ! répondit celui-ci froidement, en contenant sa colère. Je vous connais moi aussi ; vous êtes un gredin et une fripouille. Je ne ferai aucun commentaire sur votre équipée de si mauvais goût ; ni sur votre conduite intolérable envers Mme Soldinck. Je préfère conclure cette affaire en écartant tout élément personnel. Drofo, pourquoi n'avez-vous pas conduit votre ver jusqu'à la *Galante ?*

– C'est moi qui vais répondre à cette question, dit Fuscule. Drofo n'aura le ver que lorsque vous m'aurez payé mes cinq mille terces, plus onze terces pour mon gratte-nageoire à double courbure que vous avez jeté avec une telle désinvolture, et vingt autres pour vous être attaqué à ma personne. Votre facture s'élève donc à cinq mille trente et un terces que vous allez me payer sur-le-champ !

Cugel se mêla au groupe qui sortit de la taverne pour écouter l'altercation.

– Etes-vous fou ? s'exclama Soldinck en s'avançant d'un air belliqueux vers Fuscule. Je vous ai acheté votre ver un bon prix que je vous ai aussitôt payé en espèces. Plus de tours et détours ! Remettez le ver à Drofo ou nous serons obligés de prendre immédiatement des mesures radicales !

– Inutile de dire que vous avez perdu votre place de vermier à bord de la *Galante,* fit remarquer le capitaine Baunt. Alors, livrez-nous le ver et mettons un terme à cette affaire.

— Vous n'aurez pas mon ver, s'écria Fuscule furieux, ni pour cinq mille terces, ni pour dix mille ! Quant aux autres articles de notre compte... (s'avançant d'un pas, il donna vivement un coup de poing à Soldinck)... celui-là me paiera du grattoir, et celui-ci... (il envoya un autre coup à son ennemi)... réglera le reste.

L'agent maritime commença à lui rendre la monnaie de sa pièce; le capitaine Baunt tenta de s'interposer mais son intention fut mal comprise de Fuscule qui l'étendit sur le sol.

Drofo calma les choses en s'interposant, les bras tendus, pour les retenir.

— Arrêtez ! Cette situation présente des aspects bizarres qu'il faut analyser. Fuscule, vous prétendez que Soldinck vous a offert cinq mille terces pour votre ver, puis qu'il a jeté votre grattoir à l'eau ?

— Je l'affirme ! cria Fuscule hors de lui.

— Comment est-ce possible ? La parcimonie de Soldinck est bien connue ! Jamais il n'aurait offert cinq mille terces pour un ver qui, au mieux, en vaut deux mille ! Comment expliquez-vous ce paradoxe ?

— Je suis un vermier, et pas un étudiant en psychologie ! grommela Fuscule. Mais, maintenant que j'y réfléchis, l'homme qui s'est présenté sous le nom de Soldinck mesure une tête de plus que ce petit crapaud-là. Il portait aussi un curieux chapeau pointu et marchait les genoux un peu pliés.

— Cette description correspond tout à fait au scélérat qui m'a recommandé Terlulia ! Il marchait d'un pas furtif et prétendait s'appeler Fuscule.

— Ah ! Ah ! dit Pulk. Cela commence à s'éclairer. Allons nous installer dans cette taverne et menons soigneusement notre enquête autour de quelques bonnes chopes de bière brune !

— L'idée me paraît excellente, mais ce n'est pas la peine, déclara Drofo. Je peux déjà nommer le coupable.

— J'ai aussi mon opinion là-dessus, acquiesça le capitaine Baunt.

— Suis-je donc si obtus ? s'exclama Soldinck en les regardant l'un après l'autre avec ressentiment. Qui est-ce ?

– Peut-il y avoir le moindre doute sur son identité? demanda Drofo. C'est Cugel.

Soldinck cligna des yeux puis frappa ses mains l'une contre l'autre.

– C'est une déduction fort logique!

– Maintenant que nous avons trouvé le coupable, dit Pulk d'un ton de réprimande, vous devez des excuses à Fuscule.

– Je me sentirai plus généreux lorsqu'il aura rendu les cinq cents terces que je lui ai versés pour son ver, grommela Soldinck qui avait encore sur le cœur le souvenir des coups reçus. Et n'oubliez pas que c'est lui qui m'a accusé d'avoir jeté son grattoir à l'eau. Des excuses, c'est à moi d'en recevoir!

– Votre esprit est encore troublé, répliqua Fuscule. C'est à Cugel que vous avez versé les cinq cents terces.

– Peut-être bien. Mais je pense qu'il faudra mener une enquête serrée.

– Je crois l'avoir vu il y a quelques minutes... dit le capitaine Baunt en parcourant des yeux le cercle des spectateurs. On dirait qu'il s'est esquivé.

Aussitôt qu'il avait vu dans quel sens soufflait le vent, Cugel s'était rendu en hâte à bord de la *Galante*. Mme Soldinck était dans sa cabine, en train de conter à ses filles les événements de cette journée. Il n'y avait personne pour empêcher Cugel de s'activer de-ci de-là, d'un bout à l'autre du navire. Il fit tomber la passerelle, coupa les amarres, retira aux vers leur capuchon et mit triple ration d'appâts dans les trémies, puis courut sur le tillac et débloqua le gouvernail.

– Je ne lui ai jamais fait confiance! disait, pendant ce temps, Soldinck. Mais qui pourrait concevoir une dépravation aussi protéiforme?

– Bien qu'enjôleur, Cugel est néanmoins un fameux scélérat! surenchérit Bunderwal, le subrécargue.

– Il faut qu'il vienne ici pour nous rendre des comptes, dit le capitaine Baunt. C'est une corvée fort déplaisante pour nous.

– Pas si déplaisante que cela, murmura Fuscule.

– Il faut que nous écoutions, avec impartialité, ce

qu'il a à nous dire, et le plus tôt sera le mieux. Je pense que la taverne pourrait nous servir de forum.

– Il faut d'abord que nous le trouvions, fit remarquer Soldinck. Je me demande où ce vaurien a pu se cacher ! Drofo, allez voir, avec Pulk, à bord de la *Galante*. Fuscule, jetez un coup d'œil dans la taverne. Ne dites rien qui puisse l'alarmer. Faites-lui simplement savoir que j'ai quelques questions d'ordre général à lui poser... Oui, Drofo ? Pourquoi n'êtes-vous pas parti exécuter mes ordres ?

Drofo tendit le bras vers la mer et dit, de sa voix toujours pensive :

– Voyez par vous-même, monsieur.

L'Océan des Soupirs

Le rouge soleil matinal se reflétait en une fidèle réplique sur la mer assombrie.

Les vers à demi appâtés nageaient au ralenti, sans effort. La *Galante* dérivait aussi doucement qu'un bateau glissant dans un rêve.

Cugel dormit un peu plus tard que d'habitude dans le lit où Soldinck s'était prélassé.

Les membres de l'équipage effectuaient calmement et efficacement les tâches qui leur avaient été attribuées.

Un coup frappé à sa porte tira Cugel de son sommeil. Après avoir bâillé et s'être étiré, il répondit d'une voix mélodieuse :

– Entrez !

C'était Tabazinth, la plus jeune et la plus séduisante des filles de Mme Soldinck. « C'est du moins ce que je dirais, pensa Cugel, s'il me fallait défendre vaillamment les mérites de chacune et prononcer un jugement sur leur beauté. »

Tabazinth était douée d'un buste généreux et de robustes petites hanches tout en gardant encore une taille mince et flexible; elle offrait aux regards un visage rond, une toison de boucles brunes et une bouche rose qui faisait perpétuellement la moue, comme pour retenir un sourire. Elle portait un plateau qu'elle posa sur la table de nuit. Ayant jeté, par-dessus son épaule, un regard de sainte-nitouche, elle fit mine de sortir. Cugel la rappela.

– Tabazinth, ma jolie! La matinée est belle; je vais prendre mon petit déjeuner sur le gaillard d'avant; tu pourras dire à Mme Soldinck d'attacher le gouvernail et d'aller se reposer.

– Comme il vous plaira, capitaine.

Tabazinth reprit le plateau et quitta la cabine.

Cugel se leva, se baigna le visage avec une eau parfumée, se rinça la bouche avec l'une des lotions de luxe de Soldinck, puis s'enveloppa dans une ample robe de chambre de soie bleu pâle. Il écouta... c'était les pas de Mme Soldinck qui descendait l'échelle. Par le hublot, Cugel la regarda s'avancer vers la cabine autrefois occupée par Drofo, le Vermier en Chef. Dès qu'elle eut disparu, il sortit sur le pont du milieu. Il inhala et expira profondément l'air frais du matin, plusieurs fois; puis il grimpa sur le gaillard d'avant.

Avant de s'installer devant son petit déjeuner, Cugel alla étudier l'état de la mer et s'assurer de la bonne marche du navire. D'un bout à l'autre de l'horizon, les eaux restaient calmes et ne reflétaient que l'image du soleil. A l'arrière, le sillage semblait bien droit... ce qui témoignait des qualités de timonier de Mme Soldinck... tandis que la pince de l'escalabra restait pointée vers le sud, comme il se devait.

Cugel eut un hochement de tête approbateur; Mme Soldinck était en train de devenir une excellente femme de barre. Mais, par ailleurs, elle montrait peu de talent comme vermier et ses filles avaient, au mieux, un bien maigre rendement.

Cugel s'installa pour déjeuner. Il souleva un par un les couvercles des plats d'argent pour y jeter un coup d'œil. Il découvrit une compote de fruits épicés, des foies d'oiseaux de mer pochés, de la bouillie de drist avec des raisins, des bulbes de lis et de petits champignons noirs macérés dans du vinaigre, ainsi que différentes sortes de pâtisseries : un petit déjeuner plus qu'acceptable dans lequel il reconnut la main de Meadhre, la plus âgée et la plus consciencieuse des trois jeunes filles. Mme Soldinck, la seule fois où il lui avait attribué cette tâche, avait préparé un repas si peu appétissant que Cugel s'était bien gardé de la renvoyer à la cuisine.

Il mangea tout à loisir. Il se sentait agréablement en harmonie avec le monde, interlude qui méritait d'être prolongé et savouré jusqu'au bout. Pour fêter cet état si exceptionnel, il prit sa tasse à thé, d'une exquise délicatesse, et but le nectar limpide infusé à partir du mélange de premier choix qu'avait embarqué Soldinck.

Le passé s'était évanoui; le futur pouvait finir demain, lorsque le soleil deviendrait noir. Mais il fallait profiter d'aujourd'hui, tel qu'il se présentait.

Et cependant... Cugel jeta un regard inquiet par-dessus son épaule. Il était fort juste d'exploiter les bons côtés de la situation; mais lorsque la conjoncture atteignait son apogée, il ne lui restait malheureusement plus qu'à redescendre.

Or, sans raison tangible, Cugel sentait dans l'atmosphère une tension sinistre; comme si quelque chose qu'il ne pouvait appréhender allait de travers.

Il sauta sur ses pieds et se pencha pour regarder par-dessus le bastingage. Les vers, à demi appâtés, nageaient sans effort. Tout semblait en ordre. Il en était de même pour le ver de tribord. Cugel revint lentement à son petit déjeuner.

Il s'attaqua résolument au problème : Qu'est-ce qui provoquait son inquiétude? Le navire était solide; la nourriture et la boisson abondantes; Mme Soldinck et ses filles semblaient se résigner à leurs nouvelles fonctions, et Cugel se félicitait de son autorité, calme mais ferme.

Dans les heures qui avaient suivi leur départ, Mme Soldinck n'avait cessé de proférer un torrent d'injures auquel Cugel avait décidé de mettre fin, ne serait-ce que pour le moral du bord.

– Madame, lui dit-il, vos protestations nous dérangent tous. Il faut que cela cesse.

— Vous êtes un terroriste ! Un monstre ! Un laharq ou un keak !(1)

— Si vous n'arrêtez pas sur-le-champ, je vais donner l'ordre de vous jeter à fond de cale.

— Bah ! Qui exécutera vos ordres ?

— Si nécessaire, je le ferai moi-même ! La discipline doit régner sur un navire. Je suis maintenant le capitaine de ce vaisseau, et voici mes ordres : premièrement, vous allez tenir votre langue. Deuxièmement, vous vous rassemblez toutes à l'avant, sur le tillac, pour écouter l'allocution que je vais prononcer.

Mme Soldinck et ses filles vinrent se placer à l'endroit désigné par Cugel. Quant à lui, il grimpa à mi-hauteur l'échelle de descente.

— Mesdames ! J'aimerais que vous m'écoutiez attentivement ! (Il les regarda l'une après l'autre, en souriant.) Bon ! Je suis très conscient du fait que cette situation n'offre pas à chacun d'entre nous les avantages qu'il, ou elle, a peut-être mérités. Mais les faits sont là et il faut savoir s'accommoder des choses telles qu'elles sont. Je peux aussi vous soutenir de mes conseils.

» Notre premier souci sera d'observer les règles de la marine qui stipulent une obéissance zélée et scrupuleuse aux ordres du capitaine. A bord, le travail doit être partagé entre tous. J'ai déjà accepté la responsabilité du commandement. De vous, mon équipage, je suis en droit d'attendre bonne volonté, coopération, célérité; moi, je me montrerai indulgent, compréhensif et même affectueux.

— Nous ne voulons ni de vous ni de votre indulgence, cria aigrement Mme Soldinck. Ramenez-nous à Pompodouros !

— Tais-toi, maman ! Sois réaliste ! dit d'une voix pleine de mélancolie Meadhre, la fille aînée. Cugel n'osera jamais retourner à Pompodouros, alors apprenons plutôt où il a l'intention de nous emmener.

(1) Laharq : créature particulièrement méchante, native des toundras du nord de Saskervoy.
Keak : horrible produit de l'hybridation d'un démon et d'une anguille à crochet des profondeurs marines.

— Je réponds bien volontiers à votre question. Notre destination, c'est le port de Val Ombrio, sur la côte d'Almery, à une bonne distance d'ici, dans le sud.

— Vous voulez rire ! hurla Mme Soldinck bouleversée. Il faudrait traverser des eaux où l'on risque la mort ! Tout le monde sait cela !

— Madame, répondit froidement Cugel, vous feriez mieux de faire confiance à quelqu'un comme moi plutôt qu'aux ménagères que vous fréquentez habituellement.

— N'importe comment, Cugel fera ce qu'il voudra, fit remarquer Salasser à sa mère. Alors, pourquoi s'opposer à ses désirs ? Cela ne fera que le mettre en colère.

— Voilà une réflexion pleine de sagesse ! déclara Cugel. Passons maintenant à la bonne marche du navire. Chacune de vous deviendra, grâce à mes leçons, un habile vermier. Puisque nous avons tout notre temps, nous n'appâterons les vers que légèrement, ce qui sera tout à leur avantage. Les services d'Angshott, le cuisinier, nous font aussi défaut ; mais nous avons abondance de provisions et aucune raison de nous rationner. Je vous encourage toutes à exercer pleinement vos talents culinaires.

» Je vais tout de suite établir un programme de travail. Pendant la journée, je ferai le guet et dirigerai les opérations. Mme Soldinck, de par les privilèges de l'âge et de sa position sociale, n'aura pas à accomplir le travail de « steward de nuit ». Quant à...

Mme Soldinck sortit rapidement du rang.

— Attendez ! « Steward de nuit »... en quoi cela consiste-t-il ? Et pourquoi ne suis-je pas qualifiée pour ce poste ?

— L'expression parle d'elle-même, rétorqua Cugel en tournant ses regards vers la mer. Celle qui le tiendra sera assignée à la cabine du gaillard d'arrière où elle veillera au confort du capitaine. C'est un poste de prestige, il est juste qu'il soit équitablement partagé entre Meadhre, Salasser et Tabazinth.

— C'est bien ce que je craignais ! s'exclama Mme Soldinck, de nouveau dans tous ses états. C'est moi, Cugel, qui serai votre steward de nuit ! Et n'essayez pas de me dissuader !

– Très bien, madame, mais vos capacités sont requises au gouvernail.

– Allons, maman, nous ne sommes pas si délicates et si à plaindre que tu te l'imagines, remarqua Meadhre.

– Maman, c'est vous qui méritez un traitement particulier, et pas nous, dit Tabazinth en riant. Nous pouvons très bien nous débrouiller avec Cugel.

– Il faut laisser Cugel prendre les décisions puisque les responsabilités lui incombent, souligna Salasser.

– Je propose que nous laissions cette question en suspens pour le moment. Mais il faut que j'aborde, une fois pour toutes, un sujet quelque peu macabre. Supposons que quelqu'un, à bord de ce navire... appelons-la Zita, comme la Déesse des Choses Inconnaissables... supposons donc que Zita ait décidé d'arracher Cugel au Royaume des Vivants. Elle peut verser du poison dans sa nourriture, lui planter un couteau dans la gorge ou le pousser pour qu'il tombe à la mer.

» Des personnes distinguées n'envisageraient probablement pas de commettre un tel crime. Mais j'ai élaboré un plan qui réduira cette probabilité à zéro. Je vais installer à fond de cale un dispositif destructeur, composé d'explosif, d'une chandelle et d'une mèche. Chaque jour, j'irai ouvrir la porte blindée de ce réduit et je changerai la bougie. Si je négligeais de le faire, la chandelle brûlerait jusqu'au bout et mettrait le feu à la mèche. L'explosion ferait un trou dans la coque et le navire sombrerait comme une pierre. Vous avez l'air distraite, madame Soldinck. Est-ce que vous m'avez bien entendu ?

– Trop bien.

– Je n'ai pas d'autre remarque à vous faire. Madame Soldinck, vous pouvez prendre place au gouvernail où je vais vous apprendre quelques principes de base. Jeunes filles, allez préparer mon déjeuner puis faites les cabines.

Une fois à la barre, Mme Soldinck avertit de nouveau Cugel des dangers que présentaient les mers du sud.

— Les pirates qui hantent leurs eaux sont sanguinaires ! Il y a des monstres marins : le cordofin bleu, le phryfwgd et l'ombre-d'eau longue de douze mètres ! Des vers, qui font sauter les navires comme des bouchons, vont nous attaquer de toutes parts !

— Comment les pirates font-ils pour survivre parmi tant de dangers ?

— Peu importe ! Notre seul espoir, c'est qu'ils périssent !

— Vos avertissements fondent comme neige au soleil devant les faits ! dit Cugel en éclatant de rire. Nous transportons des marchandises destinées à Iucounu et elles doivent être livrées à Val d'Ombrio, sur la côte d'Almery.

— C'est vous qui êtes ignorant des faits ! Ces marchandises, il faut les transborder à Port Perdusz où nos agents prennent des dispositions particulières. C'est à Port Perdusz qu'il faut aller.

— Me prenez-vous pour un idiot ? demanda Cugel en riant de nouveau. Dès que ce navire toucherait à quai, vous vous mettriez à brailler pour appeler la police. Comme je l'ai déjà dit : cap au sud !

Cugel partit prendre son déjeuner, laissant Mme Soldinck lancer des regards noirs sur l'escalabra.

Au matin du second jour, Cugel éprouva pour la première fois l'impression que quelque chose allait de travers. Il eut beau s'appliquer de toutes ses forces, la discordance échappait à son analyse. Le navire avançait convenablement, bien que les vers, à demi appâtés, semblassent un peu apathiques, comme après un gros effort; aussi Cugel se dit qu'il fallait leur donner une dose de fortifiant.

Une compagnie de nuages, venant de l'ouest, présageait du vent; s'il soufflait dans le bon sens, cela soulagerait les vers... Cugel fronça les sourcils, perplexe. Drofo lui avait appris à distinguer les nuances de couleur et de texture de l'océan. Celui-là ressemblait aux eaux qu'ils avaient traversées la veille... C'est ridicule, se dit-il; il faut que je mette un frein à mon imagination.

En fin d'après-midi, Cugel, qui se tenait à la proue,

remarqua un petit kog(1) aux formes lourdes qui se rapprochait d'eux le plus vite qu'il lui était possible. Il prit sa longue-vue et étudia le navire qui était propulsé par quatre vers poussés au maximum mais clapotant d'une manière assez inefficace. Sur le pont, il crut reconnaître Soldinck, le capitaine Baunt, Pulk et les autres; une silhouette pensive, sûrement celle de Drofo, se tenait à la proue et contemplait la mer.

Cugel leva les yeux pour étudier le ciel. La nuit ne tomberait que dans deux heures. Sans s'inquiéter, il fit donner aux vers une double ration arrosée d'un peu de Tonique de Rouse. La *Galante* distança aisément ceux qui la poursuivaient.

Mme Soldinck avait tout observé avec intérêt. Elle demanda enfin :

– Qui commandait ce navire ?

– Je crois qu'il s'agissait des marchands de l'Ile Sarpent, répondit Cugel. De belles brutes, d'après ce que l'on dit. A l'avenir, passez au large d'un tel voisinage.

Mme Soldinck ne fit aucun commentaire et Cugel continua à méditer sur ce nouveau mystère : comment Soldinck avait-il fait pour le rejoindre si vite ?

A la tombée de la nuit, il changea de cap et le kog disparut à l'horizon arrière.

– Demain matin, nous aurons dévié de dix lieues, dit-il à Mme Soldinck.

Il lui tourna le dos pour descendre l'échelle et aperçut une lueur, provenant de la lanterne de fer noir accrochée à la poupe.

Il poussa un cri de contrariété et l'éteignit, puis se retourna, furieux, vers Mme Soldinck.

– Pourquoi ne m'avez-vous pas dit que vous aviez allumé la lanterne ?

– D'abord, vous ne me l'avez jamais demandé, dit-elle en haussant les épaules.

– Et ensuite ?

(1) Le kog, dit « de la Hanse » est un vaisseau marchand du Moyen Age aux formes arrondies et pourvu d'un château avant et d'un château arrière. NDT.

— En mer, il est plus prudent d'avoir des feux. C'est l'une des règles de la navigation.

— A bord de la *Galante,* on ne doit allumer les lanternes que sur mes ordres.

— Comme il vous plaira.

Cugel tapota l'escalabra.

— Gardez ce cap-là pendant une heure, puis remettez-nous plein sud.

— C'est imprudent ! Mortellement imprudent !

Cugel descendit sur le pont du milieu et resta penché sur le bastingage jusqu'à ce que le doux carillonnement des cloches d'argent l'appelle pour le dîner qui lui fut servi dans la cabine arrière, sur une table recouverte d'une nappe blanche.

Le repas répondit aux espérances de Cugel et il en fit compliment à Tabazinth qui était « steward de nuit », ce soir-là.

— Il y avait peut-être un tout petit peu trop de fenouil dans la sauce du poisson, et le vin qui accompagnait le deuxième plat... je veux parler du Montrachio Pâle... a nettement été mis en bouteille un an trop tôt. Mais, dans l'ensemble, il y avait peu de choses à reprendre et j'espère que tu le diras à la cuisinière.

— Tout de suite ? demanda Tabazinth d'un petit air sage.

— Pas nécessairement, dit Cugel. Pourquoi pas demain ?

— Ce sera bien assez tôt, je pense.

— Bien sûr. Nous avons à discuter de nos propres affaires. Mais d'abord... (Cugel jeta un coup d'œil par le hublot arrière)... comme je m'y attendais, cette vieille roublarde a de nouveau allumé la lanterne. Je ne comprends pas ce qu'elle compte obtenir. Pourquoi ce déploiement de lumière en poupe ? Elle ne barre pas en marche arrière !

— Elle veut probablement avertir le navire qui nous suit de ne pas trop se rapprocher de nous.

— Une collision est peu probable. Je préfère éviter d'attirer l'attention, et non l'inverse.

— Tout va bien, Cugel. Ne vous tracassez pas. (Tabazinth s'approcha de lui et mit les mains sur ses épaules.) Est-ce que ma coiffure vous plaît ? Et mon parfum ? Je l'ai choisi spécialement pour vous. Il s'appelle « Tanjence », c'est le nom d'une belle femme de la légende.

– Ta chevelure est si adorable qu'elle arriverait presque à me distraire, et ce parfum est sublime. Mais je dois monter voir si ta mère s'en tire bien.

Avec force moues et sourires, Tabazinth s'efforça de le retenir.

– Allons, Cugel, comment puis-je croire à vos compliments si, au premier prétexte venu, vous vous dépêchez de fuir ? Restez avec moi; prouvez-moi que vous vous intéressez à moi ! Laissez la pauvre vieille s'occuper du gouvernail.

– Contrôle mieux tes élans, affectueuse petite poupée ! dit Cugel en l'écartant. Je ne m'en vais que pour un instant et... tu vas voir si je te le prouve !

Cugel sortit en courant de la cabine et grimpa sur le gaillard d'arrière. Comme il l'avait craint, la lanterne brûlait d'un éclat aveuglant. Sans s'arrêter pour réprimander Mme Soldinck, il éteignit la lampe puis ôta la boîte à incandescence, les gicleurs et le luminex, et jeta le tout dans la mer.

– Vous avez abusé de ma patience, dit-il en se tournant enfin vers elle. Si vous allumez une autre lumière sur ce navire, vous vous en repentirez !

Mme Soldinck garda un silence dédaigneux et, après avoir jeté un dernier coup d'œil sur l'escalabra, Cugel revint dans sa cabine. Ayant bu force coupes et folâtré quelques heures avec Tabazinth, il tomba profondément endormi et ne remonta pas sur le pont cette nuit-là.

Le lendemain matin, lorsque Cugel s'assit en clignant des yeux au soleil, il éprouva de nouveau cette étrange impression qui l'avait troublé auparavant. Il grimpa sur le gaillard d'arrière où Salasser tenait la barre. Il alla regarder l'escalabra; la pince était toujours pointée vers le sud.

Cugel revint sur le pont du milieu et inspecta les vers; ils se prélassaient, à demi appâtés, apparemment en bonne santé, sauf un peu de fatigue, et quelques timpes sur la bête de bâbord.

Il y aurait aujourd'hui du travail sur les encorbellements trempés, dont seule la « steward de nuit » serait exemptée.

Un jour passa, puis un autre. Pour Cugel, ce fut un temps enchanteur, fait de bien-être, de détente au bon air de la mer, de repas délicieux et de soirées agrémentées par les attentions dont ses « stewards de nuit » étaient prodigues. Un seul souci : ces étranges décalages dans le temps et l'espace qu'il qualifia d'impressions épisodiques de « déjà-vu »(1).

Le matin où Tabazinth lui servit son petit déjeuner sur le tillac, ce repas fut troublé par l'apparition d'un bateau de pêche. Plus loin, vers le sud-est, Cugel vit se profiler vaguement une île qu'il étudia avec perplexité. Un phénomène de « déjà-vu » ?

Il prit la barre et gouverna afin de passer au plus près de la barque où pêchaient un homme et deux jeunes garçons.

Il se pencha sur le bastingage et appela le patron.

– Ohé ! Quelle est cette île, là-bas ?

Le pêcheur regarda Cugel comme s'il le soupçonnait de manquer d'intelligence.

– C'est Lausicaa, comme vous devriez le savoir. Si j'étais à votre place, je passerais au large.

Cugel en resta bouche bée. Lausicaa ? Comment était-ce possible, à moins que la magie ne s'en soit mêlée ?

Stupéfait, il s'approcha de l'escalabra; tout semblait normal. Fantastique ! Il avait fait route vers le sud et maintenant, il était plein nord et devrait changer de cap ou s'échouer à l'endroit d'où il était parti !

Cugel fit virer le navire vers l'est et Lausicaa se fondit à l'horizon. Puis il changea de nouveau de cap et gouverna, une fois de plus, vers le sud.

Mme Soldinck, qui se tenait à ses côtés, fit une moue de dégoût.

– Encore vers le sud ? Ne vous ai-je pas averti des dangers des mers du sud ?

– Cap au sud ! Pas un brin vers l'est, pas une frac-

(1) En français dans le texte. NDT.

tion d'iota vers l'ouest ! Le sud est la direction que nous avons choisie ! Le nord en poupe et cap au sud !

– C'est de la folie ! murmura Mme Soldinck.

– Pas du tout ! Je suis aussi sain d'esprit que vous ! Admettons que ce voyage m'ait fait passer quelques moments bien désagréables. Je suis incapable d'expliquer notre approche de Lausicaa par le nord. C'est comme si nous avions effectué une circumnavigation !

– Iucounu, le Magicien, a jeté un sort sur ce navire pour sauvegarder sa cargaison. C'est l'hypothèse la plus logique et une raison de plus pour nous diriger vers Port Perdusz.

– C'est hors de question. Je descends dans ma cabine pour réfléchir. Signalez-moi tout ce qui peut se passer d'extraordinaire.

– Le vent se lève, dit Mme Soldinck. Nous allons peut-être avoir une tempête.

Cugel alla s'appuyer au bastingage. Un souffle, venu du nord-ouest, faisait moutonner la surface assombrie de l'océan.

– Le vent permettra aux vers de se reposer, dit Cugel. Je ne comprends pas pourquoi ils sont aussi abattus ! Drofo aurait soutenu qu'ils sont surmenés, mais je sais bien que non.

Descendant sur le pont du milieu, Cugel fit tomber la grand-voile bleue de ses cargues et fixa les points d'écoute. Elle se gonfla à la brise et l'eau se mit à bruisser contre la coque.

Cugel disposa confortablement un siège, de façon à pouvoir caler ses pieds sur le bastingage et, une bouteille de Rozpagnola Ambré à portée de la main, il s'installa pour contempler Meadhre et Tabazinth qui traitaient un début de concrétion sur le ver de bâbord devant.

L'après-midi s'écoula ainsi et Cugel somnola au doux balancement du navire. Il se réveilla pour découvrir que le souffle était devenu une assez forte brise et que la houle faisait, à l'avant, une lame d'étrave et, à l'arrière, un sillage qui gargouillait.

Salasser, la « steward de nuit », lui servit du thé dans un pot en argent et un assortiment de petits gâteaux que Cugel consomma avec une distraction qui ne lui était pas habituelle.

Se levant de sa chaise, il grimpa sur le gaillard d'arrière et trouva Mme Soldinck de mauvaise humeur.

– Ce vent n'est pas bon signe, dit-elle. Il vaudrait mieux ramener la voile.

– Il nous pousse gentiment dans la bonne direction et les vers peuvent se reposer.

– Les vers n'ont pas besoin de repos, répliqua-t-elle d'un ton brusque. Avec ces voiles, je ne peux barrer comme je veux.

Cugel lui montra l'escalabra.

– Cap au sud ! C'est comme cela que je veux vous voir gouverner ! La pince vous montre la voie !

Mme Soldinck n'ajouta rien et Cugel quitta le gaillard d'arrière.

C'était le crépuscule. Il se rendit à l'avant et se posta sous la lanterne, comme Drofo avait coutume de le faire. Ce soir-là, le couchant était spectaculaire, avec ce déploiement de cirrus écarlates sur un ciel bleu sombre. A l'horizon, le soleil s'attardait et hésitait, comme peu disposé à abandonner le monde diurne. Une couronne d'un bleu-vert acide encerclait l'astre, phénomène que Cugel n'avait jamais observé jusqu'alors. Une meurtrissure pourpre semblait pulser à sa surface, tel l'orifice d'un polype. Etait-ce un mauvais présage ?... Cugel allait se détourner lorsque, pris d'un soupçon soudain, il leva les yeux vers la lanterne. La boîte à incandescence, les gicleurs et le luminex, que Cugel avait ôtés de la lanterne arrière, avaient disparu, ici aussi.

On dirait, pensa-t-il, que des esprits maléfiques s'acharnent sur la *Galante*.

– Mais c'est à moi qu'ils ont à faire et on ne m'appelle pas Cugel l'Astucieux pour rien.

Il demeura quelques minutes à l'avant. Sur le pont du milieu, les trois filles et leur mère buvaient leur thé et jetaient sur lui des regards en coin. Il s'appuya, d'un bras, sur le montant de la lanterne, composant ainsi une noble silhouette qui se découpait sur le ciel crépusculaire. Les nuages, couleur de sang caillé, prédisaient nettement du vent. Il serait peut-être prudent de serrer un ris.

La lumière du soleil couchant s'éteignit. Cugel réfléchissait toujours aux étranges événements de ce voyage : naviguer tout le jour vers le sud et se réveiller le lendemain matin plus au nord que le point d'où l'on était parti la veille... c'était un enchaînement contre nature. Quelle explication raisonnable donner, en dehors de la magie ? Un remous de l'océan ? Un escalabra rétrograde ?

Les conjectures se succédaient dans l'esprit de Cugel, toutes plus invraisemblables les unes que les autres. Il éclata d'un petit rire sardonique en rejetant une idée particulièrement grotesque... Puis il y revint pour l'examiner de nouveau car cette théorie expliquait curieusement tous les faits. Mais elle contredisait un élément essentiel du problème.

Cette théorie reposait sur une prémisse difficilement acceptable : la médiocrité des capacités mentales de Cugel ! De nouveau, il eut un petit rire, mais un peu gêné, qui s'éteignit bientôt.

Les mystères et les paradoxes du voyage s'éclairaient maintenant. On avait exploité l'esprit chevaleresque de Cugel et son sens inné de la décence; on avait retourné contre lui sa tendance à faire facilement confiance aux autres. Mais, maintenant, le jeu allait changer de face !

Le tintement d'une clochette annonça que son dîner était servi. Cugel s'attarda un instant pour jeter un dernier coup d'œil sur l'horizon. Le vent soufflait avec force et soulevait de petites vagues qui venaient gifler la proue de la *Galante*.

Cugel marcha lentement vers l'arrière. Il grimpa sur le gaillard d'arrière où Mme Soldinck venait juste de prendre place. Il lui fit un bref signe de tête qu'elle ignora. Il regarda l'escalabra : sa pince indiquait toujours le sud. Cugel gagna le couronnement et leva, comme fortuitement, les yeux vers la lanterne. La boîte à incandescence n'était pas en place, mais cela ne prouvait rien.

– Une bonne brise reposera les vers, dit Cugel.

– Il se peut, répondit Mme Soldinck.

– Le cap est au sud, bel et bon.

Mme Soldinck ne daigna pas répondre. Cugel descendit prendre un dîner qui répondait à tous ses critères de qualité. Il fut servi par la « steward de nuit », Salasser, qui était non moins charmante que ses sœurs. Ce soir-là, elle avait coiffé ses cheveux à la manière des Corybants Spanssiennes et portait une simple robe blanche rattachée à la taille par une cordelette dorée... et ce costume faisait valoir sa mince silhouette. Des trois jeunes filles, c'était elle la plus intelligente et sa conversation, quoique parfois un peu bizarre, touchait Cugel par sa spontanéité et sa subtilité.

Salasser lui servit le dessert : un gâteau aux cinq parfums, et tandis que Cugel le dégustait, elle s'accroupit pour le déchausser.

— Je garde encore un peu mes souliers, dit-il en retirant son pied.

Salasser haussa les sourcils de surprise. Habituellement, Cugel avait hâte de s'installer confortablement sur sa couchette, dès le dessert terminé.

Ce soir-là, il repoussa le gâteau à demi consommé. Il bondit sur ses pieds, sortit de la cabine en courant et grimpa sur le gaillard d'arrière où il surprit Mme Soldinck en train d'allumer la lanterne.

— Je crois que je me suis pourtant exprimé clairement à ce sujet ! s'écria-t-il avec colère.

En dépit des protestations de Mme Soldinck, il en démonta les parties fonctionnelles et les jeta, au loin, dans les flots.

Il redescendit dans sa cabine.

— Maintenant, dit-il à Salasser, tu peux m'ôter mes souliers.

Une heure plus tard, Cugel sauta de sa couchette et s'enveloppa dans une robe de chambre. Salasser se releva sur les genoux.

— Où allez-vous ? demanda-t-elle. J'ai pensé à une petite innovation...

— Je reviens tout de suite.

Sur le pont, Cugel surprit une fois de plus Mme Soldinck en train d'allumer plusieurs chandelles qu'elle avait disposées dans la lanterne. Il les arracha et les jeta à la mer.

– Qu'est-ce que vous faites? J'ai besoin de lumière pour naviguer!

– Vous devez barrer à la lueur de l'escalabra! C'est mon dernier avertissement!

Grommelant tout bas, Mme Soldinck courba le dos sur la roue du gouvernail. Cugel revint à sa cabine.

– Maintenant, tu peux me montrer ton innovation. Bien qu'après vingt éons, je doute qu'il reste encore des territoires vierges à explorer.

– Peut-être, dit Salasser avec une charmante simplicité. Mais est-ce que cela doit nous empêcher d'essayer?

– Pas le moins du monde.

L'innovation passa victorieusement l'épreuve et Cugel suggéra une variante qui s'avéra aussi réussie. Puis il bondit sur ses pieds et courut à la porte, mais Salasser l'attrapa à bras-le-corps et le tira vers la couchette.

– Vous êtes aussi nerveux qu'un tonquil! Qu'est-ce qui vous a contrarié?

– Le vent se lève! Ecoute comme la voile claque! Il faut que j'aille voir.

– Pourquoi vous inquiéter? dit Salasser en le cajolant. Laissez maman s'en occuper.

– Pour gréer la voile, il faudrait qu'elle abandonne le gouvernail. Et qui s'occupe des vers?

– Les vers se reposent... Cugel! Où allez-vous?

Cugel avait déjà bondi sur le pont du milieu où il découvrit que la voile avait été repliée et fouettait dans les écoutes. Il grimpa sur le gaillard d'arrière et s'aperçut que Mme Soldinck, sans doute découragée, avait abandonné son poste et s'était retirée dans ses quartiers.

Il se pencha sur l'escalabra. La pince indiquait le nord et le navire plongeait, culait et avançait de biais. Cugel fit tourner le gouvernail; la proue tomba en travers du vent qui fit claquer si violemment la voile qu'il eut peur pour les écoutes. Irrités par cette secousse, les vers jaillirent de l'eau, plongèrent, brisèrent leurs harnais et s'enfuirent.

– Tout le monde sur le pont, cria Cugel.

Mais personne ne parut. Il attacha la roue du gouvernail et, travaillant à tâtons, il cargua la voile, frappé plusieurs fois durement par les écoutes qui battaient l'air.

Le navire, maintenant sous le vent, courait plein est. Cugel partit à la recherche de son équipage et découvrit qu'elles s'étaient toutes enfermées dans leurs cabines et ne tenaient aucun compte de ses ordres.

Il donna quelques furieux coups de pied dans les portes mais ne réussit qu'à se faire mal. Il remonta en boitillant sur le pont et essaya de tout attacher le mieux possible.

Le vent mugissait dans le gréement et le bateau commençait à recevoir la lame par le travers. Une fois de plus, Cugel descendit en courant et rugit des ordres à son équipage. Il parvint à arracher une réponse à Mme Soldinck.

– Laissez-nous tranquilles ! Nous sommes malades !

Cugel donna un dernier coup de pied dans la porte et retourna en boitant au gouvernail où, avec difficulté, il réussit à maintenir le navire sur sa route.

Toute la nuit, il demeura sur le gaillard d'arrière, tandis que le vent chantait sa mélopée funèbre et que les vagues se cabraient de plus en plus haut, se brisant parfois contre la poupe dans un jaillissement d'écume blanche. Une fois, Cugel jeta un regard par-dessus son épaule et aperçut un reflet lumineux.

Une lumière ? Venant d'où ?

Certainement des fenêtres de la cabine arrière. Cugel n'avait pas allumé de lampe... ce qui voulait dire que quelqu'un d'autre l'avait fait, bravant ainsi ses ordres explicites.

Il n'osa pas quitter le gouvernail pour aller éteindre la lumière... Peu importe, se dit-il; par une nuit pareille, il aurait pu éclairer l'océan avec un fanal qu'il n'y aurait eu personne pour le voir.

Les heures s'écoulèrent, le navire fuyait toujours devant la tempête, en direction de l'est, et Cugel n'était plus qu'une carcasse à peine animée collée à la barre. Au bout d'un temps interminable, la nuit tira à sa fin et une terne lueur rouge envahit le ciel. Enfin le soleil se leva, éclairant un océan de vagues noires couronnées d'écume blanche.

Le vent mollit. Cugel se dit qu'une fois de plus, le navire pourrait poursuivre son chemin. Il se redressa douloureusement, étira les bras et fit jouer ses doigts engourdis. Il descendit dans la cabine arrière et découvrit que quelqu'un avait déposé deux lampes devant le hublot.

Il éteignit les lumières et ôta la robe de soie bleu pâle pour enfiler ses propres vêtements. Il coiffa son chapeau orné de « l'Eclat de Lumière », le rabattit sur ses yeux pour en tirer un effet maximum et sortit. Il trouva Mme Soldinck et ses filles dans la cuisine, assises devant un petit déjeuner composé de thé et de gâteaux. Aucun signe de mal de mer; toutes semblaient reposées et sereines.

Mme Soldinck tourna la tête et examina Cugel de la tête aux pieds.

– Eh bien, que venez-vous faire ici? demanda-t-elle.

– Madame, répondit Cugel avec une politesse glaciale, apprenez que je sais tout de vos plans.

– Vraiment? Vous les connaissez tous?

– Je sais tout ce qu'il m'importe de savoir. Votre réputation n'y gagnera rien.

– Et quels sont ces plans? Informez-moi, je vous prie.

– Si vous le désirez... Je reconnais que votre complot est, sur certains points, assez ingénieux. A votre demande, nous voguions durant le jour, vers le sud, avec des appâts diminués de moitié afin de ne pas fatiguer les vers. La nuit, lorsque j'étais parti prendre un repos légitime, vous mettiez cap au nord.

– Au nord-est, plus exactement.

Cugel fit un geste pour indiquer qu'à ses yeux, c'était la même chose.

– Puis, bourrant les vers d'appâts et de fortifiant, vous tentiez de garder le navire au voisinage de Lausicaa. Mais je vous ai prise sur le fait.

– Nous ne voulions plus de voyage en mer, répondit Mme Soldinck avec un petit rire méprisant. Nous retournions à Saskervoy.

Cugel en fut tout déconcerté. L'insolence de ce plan le mettait au-dessus de tout soupçon. Il feignit l'insouciance.

— Cela ne fait pas une grande différence. Dès le début, j'ai senti que nous ne naviguions pas dans de nouvelles eaux, et cela m'a déconcerté, je l'avoue... mais j'ai alors remarqué le triste état dans lequel se trouvaient les vers et j'ai tout compris. Cependant, j'ai toléré vos méfaits; je me suis beaucoup amusé de ces efforts mélodramatiques! Et, pendant ce temps, j'ai joui du repos, de l'air de la mer, de repas raffinés...

— Tabazinth, Salasser et moi, l'interrompit Meadhre, nous avons craché dans tous les plats. Parfois, maman entrait dans la cuisine, mais je ne sais pas ce qu'elle y faisait...

Cugel fit un effort pour garder son sang-froid.

— La nuit, vous m'offriez des jeux et des ébats dont, au moins, je n'ai pas eu à me plaindre.

— L'inverse n'est pas vrai, dit Salasser. Vos tripotages maladroits et vos mains froides, quelle corvée pour nous toutes!

— Je n'ai pas l'habitude d'être cruelle, remarqua Tabazinth, mais la vérité doit toujours triompher. Vos caractéristiques naturelles sont vraiment médiocres et il faudrait vous corriger de cette vilaine habitude que vous avez de siffloter entre vos dents.

— Cugel est fier de ses innovations, dit Meadhre en ricanant, mais j'ai entendu de petits enfants échanger des théories d'un intérêt plus irrésistible.

— Vos remarques n'ajoutent rien à la discussion, rétorqua sèchement Cugel. La prochaine fois, soyez certaines que...

— Quelle prochaine fois? demanda Mme Soldinck. Il n'y aura pas de prochaine fois. Votre sottise a atteint ses limites.

— Le voyage n'est pas encore terminé, dit Cugel avec arrogance. Lorsque le vent s'apaisera, nous reprendrons notre route en direction du sud.

— Ce n'est pas un vent ordinaire. (Mme Soldinck éclata de rire.) C'est la mousson. Il va durer pendant trois mois. Lorsque je me suis aperçue qu'il n'était pas pratique de revenir à Saskervoy, j'ai fait route dans la direction où le vent nous poussait, c'est-à-dire vers l'estuaire de la Rivière du Grand Chiang. J'ai signalé à Maître Soldinck et au capitaine Baunt que tout allait bien et qu'ils devaient se tenir à l'écart jusqu'à ce que je nous amène à Port Perdusz.

– Quel dommage, madame, s'écria Cugel en riant avec insouciance, qu'un complot d'une telle complexité soit condamné à l'échec!

Il s'inclina avec raideur et quitta la cuisine.

Il se rendit à la chambre de navigation et consulta les cartes. L'estuaire du Grand Chiang s'enfonçait profondément dans une région connue sous le nom du Pays du Mur qui Tombe. Au nord, une péninsule mal taillée, marquée « Gador Porrada » avançait dans l'océan; elle était apparemment inhabitée, sauf un village appelé « Tustvold ». Au sud du Chiang, une autre péninsule, « Le Cœur du Dragon », plus longue et plus étroite que le Gador Porrada, s'enfonçait très loin dans la mer et se terminait par des rochers, des récifs et de petites îles éparpillées, « Les Crocs du Dragon ».

Cugel étudia attentivement cette carte puis il referma le carton d'un geste fatidique.

– Soit! dit-il. Pendant combien de temps dois-je encore nourrir de faux espoirs et des rêves naïfs? Mais tout ira bien... Voyons à quoi ressemble cette terre.

Il grimpa sur le pont. Il vit, à l'horizon, un navire qui, à la longue-vue, s'avéra être le petit kog qu'il avait fui plusieurs jours auparavant. Même sans vers, rien qu'en employant une tactique intelligente, il pouvait facilement échapper à une embarcation aussi peu maniable.

Cugel borda la voile à tribord, puis sautant sur le gaillard d'arrière, il manœuvra la barre de manière à amener le navire bâbord amures, gouvernant le plus au nord qu'il était possible.

L'équipage du kog, notant sa manœuvre, vira de bord pour lui couper la route et l'obliger à retourner vers le sud, c'est-à-dire à entrer dans l'estuaire; mais Cugel refusa de se laisser intimider et ne changea pas de cap.

Sur sa droite, la côte basse de Gador Porrada était maintenant visible; sur sa gauche, le vaisseau ennemi fendait les eaux d'un air important, mais sans beaucoup d'efficacité.

En s'aidant de la longue-vue, Cugel distingua la silhouette décharnée de Drofo qui, à la proue, faisait signe de donner triple appât aux vers.

Mme Soldinck et ses trois filles sortirent de la cuisine pour regarder fixement le kog et la première s'empressa de crier à Cugel des instructions que le vent emporta.

La *Galante*, dont la coque n'était pas conçue pour la navigation à voile, dérivait beaucoup. Pour obtenir plus de vitesse, Cugel s'écarta de plusieurs points vers l'est, en virant plus près de la côte, tandis que le kog continuait à le presser sans relâche. Il tourna désespérément la roue du gouvernail, pensant virer lof pour lof, ce qui dépiterait complètement ceux qui le poursuivaient, sans compter Mme Soldinck. Pour que sa manœuvre soit plus efficace il sauta sur le pont du milieu pour gréer les écoutes, mais avant qu'il puisse revenir à la barre, le navire se jeta sous le vent.

Cugel regrimpa sur le gaillard d'arrière et tourna la barre, espérant ramener le navire sur le bon cap. Jetant un coup d'œil vers le proche rivage de Gador Porrada, il vit un curieux spectacle : les oiseaux de mer semblaient marcher sur les eaux. Cugel, émerveillé, les regarda aller et venir, de-ci de-là, baissant parfois la tête pour picorer à la surface.

La *Galante* glissa doucement puis s'arrêta. Cugel se dit qu'il était venu donner sur les laisses de vase de Tustvold.

Voilà pourquoi les oiseaux marchaient sur les eaux.

A un quart de mille, en mer, le kog jeta l'ancre et l'on commença à descendre une chaloupe. Mme Soldinck et ses filles, tout excitées, faisaient de grands signes. Cugel ne perdit pas de temps à leur faire ses adieux. Il se laissa tomber par-dessus bord et pataugea vers le rivage.

La boue était épaisse, visqueuse et nauséabonde. Un pédoncule strié, terminé par un œil globuleux, se dressa pour le regarder passer et il fut attaqué deux fois par des lézards à pinces qu'heureusement il parvint à distancer.

Finalement, Cugel atteignit la côte. En se redressant, il se retourna et découvrit qu'un contingent avait embarqué à bord de la *Galante*. L'une des silhouettes n'était autre que celle de Soldinck, qui tendit le poing vers Cugel. Au même moment, ce dernier s'aperçut qu'il avait laissé tout son argent à bord du navire, y compris les six centums d'or que Soldinck lui avait donnés pour prix du ver de Fuscule.

C'était pour lui un terrible coup du sort. Soldinck fut rejoint, au bastingage, par son épouse qui lui adressa elle aussi des signes qui se voulaient injurieux.

Dédaignant de répondre, Cugel leur tourna le dos et longea le rivage en pataugeant.

DE TUSTVOLD À PORT PERDUSZ

Les colonnes

Cugel suivit le rivage en frissonnant sous la morsure du vent. Le paysage était aride et désolé; à gauche, les vagues noires venaient se briser sur les laisses; à droite, une chaîne de collines basses barrait l'accès à l'intérieur.

Cugel était découragé. Il n'avait pas un terce, ni même un bâton épointé pour se défendre contre les voleurs de grand chemin. La vase faisait flic-flac dans ses bottes et ses vêtements trempés sentaient la pourriture marine.

Il marcha plus confortablement lorsqu'il eut rincé ses bottes dans une flaque laissée par la marée mais la vase dont toute sa personne était imprégnée rendait son maintien toujours digne parfaitement ridicule. Arpentant ainsi le rivage, le dos voûté, Cugel ressemblait à un grand oiseau dépenaillé.

A l'endroit où une rivière s'écoulait paresseusement dans la mer, il tomba sur une ancienne route qui devait mener au village de Tustvold où il trouverait peut-être à se nourrir et à coucher. Cugel s'éloigna du rivage et pénétra à l'intérieur des terres.

Pour se réchauffer, il se mit au petit trot. Il fit ainsi deux à trois kilomètres et les collines firent place à un curieux paysage où alternaient les champs cultivés et les terres en friche. Au loin, des monticules escarpés s'élevaient à intervalles réguliers, comme des îles sur un océan d'air.

On ne voyait aucune habitation humaine mais des groupes de femmes travaillaient dans des champs de fèves et de millet. Lorsque Cugel passa en trottant, elles levèrent les yeux de leur besogne pour le regarder fixement. Gêné de l'attention qu'elles lui portaient, il se mit à courir fièrement sans jeter un coup d'œil, ni à droite ni à gauche.

Des nuages venus de l'ouest rafraîchissaient l'air et semblaient annoncer de la pluie. Cugel fouillait l'horizon du regard mais n'apercevait toujours pas Tustvold. Les nuées occultèrent le soleil, assombrissant une lumière déjà blafarde, et, avec ses perspectives plates et ses pinkgos comme dessinés à l'encre de Chine, le paysage se mit à ressembler à une ancienne sépia.

Une flèche de soleil perça les nuages pour venir jouer sur un groupe de colonnes blanches qui se dressaient à deux kilomètres de là.

Cugel s'arrêta brusquement pour contempler ce curieux ensemble. Un temple? Un mausolée? Les ruines d'un énorme palais? Il reprit sa route puis s'immobilisa de nouveau. Les colonnes allaient d'un mètre cinquante à trente de haut sur trois de diamètre.

Une fois de plus, Cugel repartit. En s'approchant, il vit qu'il y avait des hommes allongés en haut des colonnes, en train de se dorer aux derniers rayons du soleil.

La trouée se referma et l'astre disparut définitivement. Les hommes se relevèrent et s'appelèrent d'une colonne à l'autre, puis ils descendirent par des échelles fixes. Une fois sur le sol, ils se dirigèrent, en groupe, vers un village à demi dissimulé par un bosquet de shracks. Cugel se dit qu'il devait s'agir de Tustvold.

Derrière les colonnes, il découvrit une carrière creusée au flanc de l'un de ces monticules qu'il avait déjà remarqués. Un vieil homme à la chevelure blanche en émergea, les épaules voûtées mais les bras musclés; il avait la démarche lente d'un homme qui mesure tous ses mouvements. Il était vêtu d'une blouse blanche, d'amples pantalons gris et de belles bottes en cuir. Il portait au cou une amulette pentagonale, suspendue à une cordelette de cuir tressé. Apercevant Cugel, il s'arrêta et attendit qu'il vienne à lui.

– Monsieur, dit Cugel en prenant son ton le plus distingué, ne tirez pas de mon aspect des conclusions hâtives ! Je ne suis ni un vagabond ni un mendiant mais un marin qui vient d'aborder au rivage par les laisses.

— Ce n'est pas le procédé habituel, fit remarquer le vieil homme. Les navigateurs expérimentés passent plutôt par les quais de Port Perdusz.

— C'est vrai. Le village, là-bas, c'est Tustvold ?

— A proprement parler, Tustvold, c'est ce tertre de ruines dont j'extrais de la pierre blanche. Les gens du coin ont donné le même nom au village et ce n'est pas bien grave. Qu'est-ce que vous venez chercher à Tustvold ?

— Quelque chose à manger et un abri pour la nuit. Cependant, je n'ai pas un terce car toutes mes affaires sont restées à bord du navire.

— A Tustvold, vous n'aurez rien sans payer, dit le vieillard en hochant la tête d'un air réprobateur. Elles sont très avares et n'avancent de l'argent que pour investir. Mais si vous voulez bien vous contenter d'une paillasse et d'un bol de soupe, je peux combler vos besoins sans qu'il soit question de paiement.

— C'est généreux à vous. J'accepte avec plaisir. Puis-je me présenter ? Je m'appelle Cugel.

— Et moi, Nisbet, dit le vieil homme en s'inclinant; fils de Nisvangel, qui fut carrier ici avant moi, et petit-fils de Rounce, carrier également. Mais venez ! Pourquoi rester ici à frissonner quand un bon feu nous attend à l'intérieur !

Tous deux se dirigèrent vers la demeure de Nisbet, plusieurs cabanes branlantes appuyées les unes contre les autres, composées de planches et de pierres, accumulées au cours des années, peut-être des siècles. L'intérieur, quoique confortable, n'était pas moins désordonné. Chaque pièce était encombrée de bibelots et d'objets d'art collectés par Nisbet et ses prédécesseurs dans les ruines de l'ancien Tustvold.

Nisbet prépara un bain pour Cugel et lui donna, en attendant que ses vêtements soient nettoyés, une vieille robe de chambre qui sentait le moisi.

— C'est une tâche qu'il vaut mieux confier aux femmes du village, dit le carrier.

— Souvenez-vous que je n'ai pas d'argent. J'accepte avec plaisir votre hospitalité mais je refuse de vous imposer des frais supplémentaires.

— Je n'aurai pas de frais, répliqua Nisbet. Les femmes sont toutes prêtes à me rendre service afin que je prenne leur commande en priorité.

– Dans ce cas, j'accepte ce service et vous en remercie.

Cugel goûta le réconfort du bain, et se drapant dans la vieille robe, s'installa pour prendre part à un repas copieux composé d'une soupe d'hémiramphe, de pain et de raiponce conservée dans le vinaigre, plat que Nisbet lui recommanda comme une spécialité du pays. Ils mangèrent dans de vieilles assiettes dépareillées, avec des couverts dont pas un n'était semblable à l'autre, même par la matière dont ils étaient faits : argent, glossold, fer noir, or, alliage de cuivre et d'arsenic, etc. Nisbet identifia ces objets d'un air désinvolte.

– Chacun de ces monticules que vous voyez dans la plaine représente une ancienne cité maintenant en ruine et saupoudrée par le crible du temps. Lorsque je dispose d'une heure ou deux de loisir, je vais exploiter un autre tertre et je trouve souvent des objets intéressants. Ce plateau, par exemple, provient de la onzième phase de la cité de Chelopsik; il est fait de corfume incrusté de lucioles. Je n'ai pas pu déchiffrer les caractères de l'inscription, mais je crois qu'il s'agit d'une chanson enfantine. Ce couteau est encore plus ancien; je l'ai trouvé dans les cryptes d'une cité que j'appelle Arad, bien que son nom soit depuis longtemps oublié de tous.

– Comme c'est intéressant ! s'exclama Cugel. Vous n'avez jamais trouvé de trésors ou de gemmes de valeur ?

– Chacun de ces objets est inestimable. Mais maintenant que le soleil est sur le point de s'éteindre, qui donnerait de bons terces pour les acheter ? Une bouteille de vin est plus appréciée. A ce propos, je suggère que, tels de grands personnages, nous nous rendions au salon où j'ouvrirai un flacon d'un âge respectable que nous boirons en nous réchauffant les tibias devant un bon feu.

– Excellente idée ! déclara Cugel.

Il suivit Nisbet qui pénétra dans une pièce encombrée de fauteuils, de canapés, de tables basses et de coussins de toutes sortes, ainsi que d'une centaine d'objets d'art.

Nisbet apporta une bouteille qui devait être très vieille à en juger par les oxydes iridescents qui recouvraient ses flancs. Cugel goûta le vin avec circonspection et le trouva fort et parfumé d'étranges fragrances.

— Un noble millésime, déclara Cugel.

— Vous avez du goût, dit Nisbet. Je l'ai trouvé dans le magasin d'un marchand de vin du quatrième niveau de Xei Cambael. Buvez tant qu'il vous plaira : un millier de bouteilles dorment encore dans les ténèbres.

— Je vous admire ! Votre travail ne manque pas de bons à-côtés. Vous n'avez pas de fils pour perpétuer la tradition ?

— Non. Mon épouse est morte il y a bien longtemps d'une piqûre de fanticule bleu et je n'ai pas envie de me remarier. (Avec un grognement, Nisbet se hissa sur ses pieds et remit du bois dans le feu. Il revint en titubant à son fauteuil et fixa ses regards sur les flammes.) Cependant, je m'assois souvent ici, le soir, et je me demande ce qui se passera lorsque je serai parti.

— Vous devriez peut-être prendre un apprenti.

— Ce n'est pas si facile que cela, répondit Nisbet avec un bref rire caverneux. Les jeunes gens de la ville pensent aux grandes colonnes avant même de savoir cracher convenablement. Je préférerais la compagnie d'un homme qui connaît le monde. Au fait, et vous, quel métier exercez-vous ?

— Je n'ai pas encore choisi ma profession, répondit Cugel avec un geste d'excuse. J'ai travaillé comme vermier et, récemment, j'ai commandé un long-courrier.

— C'est un poste de prestige !

— C'est vrai, mais la malveillance de mes subordonnés m'a forcé à abandonner mon navire.

— Par les laisses de vase ?

— Oui.

— Ainsi va le monde. Mais vous êtes encore jeune, vous accomplirez peut-être de grandes choses alors que moi, je me retourne sur mon passé pour contempler ce que j'ai fait, et je n'y vois rien de remarquable.

— Lorsque le soleil s'éteindra, tous les actes, remarquables ou non, seront oubliés à jamais.

Nisbet se leva et ouvrit une autre bouteille de vin. Il remplit les coupes et revint s'asseoir près du feu.

– Deux heures de remarques philosophiques ne pèsent pas lourd devant un bon rôt. Pour le moment, je suis Nisbet le carrier, et j'ai beaucoup de colonnes à ériger. Parfois, je souhaite pouvoir grimper moi aussi en haut de l'une d'elles et me baigner au soleil pendant des heures.

Tous deux restèrent en silence à contempler le feu. Nisbet dit enfin :

– Je vois que vous êtes fatigué, vous avez eu sans doute une journée épuisante. (Il se hissa sur ses pieds.) Vous pouvez dormir sur ce canapé.

Le lendemain matin, Nisbet et Cugel déjeunèrent de crêpes épaisses et de fruits en conserve préparés par les femmes du village; puis le vieil homme l'emmena à la carrière. Il lui montra l'excavation qu'il avait profondément creusée au flanc du monticule.

– L'ancienne Tustvold a connu treize périodes, comme vous le voyez de vos propres yeux. Les gens du quatrième niveau ont construit un temple à Miamatta, le dieu des dieux. Ces ruines fournissent toutes les pierres dont nous avons besoin... Le soleil chauffe. Les hommes du village vont venir; d'ailleurs, les voilà.

Les hommes se présentèrent, par deux ou trois. Cugel les regarda grimper sur les colonnes et s'installer au soleil. Il se tourna, perplexe, vers Nisbet :

– Pourquoi font-ils cela?

– Ils absorbent un flux salutaire diffusé par la lumière du soleil. Plus haute est la colonne, plus pur et plus riche est ce flux, ainsi que le prestige de la famille. Les femmes, surtout, se consument d'ambition pour l'altitude de leurs maris. Lorsqu'elles m'apportent des terces pour que j'ajoute une nouvelle pierre à leur colonne, elles veulent que je le fasse tout de suite et m'importunent jusqu'à ce que j'aie achevé le travail; et elles se réjouissent si je suis obligé de renvoyer la commande de leur rivale à plus tard.

– C'est bizarre que vous n'ayez pas de concurrent, car ce doit être une activité rentable.

– Ce n'est pas si étrange que cela si vous prenez en compte le travail que cela implique. Il faut descendre les pierres du temple, les trier, les polir, gratter les anciennes inscriptions, leur attribuer un nouveau nombre et les hisser au sommet des colonnes. Tout cela représente un travail considérable qui serait impossible sans ceci. (Nisbet toucha l'amulette qu'il portait au cou.) A son contact, la gravité s'annule, l'objet le plus lourd s'élève dans les airs.

— C'est ahurissant ! s'exclama Cugel. Cette amulette est un auxiliaire indispensable à l'exercice de votre métier.

— Indispensable, c'est le mot... Ah ! Voici venir dame Croulsx qui va me gronder pour mon manque de célérité.

Une femme mûre et corpulente dont le visage rond et les cheveux roux étaient typiques des habitants du village s'approcha d'eux. Nisbet l'accueillit avec des formules de politesse qu'elle rejeta d'un geste cassant.

— Nisbet, me voici obligée de me fâcher de nouveau ! Depuis que je vous ai payé, vous avez ajouté un segment aux colonnes de Tobercs et de Cillincz. Si bien que mon mari est maintenant à leur ombre et que leurs épouses jubilent ensemble de ma déconfiture. Mon argent n'était pas bon ? Avez-vous oublié les dons de pain et de fromage que je vous ai envoyés par ma fille Turgola ? Qu'avez-vous à répondre à cela ?

— Dame Croulsx, laissez-moi au moins me défendre ! Votre « Vingt » est prêt, je n'ai plus qu'à le hisser, et j'allais justement en informer votre mari.

— Ah ! Voilà une bonne nouvelle ! J'espère que vous comprenez mon inquiétude.

— Tout à fait, mais afin d'éviter tout malentendu futur, sachez que dame Tobercs et dame Cillincz m'ont commandé des « Vingt et Un ».

— Déjà ? Dans ce cas, moi aussi j'aurai mon « Vingt et Un » et mettez-vous-y tout de suite.

Nisbet poussa un gémissement pitoyable et tordit sa barbe blanche.

— Soyez raisonnable, dame Croulsx ! Je n'ai que ces deux vieilles mains pour travailler et mes jambes ne peuvent plus courir. Je ferai tout mon possible; c'est tout ce que je peux promettre.

Dame Croulsx discuta encore pendant cinq minutes et elle allait partir fâchée lorsque Nisbet la rappela.

– Dame Croulsx, vous pouvez me rendre un petit service. Les vêtements de mon ami Cugel ont besoin d'être nettoyés, lavés et raccommodés par des mains expertes. Puis-je vous infliger cette tâche ?

– Naturellement ! Il suffit de me demander ! Où sont les habits en question ?

Cugel alla chercher ses vêtements sales et dame Croulsx retourna au village.

– Voilà comment les choses se passent, dit Nisbet avec un sourire triste. Il faudrait des mains fortes et jeunes pour continuer ce métier. Qu'en pensez-vous ?

– Cette profession présente beaucoup d'aspects positifs. Puis-je vous demander quelque chose ? Dame Croulsx a fait allusion à sa fille Turgola; est-elle sensiblement plus avenante qu'elle ? Et les filles sont-elles aussi désireuses que leurs mères de rendre service au carrier ?

– Votre première question d'abord, répondit Nisbet d'une voix solennelle. Les habitants de ce village sont des Kéramiens qui se sont enfuis de Rhab Faag et ils ne sont pas renommés pour leur belle apparence. Turgola, par exemple, est courtaude et elle a les dents en avant. Quant à votre deuxième question, peut-être ai-je mal interprété les signes. Dame Petish m'a souvent proposé de me masser le dos, bien que je ne me sois jamais plaint de douleur dorsale. Dame Gezx est parfois étrangement familière... Ah, ah ! Bon, peu importe. Si, comme je l'espère, vous devenez mon assistant, vous comprendrez à votre gré ces petits gestes de cordialité; mais je suppose que vous n'entacherez pas de scandale une entreprise qui, jusqu'à maintenant, s'est toujours fondée sur la probité.

Cugel repoussa en riant l'éventualité d'un scandale.

– Votre offre me plaît; car je n'ai aucun moyen de poursuivre mon voyage vers l'intérieur. Je contracterai donc volontiers un engagement temporaire, pour le salaire que vous jugerez bon.

– Très bien ! s'exclama Nisbet. Nous verrons ces détails plus tard. Au travail ! Il faut que nous hissions le « Vingt » des Croulsx.

Nisbet se rendit à l'atelier de la carrière où le « Vingt » était prêt; c'était un cylindre de dolomite d'un mètre cinquante de haut et trois mètres de diamètre.

Le carrier attacha plusieurs cordes autour du fragment de colonne. Après avoir regardé ici et là, Cugel demanda d'un air perplexe :

— Je ne vois ni rouleau, ni palan, ni grue; comment pouvez-vous, seul, déplacer des masses aussi pesantes?

— Avez-vous oublié mon amulette? Regardez! Je l'applique contre le segment et la pierre se charge de répugnance pour son lieu d'origine. Si je lui donne un léger coup de pied... comme cela! un simple petit coup!... la magie sera éphémère et durera juste assez longtemps pour que je l'apporte à sa place. Si je lui donnais un grand coup de pied, la pierre garderait sa répulsion pendant un mois, ou même plus longtemps.

Cugel étudia l'amulette avec respect.

— Comment avez-vous acquis ce don?

Nisbet entraîna Cugel dehors et lui montra, au loin, une colline qui dominait la plaine.

— Vous voyez ces arbres, au sommet de la falaise? Là, un grand magicien, appelé Makke le Malveillant, a construit sa demeure et gouverné le pays grâce à sa méchanceté. Il a tracassé l'est et il a tracassé l'ouest, le nord et le sud; on pouvait lever une fois les yeux vers son visage, deux fois si l'on faisait un gros effort, mais jamais trois fois, si forte était sa malveillance.

» Makke avait planté un jardin carré avec des arbres magiques aux quatre coins; les ossips ont survécu jusqu'à ce jour, et il n'y a pas meilleur, pour les souliers, que la cire de leurs baies. J'en imprègne soigneusement mes bottes et elles résistent aux aspérités des roches de la carrière; c'est ce que mon père m'a enseigné et il l'avait lui-même appris de son père, et cela remonte jusqu'à un certain Nisvaunt qui alla le premier cueillir des baies d'ossip dans le jardin de Makke. C'est là qu'il trouva l'amulette et découvrit son pouvoir.

» Nisvaunt s'établit d'abord comme transporteur de marchandises sur de longues distances. Mais il se lassa de la poussière des chemins et des dangers du voyage; il s'établit à cet endroit et devint carrier. Je suis le dernier de ses descendants.

Les deux hommes revinrent à l'atelier. Sous la direction de Nisbet, Cugel prit les cordes et tira le « Vingt » qui glissa lentement dans les airs jusqu'aux colonnes.

Le carrier s'arrêta à la base de l'une d'elles, marquée d'une plaque ainsi libellée :

Voici le grand monument des
CROULSX
« Nous n'exultons qu'en haute altitude ! »

Nisbet leva la tête et cria :

– Croulsx ! Descendez de votre colonne. Nous allons hisser votre nouveau segment.

Lorsque Croulsx se pencha au bord de sa colonne, sa tête se découpa sur le ciel. Assuré que ces appels s'adressaient bien à lui, il descendit.

– Vous ne vous êtes guère dépêché de me livrer ce segment, dit-il d'un ton bourru. J'ai dû, pendant trop longtemps, me contenter d'un flux inférieur.

Nisbet prit ses plaintes à la légère.

– « Maintenant, c'est « maintenant », et en cet instant connu comme « maintenant », votre segment est prêt et « maintenant » vous allez pouvoir jouir des rayonnements supérieurs.

– Vous m'ennuyez avec vos « maintenant » ! ronchonna Croulsx. Vous ne tenez pas compte de l'altération de ma santé.

– Je ne peux pas travailler plus vite. A ce sujet, permettez-moi de vous présenter mon nouvel associé, Cugel. Je pense que le travail va maintenant s'effectuer beaucoup plus rapidement grâce à l'expérience et à l'énergie de Cugel.

– Si tel est le cas, je vais tout de suite vous commander cinq autres segments. Dame Croulsx vous versera des arrhes.

– Je ne peux répondre sur-le-champ à votre demande, dit Nisbet. Cependant, je ne vous oublierai pas. Cugel, êtes-vous prêt ? Alors, grimpez au sommet de la colonne de Xippin et hissez doucement le segment jusqu'en haut. Croulsx et moi le guiderons par en dessous.

La pierre fut mise en place et Croulsx monta immédiatement dessus et s'installa confortablement pour se baigner dans la lumière rouge du soleil. Nisbet et Cugel revinrent à l'atelier, et ce dernier apprit à tailler, arrondir et polir la pierre blanche.

Cugel comprit bientôt pourquoi Nisbet était toujours en retard dans ses livraisons. D'abord, l'âge avait tellement ralenti ses mouvements que sa compétence ne suffisait pas à compenser ce handicap. Ensuite, Nisbet était presque constamment interrompu dans son travail par des visites : les femmes du village qui venaient passer une commande, présenter une requête ou une plainte, ou offrir un cadeau.

Le troisième jour, une caravane de marchands s'arrêta près du domicile de Nisbet. Ils avaient la peau foncée, des yeux couleur d'ambre, des traits aquilins et une fière prestance. Leurs vêtements n'étaient pas moins caractéristiques : des pantalons serrés à la taille par une large ceinture, des chemises à col cassé, des gilets et des dalmatiques, tout cela noir, ocre ou ambré. Ils portaient aussi des chapeaux à large bord que Cugel trouva fort élégants. Ils avaient une grande charrette à hautes roues dont le chargement était dissimulé sous une bâche. Tandis que le plus âgé conférait avec Nisbet, les autres ôtèrent la toile goudronnée, révélant un amoncellement de cadavres.

Nisbet et le marchand se mirent d'accord et les quatre Maots... c'est ainsi que le carrier les avait présentés à Cugel... commencèrent à décharger la voiture. Nisbet tira Cugel à l'écart et lui montra un monticule lointain.

– C'est l'Ancien Qâr, qui tint sous sa domination tout le territoire entre le Mur Qui Tombe et les Virures de Silkal. Au temps de leur apogée, les habitants de Qâr pratiquaient une religion qui n'était pas plus absurde que les autres. Ils croyaient qu'en mourant, un homme ou une femme entrait dans une existence future pour y vivre dans les conditions corporelles où il, ou elle, était au moment de sa mort, et passer l'éternité à festoyer et à jouir d'autres plaisirs que la bienséance m'empêche de nommer. Il valait donc mieux mourir dans la fleur de l'âge puisqu'un vieillard rachitique, édenté, le souffle court et dyspepsique ne pourrait profiter pleinement des banquets, des chansons et des nymphes du paradis. Les gens de Qâr s'arrangeaient donc pour mourir tôt et ils se faisaient embaumer avec tant d'art que leurs cadavres sont encore aujourd'hui dans un parfait état de conservation. Les Maots exploitent le mausolée de Qâr et transportent les corps à travers les Terres Désolées jusqu'au Conservatoire de Thuniac, à Noval où, d'après ce que j'ai cru comprendre, on les utilise pour certaines cérémonies rituelles.

Pendant qu'il parlait, les marchands Maots avaient déchargé les momies, les avaient disposées les unes à côté des autres et attachées avec des cordes. Le plus âgé des marchands fit signe à Nisbet qui se mit à marcher le long de la rangée de cadavres, touchant chacun d'eux avec son amulette. Puis, il revint sur ses pas en leur donnant le coup de pied qui annihilait la pesanteur. Le vieux Maots paya son dû à Nisbet; puis il y eut un petit échange de politesses et les marchands se mirent en route vers le nord-est, suivis par les cadavres flottant à quinze mètres au-dessus de leurs têtes.

Des intermèdes de ce type, certes divertissants et instructifs, tendaient à retarder l'exécution des commandes urgentes passées au profit des hommes, qui se fortifiaient au rayonnement des couches supérieures de l'atmosphère, par les femmes qui désiraient l'exhaussement des colonnes, à la fois pour la santé de leur mari et pour accroître le prestige de leur famille.

Afin d'accélérer le travail, Cugel imagina quelques procédés qui réduisirent leurs gestes et remportèrent l'approbation enthousiaste de Nisbet.

– Cugel, vous irez loin dans notre profession! Ce sont des innovations fort ingénieuses!

– Je suis en train de réfléchir à d'autres encore plus nouvelles, répondit Cugel. Nous devons satisfaire à la demande, ne serait-ce que pour augmenter nos profits.

– Sans doute, mais comment?

– Je vais m'appliquer à résoudre ce problème.

– Bravo! Je suis sûr que cela ne saurait tarder! s'écria Nisbet qui partit préparer un souper de gala accompagné de trois bouteilles de ce somptueux vin vert des réserves du marchand de vin de Xei Cambael.

Le carrier en but tant qu'il tomba endormi sur un canapé, dans le salon.

Cugel en profita pour mener à bien une expérience. Il détacha l'amulette pentagonale de la chaîne suspendue au cou du vieil homme et la frotta contre les accoudoirs d'un fauteuil massif. Puis, comme il l'avait vu faire à Nisbet, il lui donna un petit coup de pied.

Le fauteuil resta aussi pesant qu'avant.

Cugel demeura perplexe. Il n'avait sans doute pas su employer le pouvoir de l'amulette. Ou bien cette magie était-elle inhérente à Nisbet ?

C'était peu probable. Une amulette était une amulette. Alors, en quoi le geste de Nisbet différait-il du sien ?

Le vieil homme, pour mieux se chauffer devant le feu, avait ôté ses bottes. Cugel enleva ses souliers, qui étaient usés et tombaient en lambeaux, et glissa ses pieds dans les bottes de Nisbet.

Il frotta le fauteuil avec l'amulette pentagonale et lui donna un coup de pied avec la botte du carrier. Aussitôt, le siège se mit à flotter en l'air.

« Voilà qui est fort intéressant », se dit Cugel. Il remit l'amulette au cou de Nisbet et les bottes où il les avait trouvées.

Le lendemain matin, Cugel dit à son maître :

– Je m'aperçois que j'ai besoin de bottes comme les vôtres, en bon cuir et capables de résister aux roches de la carrière. Où puis-je m'en procurer ?

– De tels articles sont compris dans nos à-côtés. Je vais envoyer un messager au village afin de convoquer dame Tadouc, la femme-cordonnier. (Nisbet posa le doigt le long de son vieux nez crochu et fit à Cugel un clin d'œil malicieux.) J'ai appris à manœuvrer les femmes de Tustvold, et toutes les femmes en général ! C'est le secret de mon succès ! Dans le cas présent, le mari de dame Tadouc s'est installé sur une colonne qui ne comporte que quatorze segments et doit se contenter d'un flux inférieur, tandis que son épouse souffre de la condescendance de ses pairs. C'est pourquoi cette femme est la plus travailleuse du village sauf, peut-être, dame Kylas qui abat les arbres et les taille en madriers. Vous avez donc de bonnes chances d'avoir vos bottes dès demain.

Comme Nisbet l'avait prédit, dame Tadouc arriva en courant du village et demanda à Nisbet ce qu'il désirait.

– Et j'espère, monsieur Nisbet, que vous vous occupez sérieusement de ma commande de trois autres segments. Mon pauvre Tadouc s'est mis à tousser et il a besoin d'un rayonnement plus intense.

– Dame Tadouc, il faut une paire de bottes à mon associé Cugel car ses souliers ne sont plus que trous et ses orteils grattent le sol.

– Quelle pitié, quelle pitié!

– Quant à vos segments, je crois que la livraison du premier des trois est prévue pour la semaine prochaine, et les autres tout de suite après.

– C'est vraiment une bonne nouvelle! Alors, monsieur Cugel, venons-en à vos bottes.

– J'admire beaucoup celles que porte Nisbet. Je vous prie de me faire exactement les mêmes.

Dame Tadouc le regarda d'un air déconcerté.

– Mais les pieds de M. Nisbet sont de cinq centimètres plus longs que les vôtres et bien plus étroits, et plats comme des flétans!

Cugel réfléchit un moment. C'était un vrai dilemme. Si la magie était dans les bottes de Nisbet, seule une fidèle réplique pourrait remplir le même office. C'est Nisbet qui résolut le problème.

– Voyons, dame Tadouc, arrangez-vous pour que les bottes lui aillent! Pourquoi est-ce que Cugel commanderait des bottes qui ne seraient pas à sa taille?

– C'est ce que je me suis demandé, répondit dame Tadouc. Il faut que je coure à la maison couper le cuir! J'ai la peau du dos d'un vieux bauk et je vais vous faire des bottes qui vous dureront toute la vie, ou jusqu'à ce que le soleil s'éteigne. Dans un cas comme dans l'autre, vous n'aurez plus besoin de bottes après. Bon, au travail.

Le lendemain, il reçut ses bottes et elles ressemblaient point par point à celles de Nisbet, sauf par la taille.

Nisbet les examina d'un air approbateur.

– Dame Tadouc a mis un apprêt qui est assez bon pour les gens ordinaires mais dès qu'il commencera à partir et que le cuir montrera qu'il a soif, nous appliquerons de la cire d'ossip et vos bottes seront aussi résistantes que les miennes.

– Pour célébrer l'arrivée de mes bottes, s'écria Cugel en battant des mains avec enthousiasme, je suggère que nous fassions un autre repas de gala, ce soir !

– Pourquoi pas ? Une belle paire de bottes, cela se célèbre !

Tous deux dînèrent de fèves au jambon, de poules d'eau farcies de champignons, d'olives et d'un morceau de fromage. Pour arroser le tout, ils burent trois bouteilles de ce vin de Xei Cambael appelé « Hysope d'Argent ». C'est ce que lui apprit Nisbet qui, en tant qu'antiquaire, avait étudié beaucoup d'anciens documents. Ils portèrent des toasts, non seulement à dame Tadouc, mais aussi au marchand de vin mort depuis si longtemps et dont la libéralité leur réjouissait le cœur, quoique le vin semblât peut-être un peu éventé.

Comme la veille, Nisbet s'enivra et s'étendit sur le canapé pour dormir un peu. Cugel détacha l'amulette pentagonale et reprit ses expériences.

Ses nouvelles bottes, en dépit de leur ressemblance avec celles de Nisbet, manquaient totalement d'efficacité, alors que celles du vieux carrier pouvaient vaincre aisément la gravité, avec ou sans l'amulette.

« C'est vraiment étrange ! se dit Cugel en remettant l'amulette au cou de Nisbet. La seule différence qu'il y ait entre les deux paires de bottes, c'est le cirage fait avec les baies d'ossip cueillies dans le jardin de Makke le Malveillant. »

Fouiller dans ce désordre accumulé depuis des générations, à la recherche d'un pot de cire, ce n'était pas une tâche à entreprendre à la légère. Cugel gagna sa propre couche.

Le lendemain, il dit à Nisbet :

– Nous avons travaillé dur et il est temps de prendre un peu de congé. Nous devrions aller nous promener jusqu'à cette falaise, là-bas, et visiter les jardins de Makke le Malveillant. Nous pourrions en profiter pour ramasser des baies d'ossip et... qui sait... découvrir une autre amulette.

– C'est une bonne idée. Aujourd'hui, moi non plus, je n'ai pas très envie de travailler.

Tous deux partirent vers la falaise, distante d'un kilomètre et demi. Cugel remorquait un sac, contenant le nécessaire, que Nisbet avait effleuré de son amulette et de son pied, afin d'en annuler le poids.

Ils traversèrent la plaine, gravirent l'escarpement par un chemin aisé et arrivèrent au jardin de Makke.

– Il n'y a plus rien, dit tristement Nisbet. Sauf les ossips qui semblent prospérer bien que personne ne s'en occupe. Ce tas de gravats, c'est tout ce qui reste de la demeure de Makke, qui était pentagonale comme l'amulette.

Cugel s'approcha du tas de pierres et crut voir une mince volute de vapeur s'élever entre elles. Il se laissa tomber à genoux et retira plusieurs pierres. Il entendit une voix, puis une autre, engagées dans un dialogue animé. Si faibles étaient les sons qu'il ne put distinguer un seul mot, et Nisbet, qui vint le rejoindre, n'entendit rien du tout.

Cugel abandonna le tumulus. A remuer ainsi les pierres, il pouvait tomber sur des trésors de magie, mais aussi attirer l'attention d'un ennemi inimaginable. Nisbet pensait de même et tous deux s'écartèrent des ruines de la maison. Assis sur une dalle de pierre à demi désagrégée, ils mangèrent du pain, du fromage, de la saucisse épicée et des oignons, arrosés de la bière que l'on brassait au village.

A quelques mètres de là se dressait le tronc noueux et d'un gris argenté d'un ossip qui mesurait un mètre cinquante de diamètre. Des baies d'un vert également argenté pendaient en grappe au bout de chaque rameau des lourdes branches et chaque fruit était une sphère cireuse d'un centimètre de diamètre environ.

Lorsque Cugel et Nisbet eurent terminé leur repas, ils cueillirent assez de baies pour en remplir quatre sacs que Nisbet fit flotter en l'air. Tirant leur récolte derrière eux, ils revinrent à la carrière.

Nisbet sortit un grand chaudron, mit de l'eau à

bouillir puis y versa les baies. Bientôt une mousse se forma à la surface.

— Voilà la cire, dit Nisbet en l'écumant dans une bassine.

Il répéta plusieurs fois l'opération jusqu'à ce que toutes les baies aient bouilli et qu'il ait rempli la cuvette de cire.

— Nous avons bien travaillé aujourd'hui. Je ne vois pas pourquoi nous ne ferions pas un bon dîner. Il y a deux belles tranches de viande dans le garde-manger, fournies par dame Petish, la bouchère. Si vous voulez bien préparer le feu, je vais chercher dans mon placard le vin idoine.

Une fois de plus, Cugel et Nisbet s'installèrent devant un repas réconfortant mais, au moment où Nisbet s'évertuait à ouvrir une deuxième bouteille de vin, ils entendirent claquer la porte et des pas pesants approcher.

Quelques secondes plus tard, une grande et forte femme, aux jambes et aux bras épais, avec une mâchoire osseuse, un nez cassé et une crinière de cheveux roux, entra dans la pièce.

— Dame Sequorce ! s'écria Nisbet en se hissant laborieusement sur ses pieds. Quelle surprise de vous voir ici à cette heure !

Elle embrassa la table d'un regard désapprobateur.

— Pourquoi n'êtes-vous pas dehors en train de tailler mes segments, qui sont en souffrance depuis si longtemps ?

— Aujourd'hui, Cugel et moi avons accompli un travail important, répondit froidement Nisbet *avec hauteur*, (1) et maintenant, selon notre habitude, nous dînons. Vous n'avez qu'à revenir demain matin.

— Vous prenez votre petit déjeuner trop tard et votre dîner trop tôt, et vous buvez beaucoup trop de vin, rétorqua dame Sequorce sans l'écouter. Et, pendant ce temps, mon mari se pelotonne bien en dessous des époux de dame Petish, dame Haxel, dame Croulsx et des autres. Puisque la gentillesse n'a aucun effet sur vous, j'ai décidé d'essayer une autre tactique, pour

(1) En français dans le texte. NDT.

laquelle je suis obligée d'utiliser le mot « peur ». Si vous ne vous attelez pas tout de suite à ma commande, je vais amener mes sœurs ici et nous causerons pas mal de dégâts !

– Si je donne suite à votre demande... commença-t-il en essayant la douce voix de la raison.

– Si vous cédez à mes menaces ! l'interrompit dame Sequorce.

– ... d'autres femmes de la ville essaieront également de m'intimider, au détriment de l'ordre des commandes.

– Je ne me soucie pas de cela ! Livrez mes segments, sur-le-champ !

– Dame Sequorce, intervint Cugel en se levant, votre conduite est singulièrement fruste. Une fois pour toutes, Nisbet ne se laissera pas contraindre ! Il vous livrera vos segments en temps voulu. Il demande maintenant que vous quittiez sa demeure, et sans faire de bruit !

– C'est Nisbet qui donne les ordres maintenant ? (S'avançant à grands pas, dame Sequorce prit le carrier par la barbe.) Je ne suis pas venue pour écouter vos fanfaronnades ! (Elle lui tordit la barbe puis recula.) Je m'en vais, mais uniquement parce que j'ai délivré un message qui, je l'espère, sera pris au sérieux !

Dame Sequorce s'en alla, laissant derrière elle un silence pesant. Enfin, Nisbet dit d'un ton faussement jovial :

– C'était une incursion vraiment dramatique ! Il faut que dame Wyxsco s'occupe de mes serrures. Allons, Cugel ! Reprenons notre repas !

Ils continuèrent à manger, mais l'atmosphère de fête avait disparu.

– Ce dont nous avons besoin, c'est d'une réserve de segments prêts à être hissés, afin que nous puissions satisfaire les demandes de ces femmes orgueilleuses, dit enfin Cugel.

– Sans doute. Mais comment cela ?

– Etes-vous prêt à accepter des procédés qui n'ont rien d'orthodoxe ? demanda Cugel.

Avec une bravoure conférée en partie par le vin et en

partie par la rude manipulation de sa barbe, Nisbet déclara :

– Je ne me laisse arrêter par rien lorsque les circonstances l'exigent !

– Dans ce cas, mettons-nous au travail. Nous avons toute la nuit devant nous ! Nous allons résoudre nos problèmes une fois pour toutes ! Emportez une lampe !

En dépit de ses courageuses paroles, Nisbet suivit Cugel d'un pas hésitant.

– Qu'avez-vous exactement l'intention de faire ?

Mais Cugel refusa de discuter de ses plans tant qu'ils ne seraient pas arrivés aux colonnes. Une fois là, il fit signe au traînard de se hâter.

– La rapidité s'impose ! Apportez votre lampe près de la première colonne.

– C'est celle de Fidix.

– Peu importe. Posez la lampe puis touchez la colonne avec votre amulette et donnez-lui un petit coup de pied; effleurez-le seulement. Mais avant, laissez-moi l'attacher avec cette corde... Bon. Maintenant, allez-y !

Nisbet obéit; la colonne perdit tout poids et Cugel enleva le segment « Un ». Au bout de quelques secondes la magie se dissipa et la colonne retomba à son emplacement précédent.

– Regardez ! cria Cugel. Voici un segment dont nous allons changer le nombre et que vous vendrez à dame Sequorce. Elle ne vous importunera plus.

– Fidix remarquera sûrement l'absence du premier segment ! protesta Nisbet.

– C'est bien improbable, répondit Cugel en souriant. Je les ai regardés grimper à leur colonne. Ils arrivent en clignant des yeux, à moitié endormis. Ils ne voient que le temps qu'il fait et les barreaux de leur échelle.

– Demain, dit Nisbet en tirant d'un air dubitatif sur sa barbe, lorsque Fidix sera en haut de sa colonne, il découvrira qu'il est plus bas d'un segment.

– C'est pourquoi il faut ôter les « Un » de chaque colonne. Au travail ! Il y en a beaucoup.

Lorsque l'aube éclaira le ciel, Cugel et Nisbet remorquèrent le dernier des segments derrière une pile de rochers, tout au fond de la carrière.

— Pour la première fois de ma vie, dit Nisbet qui semblait tout frissonnant de joie, j'ai suffisamment de segments à ma disposition. Nous allons nous faire moins de souci. Cugel, vous avez un bel esprit ingénieux !

— Aujourd'hui, nous devrons travailler comme d'habitude. Et au cas, bien improbable, où l'on remarquerait l'absence des « Un », nous pourrions dire que nous ignorons tout de cette affaire, ou accuser les Maots.

— Ou prétendre que le poids des colonnes a pu enfoncer les premiers segments dans le sol.

— Oui. Nisbet, nous avons bien travaillé cette nuit !

Le soleil monta dans le ciel et le premier contingent d'hommes arriva par petits groupes. Comme Cugel l'avait prédit, chacun monta au sommet de sa colonne et s'installa sans montrer de doute ni de perplexité, et Nisbet poussa un gros soupir de soulagement.

Pendant les semaines suivantes, Cugel et Nisbet s'acquittèrent d'un grand nombre de commandes, mais en se gardant de tout excès afin de ne pas éveiller de soupçons. Dame Sequorce obtint deux segments et non les trois qu'elle avait exigés, mais elle se montra satisfaite.

— Je savais bien que je pouvais vous faire faire ce que je voulais ! Pour obtenir satisfaction, il suffit de proposer des alternatives désagréables. Je vous en commanderai deux de plus dès que je pourrai m'offrir vos prix exorbitants; mais vous pouvez commencer à y travailler afin que je n'aie pas à attendre. Hein, Nisbet ? N'oubliez pas que je vous ai tiré la barbe !

— Je prends note de votre commande, répondit Nisbet avec une politesse guindée, et le travail sera exécuté en son temps.

Dame Sequorce se contenta d'éclater d'un rire vulgaire et alla son chemin.

— J'avais espéré qu'un flot de segments allait rassasier nos clients, dit Nisbet d'un air abattu, mais on dirait que nous avons stimulé la demande. Dame Petish, par exemple, s'est plaint que l'époux de dame Cillincz était maintenant au même niveau que le sien. Dame Viberl s'imagine qu'elle mène la course et insiste pour que deux segments séparent Viberl de ses inférieurs.

— A l'impossible nul n'est tenu.

Les segments de la réserve furent distribués en un temps étonnamment court et les femmes du village recommencèrent à les importuner. Cugel et Nisbet discutèrent longuement de la situation et décidèrent de rester inflexibles face à leurs exigences irréalisables.

Cependant, certaines femmes, prenant note du succès qu'avait obtenu dame Sequorce, se mirent à proférer des menaces encore plus catégoriques. Pour finir, Cugel et Nisbet se soumirent à l'inévitable et, une nuit, ils allèrent enlever tous les « Deux ». Comme auparavant, les hommes ne s'aperçurent de rien. Les carriers tentèrent d'essuyer le travail en retard et l'urne antique dans laquelle Nisbet gardait ses terces commença à déborder.

Un jour, une jeune femme vint voir le carrier.

— Je suis dame Mupo; je ne suis mariée que depuis une semaine mais il est temps d'élever une colonne à Mupo qui a une santé délicate et doit jouir d'un flux de haute atmosphère. J'ai donc visité le site et choisi un emplacement, mais tout en marchant entre les colonnes, j'ai remarqué quelque chose d'étrange. Les segments de la base sont numérotés « Trois » et non « Un », ce qui me semblerait plus normal. Quelle en est la raison?

Nisbet se mit à bégayer, mais Cugel se hâta de répondre à sa place.

— C'est une innovation destinée à aider les jeunes foyers comme le vôtre. Par exemple, Viberl jouit d'un rayonnement pur et sans mélange du haut de son « Vingt Quatre ». Si nous commençons votre colonne par le segment « Trois » au lieu du « Un », vous ne serez qu'à vingt et un segments en dessous au lieu de vingt-trois.

— C'est bien obligeant à vous! dit dame Mupo en hochant la tête, pour montrer qu'elle avait compris.

— Nous ne crions pas cela sur les toits car nous ne pouvons pas le faire pour tout le monde. Considérez cela comme un service personnel que vous rend obligeamment Nisbet, et puisque ce pauvre Mupo ne va pas très bien, nous lui fournirons non seulement un « Trois » mais aussi un « Quatre ». Seulement n'en dites rien à personne, même à Mupo, car nous ne pouvons pas étendre ces faveurs à tous.

– Je comprends bien ! Personne n'en saura rien !

Le jour suivant, dame Petish vint à la carrière.

– Nisbet ! Ma nièce vient d'épouser Mupo et elle m'a raconté une histoire très confuse au sujet de « Trois » et de « Quatre » à laquelle je n'ai rien compris. Elle prétend que Cugel, votre assistant, lui a promis un segment gratuit, comme une faveur accordée aux jeunes foyers. Cela m'intéresse parce que, la semaine prochaine, j'ai une autre nièce qui se marie, et si vous donnez deux segments pour le prix d'un, je ne vois pas pourquoi vous ne le feriez pas pour une cliente aussi fidèle que moi.

– Mon explication a dû embrouiller dame Mupo. Récemment, nous avons remarqué des vagabonds qui erraient au pied des colonnes. Nous leur avons dit de décamper et, afin de troubler les voleurs éventuels, nous avons modifié notre système de numérotation. En pratique, rien n'a changé; vous n'avez pas à vous inquiéter.

Dame Petish partit en secouant la tête d'un air dubitatif. Elle s'arrêta près des colonnes, les étudia de bas en haut pendant plusieurs minutes et retourna au village.

– J'espère que personne d'autre ne va venir nous poser des questions, dit Nisbet inquiet. Vos réponses sont remarquables et m'embrouillent moi aussi, mais d'autres pourraient être plus perspicaces.

– Je suppose que nous n'en entendrons plus parler, conclut Cugel, et tous deux s'en retournèrent travailler.

En début d'après-midi, dame Sequorce arriva avec plusieurs de ses sœurs. Elles s'arrêtèrent quelques instants près des colonnes puis continuèrent leur chemin vers la carrière.

– Cugel, dit Nisbet d'une voix chevrotante, je vous nomme notre porte-parole. Soyez assez bon pour apaiser ces dames.

– Je vais faire de mon mieux. (Cugel sortit affronter

dame Sequorce.) Vos segments ne sont pas encore prêts. Vous pouvez revenir dans une semaine.

Dame Sequorce fit comme si elle ne l'avait pas entendu. Ses yeux bleu pâle firent le tour de la carrière.

– Où est Nisbet ?

– Il est souffrant. Nous n'effectuerons les livraisons qu'un mois au moins après la commande, car il nous faut extraire d'autres pierres blanches. Je suis désolé, mais nous ne pouvons faire mieux.

– Où sont les « Un » et les « Deux » ? demanda-t-elle en regardant Cugel droit dans les yeux. Pourquoi ces pierres ont-elles disparu, si bien que les « Trois » reposent maintenant directement sur le sol ?

– En est-il vraiment ainsi ? répondit Cugel en feignant la surprise. C'est très bizarre ! Cependant rien ne dure éternellement et sans doute les « Un » et les « Deux » se sont-ils désagrégés.

– On ne voit pas de poussière de pierre autour de la base des colonnes.

– Puisqu'elles gardent leur hauteur les unes par rapport aux autres, répondit Cugel en haussant les épaules, ce n'est pas bien grave.

L'une des sœurs de dame Sequorce arriva en courant, du fond de la carrière.

– Nous avons trouvé une pile de segments cachés derrière des rochers, et ce sont tous des « Deux » !

Dame Sequorce jeta un coup d'œil en coin à Cugel, puis lui tourna le dos et repartit à grands pas vers le village, suivie de ses sœurs.

Cugel entra, l'air morne, dans la demeure de Nisbet. Celui-ci, qui était resté derrière la porte, avait tout entendu.

– Tout a une fin, dit Cugel. Il est temps de partir.

– Partir ? (Nisbet fit un bond en arrière.) Quitter ma merveilleuse maison ? Mes objets d'art et mes célèbres bibelots ? C'est impensable !

– Je crains que dame Sequorce ne se contente pas de critiquer. Rappelez-vous comment elle a traité votre barbe !

– Je m'en souviens et cette fois, je vais me défendre ! (Nisbet ouvrit un placard et choisit une épée.) Voilà la plus belle lame de l'ancienne Kharai ! Et, pour vous,

Cugel, voici une autre épée d'égale valeur! Portez-la avec fierté!

Cugel boucla l'arme à sa ceinture.

– Relever un défi, c'est bien, mais garder sa peau intacte, c'est mieux. Je propose que nous nous préparions, à tout hasard, au départ.

– Jamais! s'écria Nisbet. Je resterai sur le seuil de ma demeure et les premières qui attaqueront éprouveront le fil de mon épée!

– Elles reculeront et jetteront des pierres, fit remarquer Cugel.

Nisbet ne l'écouta pas et se dirigea vers la porte. Cugel réfléchit un moment puis transporta toutes sortes de choses jusqu'à la voiture qu'avaient laissée les marchands Maots : des aliments, du vin, des couvertures, des vêtements. Dans son sac, il mit un pot de cirage aux ossips, après en avoir oint ses bottes, et deux poignées de terces puisées dans l'urne de Nisbet. Il jeta un second pot de cirage dans la charrette.

Cugel fut interrompu dans ses préparatifs par les cris de Nisbet.

– Cugel! Elles arrivent en courant! On dirait une bande d'animaux enragés!

Il sortit sur le seuil de la porte et regarda les femmes approcher.

– Vous et votre vaillante épée, vous pouvez peut-être empêcher la horde d'entrer par la porte principale mais elles passeront simplement par celle de derrière. Je vous conseille la retraite. La charrette est prête.

Nisbet se rendit à contrecœur jusqu'à la voiture. Il regarda ce qu'avait fait Cugel.

– Où sont mes terces? Vous avez emporté le cirage mais pas mes terces? C'est insensé!

– C'est le cirage, et non votre amulette, qui défie la gravité. Et l'urne était trop lourde.

Néanmoins Nisbet retourna dans la maison et ressortit en chancelant et en répandant des terces derrière lui.

Les femmes étaient arrivées. En voyant la charrette, elles poussèrent un rugissement de colère.

– Halte! Scélérats! cria dame Sequorce.

Nisbet atteignit la voiture et y déposa son urne, mais

lorsqu'il essaya de grimper sur le siège, il tomba et Cugel dut le hisser. Il donna un grand coup de pied à la charrette et l'envoya flotter en l'air. Puis il sauta pour monter dedans, mais il rata son coup et retomba sur le sol.

Il n'avait plus le temps de faire une autre tentative. Tenant son épée et son sac de manière qu'ils ne l'empêchent pas de courir, Cugel prit ses jambes à son cou, talonné par les femmes les plus rapides.

Au bout d'un kilomètre, elles abandonnèrent la poursuite et Cugel s'arrêta pour reprendre haleine. Déjà la fumée s'élevait de la demeure de Nisbet. En haut de leurs colonnes, les hommes s'étaient levés pour mieux observer les événements. Dans le ciel, la voiture poussée par le vent dérivait vers l'est, et Nisbet, penché, regardait sa maison brûler.

Cugel poussa un gros soupir. Jetant son sac sur l'épaule, il se tourna vers le sud, en direction de Port Perdusz.

Faucelme

S'orientant par rapport au soleil rouge et boursouflé, Cugel traversa l'aride désert en direction du sud. Des rochers de petite taille jetaient des ombres noires; de temps à autre, un buisson solitaire dont les feuilles ressemblaient à des oreilles charnues tendait ses épines vers lui.

De tous côtés, un léger brouillard d'un rouge délavé embuait l'horizon. On ne voyait aucune trace de l'homme ni aucune créature vivante. Sauf une fois où, loin devant lui, Cugel aperçut un pelgrane d'une envergure impressionnante volant nonchalamment d'ouest en est. Il se jeta sur le sol à plat ventre et demeura immobile jusqu'à ce que l'animal disparaisse dans les vapeurs de l'orient. Alors il se releva, épousseta ses vêtements et reprit sa route vers le sud.

Le sol blême reflétait la chaleur. Cugel s'arrêta pour

s'éventer avec son chapeau. L'écaille qu'il utilisait comme ornement vint effleurer son poignet. Ce contact provoqua aussitôt une douleur cuisante et une sensation de succion, comme si « L'Eclaboussure de Lumière » voulait engloutir son bras, et peut-être son corps tout entier. Il jeta un regard torve sur l'écaille : elle avait à peine effleuré son poignet ! Ce n'était pas un objet qu'il fallait traiter à la légère.

Cugel remit avec précaution son chapeau sur sa tête et poursuivit son chemin en se hâtant, dans l'espoir de découvrir un abri avant la tombée de la nuit. Il allait si vite qu'il faillit tomber dans un énorme trou. Il s'arrêta pile, le pied suspendu au-dessus de l'abîme, et il vit un petit lac noir, trente mètres plus bas. Durant quelques secondes éprouvantes, Cugel chancela, en perte d'équilibre, puis il réussit à reculer en titubant.

Après avoir repris contrôle de lui-même, Cugel s'avança avec plus de prudence. Cet effondrement de terrain n'était pas un phénomène isolé. Sur plusieurs kilomètres, il en découvrit d'autres, de plus ou moins grande taille, mais peu étaient visibles de loin. Il y avait une brusque cassure du sol et, tout au fond, une eau noire.

Au bord du plus grand poussaient des saules pleureurs d'un bleu sombre qui dissimulaient à demi des rangées d'habitations hautes et étroites, empilées l'une sur l'autre, comme des boîtes. Elles donnaient l'impression d'avoir été bâties n'importe comment et certaines de leurs parties s'appuyaient sur les branches des saules.

Cugel eut du mal à distinguer les habitants qui s'élançaient comme des flèches en passant par leurs drôles de petites fenêtres; plusieurs fois, il crut les voir glisser dans le trou sur des toboggans faits de pierre polie. Ils avaient la taille d'un enfant, bien que leur figure laissât supposer une étrange hybridation entre un reptile, un coléoptère pédonculé et un minuscule gid. Par-dessus leur fourrure gris-vert, ils portaient des ventrières à volants tissés avec une fibre pâle, et des casquettes à oreillettes qui semblaient faites de crânes humains.

L'aspect de ces gens ôta à Cugel toute envie de leur

demander l'hospitalité et il s'empressa de décamper avant qu'ils ne décident de se lancer à sa poursuite.

Lorsque le soleil fut bas dans le ciel, Cugel devint fort inquiet. S'il essayait de voyager de nuit, il tomberait certainement dans un trou. S'il s'enveloppait dans son manteau et dormait en plein air, il deviendrait la proie des visps qui faisaient deux mètres soixante-dix de haut, fouillaient l'obscurité de leurs yeux roses luminescents et captaient l'odeur de la chair grâce à deux trompes flexibles qui pendaient de chaque côté de la crête de leur calotte crânienne.

Le bras inférieur du soleil toucha l'horizon. Poussé par le désespoir, Cugel arracha des branches à un buisson dont le bois faisait d'excellentes torches. Il s'approcha d'un trou bordé de saules pleureurs et choisit un arbre-tour quelque peu isolé des autres. Il vit des formes ressemblant à des fouines qui passaient à toute vitesse devant les fenêtres.

Il sortit son épée et martela le mur de planches.

– C'est moi, Cugel ! rugit-il. Je suis le roi de ce misérable désert ! Comment se fait-il qu'aucun de vous ne m'ait payé l'impôt ?

De l'intérieur lui parvint un chœur d'invectives aiguës et on lui jeta des ordures par les fenêtres. Cugel recula et mit le feu à l'une des branches du saule. Des cris perçants jaillirent des ouvertures et certains résidents coururent tout le long des branches et glissèrent jusque dans l'eau du lac.

Cugel gardait prudemment ses arrières afin qu'aucun des habitants de l'arbre-tour ne s'approche en rampant pour lui sauter sur le dos. Il martela de nouveau les murs.

– Assez d'eaux sales et d'ordures ! Versez tout de suite mille terces ou évacuez les lieux !

Il n'entendit, à l'intérieur, que sifflements et chuchotements. Regardant dans toutes les directions, il fit le tour de la construction. Il vit une porte et, introduisant sa torche à l'intérieur, il découvrit un atelier avec un établi de pierre polie sur lequel reposaient plusieurs aiguières, tasses et tranchoirs en albâtre. Il n'y avait ni foyer ni fourneau. Il était évident que les habitants de l'arbre-tour évitaient l'usage du feu; il n'y avait également aucun moyen de communication avec les niveaux supérieurs, ni échelle, ni trappe, ni escalier.

Cugel laissa ses branches et sa torche allumée sur le sol souillé et partit chercher du combustible. Aux dernières lueurs couleur de prune, il rassembla quatre brassées de branches et les transporta à l'arbre-tour; lors du dernier voyage, il entendit, effroyablement proche, l'appel mélancolique d'un visp.

Il revint précipitamment à l'atelier. Une fois de plus, les résidents émirent de furieuses protestations, et des cris stridents résonnèrent d'un bord à l'autre du trou.

— Calmez-vous, vermine ! cria Cugel. Je vais aller me reposer.

Ses ordres passèrent inaperçus. Cugel ressortit sa torche de l'atelier et la brandit dans toutes les directions. Le tumulte cessa instantanément.

Il bloqua la porte avec la dalle de pierre, qu'il cala à l'aide d'un bâton. Il édifia son feu de manière à ce qu'il brûle lentement, un brandon après l'autre. S'enveloppant dans son manteau, il s'endormit.

Durant la nuit, il s'éveilla plusieurs fois pour alimenter le feu; il en profita pour écouter et regarder audehors par une fente; mais le silence n'était troublé que par les cris des visps errants.

Le lendemain matin, Cugel se leva avec le soleil. A travers les fissures des murs, il scruta les environs. Tout paraissait normal et il n'entendit rien.

Il pinça les lèvres en réfléchissant. Une démonstration ouverte d'hostilité l'aurait plutôt rassuré. Cette tranquillité était trop innocente.

« Comment, dans un cas semblable, punirais-je un intrus aussi hardi que moi ? » se demanda Cugel.

Et ensuite : « Pourquoi courir le risque du feu ou de l'épée ? »

Puis : « Je préparerais quelque horrible surprise. »

Pour finir : « La logique m'amène au concept de traquenard. Aussi voyons cela... »

Cugel ôta la dalle de pierre qui bloquait la porte. Tout était silencieux, et même plus silencieux qu'auparavant. Le trou tout entier retenait sa respiration. Cugel étudia le sol devant l'arbre-tour. Il regarda à droite et à gauche et découvrit des cordes qui se balançaient aux branches des arbres. Devant la porte, le sol avait été saupoudré d'une quantité suspecte de terre qui n'arrivait pas à dissimuler entièrement les contours d'un filet.

Cugel ramassa la dalle de pierre et la lança contre le mur du fond. Les planches, assemblées par des chevilles et attachées par des brins d'osier, se séparèrent. Il passa par le trou et s'en alla tandis que des cris de rage et de désappointement s'élevaient derrière lui.

Cugel reprit sa marche en direction du sud, vers les collines lointaines qui n'étaient encore que des ombres dissimulées par la brume. A midi, il tomba sur une ferme abandonnée, au bord d'une petite rivière où il étancha gratuitement sa soif. Dans le verger, il trouva un vieux pommier sauvage couvert de fruits. Il en mangea à satiété et en remplit son sac.

Au moment de reprendre sa route, il aperçut une plaque portant cette inscription érodée :

***

DE MAUVAISES ACTIONS FURENT COMMISES ICI

***

PUISSE FAUCELME SOUFFRIR
JUSQU'A CE QUE LE SOLEIL S'ÉTEIGNE

***

ET A JAMAIS

***

Cugel crut sentir un courant d'air glacé passer sur sa nuque et il jeta un coup d'œil inquiet par-dessus son épaule. « Il vaut mieux éviter cet endroit » se dit-il, et il partit à grandes foulées de ses longues jambes.

Une heure plus tard, il longea une forêt où il découvrit une petite chapelle octogonale dont le toit s'était effondré. Il jeta précautionneusement un coup d'œil à l'intérieur et huma un air chargé de la puanteur d'un visp. Comme il reculait, il aperçut une plaque de bronze, verdie par les siècles. Il lut les mots suivants :

PUISSENT LES DIEUX DE GNIENNE

***

ET LES DÉMONS DE GNARRE

***

NOUS PROTÉGER DE LA FUREUR DE FAUCELME

Cugel expira profondément et s'éloigna de la chapelle. Le passé et le présent accablaient cette région. Avec quel soulagement Cugel atteindrait Port Perdusz !

Il repartit vers le sud encore plus vite qu'auparavant.

En fin d'après-midi, le paysage commença à se creuser de bas-fonds marécageux et à se gonfler de tertres précurseurs de la première chaîne de collines qui barrait maintenant l'horizon au sud. Des arbres s'égrenaient depuis les forêts plus élevées : des mylax à l'écorce noire et aux larges feuilles roses; des cyprès cylindriques, denses et impénétrables; des parmants gris pâle, portant des chapelets de noix sphériques noires; des chênes des cimetières, au tronc épais et noueux et aux branches tordues.

Comme le soir précédent, Cugel vit avec appréhension le jour décroître. Lorsque le soleil disparut derrière les collines lointaines, il s'écarta de son chemin pour suivre une route qui leur était parallèle et devait, probablement, mener à Port Perdusz.

Tout en allongeant le pas, Cugel regardait à droite et à gauche et il aperçut un chariot de ferme arrêté à une centaine de mètres plus à l'est, et trois hommes debout derrière lui.

Pour éviter de donner une impression d'urgence, Cugel ralentit le pas et s'avança en voyageur insouciant; mais personne ne parut s'occuper de lui.

Lorsqu'il fut plus près, il vit que l'une des grandes roues arrière du chariot, d'ailleurs tiré par quatre mermelants, était brisée. L'attelage feignait l'indifférence et détournait les yeux des trois fermiers que sa race se plaisait à considérer comme des serviteurs. La voiture était lourdement chargée de fagots et portait, aux quatre coins, des harpons à trois dents; sans doute pour se défendre contre l'attaque soudaine d'un pélgrane.

Lorsque Cugel arriva à leur hauteur, les fermiers, qui devaient être frères, jetèrent un coup d'œil sur lui et se replongèrent dans leur contemplation de la roue cassée.

Il s'avança nonchalamment jusqu'à la voiture. Les paysans le regardèrent avec une telle indifférence que son sourire affable se figea sur son visage. Il s'éclaircit la voix.

– Vous avez des ennuis avec cette roue ?

– Nous ? Tout va très bien, répondit le plus âgé des frères d'une voix revêche. Vous nous prenez pour des imbéciles ? Vous voyez bien que notre roue est brisée ! Nous avons perdu l'anneau de fixation et l'essieu s'est détaché. C'est très grave, aussi passez votre chemin et laissez-nous réfléchir tranquilles.

– Il ne faut pas être aussi outrecuidant ! dit Cugel en levant un doigt d'un geste espiègle de reproche. Je pourrais peut-être vous aider.

– Bah ! Vous vous y connaissez ?

– D'où sortez-vous ce drôle de chapeau ? demanda le deuxième frère.

– Si vous pouviez soulever la charge qui repose sur l'essieu pendant que nous enlevons la roue, dit le plus jeune en croyant faire de l'humour, vous nous rendriez effectivement service. Sinon, allez-vous-en.

– Riez si vous voulez, mais je peux vraiment faire quelque chose dans ce goût-là.

Cugel jaugea le poids de la charrette, qui devait peser bien moins lourd que les colonnes de Nisbet. Il avait oint ses bottes de cire d'ossip et s'avança donc pour donner un bon coup de pied dans la roue.

– Vous allez vous apercevoir que la roue et la voiture ont perdu leur poids. Soulevez-la et voyez par vous-même.

Le plus jeune des frères empoigna la roue et la souleva, avec une telle force qu'elle lui échappa des mains et s'éleva dans le ciel où elle fut poussée par le vent et emportée vers l'est. Le chariot, soutenu par une pierre glissée sous l'essieu, n'avait pas subi l'effet magique et resta comme avant.

La roue s'éloigna en tournoyant. Un pélgrane, surgi de quelque cachette, plongea, la saisit et l'emporta.

Cugel et les trois fermiers regardèrent le pélgrane et la roue disparaître par-delà les collines.

– Bon, dit l'aîné. Et après ?

– J'hésite à vous faire d'autres propositions, dit Cugel en secouant la tête d'un air attristé.

– Dix terces, c'est ce que vaut une roue. Payez-nous cette somme sur-le-champ. Comme je n'aime pas les menaces, je ne mentionnerai pas l'autre possibilité.

– Je ne me laisse pas impressionner par des fanfaronnades, dit Cugel en se redressant.

– Et par des gourdins et des fourches ?

Cugel recula et posa la main sur son épée.

– Si du sang doit couler sur la route, ce sera le vôtre et non le mien !

Les fermiers s'écartèrent pour rassembler leurs esprits troublés.

– Une roue comme celle-là, dit Cugel d'un air de doute, endommagée, cassée et usée jusqu'aux rayons, vaut peut-être deux terces. Vos exigences sont peu réalistes.

– Nous acceptons un compromis ! déclara l'aîné d'un ton grandiloquent. J'ai parlé de dix terces, vous de deux. Soustrayons deux de dix, reste huit; donnez-nous huit terces et tout le monde sera satisfait.

– Il y a un sophisme là-dedans, dit Cugel encore hésitant. Huit terces, c'est encore beaucoup trop ! Souvenez-vous que j'ai agi par altruisme ! Dois-je payer pour avoir accompli une bonne action ?

– Est-ce une bonne action d'envoyer notre roue tournoyer dans les airs ? Si c'est là votre gentillesse, épargnez-nous votre inimitié !

– Abordons le problème d'un autre point de vue, dit Cugel. J'ai besoin d'un abri pour la nuit. Votre ferme est-elle loin d'ici ?

– A six kilomètres, mais nous ne dormirons pas dans nos lits ce soir; il nous faut rester ici à garder notre bien.

– Il y a une autre solution, dit Cugel. Je peux faire flotter votre voiture en l'air et...

– Quoi ? s'écria le premier frère. Pour que nous perdions notre chariot comme nous avons perdu notre roue ?

– Nous ne sommes pas aussi bêtes que vous croyez ! dit le plus jeune. Si vous cherchez un logement, adressez-vous à la maison de Faucelme, à un kilomètre et demi, sur la route.

– Excellente idée ! déclara le premier frère avec un large sourire. Pourquoi n'y ai-je pas pensé ? Mais, d'abord, nos dix terces.

– Dix terces ? Vos plaisanteries ne sont pas drôles. Avant de me séparer d'une seule piécette, je veux savoir où je peux passer la nuit en sécurité.

– Nous venons de vous le dire ! Adressez-vous à Faucelme ! C'est un altruiste comme vous et il fait bon accueil aux vagabonds qui passent devant chez lui.

– Qu'ils aient un chapeau remarquable ou pas, ricana le plus jeune.

– Dans les temps anciens, un « Faucelme » a pillé le pays. Votre « Faucelme » est-il un homonyme ? Suit-il l'exemple du premier ?

– Je ne sais rien de ce Faucelme ni de ses ancêtres, dit l'aîné.

– Sa demeure est grande, remarqua le second. Il n'a jamais renvoyé personne.

– Vous pouvez voir d'ici la fumée qui monte de sa cheminée, déclara le plus jeune. Donnez-nous notre dû et allez-vous-en. La nuit descend et nous devons prendre nos dispositions contre les visps.

Cugel fouilla parmi ses pommes sauvages et sortit cinq terces.

– Je vous donne cet argent, non pour vous faire plaisir mais pour me punir d'avoir essayé de venir en aide à des primitifs.

Ils échangèrent encore quelques mots cinglants mais les frères finirent par accepter les cinq terces et Cugel les quitta. Dès qu'il eut fait le tour de la charrette, il les entendit donner libre cours à de gros éclats de rire vulgaires.

Les mermelants étaient vautrés dans la boue, explorant de leur longue langue les herbes du talus. Lorsque Cugel passa, l'animal de tête dit, d'une voix à peine compréhensible à cause du fourrage qu'il avait dans la bouche :

– Pourquoi les lourdauds rient-ils ?

– J'ai mis ma magie à leur service et leur roue s'est envolée, répondit Cugel en haussant les épaules, aussi je leur ai donné cinq terces pour ne plus entendre leurs hauts cris.

– Quelle bonne farce ! s'écria le mermelant. Il y a une heure, ils ont envoyé le plus jeune chercher à la ferme une roue neuve. Ils étaient prêts à laisser la vieille dans le fossé lorsqu'ils vous ont vu.

– Je suis au-dessus de telles mesquineries. Ils m'ont recommandé de loger ce soir chez Faucelme. Et je doute de leur bonne foi.

– Ah, que ces valets(1) sont traîtres ! Ils pensent qu'ils peuvent rouler n'importe qui ! Alors, ils vous envoient chez un sorcier de réputation fort douteuse.

Cugel scruta anxieusement le paysage.

– Il n'y a pas d'autre possibilité de logement, par ici ?

– Jadis, nos valets invitaient les voyageurs et les égorgeaient dans leur lit, mais aucun d'eux ne voulait enterrer les cadavres; aussi ont-ils abandonné ce commerce. L'hébergement le plus proche est à une trentaine de kilomètres.

– C'est une bien mauvaise nouvelle. Comment venir à bout de ce Faucelme ?

Les mermelants mâchonnèrent leur foin. Puis l'un d'eux dit :

– Avez-vous de la bière ? Nous sommes des buveurs de bière renommés et nous montrons notre ventre à tout le monde.

– J'ai seulement quelques pommes sauvages, que je vous offre de bon cœur.

– Bon, ça ira, dit le mermelant et Cugel leur distribua les fruits qu'il portait.

– Si vous allez chez Faucelme, méfiez-vous de ses farces ! Un gros marchand a survécu en chantant toute la nuit des chansons obscènes et en ne lui tournant jamais le dos.

(1) Par vanité, les mermelants appellent leurs maîtres « valets » ou « serves ». Ordinairement aimables, ils aiment beaucoup la bière et, lorsqu'ils sont ivres, ils se dressent sur leurs pattes de derrière pour montrer leur ventre strié de blanc. La moindre provocation les plonge dans des crises de rage et, à cause de leur grande force, ils peuvent causer de térribles dégâts.

L'un des fermiers fit le tour de la charrette et s'arrêta, mécontent, en apercevant Cugel.

– Qu'est-ce que vous faites ici ? Allez-vous-en et cessez d'importuner les mermelants.

Sans daigner répondre, Cugel partit sur la route; le soleil frôlait la cime des arbres de la forêt lorsqu'il arriva à la demeure de Faucelme. C'était une construction en bois, à plusieurs étages, pourvue à profusion de baies, de petites tours carrées avec des fenêtres tout autour, de balcons, de passerelles, de hauts pignons, et surmontée d'une douzaine de cheminées.

Cugel se dissimula derrière un arbre pour étudier la maison. Plusieurs fenêtres étaient éclairées mais il ne vit rien bouger à l'intérieur. C'était, pensa-t-il, une demeure agréable et personne ne s'attendrait à trouver là un monstre de fourberie.

Il s'approcha, plié en deux, sous le couvert des arbres et des buissons. Furtif comme un chat, il se glissa près d'une fenêtre et regarda à l'intérieur.

Un homme d'un âge indéterminé, le dos voûté et la tête chauve, sauf une frange de cheveux gris, était assis à une table et lisait un ouvrage aux feuillets jaunis. Ses yeux dorés, mais laiteux et protubérants, étaient très rapprochés, de chaque côté d'un grand nez crochu. Ses bras et ses jambes étaient longs et anguleux. Il portait un costume de velours noir et une bague à chaque doigt, sauf l'index qui en comptait trois. Au repos, son visage calme n'était pas désagréable à regarder et Cugel y chercha en vain des signes de dépravation.

Il fit des yeux le tour de la pièce. Sur un buffet reposait une collection de bibelots et d'objets dépareillés : une pyramide de pierre noire, un rouleau de corde, des bouteilles en verre, de petits masques accrochés à une planche, des livres empilés, une cithare, un instrument en cuivre très complexe et un bouquet de fleurs sculpté dans la pierre.

Cugel courut sans bruit jusqu'à la porte principale; il souleva le marteau, une énorme langue que tirait une gargouille, et le laissa retomber en criant :

– Ouvrez ! Un honnête voyageur cherche un logis et paiera le prix qu'il faut !

Il revint, toujours en courant, jusqu'à la fenêtre. Il

vit Faucelme se lever, rester un instant la tête penchée à écouter, puis sortir de la pièce. Cugel ouvrit aussitôt la fenêtre et pénétra à l'intérieur. Il referma la croisée, prit la corde sur le buffet et se dissimula dans l'ombre.

Faucelme revint, secouant la tête d'un air perplexe. Il s'assit dans son fauteuil et reprit sa lecture. Cugel fondit sur lui par-derrière, lui passa la corde autour de la poitrine, une fois, deux fois, trois fois, et il crut qu'il n'arriverait jamais à l'extrémité du rouleau.

Puis il vint se présenter sous ses yeux. Faucelme le regarda des pieds à la tête, avec une expression plus curieuse que rancunière.

– Puis-je vous demander la raison de votre visite ?

– La peur, purement et simplement, répondit Cugel. Je n'ose pas passer la nuit en plein air, aussi je suis venu chez vous pour trouver un abri.

– Et cette corde ?

Faucelme baissa les yeux sur l'entrelacement qui le retenait attaché à son fauteuil.

– Je n'ai pas envie de vous offenser avec mes explications, dit Cugel.

– Est-ce qu'une explication m'offenserait plus que cette corde ?

– Votre question est plus profonde qu'il n'y paraît, fit remarquer Cugel en fronçant les sourcils et en se tapotant le menton, et frise les anciennes controverses entre l'Idéal et le Réel.

– Ce soir, je n'ai aucune envie de philosopher, dit Faucelme en soupirant. Vous pouvez répondre à ma question en vous en tenant au Réel.

– En toute innocence, j'ai oublié la question.

– Je vais donc vous la répéter en termes simples. Pourquoi m'avez-vous attaché sur mon siège au lieu d'entrer par la porte ?

– Puisque vous m'y obligez, je vais vous révéler quelque chose de déplaisant. Vous avez la réputation d'être un scélérat sournois et imprévisible, avec un penchant pour les farces morbides.

– Dans ce cas, mes dénégations n'auraient guère de poids. Qui sont mes détracteurs ?

Cugel secoua la tête en souriant.

— En tant que gentilhomme, je ne peux vous fournir cette information.

— Ah, ah, bien sûr ! dit Faucelme qui tomba dans un silence réfléchi.

Cugel, tout en gardant un œil sur Faucelme, en profita pour regarder la pièce. En plus du buffet, il y avait un tapis rouge foncé, bleu et noir, une bibliothèque ouverte pleine de livres et de librams, et un tabouret.

Un petit insecte, qui voletait dans la pièce, vint se poser sur le front de Faucelme. Ce dernier leva l'une des mains qui étaient attachées, chassa l'insecte puis remit son bras sous la boucle de la corde.

Cugel se retourna pour le regarder bouche bée d'étonnement. L'avait-il mal attaché ? Faucelme semblait lié aussi solidement qu'une mouche dans une toile d'araignée.

L'attention de Cugel fut attirée par un oiseau empaillé, mesurant plus d'un mètre de hauteur, présentant un visage de femme sous une toison de cheveux noirs. Une crête longue de cinq centimètres, faite d'une sorte de pellicule transparente, s'élevait de son front.

— C'est une harpie de la Mer de Xardoon, dit Faucelme. Il n'en reste presque plus. Elles ont un faible pour la chair des marins noyés et lorsqu'un navire est condamné à sombrer, elles veillent sur lui. Remarquez les oreilles... (le doigt de Faucelme passa par-dessus l'épaule de Cugel et repoussa les cheveux en arrière)... qui ressemblent à celles d'une sirène. Faites attention à la crête. (Le doigt tapota la base des pointes.) Elles sont acérées.

Cugel vit avec stupéfaction le doigt faire une pause pour gratter le nez de Faucelme avant de disparaître sous les cordes.

Il traversa rapidement la pièce et vérifia les liens qui semblaient suffisamment serrés. De près, Faucelme remarqua l'ornement piqué sur le chapeau de Cugel et siffla entre ses dents.

— Votre coiffure est un modèle plutôt recherché, dit-il. Le style en est frappant, quoique dans une région comme celle-ci, vous pourriez aussi bien porter un bas de cuir sur la tête.

Tout en disant cela, il jeta un coup d'œil sur son livre.

— Peut-être bien. Et lorsque le soleil s'éteindra, un simple sarrau suffira à notre pudeur.

— Ah, ah! Les modes seront alors dénuées de sens! Je trouve cela fort comique! (Faucelme jeta un regard sur son livre.) Et cette belle babiole! Où vous êtes-vous procuré une pièce aussi excentrique? (De nouveau, Faucelme parcourut des yeux les pages de son livre.)

— C'est un objet de pacotille que j'ai ramassé sur le chemin, dit Cugel d'un air indifférent. Qu'est-ce que vous lisez avec une telle avidité? (Il prit le livre.) Hum! « Les Meilleures Recettes de Mme Milgrim »!

— Oui, et cela me rappelle qu'il faut que j'aille remuer mon pudding aux carottes. Peut-être accepterez-vous de dîner avec moi? (Il lança par-dessus son épaule :) *Tzat*! (Les cordes tombèrent sur le sol et Faucelme se leva.) Je n'attendais personne, aussi dînerons-nous ce soir dans la cuisine. Mais je dois me dépêcher avant que le pudding brûle!

Déplaçant avec raideur ses longues jambes aux genoux noueux, il se rendit à la cuisine, suivi de près par Cugel, méfiant. Faucelme l'invita d'un geste à s'asseoir.

— Installez-vous. Je vais nous trouver un bon petit morceau ou deux à manger; rien de faisandé ni de lourd, remarquez, pas de viande ni de vin car cela échauffe le sang et, d'après Mme Milgrim, cela donne des flactomies. Voici un merveilleux jus de fruits que je vous recommande chaudement. Et puis, nous mangerons un bon ragoût d'herbes et mon pudding aux carottes.

Cugel s'assit à la table et regarda avec une attention obstinée Faucelme aller de-ci de-là, rassemblant de petits récipients contenant des gâteaux, des confitures, des compotes et des pâtés de légumes.

— Nous allons faire un vrai festin! Je me gâte rarement mais, ce soir, je suis avec un invité de marque, et foin de la discipline! (Il s'arrêta dans son travail.) M'avez-vous dit votre nom? Plus les années passent, plus je deviens distrait.

— Je m'appelle Cugel et je suis originaire d'Almery où je suis en train de retourner.

— Almery ! Vous avez encore un long chemin à parcourir, avec des spectacles curieux à chaque pas mais aussi beaucoup de dangers. J'envie votre courage ! Pouvons-nous dîner ?

Cugel ne se servit que des plats auxquels Faucelme toucha lui-même et crut n'éprouver aucun mauvais effet. Son hôte parlait à bâtons rompus tout en picorant ici ou là, mangeant à petits coups de dents très comme il faut.

— ... nom qui a des précédents fâcheux dans le pays. Apparemment, au dix-neuvième siècle, un « Faucelme » vécut ici et laissa le souvenir de ses manières violentes; cent ans plus tard, il y eut peut-être un autre « Faucelme », mais en ces temps reculés, on confondait souvent les personnes. Je frissonne en pensant à ce qu'ils ont fait... Les bandits de la région sont maintenant des fermiers; des anges de miséricorde par comparaison, quoique entachés de certaines habitudes fort déplaisantes. Ils donnent de la bière à boire à leurs mermelants et les envoient intimider les voyageurs. Ils ont osé venir ici, un jour, piaffer sur les marches du porche et montrer leur ventre. « De la bière ! » criaient-ils. « Donnez-nous de la bonne bière ! » Bien sûr, je n'ai rien de tel sous la main. Ils m'ont fait pitié et je leur ai expliqué, en détail, les grossières propriétés de l'ébriété; mais ils ont refusé de m'écouter et ont poursuivi dans un langage injurieux. « Ecoutez-moi ça ! Vieux puritain hypocrite, nous t'avons patiemment écouté caqueter et, maintenant, nous voulons de la bière en récompense ! » C'est exactement ce qu'ils ont dit ! Alors, je leur ai répondu : « Très bien, vous aurez votre bière ! » J'ai préparé une infusion d'avoi et de nuxium; je l'ai réfrigérée et fait mousser, comme de la bière. Et je leur ai dit : « Voilà la seule bière que j'aie ! » et je la leur ai servie dans des aiguières. Ils ont fourré leur nez dedans et l'ont absorbée en un clin d'œil. Ils se sont immédiatement couchés en rond, comme des boutons de laiteron et sont restés comme morts pendant un jour et demi. Pour finir, ils se sont déroulés, se sont levés, ont copieusement souillé ma cour et se sont éloignés furtivement. Ils ne sont jamais revenus et peut-être que mon petit sermon les a poussés à devenir sobres.

Cugel pencha la tête sur le côté et fit la moue.

– C'est une histoire intéressante.

– Merci. (Faucelme hocha la tête et sourit, comme s'il venait d'évoquer un souvenir agréable.) Cugel, vous savez écouter; et vous ne plongez pas avec avidité votre menton dans l'assiette pour ensuite jeter des regards affamés autour de vous, afin d'en avoir plus... J'apprécie votre délicatesse et vos bonnes manières. En fait, je me suis pris d'affection pour vous, Cugel. Voyons ce que nous pouvons faire pour vous aider sur le chemin de la vie. Allons prendre le thé au salon : la meilleure Aile de Phalène Ambrée pour un invité de marque! Est-ce que vous poursuivez votre chemin?

– Je vais rester pour vous tenir compagnie, dit Cugel. Ce serait mal élevé d'agir autrement.

– Vos manières sont celles d'une autre génération. (Faucelme parlait chaleureusement.) On ne trouve plus cela chez les jeunes gens d'aujourd'hui qui ne pensent qu'à leur petit confort.

Sous les yeux attentifs de Cugel, Faucelme prépara le thé et le servit dans des tasses de porcelaine coquille d'œuf. Il s'inclina et fit signe à Cugel de passer devant lui.

– Maintenant, au salon.

– Après vous, je vous prie.

Faucelme parut surpris, puis haussa les épaules et précéda Cugel au salon.

– Asseyez-vous, Cugel. Le fauteuil de velours vert est le plus confortable.

– Je suis agité. Je préfère rester debout.

– Au moins, ôtez votre chapeau, dit Faucelme avec une pointe d'irritation.

– Bien volontiers.

Faucelme le regarda en penchant la tête sur le côté, comme un oiseau curieux.

– Que faites-vous?

– J'enlève l'ornement. (Protégeant sa main d'un mouchoir replié, Cugel glissa l'écaille dans son sac.) Il est dur et pointu et je crains qu'il ne gâte votre bel ameublement.

– Vous êtes plein d'égards pour moi et méritez un petit cadeau. Cette corde, par exemple; elle a été tressée par Lazhnascenthe le Lémurien et possède des propriétés magiques. Par exemple, elle obéit aux ordres; elle est extensible et s'étire sans rien perdre de sa force. Je vois que vous avez une belle épée ancienne. Le filigrane du pommeau m'évoque Kharay, au dix-huitième éon. L'acier doit être d'excellente qualité, mais est-elle bien affûtée?

– Evidemment, dit Cugel. Si je voulais, je pourrais me raser avec.

– Alors, coupez-vous une bonne longueur de cette corde, disons, trois mètres. Bien roulée, elle se rangera dans votre sac, et pourtant elle s'étirera sur dix kilomètres si vous le lui ordonnez.

– Quelle générosité que la vôtre! s'exclama Cugel.

Il mesura ses trois mètres. Brandissant son épée, il essaya en vain de couper la corde.

– C'est vraiment très bizarre, dit-il.

– Allons, allons, et dire que, tout ce temps, vous avez cru que votre épée était tranchante! (Faucelme eut un sourire plein de malice.) Nous pouvons peut-être pallier cette carence.

D'un placard, il sortit une grande boîte qui, lorsqu'il l'ouvrit, s'avéra remplie d'une poudre argentée et brillante.

– Plongez votre lame dans le brasillateur, dit Faucelme. N'y touchez pas, ou vos doigts deviendraient de rigides barres d'argent.

Cugel suivit ses instructions. Lorsqu'il retira l'épée de la boîte, elle entraîna avec elle la fine poudre pailletée du brasillateur.

– Secouez-la bien. Un excès ne ferait qu'abîmer le fourreau.

Cugel secoua l'épée. Le fil de la lame scintillait de petits éclairs d'argent; elle semblait lumineuse.

– Maintenant, coupez la corde!

L'épée la trancha comme un ruban de varech.

Cugel l'enroula avec soin.

– Et quels sont les ordres à lui donner?

Faucelme ramassa le reste de la corde.

– Si je veux m'emparer de quelque chose, je la lance en l'air, je prononce la formule magique suivante : « *Tzip* » et...

– Halte! cria Cugel en levant son épée. Je ne veux pas de démonstration!

– Cugel, dit Faucelme en gloussant, vous êtes aussi nerveux qu'un trittle. Mais cela n'entache pas la bonne opinion que j'ai de vous. Dans ce monde malsain, les imprudents meurent jeunes. N'ayez pas peur de cette corde; tous mes gestes seront anodins. Regardez, je vous prie! Pour la détacher, dites « *Tzat*! » et la corde revient à portée de la main. Alors? (Faucelme recula en levant les mains, comme pour montrer qu'il ne dissimulait rien.) Est-ce là la conduite d'un « scélérat sournois et imprévisible »?

– Non, incontestablement, si pour réaliser sa farce, le scélérat réussit à simuler l'altruisme.

– Alors, comment pourriez-vous distinguer le scélérat de l'altruiste?

– Cette distinction importe peu, dit Cugel en haussant les épaules.

Faucelme ne l'écoutait déjà plus; son intellect si vif explorait déjà un nouveau sujet.

– On m'a éduqué selon l'ancienne tradition! Nous puisions notre force dans les vérités essentielles, auxquelles, en tant que patricien, vous devez sûrement souscrire. Je ne me trompe pas, n'est-ce pas?

– Vous avez tout à fait raison! déclara Cugel. Mais ces principes fondamentaux varient de pays à pays et même de personne à personne.

– Pourtant, certaines vérités sont universelles. Par exemple, l'ancien rite d'échange de cadeaux entre l'hôte et son invité. En tant qu'altruiste, je vous ai donné un bon repas nourrissant et une corde magique, et j'ai rendu votre épée plus résistante. Vous vous demandez avec anxiété ce que vous pourriez bien me donner en retour, mais je ne veux que votre amitié.

– Elle est à vous, librement et sans retenue, dit Cugel en un élan spontané, ainsi sommes-nous quittes des principes fondamentaux. Je suis quelque peu fatigué, Faucelme, aussi je...

— Cugel, vous êtes vraiment généreux ! Parfois, dans la vie, tandis que nous avançons péniblement sur notre chemin solitaire, nous rencontrons quelqu'un qui, aussitôt, ou du moins c'est comme cela que nous le ressentons, devient un ami très cher en qui nous mettons toute notre confiance. Je vais avoir du chagrin à vous voir partir ! Laissez-moi un petit souvenir; et je ne demanderai rien d'autre que ce petit morceau de métal clinquant que vous portiez à votre chapeau. C'est une bagatelle, un simple gage d'amitié, un souvenir vivace que je garderai pieusement jusqu'à l'heureux jour de votre retour ! Donnez-moi tout de suite votre petit ornement.

— Avec plaisir, répondit Cugel. (Il fouilla avec précaution dans son sac et en retira celui qu'il avait autrefois porté sur son chapeau.) Avec toute mon amitié, je vous offre cette épingle à chapeau.

Faucelme l'examina puis tourna ses yeux dorés et laiteux vers Cugel. Il repoussa l'ornement.

— Cugel, vous me comblez trop. Celui-là est un objet de valeur... non, ne protestez pas ! Je ne voulais que ce bibelot vulgaire, avec une fausse pierre rouge en son centre, que j'ai remarqué lorsque vous êtes arrivé. J'insiste ! Je le suspendrai bien en vue, ici, dans mon salon !

— En Almery vit Iucounu le Magicien Rieur, dit Cugel avec un sourire ambigu.

Faucelme fit une petite grimace involontaire.

— Quand je le verrai, il me dira : « Cugel, où est mon « Eclaboussure de Lumière Brise-Ciel Pectorale » que je t'avais confiée ? » Que lui dirai-je ? Que je n'ai pu la refuser à un certain Faucelme du Pays du Mur Qui Tombe ?

— Il y a une solution évidente à ce problème, marmonna Faucelme. Si, par exemple, vous décidiez de ne pas retourner en Almery, Iucounu ne saurait jamais ce qui s'est passé. Ou bien... (Faucelme se tut brusquement. Un moment passa. L'hôte reprit d'une voix fort affable :) Vous devez être fatigué et désireux de vous reposer. Mais, tout d'abord, goûtez à ma boisson aromatique qui calme les douleurs d'estomac et rafraîchit les nerfs !

Faucelme ne tint aucun compte des refus de Cugel. Il

apporta une petite bouteille noire et deux coupes de cristal. Dans celle de Cugel, il versa un doigt d'un liquide pâle.

— Je le distille moi-même. Goûtez-moi cela.

Une petite mite voleta près de la coupe de Cugel et tomba aussitôt morte sur la table.

— Je n'ai pas besoin de tonique ce soir, dit Cugel en se levant. Où pourrais-je dormir ?

— Venez. (Faucelme précéda Cugel dans l'escalier et ouvrit la porte d'une pièce.) Voici une confortable petite chambre où vous reposerez merveilleusement bien.

— Il n'y a pas de fenêtres ! dit Cugel en reculant. J'aurai l'impression d'étouffer.

— Ah ? Très bien, voyons une autre chambre. Que dites-vous de celle-ci ? Le lit en est bien moelleux.

— Pour quelle raison cette grille en fer massif est-elle au-dessus du lit ? Et si elle tombait durant la nuit ?

— Cugel, c'est du pessimisme, tout cela ! Il faut toujours regarder le bon côté des choses, dans la vie ! Avez-vous remarqué, par exemple, le vase de fleurs qui est au chevet du lit ?

— Il est charmant ! Voyons une autre chambre.

— Trouvez-vous toujours quelque chose à redire à tout ? dit Faucelme de mauvaise humeur... Bon, et cette belle chambre ? Le lit est bon; les fenêtres sont larges; J'espère seulement que leur hauteur ne vous donnera pas le vertige.

— Celle-là me convient tout à fait. Faucelme, je vous souhaite une bonne nuit.

Faucelme redescendit l'escalier, furieux. Cugel ferma la porte et ouvrit la fenêtre à deux battants. Il vit se détacher sur le ciel étoilé les petites cheminées et un seul cyprès qui dominait la demeure.

Il attacha l'extrémité de sa corde à la colonne du lit, puis donna un coup de pied à ce dernier qui, éprouvant aussitôt une répulsion pour la gravité, s'éleva en l'air. Cugel le traîna vers la fenêtre, qu'il lui fit franchir. Il éteignit la lampe, grimpa dans le lit et le poussa loin de la maison jusqu'au tronc du cyprès auquel il attacha l'autre extrémité de la corde.

— Corde, allonge-toi !

La corde s'allongea et Cugel s'éleva dans l'obscurité. La maison n'était plus qu'une masse irrégulière, plus noire que la nuit, avec des quadrilatères jaunes qui marquaient les pièces éclairées.

Cugel laissa la corde s'étirer sur une centaine de mètres.

– Corde, ne t'allonge plus !

Le lit s'arrêta avec une petite secousse. Cugel s'installa confortablement et guetta la maison.

Une demi-heure s'écoula. Le lit se balançait dans l'air parfumé de la nuit, et Cugel s'assoupit sous ses édredons. Ses paupières se fermèrent... Une fulguration jaillit silencieusement par la fenêtre de la chambre qui lui avait été attribuée. Cugel cligna des yeux et se dressa sur son séant; il vit une bulle d'un gaz blême et lumineux s'élever en tourbillonnant.

La pièce restait obscure, comme avant. Un instant plus tard, la fenêtre s'éclaira de la lueur vacillante d'une lampe et la silhouette anguleuse de Faucelme, les poings sur les hanches, se découpa en noir sur le rectangle jaune. La tête se pencha, tournant de-ci de-là, comme si Faucelme fouillait les ténèbres extérieures.

Puis il se retira et la fenêtre s'assombrit de nouveau. La proximité de la demeure commençait à mettre Cugel mal à l'aise. Il prit la corde et dit :

– *Tzat* ! (Elle redevint molle dans sa main.) Corde, rétrécis !

La corde reprit sa taille normale.

– Faucelme, dit Cugel en baissant les yeux sur la maison, quels que soient vos faits et méfaits, je vous suis reconnaissant pour cette corde, et aussi pour ce lit; bien que je sois obligé, j'en ai grand-peur, de dormir à la belle étoile.

Il regarda par-dessus le bord de sa couche et vit la route luire faiblement à la lumière des étoiles. La nuit était calme. Il déviait vers l'est.

Cugel suspendit son chapeau au montant du lit. Il s'allongea, tira l'édredon sur sa tête et s'endormit.

La nuit s'écoula. Les étoiles se déplacèrent d'un bout à l'autre du ciel. Du désert monta l'appel mélancolique du visp : une fois, deux fois, puis le silence retomba.

Cugel s'éveilla au lever du soleil, et durant un bon moment, il ne comprit pas où il était. Il commença à jeter une jambe hors du lit, puis il la ramena avec un sursaut d'épouvante.

Une ombre vola entre le soleil et lui; un être noir et lourd descendit en piqué pour venir s'abattre au pied du lit de Cugel : un pélgrane en pleine maturité, à en juger par les poils gris et soyeux de son abdomen sphérique. Sa tête, de soixante centimètres de long, sculptée dans une corne noire, ressemblait à celle d'un lucane, et des crocs blancs et recourbés pointaient hors de son museau. Perché sur le bois du lit, il regarda Cugel avec avidité et amusement.

– Aujourd'hui, je vais prendre mon petit déjeuner au lit. Ce n'est pas souvent que je me gâte ainsi.

Il se pencha et saisit Cugel par la cheville mais ce dernier réussit à s'arracher à lui. Il chercha son épée à tâtons mais il n'arriva pas à la tirer du fourreau. Dans les efforts frénétiques qu'il déployait pour la sortir, il accrocha son chapeau avec l'extrémité de l'arme; le pélgrane, attiré par le reflet rouge de l'écaille, tendit la patte vers le chapeau. Cugel lui ficha « L'Eclaboussure de Lumière » dans la figure.

Le large bord du couvre-chef et la terreur qu'éprouvait Cugel embrouillèrent à ses yeux le cours des événements. Le lit rebondit, comme allégé d'un poids; et plus de pélgrane!

Cugel regarda de tous côtés, plongé dans une profonde perplexité. Le pélgrane avait disparu. Cugel contempla « L'Eclaboussure de Lumière » qui semblait briller d'un éclat plus vif qu'auparavant. Avec d'infinies précautions, il remit le chapeau sur sa tête. Il regarda par-dessus le bord du lit et vit approcher, sur la route, une petite charrette à bras poussée par un gros garçon de douze ou treize ans.

Cugel lança sa corde afin de l'enrouler autour d'une souche, puis il tira dessus pour descendre au niveau du sol. Lorsque le gamin arriva, il sauta sur la route.

– Arrête-toi! Qu'est-ce qu'il y a là-dedans?

Le jeune garçon émit un gloussement de peur.

– Une roue neuve pour le chariot et le petit déjeuner de mes frères : du ragoût, un pain et une cruche de vin. Si vous êtes un voleur, il n'y a rien pour vous.

– C'est à moi d'en décider.

Cugel donna un coup de botte à la roue et l'envoya tourbillonner dans le ciel pendant que le garçon le regardait faire, bouche bée. Puis il prit le ragoût, le pain et le vin.

– Tu peux continuer ton chemin, maintenant, dit-il. Si tes frères te demandent où sont passées la roue et les provisions, tu n'auras qu'à mentionner le nom de « Cugel » et la somme de « cinq terces » !

Le jeune garçon partit en courant, poussant bruyamment la voiture à bras. Cugel porta le pot de ragoût, le pain et la cruche jusqu'au lit, il détacha la corde et se laissa de nouveau flotter dans le ciel.

Les trois fermiers arrivèrent en courant, suivis par le gamin. Ils s'arrêtèrent et crièrent :

– Cugel ! Où êtes-vous ? Nous avons deux mots à vous dire.

L'un d'eux ajouta même, avec naïveté :

– Nous avons l'intention de vous rendre vos cinq terces !

Cugel ne daigna pas répondre. L'enfant, cherchant la roue dans le ciel, aperçut le lit et le montra du doigt. Les fermiers, le visage rouge de colère, tendirent le poing vers lui et crièrent des injures.

Cugel les écouta pendant quelques minutes, impassible et amusé, jusqu'à ce que la brise, en fraîchissant, l'emporte vers les collines et Port Perdusz.

DE PORT PERDUSZ
À KASPARA VITATUS

Sur les quais

Un vent favorable poussa Cugel et son lit, qui franchirent aisément les collines. Lorsqu'il passa au-dessus de la dernière chaîne, le paysage se perdit dans le lointain, et devant lui, de l'est à l'ouest, il vit se dérouler l'estuaire de la Rivière Chaing et le ruban de ses eaux vert-de-gris.

A l'ouest, le long du rivage marin, Cugel remarqua des bâtiments gris éparpillés : c'était Port Perdusz. Une demi-douzaine de navires étaient à quai, à une si grande distance que Cugel ne put les distinguer les uns des autres.

Il fit descendre le lit en laissant pendre son épée d'un côté et ses bottes de l'autre, afin qu'elles soient saisies par les forces de gravité. Soumis aux rafales capricieuses du vent, le lit échappa au contrôle de Cugel et tomba finalement dans un fourré de roseaux, à quelques mètres seulement de la rivière.

Abandonnant sa couche à contrecœur, Cugel se dirigea vers la route, à travers une prairie gorgée d'eau où régnaient une douzaine d'espèces végétales nuisibles : de la bardane rousse et noire, une renoncule vésicante, un hurse aux fleurs marron, une vigne sensitive qui recula lorsqu'il passa devant elle. Des lézards bleus sifflèrent de colère et Cugel, déjà mis de mauvaise humeur par son contact avec la plante vésicante, les injuria aussi.

– Sifflez, vermine ! Je ne m'attends à rien de mieux de la part d'animaux de si basse caste !

Les lézards, devinant ce que Cugel leur disait, coururent vers lui, à petits bonds, en sifflant et en crachant, jusqu'à ce qu'il ramasse une branche morte et en frappe le sol pour les tenir à distance.

Il rejoignit enfin la route. Il épousseta ses vêtements, tapa son chapeau contre sa jambe en évitant soigneusement tout contact avec « L'Eclaboussure de Lumière ». Puis, relevant son épée pour qu'elle forme un angle plus crâne, il se mit en route vers Port Perdusz.

L'après-midi était déjà bien entamé. Une rangée de grands déodars bordait la route; Cugel passait alternativement de leurs ombres noires au plein soleil rougeâtre. Il prit note de rares cabanes, à flanc de colline, et de barques pourrissant au bord de la rivière. La route longea un ancien cimetière ombragé de rangées irrégulières de cyprès, puis tourna vers la rivière pour éviter une avancée de la falaise sur laquelle était perché un palais en ruine.

Entrant dans la ville, la route contournait la place principale, passait devant un grand bâtiment semi-circulaire qui, autrefois, avait dû être un théâtre ou une salle de concert, et servait maintenant d'auberge. Puis elle repartait en direction du front de mer et l'amena jusqu'aux vaisseaux que Cugel avait remarqués du haut des airs.

Une question ne cessait de hanter son esprit : se pouvait-il que la *Galante* fût arrivée ici?

C'était peu probable, mais pas impossible.

Cugel n'avait aucune envie de se trouver confronté au capitaine Baunt, ou à Drofo, ou encore à Mme Soldinck, sans parler de Maître Soldinck lui-même.

S'arrêtant en plein milieu de la chaussée, il énuméra un certain nombre d'arguments tortueux qui pourraient peut-être alléger les tensions. Pour finir, il fut bien obligé de reconnaître qu'il ne pouvait s'attendre à les convaincre et qu'un salut compassé ou un simple signe de tête seraient tout aussi efficaces...

Regardant bien tout autour de lui, Cugel flâna sur les quais de ce port en décadence. Il aperçut trois navires de haute mer et deux petits caboteurs, ainsi qu'un bac qui devait assurer le passage sur l'autre rive.

Pas de *Galante*, à son grand soulagement.

Le premier vaisseau, et le plus éloigné de la place, était une lourde péniche qui ne portait pas de nom et devait assurer le transport fluvial. Le second, une grande caraque appelée *Leucidion*, avait été vidé de sa cargaison et semblait en cours de réparation. Le troisième, et le plus proche de la place, était l'*Avventura*, un coquet petit bateau, moins impressionnant que les autres, où l'on était en train d'embarquer des marchandises et des provisions.

Les quais étaient relativement animés à cause du passage des fardiers, des cris et des jurons des porteurs, et de la musique joyeuse des concertinas, à bord de la péniche.

Un petit homme corpulent et rubicond, portant l'uniforme d'un fonctionnaire, s'arrêta pour inspecter Cugel d'un œil calculateur, puis il se détourna et pénétra dans l'un des entrepôts.

Un homme solidement charpenté s'appuyait au bastingage du *Leucidion* ; il était vêtu d'une chemise d'indigo rayée bleu et blanc, coiffé d'un chapeau noir conique orné d'une chaîne en or qui pendait derrière son oreille droite, et portait un fosset d'or incrusté dans la joue gauche : c'était le costume d'un Castillion (1).

Cugel s'approcha avec assurance du *Leucidion* et, prenant une expression joviale, il salua l'homme de la main.

Le capitaine le regarda, imperturbable, et ne réagit pas.

– Un beau navire que vous avez là ! cria Cugel. Je vois qu'il a subi quelques avaries.

– On me l'a déjà signalé.

– Où irez-vous lorsque le dommage sera réparé ?

– Notre trajet habituel.

– Qui est ?

(1) Aux banquets castillions, on dispose un tonneau sur un balcon surplombant la salle. Des tuyaux flexibles descendent jusqu'à chaque place. L'invité s'assoit, fixe le tuyau au fosset incrusté dans sa joue, afin de pouvoir boire sans arrêt pendant qu'il dîne, s'épargnant ainsi la corvée d'ouvrir les bouteilles, de verser le liquide dans des chopes ou des coupes, de lever, pencher et reposer son verre, écartant ainsi tout risque de le casser ou de le renverser. De plus, il peut manger et boire plus vite et gagne ainsi du temps qu'il consacrera aux chansons.

– De Latticut aux Trois Sœurs, ou à Woy si l'on m'offre une cargaison pour ce port.

– Je cherche à m'embarquer pour Almery.

– Vous ne trouverez pas ça ici, dit le capitaine avec un sourire sardonique. Je suis brave, mais pas imprudent.

– Quelqu'un doit sûrement se rendre au sud de Port Perdusz ! protesta Cugel d'une voix quelque peu maussade. C'est logique, non ?

Le patron du *Leucidion* haussa les épaules et tourna les yeux vers le ciel.

– Si telle est votre opinion, et qu'elle est fondée sur le bon sens, il doit sans doute en être ainsi.

Cugel tripota impatiemment le pommeau de son épée.

– Que me conseillez-vous ?

– Vous voulez voyager par mer ? (Le capitaine montra d'un geste du pouce l'*Avventura*.) Parlez-en à Wiskich. C'est un Dilk et il est fou ; il a autant de talent pour la navigation qu'un mouton de la Montagne Bleue. Donnez-lui suffisamment de terces et il vous conduira à Jehane même.

– Ce que je tiens pour certain, c'est que des cargaisons de valeur arrivent de Saskervoy à Port Perdusz et sont ensuite transbordées vers Almery, dit Cugel.

– Très probablement par caravane, celle de Yadcomo ou de Varmous, répondit le capitaine qui l'avait écouté avec un peu plus d'intérêt. Ou peut-être bien que Wiskich les embarque sur l'*Avventura*. Tous les Dilks sont fous. Ils croient qu'ils vivront éternellement et ignorent le danger. Leurs navires ont des lampes à la tête du mât afin de pouvoir éclairer leur retour, de nuit, à Dilclusa.

Cugel allait poser une autre question, mais le capitaine rentra dans sa cabine.

Durant cette conversation, le petit homme en uniforme était sorti de l'entrepôt. Il les écouta un moment, puis se précipita vers l'*Avventura*. Il franchit la passerelle en courant et disparut à l'intérieur. Il reparut presque aussitôt, repassa sur le quai où il s'arrêta un instant, puis ignorant Cugel, il rentra d'un pas digne et placide dans son entrepôt.

Cugel se dirigea vers l'*Avventura*, espérant au moins apprendre l'itinéraire que Wiskich avait l'intention de suivre. Au pied de la passerelle, il lut avec grand intérêt cet avis :

PASSAGERS POUR LE SUD, ATTENTION !
Mahaze et les Iles Brumeuses,
L'authentique Lavvraki, Octorus, Kaiin,
Différents ports d'Almery.
N'EMBARQUEZ PAS SANS VOTRE BILLET !
PROCUREZ-LE-VOUS À L'AGENCE DE VOYAGES
DANS L'ENTREPÔT GRIS, SUR LE QUAI

Cugel traversa le quai à grands pas et entra dans l'entrepôt. Un bureau portait une vieille plaque :

AGENCE DE VOYAGES

Cugel entra et découvrit, assis derrière un comptoir, le petit homme corpulent en uniforme noir qui écrivait dans un registre. Il leva la tête à son entrée.

– Monsieur, vous désirez ?

– Je voudrais me rendre en Almery, à bord de l'*Avventura*. Etablissez-moi un billet, je vous prie.

L'employé tourna une page du grand livre et lorgna d'un air dubitatif une colonne d'écritures.

– Je suis désolé, mais toutes les cabines sont louées. C'est dommage... Attendez ! Il y a peut-être une annulation ! Si oui, vous avez de la chance car il n'y aura pas d'autre départ cette année... Voyons. Oui ! Le hiérarque Hopple est tombé malade.

– C'est merveilleux ! Je vous dois combien ?

– Le billet disponible est celui d'une cabine de première classe, plus la pension, cela fait deux cents terces.

– Quoi ! cria Cugel affolé. C'est scandaleux ! Je n'ai que quarante-cinq terces dans ma bourse, et pas un écu de plus !

– La chance continue à vous sourire. Le hiérarque avait versé cent cinquante terces d'arrhes, que nous ne lui rembourserons pas. Je ne vois pas pourquoi nous n'ajouterions pas vos quarante-cinq à cette somme, et bien que le total ne s'élève qu'à cent quatre-vingt-quinze terces, vous aurez tout de même votre billet.

– C'est très gentil à vous ! dit Cugel.

Il sortit les terces de son sac et les donna à l'employé qui lui remit un morceau de papier portant des caractères qui lui étaient inconnus.

– Voici votre billet !

Cugel le plia avec soin et le rangea dans son sac.

– J'espère, dit-il, que je pourrai embarquer tout de suite car il ne me reste plus rien pour payer logement et nourriture ailleurs.

– Je suis sûr que cela ne posera aucun problème, dit l'employé. Mais si vous voulez bien attendre ici un moment, je vais courir jusqu'au bateau prévenir le capitaine.

– C'est bien aimable à vous.

Cugel s'installa sur un banc. L'employé quitta l'entrepôt.

Dix minutes s'écoulèrent, puis vingt, et une demi-heure passa. Cugel commençait à s'énerver et, allant à la porte, il regarda sur le quai, mais l'employé restait invisible.

« C'est bizarre », se dit Cugel. Il remarqua que la pancarte installée au pied de la passerelle de l'*Avventura* avait disparu. « Bien sûr ! se dit-il encore, tout est complet maintenant, et il n'est plus nécessaire de faire de la réclame. »

Il aperçut un grand homme roux, aux bras et aux jambes musclés, qui arrivait d'un pas mal assuré, ayant apparemment bu un verre de trop à l'auberge. Il traversa la passerelle en titubant et entra dans la cabine arrière.

« Ah ! J'ai compris. C'est le capitaine Wiskich et l'employé a dû attendre son retour. Il va ressortir d'un moment à l'autre. »

Dix minutes passèrent. Le soleil s'enfonçait maintenant dans l'estuaire et une ombre rose foncé descendait sur Port Perdusz.

Le capitaine reparut sur le pont afin de surveiller le chargement des provisions, qu'un fardier venait d'apporter. Cugel décida qu'il valait mieux ne pas attendre plus longtemps. Il rectifia l'angle de son chapeau, traversa l'avenue à grands pas, franchit la passerelle et se présenta au capitaine Wiskich.

– Capitaine, je suis Cugel, l'un de vos passagers de première classe.

– Tous mes passagers sont en première classe ! déclara le capitaine Wiskich. Il n'y a rien à chicaner à bord de l'*Avventura* !

Cugel ouvrit la bouche pour stipuler quel était le tarif de son billet, puis il la referma; protester aurait l'air d'un argument en faveur des chicaneries. Il étudia les provisions que l'on apportait à bord et qui avaient l'air d'excellente qualité.

– La viande paraît plus que satisfaisante, dit Cugel d'un air approbateur. On dirait que vous fournissez une bonne table à vos passagers !

– Les marchandises les plus importantes sont embarquées en premier à bord de l'*Avventura* ! s'écria le capitaine Wiskich en éclatant d'un gros rire vulgaire. Ces viandes sont de première qualité, c'est vrai; elles sont destinées à ma table et à celle de mon équipage. Les passagers mangent des fèves et du semola, à moins qu'ils ne paient un supplément, auquel cas ils ont droit, en plus, à du kangol.

– Puis-je vous demander combien de temps va prendre la traversée d'ici à Almery ? dit Cugel après avoir poussé un gros soupir.

Le capitaine Wiskich le regarda avec un profond étonnement d'ivrogne.

– Almery ? Pourquoi irions-nous en Almery par mer ? D'abord, on s'embourbe dans un entrelacement d'algues puantes pendant près de deux cents kilomètres. Ces herbes poussent jusque sur le bateau et une multitude d'insectes l'envahissent. Plus loin, on traverse le Golfe des Tourbillons et on pénètre dans la Mer Sereine, maintenant parcourue par les pirates de la côte Jhardine. Puis, à moins de faire un long détour par l'ouest, au delà des Iles des Nuages, on est obligé de passer par Seleune et d'affronter tous ses dangers.

– Dois-je comprendre, s'écria Cugel outragé, que vous n'allez pas en Almery ?

– Je suis un Dilk et je ne sais pas ce que c'est que la peur, dit le capitaine Wiskich en se frappant la poitrine de son énorme poing rougeaud. Cependant, quand la Mort entre par la porte, je sors par la fenêtre. Mon navire va tranquillement se diriger vers Latticut, puis de là à Al Halambar, et ensuite vers le Nez de la Sorcière et les Trois Sœurs, et revenir à Port Perdusz. Si vous voulez faire la traversée, payez-moi le tarif et vous aurez un hamac dans la cale.

–J'ai déjà acheté mon billet! s'emporta Cugel. Pour Almery, en passant par Mahaze!

– Ce trou puant! Pas question. Montrez-le-moi, ce billet.

Cugel présenta le document que lui avait donné celui qui s'était fait passer pour l'employé de l'agence de voyages. Le capitaine Wiskich le tourna et le retourna sous ses yeux.

– Je ne sais pas ce que c'est. Je ne peux même pas lire ce qu'il y a d'écrit. Et vous?

– C'est sans importance. Vous devez me conduire à Almery ou me rembourser mon argent, c'est-à-dire quarante-cinq terces.

– Port Perdusz est plein de vendeurs ambulants et d'escrocs; mais le vôtre a vraiment fait preuve d'imagination. Maintenant, allez-vous-en!

– Pas avant que vous m'ayez remboursé mes quarante-cinq terces!

Et Cugel posa la main sur le pommeau de son épée. Le capitaine Wiskich le prit par le col de son manteau et par le fond de son pantalon, lui fit traverser le pont de force et le lança sur la passerelle.

– Ne remettez pas les pieds à bord! Je suis très occupé. Hé ho! Maître Transporteur! Vous me devez encore un chargement! J'ai hâte de mettre à la voile!

– Chaque chose en son temps. Je dois encore livrer une voiturée à Varmous, pour sa caravane. Payez-moi tout de suite cette première livraison; c'est ainsi que je mène mes affaires : le paiement au comptant.

– Alors, apportez-moi votre facture et nous vérifierons ensemble la marchandise.

– Ce n'est pas nécessaire. Tout est à bord.

– Les choses sont à bord lorsque je dis qu'elles sont à bord. Vous n'aurez pas un terce jusque-là.

— Vous ne faites que retarder votre dernière livraison, et j'ai celle de Varmous à préparer.

— Alors, je ferai le pointage moi-même et vous paierai selon mon estimation.

— Jamais !

Le Maître Transporteur monta à bord de l'*Avventura* en bougonnant contre ce retard.

Cugel traversa le quai et accosta un porteur.

— Un moment de votre temps, je vous prie ! Cet après-midi, j'ai fait une transaction avec un petit homme gras, en uniforme sombre. Où pourrais-je le trouver, à cette heure ?

— Je pense que vous parlez du pauvre vieux Maître Sabbas, dont l'histoire est si tragique. Autrefois, il était Maître Transporteur. Maintenant, il est devenu sénile et s'appelle lui-même, « Sab l'Escroc », ce qui nous fait tous bien rire. C'est son fils, Maître Yoder, que vous voyez à côté du capitaine Wiskich, à bord de l'*Avventura*. Si vous avez été assez sot pour lui donner vos terces, dites-vous que vous avez fait un acte charitable, que vous avez éclairé la journée du pauvre vieux Maître Sabbas.

— Peut-être bien, mais j'ai donné ces terces pour rire, et maintenant je veux les récupérer.

— Ils ont disparu avec les lunes de l'ancienne Terre, dit le porteur en secouant la tête.

— Mais Maître Yoder doit sûrement rembourser les victimes de la folie de son père !

Le porteur éclata de rire et reprit son travail. Juste à ce moment, Yoder descendit la passerelle. Cugel s'avança vers lui.

— Monsieur, j'ai à me plaindre de votre père. Il m'a vendu un billet pour une traversée fictive à bord de l'*Avventura*, et maintenant...

— A bord de l'*Avventura*, dites-vous ? demanda Yoder.

— Précisément, et...

— Dans ce cas, adressez-vous au capitaine Wiskich !

Ayant dit, Yoder partit à ses affaires.

Cugel revint tristement sur la place principale. Dans une cour, à côté de l'auberge, Varmous organisait sa caravane. Cugel compta trois voitures pouvant contenir chacune une douzaine de personnes et quatre chariots transportant une cargaison, plus l'équipement et les provisions nécessaires au voyage. Il repéra immédiatement Varmous; c'était un homme fort, large d'épaules, aux membres gros, aux cheveux jaunes et frisés, aux yeux d'un bleu pâle, et dont le visage était empreint d'une expression de sévère détermination.

Cugel contempla Varmous pendant quelques instants, puis il s'avança et se présenta.

– Monsieur, je m'appelle Cugel. Je crois que vous êtes Varmous, le chef de la caravane ?

– C'est exact, monsieur.

– Quand partirez-vous de Port Perdusz, je vous prie ?

– Demain, à condition que cet indolent de Maître Transporteur m'ait livré mes provisions.

– Puis-je vous demander quel est votre itinéraire ?

– Bien sûr. Notre destination est Torqual, où nous arriverons à temps pour le Festival de l'Anoblissement. Nous passerons par Kaspara Vitatus, qui est le point de jonction de plusieurs routes. Cependant, je suis obligé de vous signaler que nous sommes au complet. Nous ne pouvons plus accepter de demande pour ce voyage.

– Vous souhaitez peut-être engager un conducteur de voiture, ou un serviteur, ou un garde ?

– J'ai tout le personnel qu'il me faut. Cependant, je vous remercie de l'intérêt que vous nous portez.

Cugel, inconsolable, entra à l'auberge qui, découvrit-il, avait été autrefois un théâtre. La scène servait maintenant de salle à manger pour les personnes délicates, tandis que l'orchestre faisait office de salle commune. Des chambres avaient été installées tout le long du balcon, et donnaient sur la salle à manger et sur la salle commune, si bien que les pensionnaires pouvaient y jeter un coup d'œil du seuil de leur porte.

Cugel se présenta au bureau, à côté de l'entrée, où une femme corpulente était installée derrière un guichet.

– Je viens d'arriver dans cette ville, dit Cugel d'un ton compassé. Je vais consacrer la plus grande partie de la semaine à d'importantes affaires. J'aurais besoin d'un logement et d'une nourriture excellente pendant la durée de mon séjour ici.

– Très bien, monsieur ! Nous serons très heureux de vous rendre service. Quel est votre nom ?

– Cugel.

– Veuillez verser tout de suite cinquante terces d'arrhes, je vous prie.

– Je préfère tout régler à la fin de mon séjour, après avoir examiné la note en détail, dit sèchement Cugel.

– Monsieur, c'est un règlement très strict. Vous seriez étonné d'apprendre le nombre de vagabonds qui essaient de nous posséder par toutes sortes de moyens.

– Alors, je vais quérir mon serviteur qui porte l'argent.

Cugel quitta l'auberge. Pensant qu'il pourrait tomber par hasard sur Maître Sabbas, Cugel retourna sur les quais.

Le soleil s'était couché; une obscurité vineuse baignait Port Perdusz. L'activité avait un peu diminué, mais les fardiers transportaient encore des marchandises ici et là, entre les entrepôts.

Cugel n'aperçut nulle part Sab l'Escroc, mais il l'avait déjà oublié, absorbé qu'il était par une nouvelle idée plus positive. Il se rendit à l'entrepôt où Yoder emmagasinait ses victuailles, et attendit dans l'ombre.

Un fardier en sortit, conduit non par Yoder mais par un homme aux cheveux roux ébouriffés; les pointes de sa longue moustache hérissée étaient soigneusement cirées. Il était d'une certaine élégance et portait un chapeau à large bord orné d'une plume verte, des bottes à double bout et un manteau trois-quarts, mauve, brodé d'oiseaux jaunes. Cugel ôta son chapeau, élément le plus remarquable de sa vêture, et le fourra sous son gilet.

Aussitôt que le fardier eut parcouru quelques mètres sur le quai, Cugel courut après et aborda le conducteur.

– Est-ce là le dernier chargement pour l'*Avventura* ? Si oui, le capitaine Wiskich n'apprécie pas beaucoup votre retard.

– J'ai bien là un chargement pour l'*Avventura*.

Quant au retard, je n'en vois pas! Voici des viandes de premier choix et c'est la qualité qui importe!

– C'est vrai; pas besoin de vous fâcher pour ça. Vous avez la facture?

– Bien sûr! Le capitaine Wiskich devra régler jusqu'au dernier terce avant que je décharge un seul anchois. Ce sont les ordres que l'on m'a donnés.

– Calmez-vous! dit Cugel en levant la main. Tout va se passer comme sur des roulettes. Le capitaine Wiskich est là, en train de régler ses affaires. Allez apporter la facture.

Cugel le conduisit dans le vieil entrepôt gris, tout assombri par le crépuscule, et il fit signe au conducteur d'entrer dans le bureau marqué : *Agence de Voyages.*

Celui-ci regarda d'un air inquiet à l'intérieur.

– Capitaine Wiskich? Pourquoi êtes-vous dans le noir?

Cugel jeta son manteau sur la tête du conducteur et l'attacha soigneusement avec sa merveilleuse corde extensible puis il le bâillonna avec son propre mouchoir.

Il prit la facture et le beau chapeau à large bord.

– Je reviens de suite; entre-temps, reposez-vous.

Cugel conduisit le fardier jusqu'à l'*Avventura*. Là, il entendit le capitaine injurier quelqu'un sur le gaillard d'avant. Il secoua la tête. C'était dommage, mais les risques étaient beaucoup trop gros par rapport au gain; il valait mieux laisser le capitaine attendre.

Il continua à longer le quai et arriva sur la place où Varmous organisait le convoi de ses voitures.

Il enfonça son chapeau à large bord sur sa tête et dissimula son épée sous son manteau. La facture à la main, il s'approcha de Varmous.

– Monsieur, je viens vous livrer vos provisions et voici la facture, due et payable sur-le-champ.

– Trois cent trente terces? s'exclama Varmous. Des viandes de première qualité? Ma commande était bien plus modeste et s'élevait à deux cents terces!

– Dans ce cas, donnez-moi seulement deux cents, dit généreusement Cugel avec une expression joviale. Nous voulons avant tout que nos clients soient satisfaits.

— J'ai rarement vu traiter ainsi une affaire, fit remarquer Varmous en jetant un autre coup d'œil sur la facture. Mais je n'ai pas intérêt à discuter avec vous. (Il tendit une bourse à Cugel.) Comptez si vous voulez, mais je vous assure qu'elle contient la somme convenue.

— Votre parole me suffit. Je laisse le fardier ici pour que vous le déchargiez à votre gré.

Il s'inclina et partit.

Revenant à l'entrepôt, Cugel retrouva le conducteur comme il l'avait quitté. Il dit « *Tzat* » ! pour le détacher et il lui mit le chapeau à large bord sur la tête.

— Restez encore ici pendant cinq minutes ! Je vais attendre à l'extérieur et si vous passez la tête par la porte, je la couperai avec mon épée. Est-ce bien clair ?

— Tout à fait clair, murmura le conducteur.

— Dans ce cas, adieu.

Cugel partit et revint à l'auberge où il versa les arrhes demandées, et on lui attribua une chambre au balcon.

Il dîna de pain et de saucisses puis il se promena devant l'auberge. Une altercation, près de la caravane de Varmous, attira son attention. En approchant, Cugel découvrit que celui-ci se disputait furieusement avec le capitaine Wiskich et Yoder. Varmous refusait de rendre les provisions, à moins que le capitaine ne lui rembourse les deux cents terces plus des frais de manutention s'élevant à cinquante terces. Fou de rage, le capitaine Wiskich donna un coup de poing au caravanier qui l'évita en faisant un écart puis frappa son assaillant avec une telle force qu'il culbuta en arrière. L'équipage de l'*Avventura* se précipita à la rescousse, attendu de pied ferme par le personnel de la caravane armé de bâtons, et les marins furent rossés à souhait.

Le capitaine Wiskich et son équipage se retirèrent dans l'auberge, sous prétexte de mettre sur pied une nouvelle stratégie, mais ils se contentèrent de boire tant de vin et de faire tant de tapage qu'ils furent emmenés par les agents de police et condamnés à trois jours d'emprisonnement dans une vieille forteresse qui se dressait à flanc de colline.

Lorsque Cugel vit la police les entraîner hors de l'auberge, il réfléchit longuement, puis sortit et alla conférer une fois de plus avec Varmous.

– Je suis déjà venu vous demander une place dans votre caravane. Vous en souvenez-vous ?

– Les circonstances n'ont pas changé, dit sèchement Varmous. Toutes les places sont prises.

– Supposons que je vous amène une grande voiture luxueuse, capable de transporter confortablement douze personnes... trouveriez-vous assez de clients pour la remplir ?

– Sans aucun doute ! Ceux que j'ai refusés devront attendre la prochaine caravane et manqueront donc le Festival. Mais je pars demain et n'aurai pas le temps de me procurer les provisions nécessaires.

– Cela aussi, je m'en charge, si nous nous entendons sur le reste.

– Que voulez-vous dire ?

– Je fournis la voiture et les provisions. Vous recrutez onze autres voyageurs et leur faites payer le prix fort. Moi, je ne paie pas mon passage et nous partageons les bénéfices.

– Cela me paraît possible, dit Varmous en faisant la moue. Où est votre voiture ?

– Venez, nous allons la chercher.

Varmous suivit Cugel sur les quais, mais sans enthousiasme. Celui-ci monta à bord de l'*Avventura* et attacha sa corde à un anneau, sous la proue, et il en jeta l'extrémité au caravanier. Puis il donna, avec ses souliers imprégnés de cire d'ossip, un coup de pied dans la coque, ce qui chargea le navire de répulsion pour la gravité. Cugel débarqua, détacha les amarres, et le vaisseau dériva dans les airs, au grand étonnement de Varmous.

– Etire-toi, corde, étire-toi ! cria Cugel, et l'*Avventura* s'éleva dans les ténèbres.

Varmous et Cugel remorquèrent le navire hors de la ville et le cachèrent derrière les cyprès du cimetière; puis tous deux revinrent à l'auberge.

– Nous avons bien travaillé ce soir, dit Cugel en frappant Varmous sur l'épaule, et pour notre profit mutuel.

— Je ne suis pas doué pour la magie, murmura Varmous. Les choses étranges me donnent le frisson.

Cugel écarta ses appréhensions d'un geste de la main.

— Une dernière coupe de vin pour conclure notre contrat, puis une bonne nuit de sommeil. Et demain, nous partons!

La caravane

Durant les heures paisibles qui précèdent l'aube, Varmous rassembla sa caravane, disposant les voitures en ordre de marche, conduisant les passagers à leur place, répondant aux doléances par de douces remarques et un regard franc. Il semblait être partout à la fois, massive silhouette en blouse de paysan, pantalons bouffants et bottes noires, ses boucles blondes emprisonnées sous un chapeau plat à large bord. De temps à autre, il amenait l'un des passagers à Cugel en disant :

— Voici une autre personne pour la voiture de première classe!

Un par un, ceux-ci se rassemblèrent jusqu'à ce qu'il y en ait dix, dont deux femmes, Ermaulde et Nissifer, entre deux âges semblait-il, bien que Nissifer fût enveloppée de la tête aux pieds dans une robe de satin marron roux et portât un grand chapeau avec une épaisse voilette.

En plus de ces deux femmes, quatre hommes avaient décidé de jouir des privilèges de la première classe : Gaulph Rabi, un ecclésiarque pantologiste, Clissum, Perruquil et Ivanello, un beau jeune homme richement vêtu et dont les manières se limitaient à une gamme de nuances allant de la condescendance tranquille au dédain amusé.

Clissum, le dernier arrivé, était un gentilhomme corpulent de haute taille, affichant les airs ineffables d'un esthète accompli. Cugel fit les présentations puis attira Varmous à l'écart.

– Nous avons maintenant six passagers de première classe, lui dit-il. Les cabines 1, 2, 3 et 4 sont destinées à cet usage. Nous pouvons aussi reprendre la double cabine que se partageaient le cuisinier et le steward, ce qui signifie que les nôtres devront se contenter du poste d'équipage. Moi, en tant que capitaine, je m'attribue naturellement la cabine arrière. Alors, nous sommes au complet.

Varmous se gratta la joue et se tourna vers Cugel avec une expression d'incompréhension bourrue.

– Pas encore! Le vaisseau est plus grand que mes trois voitures réunies!

– C'est possible, mais la cargaison tient beaucoup de place.

– Il faut trouver le moyen de faire mieux, dit Varmous avec un petit grognement de doute.

– Je ne vois pas ce qui vous choque dans la situation présente, dit Cugel. Si vous souhaitez voyager à bord, vous pouvez vous installer une couchette dans le coqueron avant.

– La question n'est pas là, dit Varmous en secouant la tête. Je ne destinais la cabine arrière ni à vous ni à moi... car, après tout, nous sommes tous deux des vétérans et nous n'avons pas besoin d'un confort amollissant...

– Mais pas du tout! dit Cugel en levant la main. C'est parce que j'ai connu les privations que je trouve maintenant tant d'agréments au confort. L'*Avventura* est plein. Nous ne pouvons plus offrir de place en première.

– Tout d'abord, poursuivit Varmous en montrant une obstination de mulet, je ne peux pas pour vos beaux yeux me passer d'un cuisinier et d'un steward. Je comptais sur vous pour accomplir ce genre de tâches.

– Quoi! s'écria Cugel. Revoyez, si vous voulez, les termes de notre contrat! Je suis le capitaine, un point c'est tout!

– De plus, reprit Varmous après avoir poussé un gros soupir, j'ai déjà vendu quatre autres places de première... ah, ah! Les voici! Le Dr Lalanke et ses pupilles.

Se retournant, Cugel aperçut un grand gentilhomme,

plutôt jaune de teint et mélancolique, avec d'épais cheveux noirs, des sourcils également noirs et bizarrement arqués, et une barbiche, noire elle aussi.

– Cugel, voici le docteur Lalanke, un savant de grand renom.

– Allons, allons. Vous me flattez!

Derrière lui marchaient à pas lents, les bras ballants de chaque côté de leurs hanches étroites, telles des poupées mécaniques ou des somnambules, trois jeunes filles encore plus pâles que leur tuteur, avec des cheveux aile-de-corbeau coupés très court.

Les yeux de Cugel ne se lassaient pas d'aller de l'une à l'autre. Elles se ressemblaient au point de paraître identiques, avec les mêmes grands yeux gris, les mêmes pommettes hautes et les mêmes joues creuses se terminant par le même petit menton pointu. Des pantalons blancs très ajustés révélaient des jambes et des hanches qui n'étaient qu'imperceptiblement féminines; leurs vestes, d'un doux vert pâle, étaient serrées à la ceinture. Elles s'arrêtèrent derrière le Dr Lalanke et restèrent ainsi à regarder la rivière, sans parler ni manifester le moindre intérêt pour les gens qui les entouraient.

« Quelles fascinantes créatures! » se dit Cugel.

– Ce sont les composantes de mes petits tableaux, des mimes, si vous préférez, dit le Dr Lalanke en s'adressant à Varmous. Sush, Skasja et Rlys; bien que je ne sache jamais quel nom donner à laquelle, et que cela semble leur être tout à fait indifférent. Je les considère comme mes pupilles. Elles sont timides et ombrageuses et seront très heureuses de se retirer dans cette grande cabine dont vous m'avez parlé.

Aussitôt, Cugel s'avança.

– Un moment, je vous prie! La cabine arrière de l'*Avventura* est occupée par le capitaine, c'est-à-dire moi-même. Il y a possibilité de loger six personnes en première; dix personnes sont présentes. Varmous, c'est vous qui devez réparer l'erreur que vous avez commise, et sur-le-champ.

– Le temps passe et il faut que nous arrivions à la Fontaine de Fierkle avant la nuit, dit Varmous en se frottant le menton et en regardant le ciel. Je suppose que nous ferions mieux d'aller examiner les premières et voir ce qu'on peut faire.

Le petit groupe se rendit au bosquet de cyprès qui dissimulait l'*Avventura*. En cours de route, Varmous essaya de convaincre Cugel.

– Dans un métier comme le nôtre, on doit de temps en temps faire un petit sacrifice à l'intérêt général.

– N'essayez pas de m'amadouer ! dit Cugel d'un ton emphatique. Je suis inflexible !

– Cugel, répondit Varmous, en secouant tristement la tête, n'oubliez pas que je vous ai aidé à vous emparer du navire en risquant ma réputation !

– L'idée est de moi et c'est ma magie qui a permis de la réaliser. Souvenez-vous aussi qu'à Kaspara Vitatus, nous nous séparons. Vous continuerez vers Torqual et moi, je partirai vers le sud avec mon navire.

– Je n'y vois aucun inconvénient, sauf les quelques minutes à venir. Il nous faut découvrir, parmi les passagers de première classe, quels sont ceux qui pousseront des hauts cris et quels sont ceux qui pourront se laisser convaincre de voyager dans les voitures, dit Varmous en haussant les épaules.

– Voilà qui est plus raisonnable. Je vois qu'il y a, dans ce métier, des ruses qu'il faut que j'apprenne très soigneusement.

– L'important, c'est que nous ayons toujours l'air d'être d'accord; autrement, les passagers joueront de l'un contre l'autre et nous n'aurons plus aucune autorité. Puisque nous ne pouvons pas conférer sur chaque cas, adoptons les signes suivants : une toux pour le navire et un reniflement pour la voiture.

– D'accord !

Arrivant au navire, les passagers le regardèrent, sceptiques. Perruquil, qui était petit et mince, les yeux brûlants, et semblait n'avoir que des nerfs sur les os, alla jusqu'à parler de duplicité.

– Varmous, qu'est-ce que c'est que ce complot ? Vous nous prenez nos terces, vous nous installez dans les cabines de ce navire délabré et puis vous partez tranquillement avec votre caravane, n'est-ce pas ? Je vous préviens, je ne suis pas né d'hier !

– Les bateaux ne sont pas faits pour voguer sur la terre ferme, murmura l'esthète Clissum.

– C'est tout à fait exact, répondit Varmous. Car, par la magie de Cugel, ce vaisseau va voler doucement et sans aucun risque dans les airs.

– A cause d'une regrettable erreur, trop de billets ont été attribués à bord de l'*Avventura* et quatre personnes vont être obligées de voyager dans notre voiture de première classe, en tête de la colonne, d'où elles pourront jouir d'une vue panoramique sur le paysage. Donc qui, parmi vous, souffre, soit de vertige, soit d'une peur obsessionnelle des hautes altitudes ?

Perruquil dansait littéralement sous les forces spasmodiques de l'émotion qu'il ressentait.

– Je ne changerai pas pour une place de qualité inférieure ! J'étais le premier à verser le prix de mon billet et Varmous m'a garanti la priorité ! Si nécessaire, j'irai chercher l'agent de police qui a été témoin de la transaction; il m'apportera son appui.

Le chef de la caravane se mit à tousser et Cugel fit de même.

Ermaulde prit Varmous à part et lui dit quelques mots à l'oreille; sur quoi le caravanier se mit à tirer sur ses boucles blondes. Il regarda Cugel et toussa bien fort.

– Quant à moi, dit Clissum, ce n'est pas une question de choix, mais de nécessité ! Je ne peux supporter la poussière de la route; j'éternuerai et suffoquerai et entrerai en convulsions asthmatiques.

La diction et le maniérisme épicurien de Clissum parurent déplaire fortement à Perruquil.

– Si vous êtes vraiment si asthmatique que cela, n'est-ce pas imprudent de vous aventurer si loin des voies habituelles des caravanes ?

– Tandis que s'écoulent les secondes de ma vie en ce monde mourant, je ne me laisse jamais attrister ni abattre par le malheur, déclama Clissum en levant les yeux au ciel. Il y a beaucoup trop de splendeurs et de merveilles à goûter ! Je suis le pèlerin d'une quête qui durera tout au long de mon existence; je cherche ici, je cherche là, je cherche partout cette qualité insaisissable...

– En quoi cela se rapporte-t-il à votre asthme? l'interrompit impatiemment Perruquil.

– L'association est à la fois implicite et explicite. J'ai fait le vœu, advienne que pourra, de chanter mes odes au Festival, même si je devais me présenter avec un visage tordu par un accès d'asthme. Lorsque j'ai découvert qu'il m'était possible de voyager dans les couches supérieures de l'atmosphère, mon ravissement ne connut pas de bornes!

– Bah, murmura Perruquil. Peut-être sommes-nous tous asthmatiques. Varmous ne s'est jamais donné la peine de nous le demander.

Pendant cette discussion, le chef de la caravane chuchota dans l'oreille de Cugel :

– Ermaulde vient de me révéler qu'elle est enceinte! Elle craint que, soumise aux secousses et aux cahots d'une voiture, il ne lui arrive quelque chose de fâcheux. Nous sommes donc obligés de la laisser voyager douillettement à bord de l'*Avventura*.

– Je suis tout à fait d'accord là-dessus, dit Cugel.

Leur attention fut alors attirée par un joyeux éclat de rire d'Ivanello.

– Je fais confiance à Varmous! Pourquoi? Parce que j'ai payé double tarif pour avoir la meilleure place de la caravane que, m'a-t-il affirmé, je pourrai choisir moi-même. Je jette donc mon dévolu sur la cabine arrière. Cugel n'a qu'à aller dormir avec les autres voituriers.

Cugel renifla ostensiblement et dit d'une voix acerbe :

– Varmous faisait allusion aux voitures. Un jeune homme tel que vous prendra grand plaisir à cahoter sur la route et à cueillir des baies le long du chemin. L'*Avventura* est réservé aux personnes distinguées, comme Clissum, ou à des femmes dans l'état où se trouve Ermaulde.

– Et moi? s'écria l'ecclésiarque Gaulph Rabi. J'ai étudié les quatre infinis et je suis membre du Collegium. On me réserve toujours un traitement particulier. Pour me livrer à mes méditations, j'ai besoin d'un endroit tranquille, comme cette cabine, par exemple.

Nissifer s'avança de deux pas, avec un bruissement

de soie et une odeur aigre. Elle dit, en un curieux chuchotement rauque :

— J'embarque sur le navire. Quiconque interviendra sera infecté !

Ivanello rejeta la tête en arrière et la regarda, les yeux mi-clos.

— « Infecté » ? Que voulez-vous dire par « infecté » ?

— Avez-vous vraiment envie de l'apprendre ? reprit le chuchotement rauque.

Cugel, soudain pris d'inquiétude, fit des yeux le tour du groupe. Où étaient le Dr Lalanke et ses pupilles ? Pris d'une soudaine appréhension, il franchit la passerelle en courant et sauta à bord.

Ses craintes n'étaient pas imaginaires. Les trois mimes s'étaient installées dans la cabine arrière. Le Dr Lalanke se tenait sur le seuil et faisait de grands gestes. Apercevant Cugel, il cria, très ennuyé :

— Qu'elles sont agaçantes, ces petites créatures ! Une fois qu'elles ont décidé quelque chose, impossible de les arrêter. Parfois, elles me mettent hors de moi, je l'admets bien volontiers !

— Néanmoins, il faut qu'elles sortent de ma cabine !

— Je ne peux rien faire. Persuadez-les vous-même de partir, dit Lalanke avec un pâle sourire.

Cugel entra dans la cabine. Les trois jeunes filles assises sur la couchette fixèrent sur lui leurs grands yeux gris. Il montra la porte du geste :

— Dehors ! C'est la cabine du capitaine, et le capitaine, c'est moi.

D'un commun accord, elles remontèrent leurs jambes et croisèrent leurs bras autour de leurs genoux.

— Oui, oui, c'est vraiment charmant, dit Cugel. Je ne suis pas certain d'avoir du goût pour de petites créatures aussi hermaphrodites ! Dans des circonstances plus favorables, je tenterais peut-être l'expérience, mais pas avec les trois ensemble, ce qui m'empêcherait de me concentrer. Alors, ôtez vos fragiles petits corps de là ou je serai obligé de vous éjecter.

Les jeunes filles restèrent perchées comme des hibous.

— Bon, d'accord, dit Cugel en poussant un soupir.

Il s'avança vers la couchette mais fut interrompu par la voix impatiente de Varmous.

– Cugel ! Où êtes-vous ? Nous avons des décisions à prendre !

Cugel sortit sur le pont et s'aperçut que tous les passagers de première classe avaient franchi la passerelle d'embarquement et se disputaient les cabines.

– Nous ne pouvons pas attendre plus longtemps ! dit Varmous. Je vais faire avancer la caravane et nous allons attacher le bateau à la première voiture.

– Il y a beaucoup trop de passagers à bord ! cria Cugel en colère. Il faut que quatre d'entre eux montent dans les voitures ! Le Dr Lalanke et sa troupe se sont emparés de ma cabine !

– Puisque c'est vous le capitaine, répondit Varmous en haussant les épaules, vous n'avez qu'à leur donner l'ordre de sortir. Pendant ce temps, détachez toutes les amarres sauf une et appliquez votre magie.

Et il redescendit sur le sol.

– Attendez, cria Cugel. Où est le steward qui doit préparer et servir nos repas ?

– Chaque chose en son temps. Chargez-vous du repas de midi puisque vous n'avez rien d'autre à faire. Et maintenant, enlevez la passerelle d'embarquement ! Préparez-vous au départ !

Bouillant de mécontentement, Cugel attacha la corde fixée à l'anneau de l'étrave au tronc d'un cyprès, et ramena à bord les autres cordages. Avec l'aide du Dr Lalanke et de Clissum, il retira la passerelle.

La caravane arrivait sur la route. Varmous détacha la corde du cyprès et le bateau flotta en l'air. Puis il l'accrocha à l'arrière de la première voiture qui était tirée par deux farlocks de la race vigoureuse des Ganghorns noirs. Sans plus de cérémonie, Varmous grimpa dedans et la caravane s'ébranla.

Cugel jeta un coup d'œil sur le pont. Les passagers étaient alignés au bastingage, regardant la campagne et se félicitant de leur moyen de transport. Un semblant de camaraderie s'établissait déjà entre tous, sauf Nissifer qui était blottie, dans une posture plutôt bizarre, contre les panneaux de la cale. Le Dr Lalanke aussi se tenait à l'écart. Cugel le rejoignit et lui demanda :

— Avez-vous fait sortir vos pupilles de ma cabine?

— Ce sont d'étranges petites créatures, dit-il en secouant gravement la tête, innocentes et dépourvues de ruse, seulement poussées par la force de leurs désirs.

— Elles doivent sûrement obéir à vos ordres!

Grâce à l'extraordinaire flexibilité de ses traits, le Dr Lalanke réussit à avoir l'air, en même temps, de s'excuser et de s'amuser.

— On pourrait le penser. Je me demande parfois comment elles me considèrent... sûrement pas comme leur maître.

— C'est très surprenant! Comment en avez-vous reçu la garde?

— Il faut que je vous dise que je suis très riche. Je vis au bord de la Rivière Szonglei, non loin du Vieux Romarth. Ma demeure est construite en bois précieux : tirrinck, difono, sheel, trank pourpre, camifer et une douzaine d'autres. Ma vie pourrait s'écouler dans l'oisiveté et le luxe, mais, pour valider le fait que j'existe, j'annote les vies et les œuvres des grands magiciens. Ma collection de *memorabilia* et d'accessoires curieux est remarquable.

Tout en parlant, ses yeux se posèrent sur « L'Eclaboussure de Lumière » que Cugel portait à son chapeau.

— Et vous êtes, vous-même, un magicien? demanda ce dernier avec circonspection.

— Hélas! Je manque de pouvoir. Je peux maîtriser un charme insignifiant contre les insectes piqueurs, et un autre pour faire taire les chiens qui hurlent, mais une magie comme la vôtre qui fait flotter un navire dans les airs, est au delà de mes capacités. Et, pendant que nous y sommes, quel est cet objet que vous portez sur votre chapeau : il dégage indubitablement un flux!

— Il a une curieuse histoire, que je vous conterai à un moment mieux choisi, dit Cugel. Pour l'instant...

— Mais bien sûr! Vous vous intéressez plutôt à mes « mimes » comme je les appelle; et c'est peut-être la fonction pour laquelle elles ont été inventées.

— Ce qui m'intéresse, c'est de les voir quitter ma cabine.

– Je serai bref, bien que je doive remonter au Noble Motholam, de la fin du dix-huitième éon. Le grand magicien Moel Lel Laio vivait dans un palais taillé dans une seule pierre de lune. Même aujourd'hui, si vous traversez la Plaine des Ombres Grises, vous en trouverez un fragment ou deux. Lorsque j'ai fouillé ses vieilles cryptes, j'ai trouvé une boîte de cambent contenant trois figurines d'ivoire, craquelées et décolorées, pas plus grandes que mon doigt. Je les ai rapportées chez moi et j'ai voulu les nettoyer de leur crasse, mais elles absorbaient l'eau au fur et à mesure que je les humectais, si bien que j'ai fini par les laisser tremper toute la nuit dans des cuvettes. Au matin, j'ai trouvé les trois créatures que vous voyez maintenant. Je leur ai donné les noms des Grâces Tracynthiennes : Sush, Skasja et Rlys et j'ai essayé de leur apprendre à parler. Elles n'ont jamais émis le moindre son, pas même entre elles.

» Ce sont d'étranges créatures, curieusement suaves, et je pourrais parler de leur comportement pendant des heures. Je les ai appelées « mimes » parce que, lorsqu'elles sont d'humeur à le faire, elles se tortillent, prennent des poses et simulent une centaine de situations, auxquelles je ne comprends rien. J'ai appris à les laisser agir à leur gré, en retour, elles me laissent m'occuper d'elles.

– Tout cela est très bien. Mais les mimes de la fin du dix-huitième siècle doivent découvrir les réalités d'aujourd'hui, incarnées dans la personne de Cugel. Je vous avertis que je vais être forcé de les expulser *manu militari.*

– Je suis sûr que vous ne leur ferez aucun mal, dit le Dr Lalanke en haussant tristement les épaules. Quelle va être votre stratégie ?

– Le temps de la stratégie est passé !

Cugel s'avança jusqu'à la porte de la cabine et l'ouvrit à toute volée. Les trois jeunes filles, restées dans la même position, le regardèrent avec de grands yeux étonnés.

Il se mit devant elles et montra la porte du doigt.

– Dehors ! Allez ! Partez ! Allez-vous en ! J'ai envie de m'allonger sur ma couchette et de me reposer.

Aucune des trois ne remua même le petit doigt. Cugel prit par le bras celle qui était à sa droite. Aussitôt la pièce palpita de battements d'ailes et avant que Cugel eût compris ce qui lui arrivait, il fut poussé hors de la cabine.

Furieux, il revint à l'intérieur et essaya de saisir la plus proche des mimes. Le visage grave, elle se dégagea de sa prise et de nouveau la chambre parut pleine de silhouettes qui voletaient, en haut, en bas, tout autour de lui, comme des phalènes. Pour finir, Cugel réussit à en attraper une par-derrière et, la portant jusqu'à la porte, il l'envoya sur le pont. Mais il fut, lui aussi, poussé en avant, et aussitôt la jeune fille expulsée retourna dans la cabine.

Les autres passagers étaient arrivés pour voir ce qui se passait. Tous riaient et lançaient des remarques facétieuses, sauf Nissifer qui semblait n'y prêter aucune attention. Le Dr Lalanke dit, d'un air de se justifier :

– Vous voyez ce qui arrive ? Plus brusque sera votre conduite, plus déterminée sera leur réaction.

– Il faudra pourtant bien qu'elles sortent pour manger, dit Cugel les dents serrées. Et alors, nous verrons bien.

– Ne comptez pas là-dessus, fit remarquer le Dr Lalanke en secouant la tête. Elles ont un très faible appétit; de temps à autre, elles prennent une bouchée de gâteau ou mordent dans un fruit et boivent une gorgée de vin.

– Quelle honte, Cugel ! dit Ermaulde. Allez-vous affamer trois pauvres jeunes filles déjà si pâles et si maigres ?

– Si elles ne veulent pas souffrir de la faim, elles n'ont qu'à quitter ma cabine !

L'ecclésiarque leva un index remarquablement long et blanc, dont les articulations étaient noueuses et l'ongle jaune.

– Cugel, vous cultivez vos sens comme si c'était des plantes de serre. Pourquoi ne pas rejeter, une fois pour toutes, la tyrannie de vos organes internes ? Je vais vous donner un texte à étudier.

– En dernière analyse, dit Clissum, le confort de

vos passagers devrait primer sur le vôtre. Autre chose encore ! Varmous m'a garanti une nourriture raffinée comportant cinq ou six plats différents à chaque repas. Le soleil est déjà haut dans le ciel, il est temps que vous vous attaquiez à la préparation de notre déjeuner.

– Si Varmous vous l'a garanti, que Varmous vous fasse la cuisine, dit Cugel.

Perruquil poussa des hauts cris mais Cugel ne se laissa pas fléchir.

– Mes propres problèmes passent avant tout.

– Alors, quel recours avons-nous ?

– Laissez-vous glisser le long de la corde et allez vous plaindre à Varmous ! répondit Cugel en montrant le plat-bord. En tout cas, ne revenez pas me déranger.

Perruquil se pencha sur le bastingage et poussa un grand cri.

Varmous leva son large visage vers lui.

– Vous avez des ennuis ?

– Oui, avec Cugel. Venez régler le problème tout de suite.

Patiemment, Varmous arrêta la caravane, fit descendre le navire et grimpa à bord.

– Alors, qu'y a-t-il ?

Perruquil, Clissum et Cugel répondirent tous à la fois jusqu'à ce que le caravanier lève les mains.

– L'un après l'autre, je vous prie. Perruquil, de quoi vous plaignez-vous ?

– Il est aussi dur que la pierre, dit-il en pointant un doigt tremblant vers Cugel. Il fait fi de nos demandes de nourriture et ne veut pas fournir de logement à ceux qui ont payé si cher pour l'avoir !

– Eh bien, Cugel ? demanda Varmous avec un soupir. Comment justifiez-vous votre conduite ?

– Je n'essaie pas de la justifier. Expulsez ces folles de ma cabine ou l'*Avventura* ne fera plus route avec la caravane, mais se laissera porter, plus avantageusement, par le vent.

– Je ne peux rien pour vous, dit Varmous en se tournant vers le Dr Lalanke. Il faut nous soumettre à la demande de Cugel. Dites-leur de sortir.

– Mais alors, où dormirons-nous ?

– Il y a trois couchettes, dans le poste d'équipage,

pour les jeunes filles. Il y en a une autre dans l'atelier du charpentier, qui est tranquille et conviendra tout à fait au révérend Gaulph Rabi. Nous mettrons Ermaulde et Nissifer dans les cabines de bâbord, Perruquil et Ivanello dans celles de tribord, tandis que Clissum et vous pourrez vous partager la double cabine. Tous les problèmes étant ainsi résolus, faites sortir les jeunes filles.

– C'est le nœud de l'affaire ! dit le Dr Lalanke. Elles ne sortiront pas ! Cugel a essayé par deux fois, et c'est lui qui s'est fait expulser !

– Et quel spectacle divertissant c'était ! dit Ivanello. Cugel est sorti en voltigeant, comme s'il voulait franchir un large fossé.

– Elles se sont probablement trompées sur les intentions de Cugel. Je suggère que nous entrions tous les trois. Varmous, passez le premier et je vous suis avec Cugel en arrière-garde. Et laissez-moi faire les signes qu'il faut.

Tous trois pénétrèrent dans la cabine où les jeunes filles étaient sagement assises sur la couchette. Le Dr Lalanke exécuta une série de signes; et avec une docilité exemplaire, toutes trois sortirent de la cabine à la queue leu leu.

– Je ne comprends pas pourquoi cela a fait une telle histoire, dit Varmous confondu, en secouant la tête. Alors, Cugel, vous n'avez plus à vous plaindre de rien ?

– Je vous réponds : l'*Avventura* continuera à faire route avec la caravane.

– Puisque Cugel refuse de préparer les repas, dit Clissum en tripotant son menton potelé, où et comment allons-nous déguster la bonne cuisine que vous nous avez promise ?

– Cugel a suggéré que vous fassiez vous-même la cuisine, Varmous ! s'exclama Perruquil d'un ton venimeux.

– J'ai de plus sérieuses responsabilités à assumer, comme Cugel le sait bien, dit sèchement le chef de la caravane. Je vais être obligé d'affecter un steward au navire. (Se penchant par-dessus le bastingage, il cria :) Faites monter Porraig à bord !

Les trois jeunes filles se mirent à tourner sur elles-mêmes, puis exécutèrent un petit saut et s'accroupirent... bref tout un ballet de postures qu'elles soulignèrent de regards moqueurs et de gestes irrévérencieux destinés à Cugel.

— Elles sont en train d'exprimer une émotion, ou plutôt, une réaction, tenta d'interpréter le Dr Lalanke. Je n'oserais pas en proposer une traduction.

Cugel se détourna, indigné, juste à temps pour voir voltiger un pan de satin marron suranné et la porte de sa cabine se refermer.

Furieux, il rappela Varmous.

— Maintenant, c'est cette Nissifer qui s'est emparée de ma cabine !

— Il faut que toutes ces fariboles prennent fin ! cria-t-il. (Il frappa à la porte.) Madame Nissifer, retirez-vous dans vos propres quartiers !

De l'intérieur, leur parvint un chuchotement rauque, à peine audible :

— Je resterai ici, car j'ai besoin d'obscurité.

— C'est impossible ! Nous avons déjà attribué cette cabine à Cugel !

— Cugel n'a qu'à aller ailleurs.

— Madame, je regrette mais Cugel et moi allons entrer dans la cabine et vous conduire à votre couchette.

— Je vais lancer une infection.

Varmous tourna vers Cugel des yeux bleus pleins de perplexité.

— Que veut-elle dire ?

— Je ne comprends pas bien. Mais peu importe ! Il faut appliquer très strictement les règlements de la caravane.

— Tout à fait d'accord ! Autrement, c'est laisser la porte ouverte à l'anarchie.

— Au moins, voilà un point sur lequel nous nous entendons ! Entrez dans la cabine; je protège résolument vos arrières !

Varmous tira sur sa blouse, enfonça son chapeau sur ses boucles d'or, entrebâilla la porte et entra dans la cabine, Cugel sur ses talons... Le caravanier poussa un cri étranglé et recula en titubant, mais Cugel eut le temps de humer une puanteur âcre si infecte qu'il sentit ses dents frémir dans leurs gencives.

Varmous vacilla jusqu'au bastingage où il s'accouda de dos, regardant la porte de la cabine, les yeux larmoyants. Puis, l'air épuisé de fatigue, il passa par-dessus le plat-bord et se laissa glisser jusqu'au sol. Il dit quelques mots à Porraig, le steward, qui se hissa à bord. Varmous relâcha la corde et l'*Avventura* flotta, une fois de plus, dans le ciel.

Après un moment de réflexion, Cugel s'approcha du Dr Lalanke.

– Vos manières distinguées m'ont touché et je vais me montrer généreux. Vous et vos pupilles, vous pouvez vous installer dans la cabine du capitaine.

– Cela embrouillerait mes mimes, dit le Dr Lalanke de plus en plus mélancolique. Malgré leur frivolité, elles sont très sensibles et se troublent facilement. Le poste d'équipage s'est révélé tout à fait confortable.

– Comme il vous plaira.

Cugel s'éloigna d'un pas nonchalant, pour découvrir que la cabine attribuée à Nissifer venait d'être prise par l'ecclésiarque Gaulph Rabi tandis que Porraig, le steward, s'était attribué l'atelier du charpentier.

Cugel siffla entre ses dents. Avec un vieux coussin et une bâche en loques, il s'improvisa une tente sur le gaillard d'avant et y établit ses quartiers.

La Rivière Chaing serpentait dans une large vallée divisée en champs par d'anciens murs de pierre, et parsemée de fermes blotties sous des arbres-plumes noirs et des chênes indigo. Sur les côtés, des collines érodées, se dorant à la lumière du soleil rouge, retenaient des ombres noires dans leurs cavités.

Toute la journée, la caravane suivit les berges de la rivière, traversant les villages de Goulyard, Trunash et Sklieve. Au coucher du soleil, on dressa le camp dans une prairie, au bord du fleuve.

Lorsque le soleil plongea en vacillant derrière les collines, on alluma un grand feu et les voyageurs, glacés par la bise du soir, s'assemblèrent tout autour pour se réchauffer.

Les passagers de première classe dînèrent ensemble

d'une chère fruste mais copieuse que même Clissum trouva acceptable... tous sauf Nissifer qui resta dans sa cabine et les mimes qui s'assirent à la turque contre la coque de l'*Avventura* et plongèrent leurs regards fascinés dans les flammes. Ivanello apparut dans un costume luxueux : d'amples hauts-de-chausses de velours côtelé or, ambre et noir; des bottes noires ajustées; une chemise flottante ivoire, brodée de fleurs d'or. Suspendue à son oreille droite par une chaîne de sept centimètres de longueur, se balançait une opale laiteuse de près de trois centimètres de diamètre. Cette pierre précieuse fascina les trois mimes au point de les plonger dans une sorte d'extase.

Varmous versa du vin d'une main généreuse et l'atmosphère se fit conviviale. L'un des passagers ordinaires, un certain Ansk-Daveska, s'exclama :

– Nous voilà assis là comme des étrangers obligés bon gré mal gré de vivre en compagnie les uns des autres ! Je propose donc que chacun de nous, à son tour, se présente et raconte ce qui lui est arrivé d'intéressant.

– Pourquoi pas? dit Varmous en frappant des mains. Je vais commencer. Madlich, sers-nous encore du vin... Mon histoire est simple. Mon père tenait un élevage de volailles à Waterwan, de l'autre côté de l'estuaire, et fournissait les meilleures tables du pays. J'ai pensé suivre son exemple jusqu'à ce qu'il prenne une nouvelle épouse qui ne pouvait pas supporter l'odeur de plume brûlée. Pour plaire à cette femme, mon père a abandonné la volaille et s'est mis à élever des poissons dans des mares peu profondes que je creusais dans le sol. Mais des strigidés se rassemblèrent dans les arbres et agacèrent tellement l'épouse de mon père qu'elle s'en alla avec un marchand d'encens. Alors, nous exploitâmes un service de bateaux qui assurent le passage entre Waterwan et Port Perdusz, jusqu'au jour où mon père, ayant bu trop de vin, tomba endormi dans le bac et fut emporté à la dérive, en pleine mer. C'est alors que je choisis le métier de caravanier. Vous savez le reste.

– J'espère, dit Gaulph Rabi, que ma vie, fort différente de celle de Varmous, va susciter l'admiration des plus jeunes d'entre vous, et même de marginaux comme Cugel et Ivanello.

– Allons, allons! s'écria Ivanello qui était allé s'asseoir près des mimes. Insultez-moi mais ne me comparez pas à Cugel!

Ce dernier préféra ne pas répondre. Quant à Gaulph Rabi, il se contenta de lui envoyer un sourire glacial.

– Toute ma vie a été soumise à une stricte discipline et je pense que le bénéfice en est clair aux yeux de tous. Je n'étais encore qu'un catéchumène, à la Normalité d'Obstranck, que déjà je me signalai par la rigueur de ma logique. Devenu Premier Membre du Collegium, je rédigeai un texte démontrant que la gloutonnerie rend l'esprit aussi malade que la pourriture sèche, le bois. Même maintenant, lorsque je bois du vin, j'y verse trois gouttes d'aspergantum pour lui donner un goût amer. Je siège au Conseil et je suis Pantologiste de la Révélation Dernière.

– Une remarquable réussite! déclara Varmous. Je bois à la continuation de votre succès. Voici une coupe de vin sans aspergantum; je vous prie de vous joindre à notre toast sans le polluer d'infâmes saveurs.

– Merci. C'est un cas d'exception.

– Je suis un Grand d'Almery, dit Cugel en s'adressant au groupe, héritier d'un ancien domaine. En luttant contre l'injustice, je me mis à dos un méchant magicien qui m'expédia dans le nord pour que j'y meure. Il ignorait que la soumission est étrangère à ma nature...

Il fit des yeux le tour de l'assemblée. Ivanello chatouillait les mimes avec une longue paille. Clissum et Gaulph Rabi discutaient à voix basse de la Doctrine de l'Isoptogenèse de Vodel. Le Dr Lalanke et Perruquil comparaient les mérites des hôtelleries de Torqual.

Cugel se rassit d'un air maussade. Varmous qui préparait la route avec Ansk-Daveska s'aperçut enfin de son silence et dit :

– Très bien, Cugel! C'était fort intéressant! Madlich, je crois qu'il reste encore deux cruches de vin bon marché. Ce n'est pas souvent que nous célébrons de telles fêtes sur la piste! Lalanke, est-ce que vous voulez bien nous présenter l'un de vos tableaux vivants?

Le Dr Lalanke fit quelques signes; les jeunes filles, dont l'attention était retenue par les sottises d'Ivanello, finirent par remarquer ses gesticulations. Elles se levèrent d'un bond et exécutèrent une série de saltations éblouissantes.

Ivanello s'approcha de leur tuteur et lui chuchota une question à l'oreille. Celui-ci fronça les sourcils.

– La question est impertinente mais la réponse est « oui ».

Le jeune homme posa une autre question, aussi discrètement, à laquelle le Dr Lalanke répondit d'un ton catégorique et glacial.

– Je doute qu'une telle idée leur soit jamais venue à l'esprit.

Puis il lui tourna le dos et reprit sa conversation avec Perruquil.

Ansk-Daveska apporta un petit accordéon et joua un air joyeux. Ermaulde, en dépit des protestations horrifiées de Varmous, bondit sur ses pieds et exécuta une gigue effrénée.

Lorsqu'elle eut fini de danser, elle prit Varmous à part.

– Mes symptômes n'étaient que des douleurs provoquées par des gaz; j'aurais dû vous rassurer mais cela m'est sorti de l'esprit.

– Je suis soulagé! Et Cugel sera content puisqu'en tant que capitaine de l'*Avventura,* il aurait été obligé de vous servir d'obstétricien.

La soirée s'écoula ainsi. Chacun avait une histoire à conter ou une théorie à transmettre, et tous demeurèrent assis jusqu'à ce que le feu soit réduit à l'état de braises.

On apprit que Clissum avait composé plusieurs odes et, poussé par Ermaulde, il récita six strophes d'un long poème dramatique intitulé : *Ô, Temps, Es-Tu un Lamentable Lâche?* entrecoupé de cadences vocales entre chaque strophe.

Cugel sortit un paquet de cartes et s'offrit à enseigner le Skax à Varmous et à Ansk-Daveska, mais tous deux préféraient écouter Gaulph Rabi répondre aux questions qu'Ivanello lui posait d'un air nonchalant.

– ... pas la moindre confusion! Le Collegium est

souvent connu comme « La Convergence » ou plus familièrement comme « Le Pivot ». Mais l'essence est identique.

– Je crains que vous ne triomphiez de moi, dit Ivanello. Je suis perdu dans la jungle de votre terminologie.

– Ah, ah ! C'est toujours ce que dit le profane ! Je vais simplifier la chose.

– Je vous en prie.

– Imaginez une roue dont les rayons représentent de vingt à trente infinis – nous ne savons pas quel en est le nombre exact. Ils convergent en un foyer de pure sensibilité; ils se confondent puis divergent dans la direction opposée. Le lieu de ce « Pivot » est connu avec précision; il se situe dans l'enceinte du Collegium.

– A quoi ressemble-t-il ? demanda Varmous.

Gaulph Rabi contempla un long moment le feu mourant.

– Je pense que je ne vais pas répondre à cette question, dit-il enfin. Je pourrais créer autant de fausses images qu'il y a d'oreilles pour m'entendre.

– Moitié moins, fit remarquer Clissum avec tact.

Ivanello sourit nonchalamment à la nuit étoilée, où Alphard le Solitaire était en son ascendant.

– Il me semble, dit-il, qu'un seul infini suffirait à vos travaux. N'est-ce pas présomptueux d'en englober autant ?

– Pourquoi ne venez-vous pas étudier au Collegium pendant un trimestre ou deux ? répliqua Gaulph Rabi en penchant brusquement vers lui sa maigre figure chevaline. Et voir cela par vous-même ?

– Je vais y penser.

Le second jour ressembla beaucoup au premier. Les farlocks allaient régulièrement l'amble sur la route et une brise de l'ouest poussait l'*Avventura* légèrement en avant de la voiture de tête.

Porraig, le steward, prépara un abondant petit déjeuner composé d'huîtres pochées, de kumquats recouverts de sucre glacé et de petits pains saupoudrés de la laitance rouge des crabes terrestres.

Nissifer resta enfermée dans sa cabine. Porraig lui apporta un plateau et frappa à sa porte.

– Voici votre petit déjeuner, madame Nissifer !

– Remportez-le, répondit-elle en un chuchotement rauque. Je n'ai pas envie de déjeuner.

Porraig haussa les épaules et repartit avec son plateau, aussi rapidement que possible car la puanteur de « l'infection » de Nissifer n'avait pas encore disparu.

Au déjeuner, les choses se passèrent de même, et Cugel donna à Porraig l'ordre de ne plus servir de repas à Nissifer tant qu'elle ne reparaîtrait pas dans la salle à manger.

Durant l'après-midi, Ivanello sortit un luth dont le long manche était orné d'un nœud de ruban bleu ciel et chanta des ballades sentimentales en s'accompagnant de doux accords. Les mimes vinrent le contempler, émerveillées, et une discussion générale s'ensuivit pour savoir si oui ou non elles entendaient la musique ou même si elles saisissaient la signification des actes d'Ivanello. En tout cas, elles s'étendirent sur le ventre, le menton reposant sur leurs doigts repliés, elles regardèrent le jeune homme avec de graves yeux gris pleins d'une adoration muette. Ivanello s'enhardit jusqu'à caresser la courte chevelure brune de Skasja. Aussitôt, Sush et Rlys s'approchèrent et il dut les caresser aussi.

Tout souriant et heureux de son succès, il joua et chanta une autre ballade tandis que Cugel le guettait avec amertume, du haut du gaillard d'avant.

Ce jour-là, la caravane n'aperçut qu'un seul village, Port Titus, et la vallée parut s'élargir légèrement. Devant eux, s'éleva un grand escarpement rocheux au travers duquel la rivière avait creusé une gorge étroite que la route traversait en suivant le bord de l'eau.

Au milieu de l'après-midi, la caravane croisa des bûcherons qui chargeaient leur bois à bord d'une péniche. Varmous fit arrêter les voitures et, sautant de la sienne, il alla leur demander des renseignements; il apprit des nouvelles inquiétantes : une partie de la montagne s'était effondrée dans la gorge, bloquant la route.

– A un kilomètre et demi d'ici, dirent les bûcherons, vous tomberez sur une route transversale qui passe par la Brèche de Tuner et traverse les Terres Désolées d'Ildish. Au bout de trois kilomètres, la route bifurque et vous devrez tourner à droite; ce chemin descend vers le Lac Zaol et vous mènera à Kaspara Vitatus.

Varmous se retourna pour lever les yeux vers le col et demanda :

– La route est-elle sûre ou dangereuse ?

– Nous ne pouvons rien vous dire, répliqua le plus âgé, car aucun de nous n'a récemment traversé la Brèche de Tuner. C'est peut-être, en soi, un signe négatif.

– A l'*Auberge du Batelier,* dit un autre, j'ai entendu parler d'une bande de nomades venus de Karst. Il paraît qu'ils sont sauvages et sournois mais comme ils ont peur du noir, ils n'attaqueront pas de nuit. Vous êtes nombreux et n'aurez rien à craindre d'eux, à moins qu'ils ne vous tendent une embuscade. Il vous faudra faire le guet.

– Et les lutins des roches ? ajouta le plus jeune. Ne représentent-ils pas une sérieuse menace ?

– Bah ! s'exclama le vieil homme. Comme les démons bâtons-à-vent, ce sont des histoires pour faire peur aux petits enfants impertinents.

– Non, ils existent ! déclara le jeune bûcheron. Je suis sûr de celui qui me l'a dit !

– Bah ! dit le vieux pour la seconde fois. A l'*Auberge du Batelier,* ils boivent la bière par litres et, en rentrant chez eux, ils voient des lutins et des démons derrière chaque buisson.

– Je vais vous dire quelle est ma philosophie, avoua pensivement le second bûcheron. Il vaut mieux se méfier des lutins des roches et des démons bâtons-à-vent et ne jamais les voir que de ne pas en tenir compte et qu'ils vous sautent dessus à l'improviste.

– Retournez au travail ! dit le plus vieux avec un geste péremptoire. Votre bavardage retarde cette importante caravane ! (Et, s'adressant à Varmous :) Passez par la Brèche de Tuner. Dans une semaine et un jour, vous serez à Kaspara Vitatus.

Varmous remonta en voiture. La caravane s'ébranla. Au bout d'un kilomètre et demi, ils empruntèrent la route menant à la Brèche de Tuner mais c'est à regret que Varmous quitta celle qui longeait la rivière.

La transversale serpentait entre les collines jusqu'à la Brèche puis redescendait pour traverser une large plaine.

L'heure du crépuscule arrivait. Varmous choisit de s'arrêter pour la nuit auprès d'une source qui jaillissait d'un bosquet de déodars noirs. Il disposa soigneusement les chariots et les voitures, et planta une barrière protectrice faite de piquets de métal qui, lorsqu'on les activait, déchargeaient des serpentins de foudre contre les intrus hostiles, protégeant ainsi la caravane contre les hoons, les erbs et les grouses qui errent la nuit.

De nouveau, on alluma un grand feu, avec du bois pris aux déodars. Les passagers de première classe prirent trois plats préliminaires, servis par Porraig à bord de l'*Avventura*, puis se joignirent aux autres autour du feu pour partager avec eux le pain, le ragoût et les légumes verts amers.

Varmous servit le vin d'une main moins prodigue que la veille. Après dîner, il s'adressa au groupe.

– Comme tout le monde le sait, nous avons fait un détour qui ne nous causera, j'en suis certain, ni retard, ni inconvénient. Cependant, nous traversons maintenant les Terres Désolées d'Ildish, qui me sont inconnues. Je me sens obligé de prendre des mesures de sécurité particulières. Vous remarquerez la barrière protectrice qui doit dissuader les intrus.

Ivanello, paresseusement allongé, ne put s'empêcher de faire une remarque facétieuse.

– Et si les intrus sautent par-dessus ?

– La barrière est dangereuse ! poursuivit Varmous sans tenir compte de cette interruption. Ne vous en approchez pas. Docteur Lalanke, il faut expliquer cela le mieux possible à vos pupilles.

– Je vais le faire.

– Les Terres Désolées d'Ildish sont un territoire sauvage. Nous pouvons y rencontrer des nomades descendus du Karst ou peut-être même du Grand Erm. Ces gens-là, qu'ils soient des hommes ou des semi-humains, sont imprévisibles. Donc, je vais établir un efficace système de surveillance. Cugel, qui s'est installé à la proue de l'*Avventura*, sera notre vigie. Il a des yeux perçants, il est vif et méfiant; et, de plus, il n'a rien de mieux à faire. De ma place, dans la voiture de tête, je ferai le guet; et Slavoy, qui voyage dans le dernier chariot, assurera l'arrière-garde. Mais c'est de Cugel, dont le regard balaiera le paysage, que dépendra notre protection. Voilà ce que je voulais vous dire. Que la fête reprenne !

Le vent se mit à souffler du nord, faisant trembler les flammes et tournoyer la fumée. Ivanello poussa une imprécation joyeuse. Il posa son luth et commença à jouer avec les mimes qu'il venait, comme avant, d'hypnotiser par sa musique. Ce soir-là, ses caresses se firent plus hardies, mais ne provoquèrent aucune protestation tant qu'il partagea également son attention. Cugel le regardait faire d'un air désapprobateur.

– Ivanello est en train d'inciter vos pupilles à la débauche, murmura-t-il au Dr Lalanke.

– Peut-être en a-t-il l'intention.

– Et cela ne vous inquiète pas ?

– Pas le moins du monde.

Clissum s'avança, une fois de plus, en brandissant un rouleau de manuscrit, et regarda l'assemblée en souriant.

Ivanello, qui était dans les bras de Sush, entre Rlys et Skasja serrées contre lui, pencha la tête sur son luth et en tira une série d'accords retentissants.

Clissum semblait sur le point d'émettre une protestation ironique lorsque le vent lui envoya en pleine figure un épais nuage de fumée, et il recula en toussant. Ivanello, tête penchée, si bien que ses boucles châtain brillaient à la lumière du feu, sourit et joua quelques glissandos sur son instrument.

Ermaulde, indignée, fit le tour du feu pour venir se planter devant lui.

– Clissum va chanter l'une de ses odes, lui dit-elle d'une voix tendue. Je vous conseille de poser votre luth et de l'écouter.

– Avec plaisir, dit Ivanello.

Ermaulde s'en retourna comme elle était venue. Les trois mimes se relevèrent d'un bond et la suivirent en se pavanant, les joues gonflées, les coudes écartés, le ventre en avant. Ermaulde, consciente qu'il se passait quelque chose derrière son dos, se retourna et les mimes s'éloignèrent en cabriolant et dansèrent pendant cinq secondes avec une énergie folle, comme des ménades, avant de se laisser retomber à côté d'Ivanello.

Ermaulde, un sourire figé sur les lèvres, vint s'entretenir avec Clissum et tous deux jetèrent des regards ironiques sur Ivanello qui, posant son luth à côté de lui, donna libre cours à ses caresses. Loin de s'en offusquer, les mimes se serrèrent encore plus contre lui. Baissant la tête, il embrassa Rlys sur la bouche; aussitôt, Sush et Skasja avancèrent le visage pour recevoir le même traitement.

– La conduite de cet homme est insupportable, dit Cugel d'une voix que le dégoût rendait rauque.

– Sincèrement, leur complaisance me surprend, répondit Lalanke en secouant la tête. Elles ne m'ont jamais permis de les effleurer du doigt. Ah, je vois que Varmous s'agite; la soirée tire à sa fin.

Varmous qui venait de se lever, resta immobile à écouter les bruits de la nuit. Il alla inspecter la barrière protectrice, puis revint s'adresser aux voyageurs.

– Restez attentifs ! Ne vous promenez pas pendant la nuit ! Et pas de rendez-vous en forêt ! Je vais aller me coucher et je vous conseille à tous de faire de même car, demain, l'étape sera longue à travers les Terres Désolées d'Ildish !

Clissum, se drapant dans sa dignité, s'avança.

– Plusieurs personnes m'ont prié de réciter une autre de mes œuvres; je dois répondre à leur demande.

Ermaulde applaudit mais la plupart des autres étaient déjà partis se coucher.

Le poète, vexé, pinça les lèvres.

– Je vais maintenant vous réciter ma Treizième Ode intitulée : *Lugubres Sont les Tours de Mon Esprit.*

Il adopta la posture qui convenait mais une rafale de vent secoua le feu et l'embrasa. Des nuages de fumée se répandirent tout autour et ceux qui étaient restés s'enfuirent. Clissum, désespéré, leva les bras au ciel et abandonna la scène.

Cugel passa une nuit agitée. Plusieurs fois, il entendit au loin un cri exprimant le découragement, et ensuite, un échange de gloussements et de hurlements en provenance de la forêt.

Varmous réveilla tout le monde de bonne heure, alors que le ciel brillait encore des lueurs pourpres qui précèdent l'aurore. Porraig servit un petit déjeuner composé de thé, de petits pains au lait et d'un savoureux hachis de praires, d'orge, de kangol et de nombrils de Vénus. Comme d'habitude, Nissifer ne parut pas à table et, ce matin-là, Ivanello manquait aussi.

Porraig appela Varmous, du haut du plat-bord, suggérant qu'il envoie le jeune homme à bord pour le déjeuner, mais une visite du camp ne donna rien. Ses bagages étaient à leur place ordinaire; rien ne paraissait manquer, sauf Ivanello lui-même.

Varmous, assis à une table, mena solennellement l'enquête, mais personne ne put fournir d'information sur le disparu. Le chef de la caravane examina ensuite le sol près de la barrière, mais il ne découvrit aucun signe de perturbation. Pour finir, il fit une annonce.

— En pratique, Ivanello a disparu. Je n'ai découvert aucun indice d'une quelconque activité criminelle; mais je ne crois pas qu'il soit parti de son plein gré. La seule explication serait qu'il a été victime d'une mort magique. Si l'un de vous a une théorie à proposer, ou même de simples soupçons à partager, qu'il vienne me voir. En attendant, ce n'est pas la peine de rester ici. Nous devons nous en tenir à notre horaire et partir. Conducteurs, amenez vos farlocks ! Cugel, à votre poste, à la proue du navire !

La caravane pénétra dans les Terres Désolées d'Ildish et le destin d'Ivanello demeura un mystère.

La route, qui n'était guère qu'une piste, les mena jusqu'à une bifurcation; là, ils tournèrent vers l'est et longèrent des collines qui se succédaient jusqu'à l'horizon. Le paysage, désertique et balayé par le vent, n'offrait à l'œil que quelques arbres-gongs tout rabougris, de rares buissons de cactus et un dendron ici ou là, noir, rouge ou violet.

Au milieu de la matinée, Varmous cria en direction du navire :

— Cugel, montez-vous une garde attentive ?

– Elle serait plus efficace si je savais ce que je dois guetter ! répondit-il en se penchant par-dessus le platbord.

– Des nomades hostiles. Et surtout ceux qui se cacheraient en embuscade.

– Je ne vois rien répondant à votre description; seulement des collines et une étendue désolée, bien qu'au loin je distingue une forêt, ou une rangée d'arbres bordant une rivière.

– Très bien, Cugel. Maintenez votre vigilance.

La journée s'écoula et la ligne d'arbres sombres parut reculer devant eux; au coucher du soleil, on dressa le camp sur une aire sablonneuse ouverte à tous vents.

Comme d'habitude, on alluma un feu, mais la disparition d'Ivanello pesait sur tous les esprits et, bien que Varmous servît du vin, personne ne porta de toast et l'on parla surtout à voix basse.

Varmous avait monté sa barrière protectrice. Il s'adressa de nouveau à la compagnie.

– Le mystère n'est toujours pas éclairci ! Puisque nous ne disposons d'aucun indice, je recommande à tous une extrême prudence. En tout cas, ne vous approchez même pas de la barrière !

La nuit se déroula sans incident. Le lendemain matin, la caravane partit à l'heure prévue et Cugel, une fois de plus, remplit son devoir de guetteur.

Comme le jour passait, le paysage se fit un peu moins aride. Maintenant, on voyait que la rangée d'arbres marquait le cours d'une rivière qui descendait des collines et traversait les Terres Désolées.

En arrivant sur ses bords, la route tourna brusquement vers le sud et longea la rivière jusqu'à un pont à cinq arches où Varmous fit arrêter la caravane pour permettre aux conducteurs d'abreuver leurs farlocks. Cugel ordonna à la corde de rétrécir afin de faire descendre l'*Avventura*. Les passagers de première classe mirent pied à terre et se promenèrent de-ci de-là pour se dégourdir les jambes.

A l'entrée du pont se dressait un monument de trois mètres de haut, portant une plaque de bronze dont Cugel ne put déchiffrer les caractères. Gaulph Rabi avança son long nez, puis haussa les épaules et se détourna. Le Dr Lalanke déclara que c'était une variante du Sarsounien, dialecte qui eut son importance au dix-neuvième éon et fut parlé communément pendant plus de quatre mille ans.

– Le texte est purement commémoratif, dit-il. Voici ce qu'il dit :

VOYAGEURS ! VOUS QUI TRAVERSEZ A PIED SEC
LE TUMULTE FRACASSANT DE LA RIVIÈRE SYK,
SACHEZ QUE VOUS AVEZ ÉTÉ ASSISTÉS PAR
KHAIVE, SEIGNEUR DE KHAVAD
ET
GARDIEN DE L'UNIVERS

» Comme vous pouvez le voir, la rivière Syk n'est plus ni tumultueuse ni fracassante, mais nous pouvons toujours reconnaître la générosité du roi Khaive; du moins, est-il plus sage de le faire.

Et le Dr Lalanke fit une génuflexion devant le monument.

– Superstition ! ricana Gaulph Rabi. Au Collegium, nous ne saluons avec vénération que la Syncrésie Anonyme qui est au cœur du Pivot.

– Peut-être, dit le Dr Lalanke avec indifférence avant de s'éloigner.

Cugel regarda Gaulph Rabi puis le Dr Lalanke, et il fit une rapide génuflexion devant le monument.

– Quoi ? s'écria l'ecclésiarque décharné. Vous aussi, Cugel ? Je vous prenais pour un homme de bon sens.

– C'est précisément pour cela que je rends honneur à ce monument. J'estime que ce rite ne peut pas faire de mal et me coûte peu.

Varmous se frotta le nez d'un air incertain, puis il fit un salut solennel, s'attirant le mépris manifeste de Gaulph Rabi.

Les farlocks s'ébranlèrent; Cugel fit s'élever l'*Avventura* et toute la caravane franchit le pont.

Au milieu de l'après-midi, Cugel devint somnolent et, laissant tomber sa tête sur ses bras, s'assoupit légèrement... Le temps passa et il se sentit mal à l'aise. Clignant des yeux et bâillant, il fit des yeux le tour du paysage et son attention fut attirée par des mouvements furtifs, derrière un fourré de baies fumigènes qui bordait la route. Cugel se pencha et aperçut plusieurs douzaines de petits hommes basanés portant des pantalons bouffants, des vestes sales de diverses couleurs et des foulards noirs noués autour de la tête. Ils étaient armés de lances et de faucilles et montraient nettement l'intention de s'attaquer à la caravane.

– Halte! cria Cugel à Varmous. Préparez vos armes! Des bandits sont cachés en embuscade derrière ce fourré, là-bas!

Varmous arrêta les voitures et souffla dans sa corne. Les conducteurs, et un certain nombre de passagers, s'armèrent et se préparèrent à répondre à l'assaut. Cugel fit descendre le navire afin que les passagers de première puissent se joindre au combat.

– Où se trouve exactement l'embuscade? demanda Varmous. Combien sont-ils?

– Ils sont accroupis derrière les buissons de baies fumigènes, dit Cugel en montrant le fourré du doigt; environ vingt-quatre. Ils sont armés de lances et de crocs.

– Bravo, Cugel! Vous avez sauvé la caravane!

Varmous étudia le terrain puis, choisissant dix hommes armés d'épées, de sarbacanes et de projectiles empoisonnés, il partit en reconnaissance.

Une demi-heure passa. Varmous, échauffé, poussiéreux et irrité, revint avec son escouade.

– Où avez-vous cru voir cette embuscade, répétez-le-moi, je vous prie? dit-il à Cugel.

– Derrière le fourré, là-bas, comme je vous l'ai déjà dit.

– Nous avons ratissé toute la zone et nous n'avons trouvé ni bandit ni le moindre signe de leur présence.

Cugel regarda le fourré d'un air sombre.

– Ils se sont enfuis lorsqu'ils ont vu que nous étions avertis.

– Sans laisser aucune trace de leur passage? Etes-vous certain de ce que vous avez vu? Ou seriez-vous sujet aux hallucinations?

– Je suis certain de ce que j'ai vu! déclara Cugel, indigné. Me prenez-vous pour un idiot?

— Non, dit Varmous d'un ton apaisant. Continuez à veiller! Même si vos sauvages ne sont que des fantasmes, mieux vaut être trop prudent. Mais, la prochaine fois, regardez à deux fois avant de déclencher l'alarme.

Cugel ne put qu'acquiescer, puis il remonta à bord de l'*Avventura.*

La caravane repartit, passa devant le fourré maintenant paisible, et Cugel, une fois de plus, se remit à monter la garde avec vigilance.

La nuit passa sans incident mais, au matin, lorsqu'on servit le petit déjeuner, Ermaulde n'apparut pas.

Comme auparavant, Varmous fouilla le navire et tout le territoire enclos par la barrière; mais, comme Ivanello, Ermaulde avait disparu. Le chef de la caravane alla jusqu'à frapper à la porte de la cabine de Nissifer, pour s'assurer qu'elle était toujours à bord.

— Qui est là? demanda le chuchotement rauque.

— C'est Varmous. Tout va bien?

— Oui. Je n'ai besoin de rien.

Varmous rejoignit Cugel; son large visage était ridé par l'inquiétude.

— Je n'ai jamais vécu des événements aussi affreux! Que se passe-t-il?

— Ni Ivanello ni Ermaulde ne sont partis de leur plein gré, dit Cugel d'un air pensif. C'est clair. Ils voyageaient tous deux à bord de l'*Avventura,* ce qui semble indiquer que le fléau réside aussi à bord du vaisseau.

— Quoi? En première classe!

— C'est très probable.

— Il faut identifier le mal et l'anéantir.

— Je suis d'accord avec vous, mais comment?

— Soyons vigilants! Le soir, personne ne doit s'aventurer hors de sa cabine, sauf pour répondre aux exigences de la nature.

— Et trouver le scélérat embusqué dans les cabinets? Ce n'est pas une solution.

— Pourtant, nous ne pouvons nous attarder, murmura Varmous. Cugel, à votre poste! Guettez avec attention et discernement.

La caravane reprit la direction de l'est. La route contournait les collines où affleurait maintenant la roche grise et rugueuse et où poussaient, çà et là, des acacias rabougris.

Le Dr Lalanke vint rejoindre Cugel à la proue, et ils parlèrent des étranges disparitions.

– Les possibilités sont infinies, dit le docteur, bien qu'aucune ne soit convaincante. Par exemple, je peux suggérer que le vaisseau lui-même est une entité mauvaise qui, durant la nuit, ouvre sa cale et digère le passager imprudent.

– Nous avons fouillé la cale. Nous n'avons trouvé que des provisions, les bagages et des cafards.

– Je ne comptais pas que vous prendriez au sérieux mon hypothèse. Et si nous imaginions dix mille théories, toutes apparemment absurdes, l'une d'entre elles serait presque certainement correcte.

Les trois mimes montèrent sur le gaillard d'avant et s'amusèrent à marcher de long en large, à grandes enjambées, les genoux fléchis. Cugel les regarda avec mécontentement.

– Quelle idiotie sont-elles encore en train d'inventer ?

Elles froncèrent le nez, louchèrent et arrondirent la bouche comme pour glousser sans bruit, et jetèrent des regards en coin sur lui tout en se pavanant. Le Dr Lalanke eut un petit rire.

– C'est l'une de leurs plaisanteries; elles pensent qu'elles vous imitent, du moins je le crois.

Cugel leur tourna froidement le dos et les trois mimes repartirent en courant. Le Dr Lalanke montra du doigt les nuages qui s'accumulaient à l'horizon.

– Ils s'élèvent du lac Zaol qui est près de Kaspara Vitatus, là où la route tourne au nord, en direction de Torqual.

– Ce n'est pas la mienne, de route ! Moi, je vais au sud, vers Almery.

– C'est vrai.

Le Dr Lalanke s'éloigna et Cugel resta seul pour monter la garde. Il chercha les mimes des yeux, souhaitant presque qu'elles reviennent égayer son ennui, mais elles s'adonnaient à un nouveau jeu, jetant de petits objets sur les farlocks qui, lorsqu'elles les touchaient, fouettaient l'air de leur queue.

Cugel reprit sa veille. Au sud, les coteaux rocheux, encore plus abrupts. Au nord, les Terres Désolées d'Ildish, étendue zébrée de couleurs subtiles : rose sombre, noir-gris estompé, bordeaux, touchées ici et là d'un imperceptible velouté de bleu sombre et de vert.

Le temps passa. Les mimes continuaient toujours leur jeu, auquel les conducteurs, et mêmes les passagers, semblaient prendre plaisir; ils se précipitaient tous pour ramasser les objets que les jeunes filles lançaient.

« C'est bizarre » se dit Cugel. « Pourquoi s'enthousiasment-ils ainsi pour un jeu aussi insignifiant ? » L'un des objets eut un éclair métallique en tombant. Il avait à peu près la dimension et la forme d'un terce. Les mimes ne jetaient sûrement pas des terces aux conducteurs ! D'où tiendraient-elles une telle fortune ?

Les mimes cessèrent leur jeu. Les conducteurs leur crièrent :

– Encore ! Continuez à jouer ! Pourquoi vous arrêtez-vous ?

Elles se mirent à gesticuler follement puis elles lancèrent un sac vide et partirent se reposer.

C'est étrange ! pensa Cugel. Le sac ressemblait en tout point au sien qui, bien sûr, était soigneusement rangé dans sa tente. Il souleva la bâche et jeta un coup d'œil, à tout hasard, puis il regarda de nouveau, plus attentivement.

Le sac avait disparu.

Cugel, furieux, courut trouver le Dr Lalanke qui était assis sur le panneau de la cale et conversait avec Clissum.

– Vos pupilles m'ont pris mon sac ! Elles ont jeté mes terces aux conducteurs, ainsi que mes autres biens, y compris un pot de cirage de grande valeur, et pour finir elles ont aussi lancé le sac !

– Vraiment ? répondit le Dr Lalanke en levant ses sourcils noirs. Les friponnes ! Je me demandais aussi ce qui pouvait retenir leur attention aussi longtemps.

– Je vous prie de prendre cela au sérieux ! Je vous tiens pour personnellement responsable ! Vous devez compenser mes pertes !

– Je suis navré de ce qui vous arrive, Cugel, mais je ne peux réparer tous les torts du monde.

– Ne sont-elles pas vos pupilles ?

– A titre temporaire, seulement. Elles se sont inscrites sur la liste de la caravane sous leurs propres noms, ce qui fait retomber la responsabilité sur Varmous. Vous pouvez en discuter avec lui, ou même avec les mimes. Si elles ont pris votre sac, obligez-les à vous rembourser.

– C'est totalement irréalisable !

– Voici ce qui est réalisable : retournez à la proue avant que nous ne plongions la tête la première dans quelque danger !

Le Dr Lalanke lui tourna le dos et reprit sa conversation avec Clissum.

Cugel rejoignit son poste, à l'avant. Il surveilla le morne paysage, en se demandant comment faire pour récupérer ses biens... il aperçut soudain des mouvements de mauvais augure. Se penchant en avant, il concentra son regard sur le coteau, là où un certain nombre d'êtres gris et courtauds empilaient de gros rochers, à l'endroit où la colline surplombait la route.

Cugel les regarda attentivement pendant plusieurs secondes. Sa vision des créatures était nette : des amloïdes semi-humains déformés, avec des crânes pointus et des têtes dépourvues de cou, si bien que leurs bouches s'ouvraient directement dans la partie supérieure de leur torse. Cugel les inspecta une dernière fois puis il lança l'alarme.

– Varmous ! Des lutins des roches sont sur la falaise ! Nous courons un grave danger ! Arrêtez la caravane et sonnez de la corne !

Varmous stoppa sa voiture et lui cria :

– Que voyez-vous ? Où est situé le danger ?

– Sur cette corniche, là-bas, je vois des lutins de la montagne, dit-il en agitant le bras. Ils empilent des rochers pour les faire tomber sur la caravane !

Varmous tendit le cou et regarda l'endroit désigné par Cugel :

– Je ne vois rien.

– Ils sont gris, comme la roche ! Ils marchent comme des crabes ou courent pliés en deux !

Varmous descendit de son siège et lança le signal d'alarme aux conducteurs. Il fit atterrir le vaisseau.

– Nous allons leur causer une fameuse surprise, dit-il à Cugel, et il cria aux passagers : Mettez pied à terre je vous prie ! J'ai l'intention d'attaquer les lutins du haut des airs.

Il fit monter à bord de l'*Avventura* dix hommes armés d'arbalètes et de flèches inflammables. Il attacha l'amarre au plus vigoureux des farlocks.

– Maintenant, Cugel, étirez la corde pour que nous nous élevions très haut, par-dessus la falaise, et que nous puissions leur envoyer nos compliments.

Cugel obéit; le navire et son chargement d'hommes armés monta dans les airs et dériva au-dessus de la corniche.

– Où se situe exactement l'embuscade ? demanda Varmous qui se tenait à la proue.

– Là, dans cet amas de rochers, répondit Cugel en le montrant du doigt.

– Pour le moment, je ne vois pas de lutins, fit remarquer Varmous qui étudiait le flanc de la colline.

Cugel fouilla la corniche du regard mais les lutins avaient disparu.

– Tant mieux ! Ils ont vu nos préparatifs et ils ont renoncé à leur projet.

– Etes-vous certain de ce que vous avancez ? (Varmous émit un grognement maussade.) Etes-vous sûr d'avoir vu des lutins des roches ?

– Mais oui ! Je ne suis pas sujet à l'hystérie !

– Peut-être avez-vous été trompé par les ombres que projettent les rochers ?

– Absolument pas ! Je les ai vus aussi nettement que je vous vois !

Varmous fit peser sur Cugel le regard pensif de ses yeux bleus.

– Ne croyez pas que je vous réprimande. Vous appréhendez le danger et, à juste titre, vous poussez des cris d'alarme, bien que vous soyez apparemment dans l'erreur. Je ne vous accablerai pas d'injures pour cela, mais vous ferai remarquer que ce manque de discernement nous fait perdre un temps précieux.

Cugel ne trouva rien à répondre à ces accusations.

Varmous se dirigea vers le plat-bord et appela le conducteur de tête.

– Faites avancer la caravane et passez sous la corniche ! Nous monterons la garde d'ici pour assurer une sécurité absolue.

Les voitures dépassèrent l'à-pic sans que rien de fâcheux ne se produise et l'on abaissa l'*Avventura* pour que les passagers de première classe puissent réembarquer.

– Votre zèle est au-dessus de tout reproche, dit Varmous à Cugel; mais j'ai décidé d'augmenter l'effectif de la garde. Shilko, que vous voyez là-bas, est un homme d'expérience. Il veillera à vos côtés et chacun pourra vérifier les découvertes de l'autre. Shilko, montez à bord, je vous prie. Cugel et vous allez travailler en équipe.

– Avec plaisir, dit Shilko, un homme trapu au visage rond entouré de cheveux couleur sable et orné de favoris frisés. Je suis content de cette association.

Cugel l'aida tristement à monter à bord et, tandis que la caravane poursuivait son chemin, tous deux s'installèrent à la proue. Shilko, affable et volubile, se mit à parler de tout avec force détails. Cugel répondit d'un ton cassant, ce qui laissa son compagnon perplexe. L'air blessé, il s'expliqua.

– Lorsque j'effectue ce genre de travail, j'aime bien un peu de conversation pour faire passer le temps. Autrement, c'est une corvée de rester là à regarder un paysage monotone. Au bout d'un moment, on commence à voir des choses imaginaires et à les considérer comme réelles. (Il fit un clin d'œil et sourit.) N'est-ce pas, Cugel ?

Ce dernier trouva que la plaisanterie de Shilko était de mauvais goût et il détourna les yeux.

– Bon, dit Shilko. Ainsi va le monde.

A midi, ce dernier se rendit au mess pour prendre son déjeuner. Il abusa de la nourriture et du vin si bien que, dans l'après-midi, il se sentit somnolent. Il embrassa le paysage du regard et dit à Cugel :

– Il n'y a rien à voir qu'un lézard ou deux, alors je vais faire une petite sieste. Si vous apercevez quelque chose, surtout réveillez-moi.

Il se glissa dans la tente et s'installa confortablement, laissant Cugel ruminer seul ses amères pensées sur les terces perdus et le cirage jeté par-dessus bord.

Lorsque la caravane s'arrêta pour la nuit, Cugel alla voir Varmous. Il lui parla de la conduite frivole des mimes et se plaignit des pertes qu'il venait de subir.

Le chef caravanier l'écouta avec gentillesse mais avec un peu d'indifférence.

– Le Dr Lalanke va sûrement trouver une solution, lui répondit-il.

– Non, justement ! Il décline toute responsabilité. Il déclare que c'est vous, le maître de la caravane, qui devez régler la question.

Varmous, qui l'avait écouté jusque-là d'une oreille distraite, devint aussitôt attentif.

– Il me demande d'éponger les pertes ?

– Exactement. Alors, je vous présente ma facture.

Le caravanier croisa les bras et recula d'un pas.

– L'idée du Dr Lalanke est absurde.

Cugel, indigné, agita la facture sous son nez.

– Est-ce que vous êtes en train de me dire que vous refusez de régler cette dette ?

– Cela n'a rien à voir avec moi. L'acte a été commis à bord de votre vaisseau l'*Avventura*.

De nouveau, Cugel brandit vigoureusement son papier sous les yeux de Varmous.

– Alors, vous devez au moins présenter cette facture au Dr Lalanke et percevoir le paiement.

– Ce n'est pas la procédure normale, répondit le caravanier en se tripotant le menton. C'est vous le capitaine de l'*Avventura*. C'est donc à vous de convoquer officiellement le Dr Lalanke et d'exiger la somme que vous jugez propre.

Cugel regarda d'un air indécis le Dr Lalanke qui conversait avec Clissum.

– Je suggère que nous abordions ensemble le Dr Lalanke et que nous unissions nos deux autorités pour mieux imposer la justice.

– Ne m'impliquez pas dans cette histoire ! s'exclama Varmous en reculant encore d'un pas. Je ne suis qu'un voiturier qui roule innocemment sur la piste.

Cugel avança encore d'autres arguments mais son

interlocuteur s'obstina et ne voulut pas bouger. Pour finir, le pauvre garçon alla s'installer à une table et but du vin en contemplant tristement le feu.

La soirée passa lentement. Une humeur sombre pesait sur tout le camp; ce soir-là, il n'y eut ni récitation de poème, ni chanson, ni plaisanteries, et la compagnie resta assise autour du feu, à échanger à mi-voix des propos décousus. Une question hantait tous les esprits : Quelle serait la prochaine victime ?

Le feu baissa et tous allèrent se coucher à contrecœur, en jetant des regards par-dessus leur épaule et en échangeant des remarques angoissées.

La nuit s'écoula. L'étoile Achernar quitta le quadrant oriental et descendit à l'ouest. Les farlocks grognèrent et reniflèrent dans leur sommeil. Au loin, sur les Terres Désolées, une lumière bleue scintilla durant quelques secondes puis disparut sans retour. A l'est, le ciel s'enflamma des premières lueurs pourpres, suivies d'un rouge sanglant. Après plusieurs vaines tentatives, le soleil réussit à s'arracher à l'horizon et flotta dans le ciel.

La caravane reprit vie lorsqu'on ralluma le feu. On prépara le petit déjeuner; on ramena les farlocks dans leurs traits et tout fut apprêté pour le départ.

A bord de l'*Avventura*, les passagers firent leur apparition. Ils se regardèrent les uns les autres, s'attendant presque à une autre disparition. Porraig leur servit le petit déjeuner puis alla porter un plateau à la cabine arrière. Il frappa à la porte.

– Madame Nissifer, voilà votre petit déjeuner ! Nous nous faisons du souci pour votre santé.

– Je vais bien, chuchota-t-elle. Je n'ai besoin de rien. Vous pouvez vous en aller.

Après le repas, Cugel prit le Dr Lalanke à part.

– J'ai pris conseil de Varmous. Il m'assure qu'étant le capitaine de l'*Avventura*, je peux vous demander remboursement des dommages que j'ai subis du fait de votre négligence. Voilà la facture. Vous devez me payer cette somme sur-le-champ.

Le Dr Lalanke jeta un bref coup d'œil sur le papier. Ses sourcils noirs se levèrent plus haut que jamais.

– Cet article : c'est stupéfiant ! Cirage : un pot. Valeur : mille terces. Est-ce que vous plaisantez ?

– Pas du tout ! Ce cirage contenait une cire des plus rares.

– Il faut présenter cette facture aux coupables, c'est-à-dire à Sush, Skasja et Rlys.

– Et qu'en résultera-t-il ?

– Je ne peux pas hasarder d'hypothèse, répondit le Dr Lalanke en haussant les épaules. Mais je me dissocie totalement de cette histoire.

Il s'inclina et s'éloigna nonchalamment pour rejoindre Clissum auquel il trouvait des qualités compatibles avec les siennes.

Cugel se rendit à la proue, où Shilko était déjà de garde. Celui-ci montra de nouveau une tendance à la volubilité; Cugel, comme auparavant, lui répondit d'un ton laconique, et Shilko devint enfin silencieux. Pendant ce temps, la caravane suivait une route qui serpentait entre deux rangées de collines.

– Je ne vois rien qui puisse nous inquiéter, dit Shilko en regardant les coteaux arides. Et vous, Cugel ?

– Pour le moment, je ne vois rien non plus.

– Excusez-moi un instant, j'ai un message à délivrer à Porraig.

Il partit et Cugel entendit monter de la cuisine des bruits de convivialité.

Un peu plus tard, Shilko revint, titubant du vin qu'il avait absorbé. Il cria d'une voix joviale :

– Ohé, capitaine Cugel ! Comment vont les hallucinations ?

– Je ne comprends pas à quoi vous faites allusion, dit sèchement Cugel.

– Peu importe ! Cela peut arriver à tout le monde. (Shilko promena son regard sur les coteaux.) Avez-vous vu quelque chose ?

– Non, rien.

– Très bien ! C'est comme cela qu'il faut prendre ce travail ! Un petit coup d'œil par ici, un regard perçant par là, et on descend dans la cuisine déguster le vin.

Cugel ne répondit rien et Shilko fit, d'ennui, craquer les articulations de ses doigts.

Au repas de midi, il but et mangea, encore une fois,

plus qu'il n'était raisonnable et somnola dans l'après-midi.

— Je vais fermer les yeux pendant quelques minutes pour me calmer les nerfs, dit-il à Cugel. Surveillez bien les lézards et appelez-moi si quelque chose de plus important se passe.

Il se glissa sous la tente et se mit aussitôt à ronfler.

Cugel s'appuya sur le plat-bord, bâtissant des plans pour refaire sa fortune. Aucun ne semblait réalisable car le Dr Lalanke connaissait plusieurs incantations de magie élémentaire... Bizarre, ces formes sombres sur la ligne de faîte ! Pourquoi sautaient-elles ainsi ? On aurait dit que ces grandes ombres noires se dépêchaient de grimper pour regarder la caravane du haut de la colline; puis elles firent un saut en arrière et disparurent à sa vue.

Cugel se pencha et tira Shilko par la jambe.

— Réveillez-vous !

Shilko émergea de la tente en clignant des yeux et en se grattant la tête.

— Qu'y a-t-il ? Est-ce que Porraig m'apporte du vin ?

— Que voyez-vous là-bas ? répondit Cugel en montrant la crête.

Shilko regarda l'horizon de ses yeux bordés de rouge, mais les ombres étaient maintenant accroupies derrière les rochers. Il se tourna vers Cugel, l'air narquois.

— Qu'avez-vous aperçu ? Des lutins déguisés en rats roses ? Ou bien des mille-pattes dansant la kazatska ?

— Ni l'un ni l'autre. J'ai vu quelque chose qui pourrait être des démons bâtons-à-vent. Ils sont maintenant cachés de l'autre côté.

Shilko regarda Cugel d'un air inquiet, puis il recula d'un pas.

— Très intéressant ! Combien en avez-vous vu ?

— Je ne les ai pas comptés, mais nous ferions mieux d'alerter Varmous.

Shilko étudia de nouveau la ligne de faîte.

— Je ne vois rien. Vous êtes sûr que vos nerfs ne vous jouent pas encore un tour ?

— Absolument sûr !

— Bon, mais soyez-en sûr avant de me déranger de nouveau.

Il se mit à quatre pattes pour se glisser sous la tente. Cugel se pencha pour regarder Varmous, placidement installé dans la voiture de tête. Il ouvrit la bouche pour l'appeler, puis se ravisa tristement et recommença à guetter.

Les minutes s'écoulèrent et Cugel se prit à douter de ce qu'il avait vu.

La route longeait une longue mare étroite dont l'eau d'un vert alcali était parsemée de plantes halophytes hérissées de poils. Cugel se pencha et scruta les buissons, mais personne n'aurait pu se dissimuler derrière ces tiges grêles. Etait-ce le lac? Il semblait trop peu profond pour receler un danger quelconque.

Il se redressa avec le sentiment du travail bien fait. Il leva les yeux vers la ligne de faîte pour découvrir que les démons bâtons-à-vent avaient réapparu en plus grand nombre qu'auparavant; ils tendaient le cou pour regarder la caravane d'un air dubitatif, puis ils se retiraient rapidement hors de vue.

Cugel tira de nouveau Shilko par la jambe.

– Les démons bâtons-à-vent sont revenus en force!

Shilko sortit de la tente à reculons et se redressa.

– Qu'est-ce qui se passe encore?

– Regardez vous-même, dit Cugel en montrant la crête du doigt.

Cependant, les démons avaient terminé leur observation et Shilko ne vit rien. Il haussa simplement les épaules d'un air las et se prépara à reprendre son somme. Mais Cugel se pencha par-dessus le plat bord et cria à Varmous :

– Des démons bâtons-à-vent, par douzaines! Ils s'assemblent de l'autre côté de la ligne de faîte!

Varmous arrêta son attelage.

– Des démons bâtons-à-vent? Où est Shilko?

– Je suis ici, naturellement, en train de faire attentivement le guet.

– Ces démons bâtons-à-vent, les avez-vous vus?

– En toute franchise, et malgré le respect que je dois à Cugel, je suis obligé d'avouer que je n'ai rien vu.

– Cugel, je vous sais gré de votre avertissement mais, cette fois, je pense que nous n'allons pas nous arrêter. Shilko, poursuivez votre bon travail!

Shilko bâilla et fit mine de retourner se coucher.

– Attendez ! cria Cugel déçu. Regardez cette brèche, là-bas, entre les collines ! Si les démons décident de nous suivre, il faudra qu'ils la franchissent, et là, vous les verrez forcément.

Shilko se résigna de mauvaise grâce à attendre.

– Ces fantômes sont, chez vous, un signe de morbidité. Considérez à quelles extrémités ils peuvent vous mener ! Pour votre bien, il faut que vous les maîtrisiez... Bon, voilà la brèche ! Nous arrivons à sa hauteur. Regardez avec attention et dites-moi lorsque vous verrez des démons sauter.

De grandes formes d'un gris fumé, des démons bâtons-à-vent, bondirent par-dessus le faîte de la colline et fondirent sur la caravane.

– Voyez ! cria Cugel.

Durant un instant, Shilko demeura silencieux, la mâchoire tremblante, puis il se mit à hurler :

– Attention ! Des démons bâtons-à-vent nous attaquent !

Varmous ne comprit pas tout de suite ce qu'il criait et leva les yeux vers le navire. Il vit des formes sombres et indistinctes dévaler le coteau mais, maintenant, se défendre était impossible. Les démons couraient déjà lourdement entre les voitures; conducteurs et passagers s'enfuirent vers les eaux glacées de la mare.

Les assaillants ravagèrent la caravane, retournant voitures et chariots, cassant les roues à coups de pied, éparpillant provisions et bagages. Puis ils se tournèrent vers l'*Avventura*, mais Cugel fit s'allonger la corde et le navire monta dans le ciel. Les démons sautèrent d'une quinzaine de mètres. Abandonnant l'attaque, ils s'emparèrent des farlocks, un sous chaque bras, puis remontèrent dans les collines et disparurent de l'autre côté.

Cugel abaissa le vaisseau tandis que conducteurs et passagers émergeaient de l'étang. Varmous avait été pris sous sa voiture retournée et tous les bras furent requis pour l'en tirer.

Le chef caravanier se remit debout avec difficulté sur ses jambes meurtries. Il estima les dégâts et poussa un grognement de découragement.

– Je n'y comprends rien! Pourquoi sommes-nous ainsi maudits? (Il passa en revue ses gens dépenaillés.) Où sont les guetteurs?... Cugel? Shilko? Avancez, je vous prie!

Tous deux se présentèrent, l'air embarrassé. Shilko passa la langue sur ses lèvres et parla avec conviction.

– Je vous ai alerté, tout le monde en est témoin! Autrement, le désastre aurait été encore pire!

– Vous n'avez pas été assez rapide; les démons étaient déjà sur nous! Qu'avez-vous à dire?

– Cela peut paraître étrange, répondit-il en levant les yeux au ciel, mais Cugel a voulu attendre jusqu'à ce que les démons sautent par-dessus la brèche.

– Je suis confondu! dit Varmous en se tournant vers Cugel. Pourquoi ne pas nous avoir avertis tout de suite du danger?

– Je l'ai fait, souvenez-vous-en. Lorsque j'ai aperçu les démons pour la première fois, j'ai considéré qu'il fallait donner l'alarme, mais...

– Je m'y perds! Vous avez aperçu les démons avant votre avertissement?

– Bien sûr, mais...

Varmous, grimaçant de douleur, leva la main.

– Cela suffit, Cugel. Vous avez été imprudent, c'est le moins que l'on puisse dire.

– Votre jugement n'est pas fondé! cria l'accusé avec feu.

– En tout cas, la caravane est détruite! Nous voilà abandonnés ici sans ressources, dans les Terres Désolées d'Ildish! Dans un mois, le vent accumulera le sable sur nos os!

Cugel baissa les yeux sur ses bottes. Elles étaient éraflées et ternes, mais la magie n'avait pas dû s'en évaporer.

– La caravane peut poursuivre son chemin, dit-il d'un air digne, grâce à la courtoisie de Cugel, brutalement et publiquement accusé.

– Expliquez-vous, je vous prie, dit sèchement Varmous.

– Il se peut que la magie soit restée dans mes bottes. Préparez voitures et chariots. Je vais les faire flotter en l'air et nous continuerons notre route.

Varmous redevint aussitôt débordant d'activité. Il donna ses ordres aux conducteurs qui remirent autant d'ordre que possible dans les voitures et les chariots. Ils les attachèrent les uns aux autres avec des cordes et les passagers y reprirent place. Cugel, marchant de véhicule en véhicule, leur appliqua d'un coup de pied la force lévitationnelle qui adhérait encore à ses bottes. Tous s'élevèrent en l'air; les conducteurs s'emparèrent des cordes et attendirent le signal du départ.

Varmous, que ses muscles meurtris et ses articulations foulées empêchaient de marcher, choisit de voyager à bord de l'*Avventura.* Cugel se préparait à le suivre, mais le chef de la caravane l'arrêta.

– Nous n'avons besoin que d'un seul guetteur, un homme dont le jugement est sûr, et ce sera Shilko. Si je n'étais pas estropié, je halerais volontiers le navire, mais ce devoir va maintenant vous échoir. Prenez la corde, Cugel, et conduisez la caravane, le plus vite que vous pourrez.

Sachant qu'il était inutile d'essayer de discuter, Cugel saisit la corde et marcha sur la route, tirant l'*Avventura* derrière lui.

Au coucher du soleil, on fit descendre les voitures et les chariots et l'on installa le camp pour la nuit. Slavoy, le conducteur en chef, dressa la barrière sous la surveillance de Varmous; on alluma un feu et l'on servit du vin pour combattre la mélancolie de la compagnie.

– Nous venons d'essuyer un grave revers. On nous a causé un grand dommage, dit Varmous. Mais cela ne servirait à rien d'en faire retomber la responsabilité sur quelqu'un. J'ai fait quelques calculs, pris conseil du Dr Lalanke, et je crois que, dans quatre jours, nous aurons atteint Kaspara Vitatus où des réparations pourront être effectuées. Jusque-là, j'espère que personne n'aura à souffrir d'une gêne excessive. Une dernière remarque ! Les événements d'aujourd'hui appartiennent maintenant au passé, mais deux mystères continuent à nous oppresser : la disparition d'Ivanello et celle d'Ermaulde. Jusqu'à ce que cette affaire soit éclaircie, il faut que nous restions vigilants ! Ne vous éloignez pas seul ! Et signalez-moi tout fait suspect !

On servit le repas du soir et une gaieté presque frénétique s'empara de tous. Sush, Skasja et Rlys exécutèrent une série de bonds, et il devint clair qu'elles étaient en train de mimer l'attaque des démons bâtons-à-vent.

– N'est-ce pas merveilleux! s'écria Clissum exalté par le vin. Cet excellent millésime a stimulé les trois segments de mon esprit, et tandis que l'un observe le feu et les Terres Désolées, un autre compose des odes d'une beauté exquise et le troisième tresse des guirlandes de fleurs imaginaires pour couvrir la nudité des nymphes qui passent, elles aussi imaginaires!

L'ecclésiarque, Gaulph Rabi, l'écouta d'un air désapprobateur et mit quatre gouttes d'aspergantum, au lieu de trois, dans son vin.

– Est-il nécessaire de se livrer à des excès aussi intempestifs? demanda-t-il.

– Quand il s'agit des fleurs les plus fraîches et des nymphes les plus souples, répliqua Clissum en levant un doigt tremblant, la réponse est un oui emphatique.

– Au Collegium, poursuivit sévèrement Gaulph Rabi, nous estimons que la contemplation d'un infini ou deux est une stimulation suffisante.

Il se détourna pour reprendre sa conversation avec Perruquil. Clissum arrosa malicieusement le bas de sa robe avec le contenu d'un flacon à l'odeur pénétrante, qui plongea, à la fin de la soirée, l'austère ecclésiarque dans une grande perplexité.

Lorsque les braises s'éteignirent, l'humeur générale perdit de sa vivacité et c'est à contrecœur que chacun regagna son lit.

A bord de l'*Avventura*, Varmous et Shilko s'attribuèrent les couchettes qui avaient été celles d'Ivanello et d'Ermaulde tandis que Cugel restait dans sa tente, à la proue.

La nuit était silencieuse. Cugel, malgré sa fatigue, n'arrivait pas à trouver le sommeil. Minuit sonna au carillon assourdi de l'horloge du navire. Cugel s'assoupit.

Un bruit léger lui rendit toute sa conscience. Durant un instant, il resta allongé, les yeux grands ouverts dans le noir; puis, cherchant son épée à tâtons, il rampa jusqu'à l'ouverture de la tente.

La lumière suspendue au grand mât jetait une pâle lueur sur le pont. Cugel ne vit rien d'insolite. Aucun bruit. Qu'est-ce qui l'avait réveillé ?

Il resta là, accroupi, pendant une dizaine de minutes puis il retourna lentement s'allonger sur ses coussins.

Il demeura éveillé... Des bruits presque inaudibles atteignirent son oreille : un cliquetis, un craquement, un raclement... Cugel se glissa de nouveau jusqu'à l'ouverture de la tente.

La lampe du grand mât jetait autant d'ombres que de flaques de lumière. L'une de ces ombres bougeait et avançait de biais sur le pont. Elle semblait porter un paquet.

Cugel, la chair de poule dans le dos, ne la quittait pas des yeux. Elle sautilla jusqu'au bastingage et jeta son fardeau par-dessus bord en un geste bien particulier. Cugel retourna chercher son épée dans la tente puis ressortit en rampant sur le gaillard d'avant.

Il entendit un raclement. L'ombre s'était fondue aux autres, devenant indiscernable.

Cugel s'accroupit dans l'obscurité et crut entendre un faible cri, aussitôt étouffé.

Le son ne se reproduisit pas.

Au bout d'un moment, Cugel revint, le dos arrondi, à sa tente et il y monta la garde, accroupi et glacé. Il dormit les yeux ouverts. Un rayon bordeaux du soleil levant brilla devant ses yeux, l'éveillant en sursaut.

En gémissant, à cause des crampes et des élancements, Cugel se dressa sur ses pieds. Il endossa son manteau, coiffa son chapeau, boucla son ceinturon autour de sa taille et descendit en boitillant sur le pont.

Varmous émergeait tout juste de sa couchette lorsque Cugel passa la tête par l'ouverture de la porte.

— Que voulez-vous ? grogna le caravanier. On ne me laisse même pas le temps d'ajuster mes vêtements !

— Hier au soir, j'ai vu et entendu quelque chose. J'ai bien peur qu'il n'y ait une autre disparition.

— Qui ? émit Varmous entre un gémissement et une imprécation.

— Je ne sais pas.
— Qu'avez-vous entendu ? demanda le caravanier en enfilant ses bottes.
— J'ai vu une ombre. Elle a jeté un paquet dans les fourrés. J'ai entendu un cliquetis, puis le grincement d'une porte. Et plus tard, j'ai aussi entendu un cri.
Varmous jeta sa cape grossière sur son dos, puis enfonça son chapeau à large bord sur ses boucles d'or. Il sortit sur le pont en boitillant.
— Je suppose qu'il nous faut commencer par compter les têtes.
— Chaque chose en son temps, dit Cugel. Tout d'abord, allons voir ce qu'il y a dans le paquet; cela nous apprendra peut-être quelque chose.
— Comme vous voulez. (Tous deux descendirent du bateau.) Et maintenant, où est ce fourré ?
— Par là, de l'autre côté de la coque. Si je n'en avais pas été témoin, nous n'en aurions rien su.
Ils contournèrent le navire et Cugel pénétra en rampant dans le hallier. Presque aussitôt, il trouva le paquet et le tira dehors avec précaution. Ils contemplèrent la chose, enveloppée dans une douce étoffe bleue. Cugel le toucha du pied.
— Vous reconnaissez le tissu ?
— Oui, c'est le manteau préféré de Perruquil.
Ils regardèrent le paquet en silence.
— Nous pouvons maintenant supposer quel est celui qui a disparu.
— Ouvrez le paquet, grommela Varmous.
— Vous pouvez le faire, si vous en avez envie.
— Allons, Cugel ! protesta le caravanier. Vous savez bien que j'ai mal aux jambes lorsque je me penche !
Cugel fit la grimace. Il s'accroupit et tira d'un coup sec sur la ficelle qui l'attachait. Les plis du manteau retombèrent, révélant deux tas d'ossements humains, habilement imbriqués afin d'occuper un volume minimum.
— C'est fantastique ! chuchota Varmous. Ou bien c'est de la magie, ou il s'agit d'un simple paradoxe ! Comment un crâne et un pelvis pourraient-ils être entremêlés d'une façon aussi inextricable ?
— L'arrangement n'est pas si élégant que cela, criti-

qua Cugel. Remarquez que c'est le crâne d'Ivanello qui est niché dans le pelvis d'Ermaulde; et vice versa. Ivanello aurait été très choqué par un tel laisser-aller.

– Maintenant, nous savons ce qui leur est arrivé. Il faut faire quelque chose.

D'un commun accord, tous deux levèrent les yeux vers la coque du navire. Au hublot de la cabine arrière, une main tira le rideau et, durant un instant, un œil phosphorescent les regarda. Puis le rideau retomba.

Ils revinrent au vaisseau.

– En tant que maître à bord de l'*Avventura*, dit Varmous, c'est vous qui allez mener l'action. Et bien entendu, je coopérerai, à tous égards.

– Tout d'abord, il faut évacuer les passagers. Puis vous ferez monter à bord une escouade d'hommes armés que vous conduirez à la porte de la cabine; puis vous lancerez un ultimatum. Je me tiendrai, résolu, à vos côtés, et...

– En raison de mon état de santé, l'interrompit Varmous, je ne peux pas prononcer l'ultimatum.

– Alors, que proposez-vous ?

Varmous réfléchit une minute ou deux puis il exposa un plan qui exigeait que Cugel, fort de l'autorité de capitaine, marche sur la cabine et au besoin, en force l'entrée... plan que Cugel rejeta pour des raisons techniques.

Pour finir, tous deux s'entendirent sur un programme qu'ils considérèrent comme réalisable. Cugel alla dire aux passagers de débarquer. Comme il s'y attendait, Perruquil n'était plus parmi eux.

Varmous réunit son équipage et lui donna ses instructions. Il posta Shilko, armé d'une épée, à côté de la porte, tandis que Cugel montait sur le pont arrière. Deux charpentiers qualifiés grimpèrent sur des tables et clouèrent des planches sur les hublots tandis que d'autres faisaient de même sur la porte, condamnant ainsi toutes les issues.

Une chaîne humaine transmit des seaux d'eau puisés au lac et que l'on déversa dans la cabine par un orifice d'aération.

Bientôt, un doux sifflement et un cliquetis se firent entendre à l'intérieur, puis un chuchotement furieux :

— Je proclame un fléau ! Arrêtez de verser de l'eau !

Shilko, avant de monter la garde s'était rendu à la cuisine pour puiser du courage dans quelques gorgées de vin. Prenant une attitude guerrière et agitant son épée devant la porte, il s'écria :

— Vieille sorcière, ton heure est venue ! Tu vas mourir noyée, comme un rat dans un sac !

On n'entendit plus rien, que les éclaboussures de l'eau. Puis, de nouveau, un sifflement et un cliquetis résonnèrent avec une vigueur de mauvais augure, suivis d'une série de vocables émis d'une voix grinçante.

Shilko, enhardi par le vin et les planches clouées sur la porte, cria :

— Puante sorcière ! Fais moins de bruit en mourant ou moi, Shilko, je te couperai la langue !

Il brandit son épée et l'on activa l'arrivée des seaux.

De l'intérieur, quelque chose poussa contre la porte, mais les planches tinrent bon. Une nouvelle et puissante poussée et le bois gémit ; de l'eau jaillit par les fentes. Au troisième choc, les planches éclatèrent. Une eau puante se déversa sur le pont, et derrière elle surgit Nissifer. Sans robe, ni chapeau, ni voilette, c'était une grande créature hybride, moitié sime moitié bazil, avec une touffe de fourrure noire entre les yeux. Son thorax d'un noir taché de rouille se prolongeait par un abdomen segmenté de guêpe ; au bas de son dos étaient suspendues des gaines de chitine noire qui devaient contenir des ailes. Ses quatre bras noirs et minces se terminaient en longues mains humaines ; de maigres pattes de chitine noire et des pieds étrangement rembourrés supportaient le thorax, ainsi que l'abdomen qui pendait entre elles.

La créature avança d'un pas. Shilko émit un cri étranglé et, en reculant, il trébucha et tomba sur le pont. La créature sauta sur lui, puis s'accroupissant, enfonça son aiguillon dans sa poitrine. Shilko poussa un hurlement, roula sur lui-même, échappa frénétiquement aux assauts de la bête, bascula par-dessus bord, bondit aveuglément dans le lac, se débattit dans l'eau puis s'immobilisa. Presque aussitôt, le cadavre se mit à gonfler.

A bord de l'*Avventura*, Nissifer fit demi-tour et allait

rentrer dans sa cabine, certaine d'avoir vaincu ses ennemis. Mais Cugel, du haut du gaillard d'arrière, la cingla de son épée, et la lame, entraînant un millier d'atomes scintillants, lui creva l'œil gauche et pénétra dans son thorax. La créature siffla de surprise et de douleur et recula pour mieux identifier son adversaire. Elle croassa :

– Ah, Cugel ! Tu m'as blessée; tu mourras de puanteur.

Avec un grand battement d'élytres, Nissifer sauta sur le gaillard d'arrière. Pris de panique, Cugel se cacha derrière l'habitacle. La créature avança; son abdomen segmenté se tortillait entre ses maigres pattes noires, révélant son grand aiguillon jaune.

Cugel ramassa l'un des seaux vides et le jeta à la figure du monstre; et tandis que Nissifer se débattait pour s'en débarrasser, il bondit et d'un grand coup d'épée, trancha le vincus, séparant ainsi l'abdomen du thorax.

L'abdomen tomba sur le pont, se tortilla et se contracta, et finit par dégringoler l'échelle.

Nissifer continua pourtant d'avancer, laissant couler de sa blessure un épais liquide jaune, et se dirigea vers l'habitacle en tendant ses longs bras noirs. Cugel recula en lui tailladant les bras. La créature hurla et lui arracha l'épée des mains.

Faisant un pas de plus, avec un cliquetis d'élytres, Nissifer saisit Cugel et l'attira contre elle.

– Maintenant, tu vas apprendre ce que c'est que d'avoir peur.

Cugel pencha la tête et enfonça « L'Eclaboussure de Lumière » dans le thorax de son adversaire.

Lorsque Varmous, l'épée à la main, gravit l'échelle, il trouva Cugel appuyé, les jambes tremblantes, contre la lisse de couronnement.

– Où est Nissifer? demanda-t-il en parcourant des yeux le gaillard d'arrière.

– Partie, répondit Cugel.

Quatre jours plus tard, la caravane descendit des collines sur les bords du lac Zaol. De l'autre côté des eaux brasillantes, huit tours blanches à demi voilées par une brume rose marquaient le site de Kaspara Vitatus, appelé parfois « la Cité des Monuments ».

Ils firent le tour du lac et entrèrent dans la cité par l'Avenue des Dynasties. Après être passés sous une centaine de monuments célèbres, ils arrivèrent au centre de la ville. Varmous les guida vers son repaire habituel, l'*Auberge de Kanbaw,* où les voyageurs épuisés purent se rafraîchir.

En mettant de l'ordre dans la cabine de Nissifer, Cugel avait trouvé une bourse en cuir contenant un peu plus de cent terces qu'il s'attribua. Cependant, Varmous insista pour l'aider à ranger les affaires d'Ivanello, d'Ermaulde et de Perruquil. Ils découvrirent trois cents terces qu'ils se partagèrent. Varmous conserva la garde-robe d'Ivanello et permit à Cugel de prendre l'opale laiteuse qu'il avait convoitée au premier coup d'œil.

Cugel offrit aussi à Varmous de lui laisser l'*Avventura* pour cinq cents terces.

– A ce prix-là, c'est une véritable affaire ! Où trouveriez-vous un navire en bon état et totalement équipé pour un prix pareil ?

– Vous me proposeriez un goitre de belle taille pour dix terces, est-ce que je l'achèterais sous prétexte que c'est une bonne affaire ? répliqua Varmous en ricanant.

– Il s'agit de deux propositions complètement différentes.

– Bah ! Votre magie s'affaiblit. Chaque jour, le navire s'affaisse un peu plus. Au milieu du désert, à quoi peut servir un bateau qui ne peut ni flotter en l'air ni naviguer dans les sables ? Comme j'aime tout de même le risque, je vous en offre cent terces, pas un de plus.

– C'est absurde ! dit Cugel en haussant les épaules.

Et la discussion en resta là. Varmous partit s'occuper de la réparation de ses voitures et tomba sur deux pêcheurs du lac qui regardaient l'*Avventura* avec intérêt. Au bout d'une longue discussion, il réussit à obtenir une offre ferme de six cent vingt-cinq terces.

Pendant ce temps, Cugel buvait de la bière à l'*Auberge de Kanbaw.* Comme il était assis là, tout songeur, sept hommes aux traits durs et à la voix rauque pénètrèrent à grandes enjambées dans la salle commune. Surpris, Cugel regarda deux fois celui qui les menait, puis une troisième, et il reconnut enfin le capitaine Wiskich, l'ex-propriétaire de l'*Avventura*. Il avait évidemment retrouvé la piste de son navire et arrivait sur ses talons pour reprendre son bien.

Cugel quitta discrètement la salle commune et partit à la recherche de Varmous qui, justement, le cherchait aussi. Ils se rencontrèrent devant l'auberge. Varmous voulait entrer boire de la bière dans la salle mais Cugel lui fit traverser l'avenue jusqu'à un banc d'où ils pourraient admirer le coucher de soleil sur le lac Zaol.

Comme par hasard, ils en vinrent à parler de l'*Avventura* et ils se mirent d'accord avec une facilité surprenante. Varmous paya aussitôt deux cent trente terces contre la propriété pleine et entière du navire.

Ils se séparèrent donc dans les meilleurs termes du monde. Varmous partit à la recherche des pêcheurs tandis que Cugel, affublé d'un manteau à capuchon et d'une fausse barbe, prenait logement à l'*Auberge de l'Etoile Verte* sous le nom de Tichenor, fournisseur d'anciennes inscriptions tombales.

Durant la soirée, on entendit un grand tumulte, d'abord dans le voisinage des quais, puis à l'*Auberge de Kanbaw*, et ceux qui entrèrent dans la salle commune de l'*Etoile Verte* racontèrent que les émeutiers étaient un groupe de pêcheurs de la ville en conflit avec une bande de voyageurs nouvellement arrivés, et que Varmous et ses conducteurs étaient impliqués dans la bagarre.

L'ordre fut enfin rétabli. Peu de temps après, deux hommes parurent sur le seuil de la salle. L'un d'eux cria d'une voix rauque :

– Y a-t-il quelqu'un ici qui s'appelle Cugel ?

L'autre ajouta, avec plus de retenue :

– On demande Cugel, et c'est urgent. S'il est là, qu'il se présente.

Comme personne ne répondit, les deux hommes s'en allèrent et Cugel se retira dans sa chambre.

Le lendemain matin, il se rendit chez le palefrenier voisin où il acheta un coursier afin de poursuivre son voyage vers le sud. Le valet d'écurie le conduisit dans une boutique où il trouva un nouveau sac et des sacoches de selle dans lesquelles il rangea les choses nécessaires à un voyageur. Son chapeau était tout râpé et empuanti par le contact de Nissifer. Il en ôta « L'Eclaboussure de Lumière » qu'il enveloppa dans une étoffe épaisse et fourra dans son nouveau sac. Il fit l'acquisition d'une casquette à visière courte, en velours vert foncé qui, sans être ostentatoire, lui plut à cause de son élégance sobre.

Il régla son compte à l'auberge avec les terces qu'il sortit du sac de cuir de Nissifer : eux aussi exhalaient une odeur atroce. Cugel allait acheter une autre bourse mais il en fut dissuadé par le petit valet d'écurie.

– Pourquoi perdre de l'argent pour rien ? J'ai une bourse qui ressemble beaucoup à celle-ci et que je peux vous donner.

– C'est très généreux à toi.

Tous deux revinrent à l'hostellerie où Cugel rangea ses terces dans la nouvelle bourse.

On lui présenta son coursier. Cugel l'enfourcha et le petit valet installa les sacoches. A ce moment, deux hommes à l'air brutal se présentèrent et vinrent à eux à grandes foulées rapides.

– Vous vous appelez Cugel ?

– Pas du tout ! Je m'appelle Tichenor ! Que lui voulez-vous, à ce Cugel ?

– Peu vous importe. Venez avec nous, vous avez l'air suspect.

– Je n'ai pas de temps à perdre à des gamineries, dit Cugel. Enfant, passe-moi ma bourse de cuir.

Le petit valet obéit et Cugel l'attacha soigneusement à sa selle. Il allait partir mais les deux hommes se mirent en travers de sa route.

– Il faut que vous veniez avec nous.

– C'est impossible. Je pars à l'instant pour Torquai.

Il donna un coup de poing dans le nez de l'un, un coup de pied dans le ventre du deuxième et, se lançant au galop dans l'Avenue des Dynasties, quitta Kaspara Vitatus.

Au bout d'un moment, il s'arrêta pour voir s'ils étaient toujours à ses trousses.

Une odeur déplaisante monta à ses narines, émanant

de la bourse de cuir. Il s'aperçut, avec étonnement, que c'était celle qu'il avait trouvée dans la cabine de Nissifer. Il l'ouvrit avec anxiété et y trouva, non pas des terces, mais de petits objets de métal rouillé.

Poussant un gémissement de consternation, il fit faire demi-tour à son coursier et reprit la route de Kaspara Vitatus, mais il vit bientôt une douzaine d'hommes qui arrivaient au galop, penchés sur le cou de leurs montures.

Cugel poussa un terrible cri de colère et de frustration. Il jeta la bourse de cuir dans le fossé et, faisant faire, une fois de plus, demi-tour à son cheval, il repartit à toute vitesse, en direction du sud.

DE KASPARA VITATUS À CUIRNIF

Les dix-sept vierges

La chasse dura longtemps et l'amena dans cette région lugubre aux collines couleur d'ossement connue sous le nom de Rugates Blêmes. Pour finir, Cugel fut obligé d'utiliser la ruse pour semer ses ennemis; il descendit de cheval et se dissimula parmi les rochers tandis qu'ils passaient devant lui au galop, à la poursuite de la monture sans cavalier.

Il resta dans sa cachette jusqu'à ce que les hommes retournent, furieux, à Kaspara Vitatus, en se querellant entre eux. Il émergea alors, puis, après avoir tendu le poing et lancé des injures vers les silhouettes maintenant lointaines, il leur tourna le dos et poursuivit sa route vers le sud, à travers les Rugates Blêmes.

Le paysage était aussi morne et désolé que la surface d'un soleil mort et n'abritait ni sindics, ni shambs, ni erbs, ni visps, ce qui fut pour Cugel une source mélancolique de satisfaction.

Il avançait lentement, gravissant une colline qui dominait une succession interminable d'éminences arides pour redescendre dans un creux où, de temps à autre, un peu d'eau suintait, abreuvant une végétation maladive. Là, il trouvait de la bardane, du ramp et du squallix, et parfois un triton, ce qui suffisait tout juste à l'empêcher de mourir de faim.

Les jours passèrent. Le soleil se levait, froid et pâle, montait lentement dans un ciel bleu sombre, semblait parfois vaciller sous une pellicule d'un bleu-noir brillant, puis finissait par retomber à l'ouest, comme une énorme perle pourpre. Lorsque les ténèbres l'empêchaient de progresser, Cugel s'enveloppait dans son manteau et dormait, du mieux qu'il pouvait.

Dans l'après-midi du septième jour, il descendit en boitillant dans un ancien verger. Il découvrit et dévora quelques pommes-sorcières ridées, puis il suivit les traces d'une antique route.

Au bout d'un kilomètre ou deux, elle aboutit à une falaise escarpée dominant une large plaine. Juste en dessous, une rivière contournait une petite ville, pour repartir vers le sud-ouest et disparaître dans la brume.

Cugel étudia soigneusement le paysage. Dans la plaine, il vit des jardins soigneusement entretenus, tous carrés et de mêmes dimensions; un bateau de pêche dérivait sur la rivière. Une scène paisible, se dit-il. Sur l'autre rive, la ville présentait une architecture étrange et archaïque, et la précision minutieuse avec laquelle les maisons entouraient la place laissait soupçonner l'inflexibilité des habitants. Les maisons elles-mêmes n'étaient pas moins uniformes, composées de deux, ou trois, ou même quatre bulbes posés l'un sur l'autre, celui de la base peint en bleu, le second en rouge sombre, le troisième et le quatrième respectivement en ocre moutarde et en noir. Chaque maison se terminait par une flèche plus ou moins haute, faite de plusieurs tiges de fer bizarrement entortillées. Au bord de la rivière, une auberge d'un style plus imprécis et plus simple était entourée d'un agréable jardin. Sur la route qui longeait le fleuve, Cugel vit s'avancer une caravane de six chariots à hautes roues et cela mit fin à son incertitude : on y tolérait les étrangers. Il descendit donc de la falaise avec confiance.

Aux approches de la ville, il s'arrêta et, tirant sa vieille bourse qu'il avait gardée bien qu'elle soit plate, il en examina le contenu : cinq terces, somme qui ne pouvait suffire à ses besoins. Cugel réfléchit un moment, puis il ramassa une poignée de cailloux qu'il jeta dedans pour lui prêter un aspect rassurant. Il épousseta ses hauts-de-chausses, rajusta sa casquette de chasseur et reprit sa route.

Il entra dans la ville sans provocation, et sans attirer l'attention. En traversant la place, il s'arrêta pour examiner quelque chose d'encore plus étrange que leur pittoresque architecture : un foyer en pierre dans lequel flambaient plusieurs bûches, entouré de cinq lampes à pied de fer – comportant chacune cinq mèches – et surmonté d'un jeu de miroirs et de lentilles, dont Cugel ne put imaginer l'utilité. Deux jeunes gens s'occupaient avec zèle de ce dispositif, mouchant les vingt-cinq mèches, alimentant le feu, réglant les vis et les leviers qui commandaient les miroirs et les lentilles. Ils portaient ce qui devait être le costume de la région : de volumineux hauts-de-chausses bleus, des chemises rouges, des vestes noires à boutons de cuivre et des chapeaux à large bord; après lui avoir jeté un coup d'œil indifférent, ils cessèrent de prêter attention à Cugel qui poursuivit son chemin vers l'auberge.

Dans le jardin adjacent, deux douzaines d'habitants de la ville, installés à des tables, mangeaient et buvaient avec un plaisir évident. Cugel les observa un moment; leurs manières élégantes et formalistes appartenaient à un âge depuis longtemps disparu. Comme leurs maisons, ils ne ressemblaient à rien de ce qu'avait déjà vu Cugel : pâles et maigres, avec des têtes en forme d'œuf, de longs nez, des yeux sombres et expressifs et des oreilles écourtées selon des styles variés. Les hommes étaient tous chauves et leurs crânes brillaient sous la lumière rouge du soleil. Les cheveux noirs des femmes étaient séparés par une raie au milieu puis coupés à un centimètre au-dessus des oreilles; coiffure que Cugel trouva peu seyante. En les voyant boire et manger, il évoqua le régime auquel il avait été soumis dans les Rugates Blêmes, et décida de ne pas s'occuper du nombre de terces qu'il possédait. Il traversa le jardin à grandes enjambées et vint s'asseoir à une table. Un homme corpulent, ceint d'un tablier bleu, s'approcha en fronçant les sourcils à la vue de l'aspect des habits de Cugel. Celui-ci lui tendit aussitôt deux terces.

– Voici pour vous, mon garçon, afin que vous me serviez rapidement. Mon voyage a été ardu; je meurs de faim. Vous pouvez m'apporter le même plat que celui dont se régale ce gentilhomme là-bas, ainsi qu'un choix de hors-d'œuvre et une bouteille de vin. Et veuillez, je vous prie, demander à l'aubergiste de me préparer une chambre confortable.

Cugel sortit sa bourse et la jeta d'un geste négligent sur la table où son apparence fit bonne impression.

– J'aurais aussi besoin d'un bain, de linge propre et d'un barbier.

– C'est moi l'aubergiste et je m'appelle Maier, dit l'homme corpulent d'une voix courtoise. Je m'occupe tout de suite de vous.

– Très bien. Votre établissement a fait bonne impression sur moi et je vais peut-être y rester plusieurs jours.

L'aubergiste salua et sortit précipitamment pour veiller à la préparation de son dîner.

Cugel fit un excellent repas, quoiqu'il trouvât un peu trop riche le second plat, des écrevisses farcies de petits morceaux de mangoneel écarlate. La volaille rôtie était succulente et le vin lui plut tellement qu'il en commanda une seconde bouteille. Maier vint en personne la lui apporter et remplit son verre, puis accepta ses compliments avec un peu de complaisance.

– Il n'y en a pas de meilleur dans tout Gundar ! Il est très cher, mais vous êtes un homme raffiné.

– C'est tout à fait vrai. Asseyez-vous et buvez avec moi. Je vous confesse que votre remarquable ville a éveillé ma curiosité.

– Je suis stupéfait que vous trouviez Gundar remarquable, dit l'aubergiste en s'asseyant et en se servant. J'ai passé ici toute ma vie et elle me semble tout à fait ordinaire.

– Je vais vous citer trois choses qui me semblent dignes d'être remarquées, dit Cugel que le vin rendait quelque peu expansif. Premièrement : vos bâtiments en forme de bulbes. Deuxièmement : cet assemblage de lentilles optiques suspendues au-dessus d'un feu, et qui doit, pour le moins, exciter l'intérêt d'un étranger. Troisièmement, le fait que les hommes de Gundar soient tous complètement chauves.

– Notre architecture, je peux vous l'expliquer facilement, répondit l'aubergiste en hochant pensivement la tête. Les anciens Gunds vivaient dans d'énormes calebasses. Lorsqu'une partie de la paroi manquait de solidité, on la remplaçait par une planche; et les gens ont fini par habiter dans des maisons en bois dont la forme a persisté jusqu'à nos jours. Quant au feu et aux projecteurs, vous ne connaissez pas l'Ordre, pourtant universel, des Emosynaires Solaires ? Nous stimulons la vitalité du soleil; aussi longtemps que notre rayon de vibration sympathique règle la combustion solaire, notre astre ne s'éteindra pas. Des stations semblables existent en d'autres lieux : à Azor Azur; sur l'île de Brazel; dans la ville fortifiée de Munt; et à l'observatoire du Grand Gardien des Etoiles, à Vir Vassilis.

– Je crains malheureusement que tout cela ait changé, fit remarquer Cugel en hochant tristement la tête. L'île de Brazel a depuis longtemps sombré dans les flots. Munt a été détruite, il y a mille ans, par les Dystrophes. Je n'ai jamais entendu parler d'Azor Azur, ni de Vir Vassilis, et pourtant j'ai beaucoup voyagé.

– Voilà de sombres nouvelles. Ce qui explique le sensible affaiblissement du soleil. Nous ferions peut-être mieux de doubler le feu placé sous le régulateur.

– Une question me vient à l'esprit, dit Cugel en remplissant les verres. Si, comme je le suppose, votre station Solaire Emosynaire est la dernière à fonctionner, qu'est-ce qui règle le soleil lorsqu'il se couche à Gundar ?

– Je n'ai aucune explication à vous offrir, répliqua l'aubergiste en secouant la tête. Peut-être que, durant la nuit, le soleil se délasse et dort, d'une certaine manière. Mais ce n'est que pure conjecture.

– Permettez-moi de vous proposer une autre hypothèse, dit Cugel. Il se peut que l'affaiblissement ait atteint un point tel qu'il soit impossible de le régler, si bien que vos efforts, autrefois utiles, sont devenus inefficaces.

– Tout cela dépasse mon entendement. Mais voici là-bas le Nolde Huruska. (L'aubergiste désigna à Cugel un gros homme à la poitrine large sur laquelle reposait une barbe noire et luisante, qui se tenait debout à l'entrée du jardin.) Excusez-moi un instant.

Il se leva, s'approcha de l'homme, et lui parla pendant plusieurs minutes en montrant, de temps en temps, Cugel du doigt. Pour finir, le Nolde fit un geste brusque et traversa le jardin pour venir à sa table.

— On me dit que vous affirmez qu'il n'y a plus d'autres Emosynaires que nous ? dit-il d'une voix forte.

— Je n'ai pas été aussi catégorique, répondit Cugel, un peu sur la défensive. J'ai dit que j'avais beaucoup voyagé et que je n'avais pas rencontré d'autre station Solaire Emosynaire que la vôtre; et, en toute innocence, j'en ai déduit que peut-être, elles ne fonctionnaient plus maintenant.

— A Gundar, nous considérons « l'innocence » comme une qualité positive et non comme une simple absence de culpabilité, déclara le Nolde. Nous ne sommes pas aussi idiots que certains voyous débraillés peuvent le supposer.

Cugel retint une réplique cinglante qui lui montait aux lèvres et se contenta de hausser les épaules. Maier s'éloigna en compagnie du Nolde et les deux hommes s'entretinrent pendant plusieurs minutes en jetant de nombreux coups d'œil en direction de Cugel. Puis Huruska s'en alla et l'aubergiste revint à sa table.

— Un homme un peu brusque, le Nolde de Gundar, mais très compétent.

— Ce serait présomptueux de ma part d'émettre un commentaire quelconque. En quoi consistent exactement ses fonctions ?

— A Gundar, nous accordons une grande importance à la précision et à la méthode, expliqua Maier. Nous croyons que l'absence d'ordre favorise le désordre; et celui qui est officiellement chargé de réprimer tout caprice et toute exception, c'est le Nolde... De quoi parlions-nous ? Ah, oui, vous aviez mentionné notre calvitie notoire. Je ne peux vous donner aucune explication précise. Selon nos savants, c'est un signe de perfectionnement de la race humaine. D'autres accordent crédit à une antique légende : deux magiciens, Astherlin et Mauldred, rivalisaient pour se gagner les faveurs des Gunds. Astherlin leur promit une chevelure si abondante qu'ils n'auraient plus jamais besoin de porter de vêtements. Au contraire, Mauldred leur offrit une calvitie totale, avec tous les avantages qui en découlent; et c'est lui qui gagna le concours. Mauldred devint le premier Nolde de Gundar, poste occupé maintenant par Huruska. (L'aubergiste pinça les lèvres, et son regard se perdit vers le fond du jardin.) Comme il est très méfiant, il vient de me rappeler la règle que je me suis fixée, qui est de toujours demander aux clients de passage de payer leur note chaque jour. Je lui ai assuré que vous étiez tout à fait digne de confiance mais, afin d'apaiser le Nolde, je vous présenterai l'addition demain matin.

– Cela équivaut à une insulte, déclara Cugel d'un air hautain. Sommes-nous obligés de nous incliner devant les caprices d'Huruska ? Pas moi, je vous l'assure ! Je réglerai ma note à la manière habituelle.

– Puis-je vous demander combien de temps vous avez l'intention de rester à Gundar ?

– Je voudrais continuer mon voyage vers le sud par le moyen de transport le plus rapide ; c'est-à-dire par la voie fluviale, je suppose.

– La ville de Lumarth est à dix jours de caravane, en traversant le Lirrh Aing. Notre rivière, l'Isk, passe aussi par Lumarth mais on ne l'emprunte pas à cause de trois régions qu'elle traverse avant d'y arriver. Le Marais de Lallo est infesté d'insectes piqueurs ; les arbres-nains de la forêt de Santalba bombardent d'ordures les bateaux qui passent ; et les Rapides Abominables brisent les embarcations.

– Dans ce cas, je partirai en caravane. En attendant, je resterai ici, sauf si les persécutions d'Huruska deviennent intolérables.

– J'ai promis à Huruska que je suivrais le règlement à la lettre, dit Maier en se passant la langue sur les lèvres et en jetant un coup d'œil par-dessus son épaule. Il va sûrement en faire toute une histoire à moins que...

– Apportez-moi de quoi sceller ma bourse qui contient une fortune en opales et en alunites. Nous l'enfermerons dans votre coffre-fort et vous en serez le dépositaire. Ainsi, même Huruska ne trouvera rien à redire.

– Je ne peux pas me charger d'une telle responsabilité ! s'exclama Maier effrayé en levant les bras au ciel.

– N'ayez aucune crainte. Une formule magique protège ma bourse; si un voleur en brisait le sceau, les pierres précieuses se changeraient aussitôt en cailloux.

Maier accepta à contrecœur la bourse de Cugel. Ils appliquèrent conjointement les sceaux et la déposèrent dans le coffre-fort de l'auberge.

Cugel se rendit dans sa chambre où il se baigna, se fit raser et revêtit des vêtements neufs. Inclinant crânement sa casquette, il sortit se promener sur la place.

Ses pas le conduisirent à la Station Solaire Emosynaire. Comme auparavant, deux jeunes gens y travaillaient avec zèle, l'un alimentant le feu et réglant les lampes tandis que l'autre tenait le rayon régulateur fixé sur le soleil couchant.

Cugel inspecta le dispositif sous tous ses angles et celui qui s'occupait du feu lui dit :

– N'êtes-vous pas cet honorable voyageur qui a, aujourd'hui même, émis des doutes sur l'efficacité du Système Emosynaire ?

– Voici ce que j'ai dit à Maier et à Huruska, répondit prudemment Cugel. Que Brazel s'était effondrée dans le Golfe Mélantine et presque effacée dans la mémoire des hommes; que la ville fortifiée de Munt est depuis fort longtemps transformée en désert; que je n'ai jamais vu ni entendu parler d'Azor Azur, ni de Vir Vassilis. C'est tout ce que j'ai affirmé.

Le jeune homme jeta, d'un air de mauvaise humeur, une brassée de bûches dans le foyer.

– On nous a dit que vous pensiez que nos efforts ne servaient à rien.

– Je ne me suis pas avancé jusque-là, répliqua poliment Cugel. Même si les autres stations Emosynaires ont été abandonnées, il est fort possible que le régulateur de Gundar suffise; qui le sait ?

– Moi, je peux vous dire que nous travaillons sans être rétribués et que nous passons nos heures de loisir à couper et transporter le bois. Et c'est une tâche assommante.

L'opérateur du dispositif de visée ajouta ses plaintes à celle de son ami.

— Huruska et les anciens ne font rien de tout cela; ils se contentent de nous donner des ordres, ce qui n'est guère fatigant. Janred et moi faisons partie d'une nouvelle génération plus éclairée; par principe, nous rejetons toute doctrine dogmatique. Pour ma part, je considère notre travail comme une perte de temps.

— Si les autres stations sont abandonnées, avança Janred le chauffeur, qui règle le soleil lorsqu'il descend en dessous de l'horizon? Tout cela, ce sont des balivernes.

— Je vais en faire la démonstration sur-le-champ et nous libérer de cette corvée! s'écria l'opérateur qui appuya sur un levier. Remarquez que je viens d'écarter le rayon régulateur. Regardez! Le soleil brille comme avant, sans s'occuper de nous le moins du monde!

Cugel étudia le soleil, et de fait, il semblait rayonner comme auparavant, en tremblotant de temps à autre et en frissonnant comme un vieillard fiévreux. Les deux jeunes gens le regardèrent avec attention, et lorsque plusieurs minutes se furent écoulées, ils se mirent à murmurer, satisfaits :

— Nous avions raison! Le soleil ne s'est pas éteint!

Mais tandis qu'ils parlaient encore, l'astre, peut-être fortuitement, eut un spasme cachectique et fit une embardée alarmante vers l'horizon. Derrière eux, retentit un rugissement de colère et le Nolde Huruska arriva en courant.

— Que signifie cet acte insensé? Dirigez tout de suite le régulateur dans la bonne direction! Voulez-vous que nous tâtonnions dans l'obscurité tout le reste de notre vie?

Le chauffeur montra Cugel du doigt avec ressentiment.

— Il nous avait convaincus que la station était inutile et que notre travail ne servait à rien.

— Quoi! (Huruska fit pivoter son corps formidable et se retourna vers Cugel.) Il n'y a que quelques heures que vous êtes à Gundar et déjà vous perturbez l'équilibre de notre existence! Je vous avertis que notre patience n'est pas sans limites! Déguerpissez et ne vous approchez plus de notre Station Emosynaire!

Suffoquant de rage, Cugel tourna les talons et traversa la place.

Au terminus des caravanes, il demanda un billet pour le sud, mais celle qui venait d'arriver à midi repartirait le lendemain vers l'est, d'où elle était venue.

Cugel revint à l'auberge et entra dans la taverne. Il remarqua trois hommes qui jouaient aux cartes et il vint se poster près de leur table. Leur jeu était une version simplifiée du Zampolio et Cugel demanda bientôt s'il pouvait se joindre à la partie.

– Mais seulement si les paris ne sont pas trop élevés, précisa-t-il. Je ne suis pas très bon joueur et je ne voudrais pas perdre plus d'un terce ou deux.

– Bah ! s'exclama l'un des joueurs. Qu'est-ce que l'argent ? Qui le dépensera lorsque nous serons morts ?

– Si nous vous prenons tout votre or, vous n'aurez plus la peine de le porter, remarqua un autre d'un ton jovial.

– Il faut bien apprendre un jour, affirma le troisième. Vous avez de la chance de trouver pour professeurs les trois meilleurs joueurs de Gundar.

– Je ne veux pas perdre plus d'un seul terce ! cria Cugel en reculant, effarouché.

– Allons, venez ! Ne jouez pas au petit saint !

– D'accord. Je vais essayer. Mais ces cartes sont sales et toutes déchirées. Heureusement que j'ai un jeu tout neuf dans mon sac.

– Formidable ! Que la partie commence !

Deux heures plus tard, les trois Gunds jetèrent leurs cartes sur la table, regardèrent longuement Cugel d'un air sévère, puis, d'un commun accord, se levèrent et quittèrent la taverne. En comptant ses gains, Cugel se trouva à la tête de trente-deux terces et de quelques piécettes en cuivre. C'est donc dans un état d'esprit plus joyeux qu'il se retira pour la nuit dans sa chambre.

Le lendemain matin, il prenait son petit déjeuner lorsqu'arriva Huruska qui engagea aussitôt la conversation avec l'aubergiste. Quelques minutes plus tard, le Nolde s'avança vers la table de Cugel et le regarda avec un sourire quelque peu menaçant tandis que Maier se tenait anxieusement debout, à quelques pas derrière lui.

— Eh bien, que se passe-t-il cette fois-ci ? demanda Cugel d'une voix tendue mais polie. Le soleil s'est levé; mon innocence, en ce qui concerne le rayon régulateur, a été confirmée.

— Je viens vous parler d'autre chose. Etes-vous au courant des amendes qui frappent les tricheurs ?

— Cela ne m'intéresse pas, dit Cugel en haussant les épaules.

— Elles sont élevées et j'y reviens dans un moment. Tout d'abord : avez-vous confié à Maier une bourse qui aurait contenu des pierres de valeur ?

— Oui. De plus, elles sont protégées par une incantation magique; si le sceau venait à être brisé, elles se transformeraient en pierres ordinaires.

Huruska produisit la bourse de Cugel.

— Regardez, le sceau est intact. J'ai pratiqué une fente dans le cuir et j'ai regardé à l'intérieur. Elle contient... (avec un grand geste, il vida la bourse sur la table)... des cailloux identiques à ceux que l'on trouve sur la route, là-bas.

Cugel poussa un cri de rage.

— Mes pierres précieuses ! Je vous tiens pour responsable, vous me devez un dédommagement !

— Si vous pouvez changer des gemmes en cailloux, dit Huruska en éclatant d'un rire insultant, vous pouvez aussi changer des cailloux en gemmes. Maier va vous présenter sa note. Si vous refusez de la régler, j'ai l'intention de vous attacher sous la potence jusqu'à ce que vous ayez changé d'avis !

— Vos insinuations sont à la fois répugnantes et sans fondement. Aubergiste, ma note ! Finissons-en une fois pour toutes.

— Le total s'élève à onze terces, dit Maier en présentant un morceau de papier, plus le pourboire qui est laissé à l'appréciation du client.

— Pas question de pourboire. Est-ce que vous tracassez ainsi tous vos clients ? (Il jeta onze terces sur la table.) Prenez votre argent et laissez-moi en paix.

Maier ramassa les pièces d'un air penaud; Huruska émit un son inarticulé et s'en alla. Après avoir fini son petit déjeuner, Cugel sortit pour se promener, une fois de plus, sur la place. Il rencontra le serveur de la taverne et lui dit :

– Tu m'as l'air d'être un garçon éveillé, au courant de beaucoup de choses. Quel est ton nom ?

– On m'appelle habituellement « Zeller ».

– Je suppose que tu connais bien les habitants de Gundar ?

– Je me considère comme quelqu'un de bien informé. Pourquoi me demandez-vous cela ?

– Avant de te répondre, je voudrais savoir si tu aimerais tirer profit de cette connaissance ?

– Bien sûr, du moment que je n'attire pas sur moi l'attention du Nolde.

– Très bien. J'ai remarqué une baraque inoccupée, là-bas, qui fera notre affaire. Dans une heure nous ouvrirons notre commerce.

Cugel revint à l'auberge où, sur sa requête, Maier lui apporta un carton, un pinceau et de la peinture. Il composa la pancarte suivante :

CONSULTEZ CUGEL LE VOYANT.
INTERPRÉTATION DES RÊVES,
PRÉDICTION DE L'AVENIR.
DEMANDEZ ET IL VOUS RÉPONDRA !
Prix de la consultation : trois terces

Cugel cloua la pancarte au-dessus de la porte, installa un rideau et attendit les clients. Le serveur de la taverne s'était dissimulé à l'arrière de la baraque.

Presque aussitôt, des gens traversèrent la place pour venir lire la pancarte. Une femme d'âge mûr finit par s'avancer.

– Trois terces, ce n'est pas une petite somme. Garantissez-vous les résultats ?

– Absolument pas, de par la nature même des choses. Je suis un éminent voyant, j'ai connaissance des arts de la magie, mais mes prédictions proviennent de sources inconnues et incontrôlables.

– Trois terces, ce n'est pas cher si vous arrivez à résoudre mes tracas, dit-elle en payant. Ma fille a toujours joui d'une excellente santé, mais maintenant elle souffre de morosité. Mes remèdes ne servent à rien. Que dois-je faire?

– Un moment, madame, que je médite.

Cugel tira le rideau et se pencha en arrière afin d'entendre les remarques que lui chuchota le serveur, puis il rouvrit le rideau.

– Je me suis uni au cosmos! La connaissance a pénétré mon esprit! Votre fille Dihan est enceinte. Pour trois terces de plus, je vous dirai le nom du père.

– C'est un prix que je paie avec plaisir, déclara la femme, fort mécontente.

Elle paya, reçut son information et s'éloigna d'un air résolu.

Une autre femme s'approcha, paya trois terces et expliqua son problème à Cugel.

– Mon mari m'avait dit avoir mis de côté, pour notre avenir, un coffre plein de pièces d'or; mais, à sa mort, je n'ai même pas trouvé une pièce de cuivre. Où a-t-il caché son trésor?

Cugel ferma le rideau, prit conseil du serveur, et apparut de nouveau.

– J'ai de bien tristes nouvelles à vous apprendre. Votre mari Finister a dépensé presque tout son magot à la taverne. Avec ce qui restait, il a acheté une broche d'améthyste à une femme appelée Varletta.

Le bruit courut bientôt que Cugel possédait un don de voyance tout à fait remarquable, et son commerce marcha très bien. Peu avant midi, une grande femme emmitouflée et voilée s'approcha de la baraque, paya les trois terces et demanda d'une voix haut perchée, mais étrangement rauque :

– Dévoilez-moi mon avenir!

Cugel tira le rideau et consulta le serveur qui, ne reconnaissant pas cette personne, ne put rien lui dire.

– Peu importe, lui répondit Cugel. Vous confirmez mes soupçons. (Il rouvrit le rideau.) Les présages ne sont pas clairs et je refuse de prendre votre argent. (Cugel rendit les trois terces.) Ce que je peux vous dire, c'est que vous avez un caractère dominateur et une intelligence très moyenne. Qu'est-ce qui vous attend? Des honneurs? Un long voyage sur l'eau? Une revanche sur vos ennemis ? La richesse ? L'image est déformée; c'est peut-être mon propre avenir que je lis.

La femme arracha ses voiles, révélant ainsi les traits du Nolde Huruska.

– Maître Cugel, vous avez vraiment de la chance de m'avoir rendu mon argent, sinon je vous arrêtais pour escroquerie. Mais je déclare que vos activités sont pernicieuses et contraires à l'intérêt public. Déjà le trouble règne dans Gundar à cause de vos révélations. Elles doivent prendre fin. Décrochez votre enseigne et soyez heureux de vous en tirer à si bon compte !

– Je suis content de m'arrêter, dit Cugel d'un air digne. C'est un travail éprouvant.

Huruska, vexé, partit d'un pas raide. Cugel partagea ses gains avec le serveur et ils se séparèrent, fort satisfaits l'un de l'autre.

Cugel dégusta le meilleur dîner que put lui fournir l'auberge, mais lorsqu'il se rendit à la taverne, les clients se montrèrent nettement moins accueillants que la veille et il ne tarda pas à regagner sa chambre.

Le lendemain matin, alors qu'il prenait son petit déjeuner, une caravane de dix chariots arriva dans la ville. Deux d'entre eux transportaient la précieuse cargaison d'un essaim de dix-sept belles jeunes filles. Trois autres servaient de dortoirs et les cinq restants étaient chargés de provisions, de malles, de ballots et de caisses. Le chef de la caravane, un homme corpulent à l'air doux, aux longs cheveux châtains et à la barbe soyeuse, aida ses délicieuses passagères à mettre pied à terre et les conduisit à l'auberge où Maier leur servit un abondant petit déjeuner de porridge aromatisé, de coings en conserve et de thé.

Cugel les regarda prendre leur repas et se dit qu'en telle compagnie, peu lui importerait la destination du voyage.

Le Nolde Huruska apparut et alla souhaiter la bienvenue au chef de la caravane. Tous deux bavardèrent amicalement un bon moment tandis que Cugel attendait avec impatience.

Enfin, Huruska partit. Ayant terminé leur repas, les jeunes filles allèrent se promener d'un pas nonchalant sur la place. Cugel se présenta à la table du chef de la caravane.

– Monsieur, je m'appelle Cugel et j'aimerais vous dire quelques mots.

– Bien sûr! Asseyez-vous, je vous prie. Voulez-vous prendre une tasse de cet excellent thé?

– Merci. Tout d'abord, puis-je vous demander quelle est la destination de votre caravane?

– Nous allons à Lumarth, répondit-il, surpris de l'ignorance de Cugel. Ces jeunes filles sont les Dix-Sept Vierges de Symnathis qui honorent traditionnellement de leur présence le Grand Défilé.

– Je suis étranger à ce pays. Je ne sais donc rien des coutumes locales. N'importe comment, je dois moi aussi me rendre à Lumarth et j'aimerais voyager avec vous.

– Je serai très heureux de vous accueillir parmi nous.

– Très bien! Alors l'affaire est conclue.

– Je dois vous avertir que mes tarifs sont plus élevés qu'à l'ordinaire, fit remarquer le chef de la caravane en caressant sa barbe soyeuse, en raison du confort exceptionnel que je suis obligé de fournir à ces jeunes filles exigeantes.

– Bien sûr. Combien demandez-vous?

– Le voyage prend près de dix jours et le prix minimum est de vingt terces par jour; ce qui fait un total de deux cents terces, plus vingt terces de supplément pour le vin.

– C'est trop cher pour moi, dit Cugel désolé. Je ne dispose, pour le moment, que du tiers de cette somme. Ne puis-je gagner mon passage d'une manière quelconque?

– Malheureusement pas. Ce matin même, j'avais besoin d'un garde armé, qui gagnera même un petit traitement, mais le Nolde qui souhaite visiter Lumarth a bien voulu accepter ce poste.

Cugel poussa une exclamation de désappointement et leva les yeux au ciel. Lorsqu'il eut retrouvé le contrôle de lui-même, il dit :

– Quand partirez-vous?

– Demain à l'aube, et j'exige la ponctualité la plus

absolue. Je suis désolé que vous ne puissiez pas voyager avec nous.

– Moi aussi, dit Cugel.

Il revint à sa table et resta là, à broyer du noir. Puis il entra dans la taverne où plusieurs parties de cartes étaient engagées. Il essaya d'y participer mais fut repoussé par tous. D'humeur maussade, il s'approcha du comptoir où Maier déballait une caisse contenant des coupes en terre cuite. Cugel essaya de lier conversation mais, pour une fois, l'aubergiste ne voulut pas dérober une minute à son travail.

– Le Nolde Huruska part en voyage et, ce soir, ses amis lui offrent une soirée d'adieu; et c'est moi qui dois tout préparer avec soin.

Cugel prit sa chope de bière et, s'asseyant à une table à l'écart, tomba dans de profondes réflexions. Au bout de quelque temps, il sortit par la porte de derrière et étudia la topographie des lieux, qui donnaient sur la rivière. Il descendit jusqu'au bord de l'eau et découvrit un quai auquel les pêcheurs amarraient leurs barges et où ils faisaient sécher leurs filets. Cugel observa la rivière, en amont et en aval, puis il remonta vers l'auberge et passa le reste de la journée à regarder les dix-sept jeunes filles qui se promenaient nonchalamment sur la place ou buvaient du tilleul à petites gorgées, dans le jardin de l'auberge.

Le soleil se coucha; le crépuscule couleur de vin vieux fit place aux ténèbres. Cugel effectua ses préparatifs; ce qui lui prit peu de temps car son plan était la simplicité même.

Le chef de la caravane, dont le nom, comme l'apprit Cugel, était Shimilko, réunit son exquis troupeau pour le repas du soir, puis le conduisit avec douceur jusqu'aux voitures-dortoirs, en dépit des moues et des protestations de celles qui souhaitaient rester à l'auberge et participer aux festivités nocturnes.

Dans la taverne, la soirée d'adieu donnée en l'honneur d'Huruska était déjà commencée. Cugel s'assit dans un coin sombre et attira aussitôt l'attention de l'aubergiste en sueur.

– J'admets avoir nourri de mauvaises pensées

envers Huruska. Maintenant, je voudrais lui souhaiter bonne chance, mais d'une manière anonyme ! dit-il en sortant dix terces. Chaque fois que le Nolde entamera une chope de bière, je veux que vous en placiez une autre devant lui afin qu'il soit continuellement dans la joie. S'il demande qui lui offre ce verre, vous répondrez simplement : « C'est l'un de vos amis qui vous présente ses vœux. Est-ce clair ? »

— Tout à fait, et je vais exécuter vos ordres. C'est un geste généreux qu'Huruska saura apprécier.

La soirée s'écoula. Les amis d'Huruska chantèrent des refrains joyeux et lui portèrent une douzaine de toasts auxquels Huruska se joignit. Ainsi que Cugel l'avait demandé, dès que le Nolde commençait à boire une chope, le serveur en plaçait une autre à portée de sa main et Cugel s'émerveilla de sa capacité interne.

Enfin Huruska fut obligé de s'excuser auprès de la compagnie. Il sortit en titubant par la porte de derrière et s'avança vers un mur de pierre au pied duquel on avait placé une auge qui servait de toilettes aux clients de la taverne.

Quand il eut le dos tourné, Cugel se glissa derrière lui, jeta un filet de pêcheur sur sa tête, puis passa un nœud coulant autour de ses épaules, suivi d'autres tours de corde et d'autres nœuds. Les beuglements du Nolde furent étouffés par les chants qui résonnaient en son honneur.

Cugel tira le grand corps qui l'injuriait le long du sentier qui menait à l'appontement et le fit rouler dans une barge. Détachant l'amarre, Cugel poussa l'embarcation dans le courant. « Au moins, se dit-il, deux de mes prophéties se sont accomplies : Huruska a été honoré dans la taverne et maintenant il va profiter d'un voyage sur l'eau. »

Il revint dans la salle où l'on venait de s'apercevoir de l'absence d'Huruska. Maier dit qu'étant donné l'heure matinale du départ de la caravane, le Nolde avait dû aller se coucher, et tous furent d'accord avec lui.

Cugel se leva une heure avant l'aube. Il prit un rapide petit déjeuner, régla son compte et se rendit au lieu où Shimilko organisait sa caravane.

— Je vous apporte des nouvelles d'Huruska, dit-il. Par suite d'une série de circonstances fâcheuses, il ne peut partir et me recommande à vous pour le remplacer au poste où vous l'aviez engagé.

— Quel dommage! s'exclama Shimilko en secouant la tête. Hier, il était si enthousiaste! Eh bien, il faut savoir s'adapter et, puisque le Nolde ne peut se joindre à nous, je suis heureux que vous preniez sa place. Dès que nous serons partis, je vous instruirai de vos devoirs, qui sont simples. Vous devez monter la garde durant la nuit et vous reposer le jour, bien qu'en cas de danger, je compte sur vous pour défendre la caravane.

— C'est tout à fait dans mes compétences. Je suis prêt à partir dès qu'il vous plaira.

— Voilà le soleil qui se lève. En route pour Lumarth!

Dix jours plus tard, la caravane de Shimilko traversa la Trouée de Méthune, et le Grand Val de Coram se déploya devant eux. L'Isk y traçait de nombreux méandres et ses eaux gonflées scintillaient au soleil; au loin se profilait la sombre masse de la Forêt de Draven. Tout près, cinq dômes recouverts d'un vernis nacré et scintillant marquaient le site de Lumarth.

Shimilko s'adressa aux voyageurs :

— Vous voyez là les restes de l'ancienne cité de Lumarth. Ne vous laissez pas impressionner par les dômes; ce sont des temples autrefois consacrés aux cinq démons Yaunt, Jastenave, Phampoun, Adelmar et Suul, et qui furent donc préservés lors des Guerres Sampathissiques.

» Les habitants de Lumarth ne ressemblent à rien de ce que vous connaissez. Beaucoup sont un peu sorciers, bien que Chaladet le Grand Théocrate ait proscrit la magie dans les limites de la cité. Ils sont alanguis et tristes, hébétés par un excès de sensations. Mais tous sont obsédés par le rituel et souscrivent à la Doctrine de l'Altruisme Absolu qui leur impose la vertu et la bienveillance. Pour cette raison, on les appelle « Le Gentil Peuple ». Un dernier mot concernant notre voyage, qui s'est heureusement écoulé sans incident fâcheux. Les voituriers ont conduit avec savoir-faire; Cugel a monté la garde chaque nuit avec vigilance, et je suis content de tous. Alors... en avant vers Lumarth, et que notre slogan soit : de la discrétion avant tout !

La caravane suivit un étroit sentier qui descendait dans la vallée, puis une avenue empierrée qui passait sous une arche formée par d'énormes mimosas noirs.

Au seuil d'un portail délabré qui s'ouvrit sur la place, ils furent accueillis par cinq hommes majestueux vêtus de robes de soie brodée et coiffés de la splendide double couronne des Thuristes de Coram qui leur prêtait une dignité impressionnante. Ils se ressemblaient beaucoup, la peau blême et transparente, le nez mince et busqué, les membres élancés et de pensifs yeux gris. L'un d'eux, qui portait une robe somptueuse jaune moutarde, cramoisie et noire, leva deux doigts pour les saluer.

– Shimilko, mon ami, vous voici arrivés en sécurité avec votre cargaison bénie. Nous nous en réjouissons.

– Le Lirrh-Aing est tellement paisible qu'il en devient presque ennuyeux, répondit Shimilko. De plus, j'ai eu la chance de m'attacher les services de Cugel, qui nous a si bien gardés que jamais notre sommeil n'a été interrompu.

– C'est très bien, Cugel ! dit le chef des Thuristes. Nous allons maintenant recevoir ces précieuses jeunes filles. Demain, vous pourrez remettre votre note à l'économe. L'*Auberge du Voyageur* est là-bas, et je vous la recommande car elle est confortable.

– C'est exact ! Nous serons tous mieux après quelques jours de repos.

Cependant, Cugel décida de ne pas céder à la tentation, et sur le seuil de l'auberge, il dit à Shimilko :

– C'est ici que nous nous séparons, car je dois continuer mon chemin. Des affaires importantes m'appellent et Almery est encore loin dans l'ouest.

– Mais... et votre solde, Cugel ? Je vous prie d'attendre au moins jusqu'à demain, que j'aie reçu de l'argent de l'économe. Car, pour le moment, je suis dans l'impossibilité de vous payer.

Cugel hésita, puis décida de rester. Une heure plus tard, un messager entra à grands pas dans l'auberge.

– Maître Shimilko, vous et les vôtres devez comparaître sur-le-champ devant le Grand Théocrate pour une affaire d'extrême importance.

— De quoi s'agit-il ? demanda le caravanier inquiet.

— Je n'ai pas le droit de vous en dire plus.

La mine allongée, Shimilko fit traverser la place à ses gens et les conduisit à une loggia, devant le Vieux Palais, où Chaladet se tenait assis dans un immense fauteuil. De chaque côté se tenait debout le Collège des Thuristes, et tous regardaient Shimilko d'un air sévère.

— Pourquoi me convoquez-vous ? Et pourquoi me regardez-vous avec une telle gravité ?

— Shimilko, dit le Grand Théocrate d'une voix profonde, nous venons d'examiner les dix-sept jeunes filles amenées par vous de Symnathis à Lumarth, et j'ai le regret de vous signaler que, sur les dix-sept, seules deux peuvent être qualifiées de vierges. Les autres ont toutes été déflorées.

— C'est impossible ! bredouilla Shimilko consterné. A Symnathis, j'ai pris toutes les précautions nécessaires. Je peux fournir trois documents différents certifiant la pureté de chacune. Il n'y a aucun doute possible ! C'est vous qui faites une erreur !

— Nous n'avons commis aucune erreur, Maître Shimilko. Les choses sont telles que nous vous les avons décrites et peuvent être facilement vérifiées.

— « Impossible » et « Incroyable » sont les seuls mots qui me viennent à l'esprit ! s'écria le caravanier. Avez-vous questionné les jeunes filles ?

— Bien sûr. Elles se sont contentées de lever les yeux au ciel et de siffloter entre leurs dents. Shimilko, comment expliquez-vous cette abominable action ?

— Je suis plongé dans une confusion extrême ! Lorsque ces jeunes filles sont montées dans mes voitures, elles étaient aussi pures qu'au jour de leur naissance. C'est un fait ! Tout au long du voyage, je ne les ai jamais quittées des yeux. Cela aussi, c'est un fait !

— Et lorsque vous dormiez ?

— C'est aussi invraisemblable. Les conducteurs des chariots dormaient tous dans le même. Je partageais ma voiture avec leur chef et nous pouvons témoigner l'un pour l'autre. Pendant ce temps, Cugel veillait sur tout le camp.

— Seul ?

— Un seul garde suffit, bien que les heures nocturnes paraissent longues et mornes. Mais Cugel ne s'est jamais plaint.

— C'est Cugel le coupable !

— Les fonctions de Cugel ne lui laissaient pas le temps de commettre un acte illicite.

— Et si Cugel avait délaissé ses devoirs ?

— Souvenez-vous que chaque jeune fille reposait, en sécurité, dans sa cabine, séparée de Cugel par une porte.

— Alors... et si Cugel avait ouvert cette porte et pénétré dans la cabine ?

— Présentée ainsi, oui, la chose paraît possible, répondit Shimilko après avoir hésité un moment et tiré sur sa barbe soyeuse.

Le Grand Théocrate se retourna vers Cugel.

— J'exige que vous nous fournissiez un compte rendu exact de cette triste affaire.

— C'est une parodie d'instruction ! s'écria Cugel indigné. On porte atteinte à mon honneur !

Chaladet fixa Cugel d'un regard bénin mais quelque peu glacé.

— Vous pourrez vous racheter. Thuristes, je remets cet homme entre vos mains. Veillez à ce qu'on lui fournisse l'occasion de recouvrer sa dignité et son amour-propre.

Cugel protesta en hurlant, mais le Grand Théocrate n'y prêta aucune attention. Du haut de son dais, il jeta un regard pensif de l'autre côté de la place.

— Sommes-nous le troisième ou le quatrième mois ?

— Le chronologue vient de quitter le mois de Yaunt pour entrer dans le temps de Phampoun.

— Bien. S'il s'y applique, ce gredin licencieux peut encore regagner notre amour et notre respect.

Deux Thuristes prirent Cugel par les bras et lui firent traverser la place. Il se débattit, mais en vain.

— Où me conduisez-vous ? Qu'est-ce que c'est que ces sottises ?

— Nous vous emmenons au temple de Phampoun, répondit avec gentillesse l'un des Thuristes, et c'est loin d'être une sottise.

— Peu m'importe, dit Cugel. Lâchez-moi, il faut que je quitte Lumarth sur-le-champ.

— Nous allons vous y aider.

Ils montèrent les degrés de marbre usés, franchirent un énorme portail cintré, entrèrent dans un hall où résonnèrent leurs pas, et qui ne se distinguait que par un dôme élevé et un adytum, ou autel, à l'autre extrémité. On conduisit Cugel dans une chapelle latérale, éclairée par de hautes fenêtres circulaires et lambrissée de bois bleu sombre. Un vieil homme en robe blanche entra et dit :

— Qui m'amenez-vous ? Un homme plongé dans la détresse ?

— Oui. Cugel a commis une série de crimes abominables dont il désire se purger.

— C'est totalement inexact ! cria Cugel. Aucune preuve n'a pu être fournie contre moi; et de plus, on m'a amené ici contre ma volonté !

Sans l'écouter, les Thuristes s'en allèrent et il resta avec le vieillard qui clopina jusqu'à un banc où il s'assit. Cugel voulut parler mais le vieil homme leva la main.

— Calmez-vous ! Souvenez-vous que nous sommes un peuple plein de bonté qui manque totalement de rancune et de malice. Nous ne vivons que pour venir en aide aux autres êtres pensants ! Si quelqu'un commet un crime, nous sommes torturés de chagrin pour lui car nous pensons que c'est lui la vraie victime, et nous faisons tout pour qu'il puisse se racheter.

— C'est un point de vue fort éclairé ! Je me sens déjà tout régénéré !

— C'est très bien. Vos remarques entérinent notre philosophie. Vous venez de passer avec succès la Phase Un du programme de rédemption.

— Y a-t-il d'autres phases ? demanda Cugel en fronçant les sourcils. Sont-elles vraiment nécessaires ?

— Les Phases Deux et Trois sont absolument nécessaires. Il faut que je vous dise que Lumarth n'a pas toujours adhéré à une telle règle. Durant l'ère du Grand Enchantement, la cité tomba sous la domination d'Yasbane le Remédiant qui perça des ouvertures dans cinq royaumes des démons et construisit les cinq temples de Lumarth. Vous êtes ici dans celui de Phampoun.

— C'est bizarre que des gens si bienveillants soient d'aussi fervents démonistes.

— Rien n'est plus faux. Le Gentil Peuple de Lumarth chassa Yasbane pour établir l'Ere de l'Amour, qui doit durer jusqu'à ce que le soleil s'éteigne. Nous aimons tout le monde, même les cinq démons de Yasbane, que nous espérons guérir de leur méchanceté. Vous serez le dernier d'une longue lignée de nobles individus qui ont travaillé à ce but; et c'est en cela que consiste notre Phase Deux.

— Cette tâche dépasse de beaucoup mes compétences ! s'écria Cugel consterné.

— Tous ont éprouvé ce sentiment. Il faut néanmoins apprendre à Phampoun la gentillesse, la décence et la déférence. En vous y efforçant, vous accéderez à une rédemption bienheureuse.

— Et la Phase Trois ? demanda Cugel d'une voix rauque. Qu'est-ce ?

— Lorsque vous aurez accompli votre mission, vous serez admis avec éclat dans notre confrérie ! (Le vieil homme feignit d'ignorer le gémissement de consternation de Cugel.) Voyons maintenant : le mois de Yaunt se termine et nous entrons dans le mois de Phampoun, qui est peut-être le plus irascible des cinq en raison de ses yeux hypersensibles. Une faible lueur suffit à l'enrager et il faudra tenter de le persuader dans des ténèbres absolues. Avez-vous d'autres questions à me poser ?

— Bien sûr ! Supposons que Phampoun refuse de s'amender ?

— C'est une « pensée négativiste » que nous, le Gentil Peuple, refusons d'admettre. Ignorez tout ce que vous avez pu entendre sur les habitudes macabres de Phampoun ! Partez le cœur plein de confiance !

— Comment pourrais-je revenir jouir de mes honneurs et de ma récompense ? s'écria Cugel angoissé.

— Il ne fait aucun doute que Phampoun, touché par la contrition, vous renverra en haut grâce aux moyens dont il dispose. Et maintenant, je vous souhaite bonne chance !

— Attendez ! Où sont ma nourriture et ma boisson ? Comment vais-je survivre ?

— Nous laissons également ces détails à la discrétion de Phampoun.

Le vieil homme appuya sur un bouton : le plancher s'ouvrit sous les pieds de Cugel qui tomba en spirale avec une vélocité vertigineuse. L'air se fit graduellement plus sirupeux; il vint heurter une pellicule invisible qui éclata avec le bruit d'un bouchon sautant du goulot d'une bouteille, et il émergea dans une pièce de dimensions moyennes, éclairée par la lueur d'une unique lampe.

Cugel demeura immobile et rigide, osant à peine respirer. A l'autre bout de la pièce, Phampoun dormait assis dans un fauteuil massif installé sous un dais; deux hémisphères noirs protégeaient ses énormes yeux de la lumière. Son torse gris se vautrait sur presque toute la largeur du dais; ses lourdes jambes tournées en dehors étaient étalées sur le plancher. Ses bras, aussi larges que Cugel lui-même, se terminaient par des doigts longs de près d'un mètre; ils étaient parés d'une centaine de bagues ornées de pierres précieuses. La tête de Phampoun, aussi grosse qu'une brouette, présentait un museau gigantesque et une immense bouche caronculée. Il ne put voir les deux yeux, aussi grands que des bassines, à cause des hémisphères protecteurs.

Retenant sa respiration, par peur, et aussi à cause de la puanteur qui stagnait dans l'air, Cugel regarda prudemment autour de lui. Un cordon partait de la lampe et courait le long du plafond pour venir pendiller à portée de main de Phampoun; par pur réflexe, Cugel le détacha. Il ne découvrit qu'une seule issue : une petite porte en fer, juste derrière le fauteuil du démon. Le puits par lequel il était arrivé n'était plus visible.

Les clapets de la bouche de Phampoun se contractèrent et se soulevèrent; un homoncule poussa à l'extrémité de la langue du démon et regarda à l'extérieur. Il fixa sur Cugel ses yeux noirs en boutons de bottine.

— Ah, le temps est-il passé si rapidement ? (La créature se pencha hors de la bouche et consulta une marque sur le mur.) Mais oui; j'ai trop dormi et Phampoun va être de mauvaise humeur. Quel est votre nom et quels sont vos crimes ? Ces détails intéressent toujours Phampoun... c'est à dire moi-même, bien que, par je ne sais quel caprice, j'aime à me faire appeler Pulsifer, comme si j'étais une entité indépendante.

— Je m'appelle Cugel; je suis l'inspecteur du nouveau régime qui tient maintenant Lumarth en son pouvoir, dit Cugel d'une voix déterminée. Je suis descendu voir si Phampoun était confortablement installé. Comme tout va bien, je retourne là-haut. Où est la sortie, je vous prie ?

— Vous n'avez pas de mauvaises actions à nous raconter ? demanda plaintivement Pulsifer. Voilà une mauvaise nouvelle ! Les crimes nous comblent de joie, Phampoun et moi. Il n'y a pas longtemps, un capitaine de la marine marchande, dont le nom m'échappe, nous a divertis pendant plus d'une heure.

— Et ensuite, que s'est-il passé ?

— Il vaut mieux ne pas me le demander.

Pulsifer se mit à polir l'un des crocs de Phampoun avec une petite brosse. Il passa la tête au dehors et inspecta le visage au teint brouillé.

— Phampoun dort encore profondément; il a pris un repas très copieux avant de s'endormir. Excusez-moi, je vais vérifier où en est sa digestion.

Pulsifer rentra la tête derrière les caroncules de Phampoun et ne fut plus visible que par la vibration qui parcourut le cou gris et noueux. Il reparut bientôt.

— Il est très affamé. Je ferais mieux de le réveiller, il voudra bavarder avec vous avant de...

— Avant de quoi ?

— Rien.

— Attendez. J'aime mieux converser avec vous qu'avec Phampoun.

— Vraiment ? s'écria Pulsifer qui se mit à polir le croc de Phampoun avec énergie. C'est agréable à entendre; je n'ai pas l'habitude de recevoir de compliments.

— C'est bizarre ! Moi, je trouve que vous êtes tout à fait digne de louanges ! Votre carrière est nécessairement liée à celle de Phampoun mais peut-être avez-vous des buts et des ambitions qu'il ne partage pas ?

Pulsifer cala sa brosse sous la lèvre de Phampoun et s'installa confortablement sur le rebord ainsi créé.

— Parfois, je me dis que j'aimerais bien voir un peu le monde extérieur. Nous sommes montés plusieurs fois à la surface, mais c'était toujours de nuit et les nuages obscurcissaient la lumière des étoiles. Pourtant Phampoun s'est plaint d'une clarté excessive et il est vite revenu ici.

— Quel dommage! De jour, il y a tant de choses à voir. Le paysage, autour de Lumarth, est plaisant. Le Grand Défilé des Contrastes Ultimes va bientôt avoir lieu et l'on dit qu'il est fort pittoresque.

— Je doute de jamais voir un tel événement, dit Pulsifer en secouant la tête avec mélancolie. Avez-vous été le témoin de nombreux crimes horribles ?

— Oh, oui. Par exemple, je me souviens d'un nain de la Forêt de Batvar qui chevauchait un pélgrane...

Pulsifer l'interrompit d'un geste.

— Attendez. Phampoun voudra entendre cette histoire. (Il se pencha dangereusement hors de la profonde bouche pour regarder les yeux obturés.) Est-il, ou plutôt, suis-je, réveillé ? J'ai cru percevoir un petit sursaut. En tout cas, bien que j'aie pris grand plaisir à votre conversation, nous devons accomplir notre tâche. Hum, le cordon de la lampe s'est décroché. Seriez-vous assez aimable pour éteindre la lumière ?

— Rien ne presse, dit Cugel. Phampoun dort paisiblement; laissez-le jouir de son repos. J'ai quelque chose à vous montrer, un jeu de hasard. Connaissez-vous le « Zambolio » ?

Pulsifer secoua la tête et Cugel sortit ses cartes.

— Faites bien attention ! Je vous distribue quatre cartes et j'en prends quatre, nous ne devons surtout pas nous les montrer. (Cugel expliqua les règles du jeu.) Mais il faut jouer des pièces d'or, ou tout autre objet de valeur, pour rendre le jeu intéressant. Je mise donc cinq terces, et vous devez mettre quelque chose d'équivalent.

— Là-bas, il y a deux sacs d'or; le trésor de Phampoun, ou le mien, puisque je suis un auxiliaire intégré à cette vaste carcasse. Prenez de l'or en quantité égale à la valeur de vos terces.

La partie s'engagea. A sa grande joie, Pulsifer gagna la première; puis perdit la suivante, ce qui l'incita à proférer des plaintes lamentables; puis il gagna de nouveau, à plusieurs reprises, jusqu'à ce que Cugel déclare n'avoir plus rien à miser.

— Vous êtes un joueur intelligent et habile. C'est un plaisir de se mesurer à vous! Cependant, je sens que je pourrais vous battre si j'avais les terces que j'ai laissés là-haut, dans le temple.

Pulsifer, quelque peu bouffi d'orgueil, se moqua de la fanfaronnade de Cugel.

— J'ai bien peur d'être trop fort pour vous! Allez, reprenez vos terces et continuons à jouer.

— Non. Ce n'est pas ainsi que se comportent les vrais joueurs; je suis trop fier pour accepter votre argent. Laissez-moi vous proposer une autre solution. Au-dessus de nous, dans le temple, il y a mon sac de terces et un autre plein de confiseries, que vous prendriez plaisir à consommer pendant que nous jouerons. Allons les chercher et je vous défie de gagner comme vous venez de le faire!

Pulsifer se pencha pour étudier le visage de Phampoun.

— Il a l'air calme, bien que son ventre commence à crier famine.

— Il dort aussi profondément qu'avant, déclara Cugel. Dépêchons-nous. S'il se réveille, notre partie sera gâchée.

— Et l'or de Phampoun? demanda Pulsifer hésitant. Nous n'allons pas le laisser sans surveillance?

— Emportons-le avec nous et ne le quittons pas des yeux.

— D'accord; mettez-le ici, sous le dais.

— Voilà, et maintenant je suis prêt. Comment allons-nous faire pour monter?

— Pressez simplement le bouton qui est sur le bras du fauteuil, mais je vous en prie, ne faites aucun bruit fâcheux. Phampoun pourrait s'exaspérer s'il se réveillait dans des lieux qui ne lui sont pas familiers.

— Il n'a jamais reposé plus paisiblement! Allons!

Il appuya sur le bouton; le dais frémit et craqua et monta en flottant dans le puits obscur qui venait de s'ouvrir au-dessus d'eux. Bientôt, ils franchirent la valve d'essence constrictive que Cugel avait traversée lors de sa chute. Aussitôt, une faible lueur écarlate filtra dans la cheminée et le dais vint s'arrêter en glissant sur l'autel du Temple de Phampoun.

– Passons maintenant à mon sac de terces. Où l'ai-je laissé exactement ? Un peu plus loin, je crois. Regardez ! Par les grandes arcades, vous pouvez voir la place principale de Lumarth et le Gentil Peuple qui se rend à ses affaires. Qu'en pensez-vous ?

– C'est très intéressant, bien que je n'aie pas l'habitude d'une vue aussi étendue. J'éprouve presque une sensation de vertige. Quelle est la source de cette violente lueur rouge ?

– C'est la lumière de notre vieux soleil sur le point de se coucher.

– Cela ne me plaît pas. Je vous en prie, dépêchons-nous; je me sens mal à l'aise.

– Je vais me presser.

Le soleil, qui allait se coucher, envoya par le portail une flèche de lumière qui vint tomber en plein sur l'autel. Cugel, passant derrière le fauteuil, arracha les hémisphères qui protégeaient les yeux de Phampoun, et les deux globes laiteux miroitèrent à la lumière du soleil.

Durant un instant, Phampoun demeura immobile. Puis ses muscles se nouèrent, ses jambes tressautèrent, sa bouche s'ouvrit toute grande et il poussa un cri grinçant qui fit vibrer Pulsifer comme un drapeau dans la bourrasque. Le démon sauta de l'autel pour venir s'étaler et rouler sur le sol du temple tout en continuant à émettre des hurlements cataclysmiques. Il se remit sur ses jambes et, martelant de ses grands pieds les carreaux de céramique, il bondit çà et là, et finit par passer au travers du mur de pierre, comme s'il avait été en papier; le Gentil Peuple qui était sur la place s'arrêta, pétrifié.

Cugel, s'emparant des deux sacs d'or, sortit du temple par une porte latérale. Durant un instant, il regarda Phampoun courir en rond en criant et en battant l'air de ses bras. Pulsifer, désespérément accroché aux crocs, tentait de gouverner le démon devenu fou de douleur et qui traversa la ville en piétinant les arbres et en culbutant les maisons.

Cugel descendit rapidement vers l'Isk et arriva sur le quai. Il choisit une yole équipée d'un mât, d'une voile et d'avirons, et se prépara à grimper à bord. Une barge, venant de l'amont, approcha du quai, vigoureusement conduite à la perche par un gros homme dont les vêtements étaient en loques. Cugel se détourna et fit semblant de s'intéresser au paysage, attendant qu'il soit passé pour monter à bord de la yole sans attirer l'attention.

La barque aborda au quai; le marin grimpa à l'échelle. Cugel continua à regarder de l'autre côté de l'eau, affectant de ne pas le voir.

L'homme, soufflant et grognant, s'arrêta soudain pour inspecter attentivement Cugel. Qui se retourna alors pour se trouver face à face avec le Nolde de Gundar dont le visage était devenu méconnaissable sous l'effet des piqûres des insectes du Marais de Lallo.

Huruska regarda longuement et durement Cugel.

— Quel plaisir c'est pour moi de vous rencontrer! dit-il d'une voix rauque. Je craignais de ne plus jamais vous revoir. Qu'avez-vous dans ces sacs de cuir? (Il arracha l'un d'eux à Cugel.) De l'or, d'après le poids. Votre prophétie était exacte! D'abord les honneurs, puis un voyage sur l'eau. Maintenant la richesse et la vengeance! Préparez-vous à mourir!

— Attendez! cria Cugel. Vous avez négligé d'amarrer convenablement votre barge! Quelle négligence!

Huruska se retourna pour la regarder et Cugel le poussa à l'eau.

Jurant comme un damné, le Nolde se débattit pour regagner la rive tandis que Cugel défaisait à tâtons les nœuds de l'amarre qui retenait la barque. Enfin, elle se détacha et il attira l'embarcation à lui au moment où Huruska arrivait en courant le long du quai, chargeant comme un taureau. Cugel fut obligé d'abandonner son or; il sauta dans la yole, la repoussa du pied et joua des avirons tandis que le Nolde brandissait les deux poings vers lui.

Cugel hissa pensivement la voile et le vent le poussa sur la rivière. A l'endroit où l'Isk faisait un coude, il eut une dernière vision de Lumarth. Dans la lumière mourante du soir, la sombre silhouette d'Huruska se détachait sur les dômes chatoyants des temples. Au loin retentissaient encore les hurlements de Phampoun et le bruit sourd des maisons qui s'effondraient.

Le sac de rêves

En sortant de Lumarth, L'Isk se dirigeait vers le sud en dessinant de larges méandres à travers la Plaine des Fleurs Rouges. Durant six jours enchanteurs, Cugel descendit la rivière à la voile, et s'arrêta le soir à l'une ou l'autre des auberges installées sur ses rives.

Le septième jour, l'Isk tourna vers l'ouest et traversa en grandes courbes erratiques cette région d'aiguilles rocheuses et de tertres forestiers connue sous le nom de Chaim Pourpre. Le vent soufflait en rafales capricieuses, et Cugel, ferlant la voile, se laissa entraîner par le courant en redressant de temps à autre l'embarcation d'un coup d'aviron.

Il avait laissé les villages de la plaine derrière lui; la région était inhabitée. En voyant, sur la rive, les tombes en ruine, les bosquets d'ifs et de cyprès, et en surprenant le soir de bien évanescentes conversations, Cugel se réjouit d'être sur l'eau et non à pied, et il quitta avec soulagement le Chaim Pourpre.

Au village de Troon, la rivière se perdait dans le Marécage de Tsombol, et il vendit la yole pour dix terces. Afin de regonfler sa bourse, il s'embaucha chez un boucher de la ville et dut exécuter les tâches les plus ingrates de ce métier. Cependant, le salaire était convenable et Cugel s'arma de courage pour accomplir au mieux ce travail peu digne de lui. Il y réussit si bien qu'on le chargea de préparer le festin qui devait accompagner une importante fête religieuse.

Par inadvertance, ou sous la pression des circonstances, il abattit deux des bêtes sacrées pour faire l'un de ses célèbres ragoûts. On découvrit le crime en plein milieu du banquet et, une fois de plus, il dut quitter la ville en pleine disgrâce.

Après s'être caché toute la nuit dans les abattoirs, afin d'échapper à une foule hystérique, il s'engagea dès les premiers rayons du soleil dans le Marécage de Tsombol.

Le chemin, qui suivait les traces d'une ancienne grande route, décrivait des tours et détours entre les tourbières et les mares stagnantes, ce qui doubla la longueur de l'étape. Le vent du nord avait nettoyé le ciel et la vue était d'une netteté parfaite. Pourtant, Cugel ne prit aucun plaisir à contempler le paysage, surtout lorsqu'il aperçut au loin un pélgrane qui se laissait porter par la brise.

Au milieu de l'après-midi, le vent tomba, faisant planer sur le marais un silence anormal. Cachés derrière les tertres, des wefkins des eaux appelèrent Cugel, avec de douces voix de jeunes filles malheureuses.

— Cugel, oh, Cugel ! Pourquoi te hâter ainsi ? Viens dans ma chaumière peigner mes beaux cheveux !

— Cugel, oh Cugel ! Où vas-tu ? Emmène-moi ! Laisse-moi partager tes joyeuses aventures !

— Cugel, Cugel chéri ! Le jour s'éteint; l'année arrive à sa fin ! Viens me rendre visite derrière cette touffe d'herbe, et nous nous consolerons ensemble !

Il n'en marchait que plus vite, anxieux de trouver un abri pour la nuit.

Comme le soleil tremblait au bord du Marécage de Tsombol, Cugel arriva devant une petite auberge, dissimulée par de sinistres chênes noirs. Il fut tout heureux d'y trouver une chambre et l'aubergiste lui servit un bon souper de légumes verts cuits à l'étouffée, de rousserolles à la broche, de gâteaux au carvi, arrosés de bière de bardane.

Tandis qu'il mangeait, l'hôtelier se tint devant lui, les mains sur les hanches.

— Je vois à vos manière que vous êtes un gentilhomme; pourtant, vous traversez le Marécage de Tsombol à pied, comme un paysan. Cette incongruité me rend perplexe.

— C'est pourtant facile à expliquer Je me considère comme l'unique honnête homme de ce monde de coquins et de canailles, les personnes présentes exceptées. Il m'est donc difficile d'accumuler des richesses.

L'aubergiste se tripota le menton et s'éloigna. Lorsqu'il revint servir à Cugel un morceau de tarte à la groseille, il lui dit :

– Vos ennuis ont éveillé ma sympathie. Je vais y réfléchir cette nuit.

C'était un homme de parole. Car le lendemain, dès que Cugel eut terminé son petit déjeuner, il l'emmena à l'étable pour lui montrer une grosse bête brun foncé qui avait de puissantes pattes postérieures et une queue ornée d'une houppe; elle était déjà bridée et scellée.

– C'est le moins que je puisse faire pour vous, dit-il. Je vous vends cette bête à un prix vraiment insignifiant. D'accord, elle manque d'élégance; c'est un hybride de dounge et de felukhary. Mais son allure est douce, elle se nourrit de déchets et sa fidélité opiniâtre est proverbiale.

– Votre altruisme me touche, répondit Cugel, mais n'importe quel prix serait encore excessif pour une telle créature. Regardez les plaies qu'elle porte à la base de la queue, l'eczéma qui couronne son dos... à moins que je ne m'abuse, elle a un œil en moins. De plus, son odeur n'a rien d'agréable.

– Bagatelles que tout cela! déclara l'aubergiste. Voulez-vous un coursier qui vous fasse traverser la Plaine des Pierres Levées ou un accessoire qui comble votre vanité? Cette bête vous appartient pour trente terces seulement.

– Alors qu'on trouve de beaux wheriots de Cambalese pour vingt terces? s'exclama Cugel en reculant, horrifié. Mon cher ami, votre générosité dépasse mes capacités financières!

– Ici, au beau milieu du Marécage de Tsombol, fit remarquer l'aubergiste dont le visage était empreint de patience, vous ne trouveriez pas à acheter l'odeur même d'un wheriot mort.

– Renonçons aux euphémismes. Votre prix est scandaleux.

Durant un instant, l'air affable du tenancier s'effaça et il grommela :

– Tous ceux auxquels je vends ce coursier abusent de ma bonté.

La remarque étonna Cugel. Néanmoins, le sentant irrésolu, il poussa son avantage.

– En dépit de mon appréhension, je vous en offre généreusement douze terces !

– D'accord ! s'écria l'hôtelier presque avant que Cugel ait fini de parler. Je vous le répète, vous allez vite découvrir combien cette bête est fidèle, au delà même de tout ce que vous pourriez imaginer.

Cugel paya les douze terces et enfourcha l'animal avec précaution.

– Je vous souhaite un bon et agréable voyage, dit l'affable aubergiste.

– Et moi, que vos affaires prospèrent, répondit Cugel sur le même ton.

Pour effectuer un élégant départ, il essaya de faire caracoler sa monture, mais celle-ci se contenta de se tapir au sol puis de s'engager, à pas feutrés, sur la route.

Cugel chevaucha ainsi, confortablement, pendant un kilomètre, puis un autre, et à tout prendre, il se félicita de son acquisition.

– Il est vrai que le pas de cet animal est doux. Voyons s'il en est de même au trot.

Il secoua les rênes; la bête accéléra avec pétulance, la queue arquée, la tête haute.

Cugel donna des coups de talon dans les flancs de sa monture.

– Plus vite ! Voyons ce que tu fais lorsqu'on te pousse !

L'animal bondit en avant avec une belle énergie et la bise fit claquer la cape de Cugel derrière lui.

Passé un tournant, Cugel aperçut un énorme et sinistre chêne que la bête parut prendre pour point de repère. Elle accéléra pour venir s'arrêter devant et, se levant sur les pattes de derrière, elle projeta son cavalier dans le fossé. Lorsque Cugel eut remonté en chancelant sur la route, il vit son coursier cabrioler à travers le marécage, en direction de l'auberge.

– Oui, c'est une bête fidèle ! grommela-t-il. Elle est attachée au confort de son étable.

Il ramassa sa casquette de velours vert, la remit sur

sa tête d'un coup de poing et repartit une fois de plus vers le sud, en traînant les pieds.

Vers la fin de l'après-midi, Cugel arriva dans un village composé d'une douzaine de huttes en terre battue, habitées par des gens aux jambes courtes mais aux bras longs et qui se distinguaient par de grandes tignasses blanchies à la chaux.

Cugel estima l'heure à la hauteur du soleil puis examina le terrain qui s'étendait à perte de vue devant lui, en une succession désolée de tertres et de marais. Faisant contre mauvaise fortune bon cœur, il s'approcha de la plus grande et de la plus prétentieuse des huttes.

Le maître de maison, assis sur un banc, chaulait les cheveux de l'un de ses enfants, séparant les touffes pour en faire les pétales d'un chrysanthème blanc; les autres garnements jouaient, à côté d'eux, dans la boue.

– Bonsoir, dit Cugel. Pouvez-vous me fournir le logement et la nourriture pour une nuit ? Je vous rétribuerai en conséquence.

– Ce sera un honneur pour moi. Je possède la demeure la plus vaste de Samsetiska et je suis célèbre pour ma collection d'anecdotes. Voulez-vous visiter les lieux ?

– J'aimerais me reposer une heure dans ma chambre avant de prendre un bon bain chaud.

Son hôte essuya le blanc qui maculait ses mains et fit signe à Cugel de le suivre à l'intérieur. Il lui montra une botte de roseaux, jetée dans l'un des coins de la pièce.

– Voici votre lit; allongez-vous autant de temps qu'il vous plaira. Quant au bain, les étangs du marécage sont infestés de threlkoïdes et de larves d'escarbots, et je ne saurais vous les recommander.

– Dans ce cas, je m'en passerai. Cependant, je n'ai rien mangé depuis ce matin et j'aimerais dîner le plus tôt possible.

– Mon épouse est allée tendre des pièges dans le marécage. Il est prématuré de parler de souper jusqu'à ce que nous sachions ce qu'elle a glané.

En temps voulu, la femme revint portant un sac et

un panier d'osier. Elle alluma un feu et prépara le repas du soir tandis qu'Erwig, le maître de maison, sortait sa guitare à deux cordes et régalait Cugel de ballades du pays.

Enfin son épouse les appela et leur servit des bols de gruau, des mousses et des ganions frits, accompagnés de tranches de pain noir.

Après le dîner, Erwig mit sa femme et ses enfants à la porte, en disant :

– Ce que nous avons à dire n'est pas pour des oreilles ignorantes. Cugel est un voyageur important et il ne faut pas qu'il soit obligé de peser ses mots.

Sortant une cruche de terre cuite, l'hôte versa deux larmes d'arack dans les verres.

– D'où venez-vous et où allez-vous ?

Cugel goûta l'alcool qui lui brûla le gosier.

– Je suis natif d'Almery et j'y retourne.

– Je ne comprends pas pourquoi vous êtes allé si loin juste pour revenir sur vos pas, dit Erwig perplexe en se grattant la tête.

– Mes ennuis sont dus à des ennemis. Auxquels je destine, dès mon retour, une vengeance appropriée.

– Rien n'apaise l'esprit comme cela, acquiesça Erwig. Mais il y a un obstacle, c'est la Plaine des Pierres Levées, hantée par les asmes; de plus, les pélgranes y sont nombreux.

– A combien se trouve-t-elle d'ici ? demanda Cugel en tripotant son épée.

– A sept kilomètres, le sol s'élève et la Plaine commence. Le chemin va de monolithe en monolithe, pendant vingt-cinq kilomètres. Un voyageur bien entraîné peut la traverser en quatre ou cinq heures, à condition qu'il ne soit ni retardé ni dévoré. La ville de Cuirnif est à deux heures de marche de la dernière pierre.

– Mieux vaut une bribe de connaissance anticipée qu'un long discours après coup...

– Je suis tout à fait d'accord ! s'écria Erwig en buvant une gorgée d'alcool. Cugel, vous êtes astucieux !

– ... et, puis-je avoir votre opinion sur Cuirnif ?

– Les habitants sont assez bizarres. Ils prétendent avoir des manières distinguées mais ils se refusent à blanchir leurs cheveux et leur pratique religieuse manque de rigueur. Ainsi, ils saluent bien le Divin Wiulio de la main droite, mais en la posant sur l'abdomen et non sur la fesse, ce que nous considérons comme non orthodoxe. Qu'en pensez-vous ?

– Le rite doit s'accomplir comme vous le dites. Toute autre méthode est dénuée de valeur.

– Votre approbation est très importante pour nous, dit Erwig en remplissant la coupe de Cugel.

La porte s'ouvrit et l'épouse de l'hôte passa la tête.

– La nuit est obscure. Un vent glacial souffle du nord et une bête noire rôde au bord du marécage.

– Restez dans les ténèbres; le divin Wiulio protège les siens. Il serait impensable que toi et ta marmaille puissiez importuner notre hôte.

La femme referma la porte de mauvaise grâce et replongea dans la nuit. Erwig, perché sur son tabouret, se pencha pour déguster un peu d'arack.

– Comme j'étais en train de vous le dire, les habitants de Cuirnif sont étranges, mais leur souverain, le duc Orval, les surpasse tous. Il se consacre à l'étude des prodiges et des merveilles; n'importe quel médiocre magicien qui n'a que deux incantations dans la tête est fêté et célébré et traité comme un roi.

– C'est très curieux ! déclara Cugel.

De nouveau la porte s'ouvrit et la femme passa la tête. Erwig posa son verre et fronça les sourcils.

– Qu'y a-t-il, cette fois ?

– La bête est entrée dans le village. Et j'ignore si elle ne rend pas, elle aussi, un culte à Wiulio.

Erwig tenta de discuter mais son épouse resta inflexible.

– Ton invité peut bien renoncer à ces raffinements puisque, tôt ou tard, nous allons tous dormir sur le même tas de roseaux.

Elle ouvrit tout grand la porte et fit rentrer ses galopins. Certain qu'aucune conversation n'était plus possible, Erwig se jeta sur les roseaux et Cugel l'imita bientôt.

Le lendemain matin, il déjeuna de gâteaux cuits sous la cendre, arrosés d'une infusion, et se prépara à partir. Erwig l'accompagna un peu sur la route.

– Vous m'êtes très sympathique et je vais vous

aider à traverser sain et sauf la Plaine des Pierres Levées. Dès que vous le pourrez, ramassez un caillou gros comme le poing et tracez un trigramme dessus. Si l'on vous attaque, brandissez-le en criant : « Ecartez-vous ! Je porte un objet sacré ! » Au premier monolithe, déposez la pierre et choisissez-en une autre sur la pile; marquez-la du signe et portez-la jusqu'au prochain monolithe, et ainsi de suite jusqu'au dernier.

– C'est très clair. Mais peut-être pourriez-vous me montrer la version la plus efficace du trigramme et me rafraîchir ainsi la mémoire ?

– Le voici : simple, précis et correct ! dit Erwig en dessinant sur le sol. Les gens de Cuirnif omettent cette boucle et le griffonnent dans n'importe quel sens.

– Quel laisser-aller !

– Adieu, Cugel ! La prochaine fois que vous passerez, arrêtez-vous dans ma hutte ! Je débouche facilement ma cruche d'arack !

– Je ne m'en priverais pas pour mille terces ! Au fait, combien vous dois-je pour...

– Je n'accepte pas d'argent de mes invités ! s'écria Erwig en levant la main. (Il sursauta lorsque son épouse, arrivant par-derrière, lui donna un coup de coude.) Ah, bon ! Donnez un terce ou deux à ma femme; cela lui donnera du cœur à l'ouvrage.

Cugel sortit cinq terces, à la grande joie de l'épouse, et quitta le village.

Au bout de six ou sept kilomètres, la route tourna et déboucha dans une plaine grise parsemée, à intervalles réguliers, de piliers de pierre grise de quatre mètres de haut. Cugel trouva un gros caillou et, mettant sa main droite sur sa fesse, lui fit un profond salut. Puis, il griffonna dessus un signe à peu près semblable à celui qu'Erwig avait dessiné sur le sol, et il entonna :

– Je confie ce galet à Wiulio ! Je lui demande qu'il me protège dans la traversée de cette sinistre plaine !

Il scruta le paysage, mais sauf les monolithes et les longues ombres noires que projetait le rouge soleil matinal, il ne découvrit rien et s'engagea, avec soulagement, sur le chemin.

Il n'avait pas parcouru plus de cent mètres qu'il sentit une présence et, pivotant sur ses talons, il vit un asme à huit crocs, presque sur ses talons. Il brandit le caillou et cria :

– Partez! Je porte un objet sacré et vous ne pouvez pas me molester!

– Vous vous trompez! répondit l'asme d'une voix douce et voilée. C'est un caillou ordinaire que vous avez là. Je vous ai vu; vous avez bâclé le rite. Fuyez si vous le pouvez! J'ai besoin d'un peu d'exercice.

Et l'asme s'avança. Cugel jeta la pierre de toutes ses forces. Elle vint heurter le front noir, juste entre les antennes hérissées, et l'asme tomba de tout son long; avant qu'il ait pu se relever, Cugel lui avait tranché la tête.

Il allait repartir, mais il se retourna et ramassa la pierre.

– Comment savoir si quelqu'un n'a pas guidé ma main? Wiulio mérite le bénéfice du doute.

Au premier monolithe, il changea de pierre, comme Erwig le lui avait recommandé, et cette fois, il traça le trigramme avec soin.

Il atteignit sans encombre le monolithe suivant et continua à traverser ainsi la plaine.

Le soleil monta au zénith, s'y reposa un moment, puis redescendit vers l'ouest. Cugel marcha tranquillement de monolithe en monolithe. Plusieurs fois, il aperçut un pélgrane qui planait dans le ciel, et il se jeta à plat ventre pour ne pas attirer son attention.

La Plaine des Pierres Levées se terminait par un escarpement dominant une large vallée. A l'approche d'un lieu sûr, la vigilance de Cugel se relâcha; et un cri de triomphe éclata dans le ciel. Il jeta un regard horrifié par-dessus son épaule puis plongea dans le ravin où il se faufila entre les rochers et se dissimula parmi leurs ombres. Le pélgrane descendit en piqué et dépassa l'endroit où Cugel s'était caché. Pépiant de joie, il se posa à la base de la falaise, éveillant des protestations et des jurons sortis d'un gosier humain.

Sans se montrer, Cugel continua de descendre et vit le pélgrane poursuivre maintenant un homme brun corpulent, vêtu d'un costume damassé noir et blanc. Il s'était réfugié derrière le tronc épais d'un olophar et le pélgrane tentait de l'attraper, tantôt d'un côté, tantôt de l'autre, en faisant claquer ses crocs et en brandissant ses mains griffues.

Malgré son embonpoint, l'homme l'évitait avec adresse et le pélgrane se mit à crier de frustration. Il s'arrêta à la fourche de l'arbre pour y passer son long museau et lancer des regards furieux sur sa proie.

Mû par une impulsion irréfléchie, Cugel se glissa sur une saillie rocheuse; puis, au moment approprié, il sauta à pieds joints sur le cou de la bête, coinçant sa tête dans la fourche de l'olophar.

– Vite! cria-t-il à l'homme stupéfait. Amenez-moi une corde solide! Nous allons ligoter cette horreur ailée!

– Pourquoi lui faire grâce? Il faut le tuer tout de suite! Enlevez votre pied que je puisse lui couper la tête.

– Pas si vite! Malgré tous ses crimes, c'est un spécimen de valeur dont j'espère tirer profit.

– Profit? Il m'appartient en priorité! J'allais justement l'assommer lorsque vous êtes venu vous en mêler.

– Dans ce cas, j'enlève mon poids de sa nuque et je continue mon chemin.

L'homme au costume damassé noir et blanc fit un geste de colère.

– Certaines personnes se porteraient à des extrémités regrettables rien que pour avoir raison. Tenez bon! J'ai une corde là-bas qui fera l'affaire.

Ils ligotèrent soigneusement l'animal. Le gentilhomme corpulent, qui s'était présenté sous le nom de Iolo, Chasseur de Rêves, demanda :

– Quelle valeur attribuez-vous exactement à cette horrible créature? Et pourquoi?

– On m'a dit qu'Orbal, le duc d'Ombalique, était amateur de curiosités. Il paiera sûrement une bonne somme pour un tel monstre; peut-être une centaine de terces.

– Votre théorie se tient, admit Iolo. Etes-vous certain que les liens sont assez serrés?

En vérifiant les cordes, Cugel remarqua un œuf de verre bleu suspendu à une chaîne en or, autour de la crête de l'animal. Tandis qu'il l'enlevait, la main d'Iolo jaillit comme une flèche, et Cugel le repoussa d'un coup d'épaule. Il finit de dégager l'amulette, mais l'autre saisit la chaîne et tous deux se regardèrent dans les yeux, d'un air furieux.

– Lâchez ! Ça m'appartient, dit Cugel d'une voix glaciale.

– L'objet est à moi puisque je l'ai vu le premier, protesta vigoureusement Iolo.

– Quel mensonge ! Je l'ai ôté de sa crête et vous avez essayé de me le prendre de force !

– Je ne me laisserai pas faire ! s'écria Iolo en tapant du pied.

Il tenta d'arracher l'œuf bleu à Cugel qui le lâcha involontairement; l'objet vint s'écraser contre le versant de la colline où il explosa dans un grand éclat de lumière bleue; il y fit un trou dont émergea aussitôt un tentacule d'un gris doré qui s'enroula autour de la jambe de Cugel.

Iolo sauta en arrière et regarda, de loin, les efforts que faisait Cugel pour ne pas être entraîné dans le trou. Au dernier moment, il réussit à agripper une souche d'arbre.

– Iolo, hâtez-vous ! cria-t-il. Prenez une corde et attachez le tentacule à la souche, sinon il va m'entraîner dans le trou !

– C'est votre avidité qui en est la cause, répondit Iolo d'une voix calme, en croisant les bras. C'est peut-être un jugement des dieux et j'hésite à m'en mêler.

– Quoi ? Alors que c'est vous qui avez lutté bec et ongles pour arracher l'objet de mes mains ?

– En tout cas, je n'avais qu'une seule corde, et c'est celle du pélgrane, dit Iolo en pinçant les lèvres et en fronçant les sourcils.

– Tuez le pélgrane ! répondit Cugel haletant. Servez-vous de cette corde pour un usage plus urgent !

– Vous avez estimé le pélgrane à cent terces. Et la corde en vaut dix.

– D'accord, dit Cugel entre ses dents serrées. Dix terces pour la corde. Mais je ne peux pas payer cent terces pour un pélgrane mort, d'autant que je n'en ai que quarante-cinq.

– Bon. Donnez-moi les quarante-cinq. Vous vous portez garant du reste.

Cugel réussit à jeter sa bourse. Ce faisant, il exposa sa boucle d'oreille en opale que Iolo exigea aussitôt, mais Cugel dit qu'il ne la lui donnerait que lorsque le tentacule serait attaché à la souche.

Iolo coupa de mauvaise grâce la tête du pélgrane, défit la corde et vint ligoter le tentacule, ce qui diminua la traction qu'il exerçait sur la jambe de Cugel.

– La boucle d'oreille, je vous prie, dit Iolo, et il posa, d'un geste significatif, son couteau sur la corde.

Cugel lui lança le bijou.

– La voici; maintenant, vous avez toute ma fortune. Alors, je vous en prie, libérez-moi du tentacule.

– Je suis un homme prudent. Il faut que je réfléchisse à la situation, en tenant compte de différents points de vue.

– Souvenez-vous que je vous ai sauvé du pélgrane! supplia plaintivement Cugel.

– Mais bien sûr. C'est même cela qui me pose un grave problème philosophique. Vous avez troublé une stase en intervenant, et voilà qu'un tentacule s'accroche à votre jambe, ce qui est une autre stase. Je vais réfléchir profondément à tout cela.

Cugel discuta en vain. Iolo alluma un feu de camp sur lequel il fit cuire une soupe d'herbes qu'il mangea avec une demi-volaille froide, arrosée du vin de sa gourde.

Appuyé contre un arbre, il revint à Cugel.

– Vous venez sans doute assister à la Grande Exposition de Prodiges du duc Orbal?

– Je ne suis qu'un simple voyageur. Qu'est-ce que c'est que cette « Grande Exposition »?

Iolo jeta sur Cugel un regard de pitié.

– Chaque année, le duc Orbal préside une compétition de faiseurs-de-prodiges. Cette année, le prix sera de mille terces et j'ai l'intention de l'emporter avec mon « Sac de Rêves ».

– Je suppose que votre « Sac de Rêves » doit être une facétie, ou bien une espèce de métaphore romantique?

– Pas du tout! protesta Iolo d'un air méprisant.

– Une projection kaléidoscopique, alors? Ou un programme d'imitations? Ou bien un gaz hallucinogène?

– Rien de tout cela! J'apporte un certain nombre de rêves purs et naturels, combinés et cristallisés.

De sa sacoche, Iolo tira un sac de fin cuir brun dont il sortit un objet ressemblant à un flocon de neige bleu pâle, de trois centimètres de diamètre. Il l'éleva à la lumière du feu pour que Cugel puisse en admirer les reflets changeants.

– Mes rêves vont sûrement enivrer le duc Orbal. Alors, comment ne l'emporterai-je pas sur les prodiges des autres concurrents?

– Vos chances me paraissent assez élevées. Comment avez-vous recueilli ces rêves?

– Je garde mon procédé secret mais je peux décrire les grands traits du processus. Je vis à côté du lac Lelt, au pays du Dai-Passant. Lorsque les nuits sont calmes, la surface du lac s'épaissit pour former une pellicule qui transforme les reflets des étoiles en petits globules scintillants. En prononçant la formule magique adéquate, je peux pêcher des fils impalpables composés de pure lumière stellaire et d'écheveaux d'eau. Avec ce fil, je tresse un filet puis je pars à la recherche des rêves. Je me cache sous les lits et dans le feuillage des berceaux de verdure; je m'accroupis sur les toits; j'erre entre les maisons endormies. Chaque matin, je rapporte des rêves merveilleux dans mon laboratoire, je les trie et je les traite selon mon procédé secret. En temps voulu, j'obtiens un cristal fait d'une centaine de rêves, et c'est avec eux que j'espère ensorceler le duc Orbal.

– Je vous présenterais mes félicitations si ma jambe n'était retenue par le tentacule, dit Cugel.

– C'est généreux à vous, reconnut Iolo.

Il mit plusieurs morceaux de bois dans le feu, chanta une incantation pour se protéger des créatures nocturnes et s'installa pour dormir.

Une heure s'écoula. Cugel essaya, par différents moyens, de faire lâcher le tentacule, mais sans succès. Il tenta aussi, en vain, de tirer son épée et de sortir « L'Eclaboussure de Lumière » de son sac.

Il cessa bientôt tout effort et envisagea d'autres façons de résoudre son problème.

A force de s'étirer, il s'empara d'une brindille avec laquelle il attira à lui une grosse branche qui lui permit de s'emparer d'une autre de même longueur. Il les attacha l'une à l'autre avec un brin de ficelle qu'il tira de sa poche, et il obtint ainsi une perche assez longue pour atteindre Iolo.

Avec beaucoup de précautions, il amena jusqu'à ses doigts la sacoche du Chasseur de Rêves. Il sortit tout d'abord le portefeuille où il trouva deux cents terces qui passèrent dans sa propre bourse; puis l'opale qu'il mit dans la poche de sa chemise; et enfin, le sac de rêves.

La sacoche ne contenait plus rien qu'un morceau de volaille froide que Iolo s'était gardé pour son petit déjeuner, et la gourde de vin; Cugel les mit de côté pour lui puis remit la sacoche à sa place, détacha les deux branches et les lança loin de lui. Ne sachant où cacher le sac de rêves, Cugel l'attacha à la ficelle et le fit descendre dans le trou mystérieux. Il mangea le poulet, but le vin, puis s'installa le plus confortablement qu'il put.

La nuit passa. Cugel entendit le cri plaintif d'un engoulevent puis la plainte d'un shambe à six pattes.

Enfin, le ciel s'éclaira d'une lueur pourpre et le soleil apparut. Iolo se leva, bâilla, passa les doigts dans sa chevelure emmêlée puis salua poliment Cugel.

– Comment avez-vous passé la nuit ?

– Aussi bien que possible, étant donné les circonstances. A quoi bon se plaindre lorsqu'on est impuissant face à une réalité inexorable ?

– C'est tout à fait juste. J'ai beaucoup réfléchi à votre situation et j'ai abouti à une décision qui va vous plaire. Voilà mon plan. Je vais me rendre à Cuirnif et vendre au meilleur prix la boucle d'oreille. Après avoir empoché ce que vous me devez, je reviendrai vous apporter le surplus, s'il y en a.

– Partons plutôt pour Cuirnif ensemble, suggéra Cugel. Cela vous épargnera la corvée de revenir ici.

– Mon plan est meilleur, dit Iolo en secouant la tête. (Il prit sa sacoche pour en tirer son petit déjeuner et découvrit sa perte. Il poussa un cri terrible et regarda Cugel d'un air inquisiteur.) Mes rêves, mes rêves ! Tout a disparu ! Comment expliquez-vous cela ?

– Très simplement. A minuit quatre environ, un voleur est sorti de la forêt et a filé avec le contenu de votre sacoche.

– Mes précieux rêves ! se lamenta Iolo en tirant à deux mains sur sa barbe. Pourquoi n'avez-vous pas poussé un cri d'alarme ?

– En toute franchise, je n'ai pas osé troubler la stase, répondit Cugel en se grattant la tête.

Iolo sauta sur ses pieds et partit fouiller la forêt. Il revint bientôt demander à Cugel :

– Quelle sorte d'homme était-ce, ce voleur ?

– Par certains côtés, il était fort sympathique; après avoir pris possession de vos biens, il m'a offert la moitié d'un poulet froid et une gourde de vin, que j'ai consommés avec reconnaissance.

– Vous avez mangé et bu mon petit déjeuner !

– Je n'en savais rien et je n'ai pas demandé de détails, dit Cugel en haussant les épaules. Nous avons eu une petite conversation et j'ai appris que, comme nous, il se rendait à Cuirnif pour participer à l'Exposition des Prodiges.

– Ah, ah, ah ! Pourriez-vous le reconnaître ?

– Sans aucun mal.

– Voyons ce tentacule, dit Iolo soudain débordant d'activité. Nous pourrions peut-être chercher à le dénouer.

Il saisit l'extrémité du membre gris doré et, s'arcboutant, il s'efforça de le détacher de la jambe de Cugel. Il peina pendant plusieurs minutes, tirant et donnant des coups de pied sans s'occuper des cris de douleur de son compagnon. Pour finir, le tentacule céda et Cugel rampa hors d'atteinte.

Iolo s'approcha du trou avec de grandes précautions et jeta un coup d'œil curieux dans ses profondeurs.

– Je vois seulement le faible reflet d'une lumière. Ce trou est bien mystérieux... Qu'est-ce que c'est que ce bout de ficelle qui plonge dedans ?

– J'y ai attaché une pierre pour essayer de le sonder. Cela n'a rien donné.

Iolo tira sur la ficelle qui céda, puis résista, et finit par se casser, et il étudia le bout effrangé.

– C'est bizarre ! Elle est rongée, comme si elle était entrée en contact avec un acide.

– Très étrange ! dit Cugel.

Iolo rejeta la ficelle dans le trou.

– Venez ! Ne perdons plus de temps. Hâtons-nous d'arriver à Cuirnif et d'y chercher le vaurien qui m'a dépouillé.

La route abandonna la forêt et traversa des champs et des vergers. Des paysans les regardèrent passer avec étonnement : le corpulent Iolo, habillé de damas noir et blanc, et Cugel, dégingandé, une cape noire pendant de ses maigres épaules, son mélancolique visage embelli par une belle casquette de velours vert.

Tout en marchant, Iolo posa d'autres questions sur son voleur. Cugel avait perdu tout intérêt pour le sujet et lui fournit des réponses ambiguës, parfois même contradictoires, et les questions se firent encore plus précises.

Avant d'entrer dans Cuirnif, Cugel remarqua une auberge qui semblait confortable.

– Séparons-nous ici, car j'ai l'intention de m'installer en ces lieux.

– Aux *Cinq Hiboux ?* Mais c'est l'auberge la plus chère de Cuirnif ! Comment ferez-vous pour régler la note ?

– Le grand prix de l'Exposition n'est-il pas de mille terces ?

– Oui, mais quel prodige voulez-vous présenter ? Je vous avertis que le duc ne supporte pas les charlatans.

– Je suis un homme discret. Je ne dévoilerai pas mes plans à cette heure.

– Et mon voleur ? cria Iolo. Ne devions-nous pas fouiller Cuirnif de fond en comble ?

– Pour faire cela, je serai aussi bien aux *Cinq Hiboux* qu'ailleurs, car le voleur viendra sûrement dans la salle commune se vanter de ses exploits et dilapider vos terces en boisson. Je vous souhaite donc un toit confortable et de beaux rêves.

Cugel s'inclina poliment et entra dans l'auberge.

Il choisit une belle chambre où il se rafraîchit et mit

de l'ordre dans sa tenue. Puis il se rendit à la salle commune et prit, sans se presser, le meilleur repas que la maison put lui fournir. L'aubergiste s'arrêta à sa table pour demander si tout se passait bien et Cugel lui fit compliment sur sa cuisine.

– Cuirnif a l'air d'être un lieu favorisé des dieux; le paysage est beau, l'air vivifiant et le duc Orbal paraît être un souverain plein de clémence.

L'aubergiste acquiesça, mais avec réserve.

– Comme vous venez de le dire, le duc Orbal ne se met jamais en colère, il n'est ni brutal, ni méfiant, ni sévère, à moins que sa très grande sagesse ne l'y pousse, et alors il renonce à toute douceur dans l'intérêt de la justice. Jetez un coup d'œil sur le sommet de la colline. Que voyez-vous ?

– Quatre tubes, peut-être des réservoirs cylindriques, d'environ trente mètres de haut sur un mètre de diamètre.

– Vous avez de bons yeux. On jette dans ces tubes tous les membres indisciplinés de notre société, sans tenir compte de ceux qui se trouvent en dessous. On peut converser avec le duc Orbal, et même risquer une modeste plaisanterie, mais il faut toujours obéir à ses ordres. Bien sûr, les criminels sont expédiés sans ménagement.

Selon son habitude, Cugel jeta un regard inquiet par-dessus son épaule.

– De telles mesures ne s'appliquent pas à moi qui suis étranger dans la ville.

L'aubergiste émit un grognement sceptique.

– Je suppose que vous venez pour assister à l'Exposition des Prodiges ?

– Evidemment ! Je concourrai peut-être pour le grand prix. Pourriez-vous me recommander un loueur de voitures digne de confiance ?

– Bien sûr.

L'aubergiste lui fournit les renseignements désirés.

– Je voudrais aussi recruter quelques ouvriers vigoureux et de bonne volonté. Où pourrais-je en trouver ?

– Toute la racaille de la ville tient conseil dans la cour du *Chien Hurlant,* répondit l'aubergiste en lui montrant une taverne miteuse, de l'autre côté de la place. Vous trouverez là toute la main-d'œuvre qu'il vous faut.

– Pendant que je vais chez le loueur, seriez-vous assez aimable pour envoyer l'un de vos serveurs recruter une douzaine de solides garçons ?

– Entendu.

Cugel loua un grand chariot à six roues et un attelage de robustes farlocks. Lorsqu'il revint aux *Cinq Hiboux*, il y trouva, qui l'attendait, une équipe d'une douzaine d'individus de toute sorte, y compris un homme non seulement sénile mais unijambiste. Un autre, complètement intoxiqué, chassait des insectes imaginaires. Cugel renvoya sur-le-champ ces deux-là. Le groupe comprenait aussi Iolo, le Chasseur de Rêves, qui examina Cugel d'un air méfiant.

– Mon cher ami, que faites-vous en si misérable compagnie ?

– Je cherche un emploi afin de pouvoir manger. Puis-je vous demander d'où viennent les fonds qui vont payer cette main-d'œuvre ? Et je vois aussi que vous portez à l'oreille une pierre qui, la nuit dernière, était en ma possession ?

– C'est la seconde boucle de la paire; comme vous le savez, le voleur a pris la première avec vos autres biens.

– J'ai plus que jamais hâte de retrouver ce voleur chimérique qui me prend mon opale et vous laisse la vôtre.

– C'était vraiment quelqu'un de remarquable. Je crois l'avoir aperçu, il n'y a pas une heure, qui sortait de la ville au galop.

– Qu'avez-vous l'intention de faire avec cette voiture ? demanda Iolo en retroussant la lèvre supérieure.

– Si vous voulez gagner quelques terces, vous l'apprendrez en temps voulu.

Cugel conduisit le chariot et l'équipe d'ouvriers jusqu'au trou mystérieux qu'il trouva dans l'état où il l'avait laissé. Il fit creuser des tranchées dans la falaise, et monter une grue qui transporta le trou, la souche, le tentacule et tout le sol environnant jusque sur le chariot.

Au milieu de l'exécution de ce projet, Iolo changea de manière. Il se mit à lancer des ordres aux ouvriers et s'adressa à Cugel avec cordialité.

– C'est une fameuse idée, Cugel ! Nous allons en tirer un gros profit !

– J'espère gagner le grand prix, répondit Cugel en haussant les sourcils. Mais votre salaire sera fort modeste si vous ne travaillez pas avec plus de zèle.

– Quoi ! fulmina Iolo. Vous êtes bien obligé de reconnaître que la moitié de ce trou est à moi !

– Je ne reconnais rien du tout. Et plus un mot là-dessus, ou je vous congédie sur-le-champ.

Iolo, furieux, retourna travailler en grommelant. Et Cugel transporta l'énorme motte de terre, avec le trou, la souche et le tentacule, à Cuirnif. En cours de route, il acheta une vieille bâche avec laquelle il dissimula le trou, afin d'amplifier, le moment venu, l'effet de surprise de son prodige.

Arrivé sur les lieux de la Grande Exposition, Cugel transféra la motte du chariot dans un pavillon, puis il paya ses hommes, à la grande déception de ceux qui avaient fondé d'extravagants espoirs sur lui. Cugel refusa d'écouter leurs plaintes.

– Je vous ai suffisamment payés ! Si je vous en donnais plus, tout passerait tout de même dans le tiroir-caisse du *Chien-Hurlant.*

– Attendez ! cria Iolo. Nous devrions pouvoir nous entendre, vous et moi !

Cugel se contenta de sauter dans le chariot pour le reconduire au loueur. Certains le suivirent un peu en courant, d'autres lui jetèrent des pierres, sans résultat.

Le jour suivant, trompettes et gongs annoncèrent l'ouverture officielle de l'Exposition. Le duc Orbal arriva sur la place, revêtu d'une splendide robe de peluche magenta ornée de plumes blanches, et coiffé d'un chapeau de velours bleu pâle d'un mètre d'envergure, orné de glands en argent suspendus tout autour et d'une cocarde en ruban argenté.

Il s'adressa à la foule du haut d'une tribune :

– Comme vous le savez tous, mon goût pour les prodiges me vaut une réputation d'excentrique, mais après tout, lorsqu'on y pense, qu'y a-t-il d'absurde là-dedans ? Remontez les éons, par la pensée, jusqu'au temps des Vapuriales, du Collège Vert et Pourpre, des puissants magiciens comme Amberlin, le second Chidule de Porphyrhyncos, Morreion, Calanctus le Paisible, et bien sûr le Grand Phandaal. Ces jours prodigieux ne vivront plus jamais, sauf dans nos mémoires nostalgiques. Et ceci, cette Grande Exposition des Prodiges, n'en est qu'une pâle évocation.

» Pourtant, je vois que nous avons un programme intéressant et je vais sans doute avoir des difficultés à attribuer le grand prix, dit-il en jetant un coup d'œil sur un papier qu'il tenait à la main. Nous allons passer en revue, « Les Escadrons Agiles » de Zaraflam, « Les Musiciens Incomparables » de Bazzard, « Le Compendium de la Connaissance Universelle » de Xallops et le « Sac de Rêves » qui nous est offert par Iolo; et, pour finir, Cugel nous présentera ce qu'il appelle, d'un nom terriblement excitant, « Nulle Part ». Un programme particulièrement aguichant ! Et maintenant, sans plus de cérémonies, allons évaluer « Les Escadrons Agiles » de Zaraflam.

La foule s'empressa autour du premier pavillon et Zaraflam produisit ses « Escadrons Agiles » : une parade de cafards élégamment vêtus d'uniformes rouge, blanc et noir. Les sergents brandissaient des sabres; les fantassins portaient des mousquets. Les escadrons exécutèrent des évolutions complexes.

– Halte ! hurla Zaraflam.

Les cafards s'arrêtèrent brusquement.

– Portez armes !

Les cafards obéirent.

– Tirez une salve en l'honneur du duc Orbal !

Les sergents levèrent leurs sabres et les fantassins leurs mousquets. Les sabres s'abaissèrent et les mousquets partirent, émettant de petites bouffées de fumée blanche.

– Admirable ! déclara le duc. Zaraflam, je vous félicite pour votre précision et votre minutie.

– Grand merci, Votre Grâce ! Ai-je mérité le grand prix ?

– Il est encore trop tôt pour le dire. Maintenant, à Bazzard et ses « Musiciens Incomparables » !

Les spectateurs se précipitèrent vers le second pavillon où Bazzard apparut, l'air consterné.

— Votre Grâce! Nobles citoyens de Cuirnif! Mes « Musiciens Incomparables » étaient des poissons de la Mer Cantique et j'étais certain d'obtenir le grand prix en les produisant à Cuirnif. Mais une fuite a vidé, cette nuit, l'eau de leur réservoir. Les poissons sont morts et leur musique perdue à jamais! Je voudrais cependant concourir pour le prix; car je peux imiter les chants de mon ex-troupe. Je vous prie de bien vouloir juger de leur qualité musicale.

— C'est impossible, dit le duc Orbal en faisant un geste, la participation de Bazzard est annulée. Passons maintenant à Xallops et à son remarquable « Compendium »

— Votre Grâce! Mesdames et Messieurs! Le prodige que je présente à cette exposition est vraiment remarquable. Cependant, à l'inverse de Zaraflam ou de Bazzard, je ne m'attribue pas le crédit de son existence. Je suis un pilleur de tombes et c'est un métier où les risques sont grands et les profits rares. Par une chance extraordinaire, j'ai découvert cette crypte où, il y a plusieurs éons, le sorcier Zingzin s'est fait enterrer. J'en ai tiré le volume que je vais exposer maintenant à vos yeux étonnés.

Xallops, d'un geste solennel, souleva une étoffe, révélant un grand livre relié en cuir noir.

— Ce livre doit, sur un ordre de vous, fournir n'importe quel type d'information. Il connaît tout dans les moindres détails, depuis l'instant où les étoiles s'allumèrent, jusqu'aux temps présents. Demandez et il vous répondra!

— Extraordinaire! déclara le duc Orbal. Présentenous l'Ode Perdue de Psyrme!

— Volontiers, dit le livre d'une voix grinçante.

Il s'ouvrit à une page couverte d'une écriture en pattes de mouche.

— Je ne comprends pas ces caractères; il faut que tu me les traduises.

— La requête est rejetée, rétorqua le livre. Une poésie aussi suave n'est pas faite pour des oreilles ordinaires.

Le duc jeta un coup d'œil à Xallops qui s'empressa d'ordonner au livre :

– Montre-nous des scènes des éons passés.

– Remontant au Dix-Neuvième Eon du Cinquante-Deuxième Cycle, voici une vue de la Vallée de Linxfade, avec la Tour Qui Glace le Sang, de Kolghut.

– Les détails sont remarquables d'exactitude! déclara le duc. Je suis curieux de voir à quoi ressemblait Kolghut lui-même.

– Rien n'est plus facile. Voici la terrasse du temple consacré à Tanutia. Kolghut se tient debout à côté du Buisson des Lamentations, qui est en fleur. Dans le fauteuil, est assise l'Impératrice Noxon, alors dans sa cent-quarantième année. Elle n'a jamais bu une goutte d'eau de toute sa vie et ne mange que des fleurs amères et, parfois, un morceau d'anguille bouillie.

– Bah! s'écria le duc Orbal. Quelle hideuse vieille! Qui sont ces gentilshommes rangés derrière elle?

– C'est sa suite d'amants. Chaque mois, l'un d'eux est exécuté et un nouveau cœur vaillant est recruté pour prendre sa place. La compétition est serrée car tous veulent se gagner l'affection de l'Impératrice.

– Montrez-nous plutôt quelque belle dame de l'Age Jaune.

Le livre proféra, d'un ton irrité, une syllabe dans une langue inconnue. La page se tourna pour montrer un lieu de promenade, en albâtre, sur les bords d'une rivière aux eaux nonchalantes.

– Cette vue révèle fort bien l'art de tailler les arbres qui connut son apogée à cette époque Regardez, là et là! (Au moyen d'une flèche lumineuse, le livre indiqua une rangée d'arbres massifs taillés en boule.) Ceux-là sont des irix, dont on peut utiliser la sève comme vermifuge. L'espèce en est maintenant éteinte. Vous voyez se promener là une multitude de personnes. Ceux qui ont des bas noirs et de longues barbes blanches sont des esclaves Aluliens dont les ancêtres sont venus du lointain Canopus. Eux aussi ont disparu. Un peu plus loin se tient une belle femme appelée Jiao Jaro. Vous la reconnaissez au point rouge qui marque sa tête, mais son visage est tourné vers la rivière.

– Cela laisse à désirer, grommela le duc. Xallops,

ne pouvez-vous maîtriser la perversité de votre prodige ?

– Je crains bien que non, Votre Grâce.

– Une dernière question, dit le duc avec une grimace de mécontentement. Qui, parmi les gens qui résident actuellement à Cuirnif, présente le plus grand danger pour mon royaume ?

– Je suis une mine d'informations et non un oracle, énonça le livre. Cependant, je peux dire que, parmi les personnes présentes, il y a un vagabond dont le visage porte l'expression rusée d'un renard et dont les habitudes feraient monter le rouge aux joues de l'Impératrice Noxon elle-même. Son nom...

Cugel bondit et désigna quelqu'un du doigt, sur la place.

– Le voleur ! Le voilà ! Appelez la police ! Faites sonner le gong !

Pendant que tout le monde lui tournait le dos pour regarder le voleur, Cugel ferma violemment le livre et enfonça ses doigts dans la couverture. Le livre grogna de contrariété. Le duc Orbal se retourna en fronçant les sourcils.

– Je ne vois pas de voleur.

– Alors, je me suis trompé. Mais Iolo vous attend là-bas, avec son fameux Sac de Rêves.

Le duc passa au pavillon suivant, entraînant tous les spectateurs ensorcelés.

– Iolo, votre réputation de Chasseur de Rêves vous a précédé depuis Dai-Passant, dit le duc. Je vous souhaite officiellement la bienvenue !

– J'ai de bien tristes nouvelles à vous apprendre, Votre Grâce, répondit Iolo d'une voix angoissée. Pendant toute une année, je me suis préparé à ce jour, dans l'espoir de remporter le grand prix. Les rafales de vent nocturnes, les injures des gens, l'épouvantable proximité des fantômes, des shrees, des coureurs de toit et des fermins, tout cela, je l'ai affronté sans peur ! J'ai erré toutes les nuits à la poursuite des rêves ! Je me suis tapi à côté des dormeurs, j'ai rampé dans les greniers, j'ai rôdé autour des lits; j'ai supporté sans me plaindre les égratignures et les contusions, et jamais je n'ai calculé combien tout cela me coûtait, tout occupé que j'étais à capturer des spécimens de grande qualité.

» J'ai examiné attentivement les rêves qu'avait retenus mon filet; pour chaque rêve chéri et choyé j'en ai relâché une douzaine et, pour finir, j'ai façonné à partir des plus beaux de merveilleux cristaux que j'ai apportés depuis le lointain Dai-Passant. Et puis, la nuit dernière, à la suite de circonstances très mystérieuses, ils ont été emportés par un voleur que Cugel est le seul à avoir vu. Ces rêves, qu'ils soient ici ou pas, sont des prodiges d'une qualité sans pareil et je suis sûr qu'une description minutieuse...

Le duc Orbal lui coupa la parole d'un geste.

– Je dois réitérer le jugement rendu contre Bazzard. Une règle impérieuse stipule que ni les merveilles imaginaires ni les prodiges prétendus tels ne sont admis au concours. Peut-être que, lors d'une autre exposition, nous attribuerons le prix à vos rêves. Maintenant, passons au pavillon de Cugel et voyons son prodige au nom provocant.

– Votre Grâce, c'est une merveille avérée que je vous présente, dit Cugel, et non une bande de vulgaires insectes ou un almanach pédant. Il s'agit d'un authentique miracle. (Il ôta la bâche d'un geste théâtral.) Regardez !

– Une motte de terre ? Une souche ? Qu'est-ce que c'est que ce drôle de membre qui émerge du trou ?

– Votre Grâce, je vous présente là une ouverture qui s'ouvre sur un pays inconnu, ainsi que le bras d'un de ses habitants. Etudiez ce tentacule ! Là palpite la vie d'un autre cosmos ! Remarquez l'éclat doré de sa surface dorsale. Et dessous, vous découvrirez trois couleurs qu'aucun œil humain n'a jamais vues !

L'air déconcerté, le duc Orbal se tripota le menton.

– C'est très bien, mais où est le reste de cette créature ? Vous ne nous présentez pas un prodige, mais une fraction de prodige ! Je ne peux pas juger à partir d'une queue, d'une patte arrière ou d'une trompe, quel que soit ce membre. De plus, vous prétendez que cet orifice donne sur un lointain cosmos; je ne vois qu'un trou qui ressemble fort à la tanière d'un wysen.

– Puis-je donner mon avis ? dit Iolo en s'avançant.

Plus je réfléchis aux événements, plus je suis convaincu que c'est Cugel qui a volé mes Rêves !

– Votre remarque n'intéresse personne, rétorqua Cugel. Tenez votre langue pendant que je poursuis ma démonstration.

Mais Iolo ne se laissa pas repousser ainsi. Il se tourna vers le duc Orbal et cria d'une voix poignante :

– Ecoutez-moi jusqu'au bout ! Je suis sûr que ce « voleur » est une invention de Cugel ! Il a pris mes rêves et les a cachés; et où, sauf dans le trou lui-même ? Je cite pour preuve cette ficelle qui plonge dedans.

– Ces accusations sont-elles avérées ? demanda le duc Orbal en regardant Cugel avec sévérité. Répondez franchement car je ferai vérifier tous vos dires.

– Je ne peux affirmer que ce que je sais, répondit Cugel en choisissant prudemment ses mots. Peut-être le voleur a-t-il caché les rêves de Iolo dans le trou pendant que j'étais occupé à autre chose. Pourquoi ? Qui peut le dire ?

– Aucun de vous n'a pensé à chercher ce « Sac de Rêves » dans le trou ? demanda le duc d'une voix douce.

– Iolo peut y entrer et chercher tant qu'il voudra, dit Cugel en haussant les épaules d'un air indifférent.

– Vous avez revendiqué la propriété de ce trou ! répliqua Iolo. Il est de votre devoir de protéger le public !

Une discussion animée s'ensuivit jusqu'à ce que le duc Orbal intervienne.

– Les deux parties ont présenté des arguments convaincants; mais je sens pourtant que je dois me prononcer contre Cugel. Je décrète donc qu'il ira fouiller le trou et rapportera les rêves disparus.

Cugel protesta avec une telle énergie que le duc se tourna pour jeter un coup d'œil sur la colline, et aussitôt l'exposant changea de ton.

– Bien sûr, le jugement de Votre Grâce a force de loi; et s'il le faut, j'irai chercher les rêves de Iolo; bien que son hypothèse soit totalement absurde.

– Allez-y, je vous prie, et tout de suite.

Cugel demanda une longue perche, à laquelle il attacha un grappin. Avec précaution, il introduisit le tout dans le trou et le fit aller et venir, sans autre résultat que d'exciter le tentacule qui se mit à fouetter l'air.

— Je remarque quelque chose d'étrange, s'écria Iolo tout excité. La motte de terre mesure environ deux mètres de large et pourtant Cugel plonge dans le trou une perche qui fait le double! A quelle supercherie s'adonne-t-il?

— J'ai promis un prodige au duc Orbal, et je tiens parole, répondit Cugel d'une voix calme.

— C'est vrai, Cugel! approuva le duc en hochant gravement la tête. Ce que vous nous présentez là est intéressant! Pourtant, vous ne nous en offrez qu'un aperçu prometteur : un trou sans fond, un bout de tentacule, une couleur étrange, une lueur lointaine... si bien que votre prodige semble être un expédient de fortune improvisé au dernier moment. Comparez avec la précision du prodige exposé par Zaraflam. (Il leva la main pour interrompre les protestations de Cugel.) Vous nous présentez un trou, et j'admets que c'est un beau trou. Mais en quoi diffère-t-il d'un autre? Puis-je en toute justice lui attribuer un prix sur une telle base?

— Cela peut être résolu à la satisfaction de tous, dit Cugel. Laissons Iolo entrer dedans et s'assurer que ses rêves n'y sont pas. A son retour, il portera témoignage sur la nature vraiment merveilleuse de mon prodige.

— Cugel revendique la propriété de ce prodige; qu'il aille l'explorer lui-même! protesta Iolo.

Le duc Orbal leva la main pour obtenir le silence.

— Je décrète que Cugel doit immédiatement entrer dans son trou pour y chercher le Sac de Rêves de Iolo et effectuer, en même temps, une étude approfondie des lieux, pour le bénéfice de tous.

— Votre Grâce! protesta Cugel. Ce ne sera pas facile! Le tentacule remplit presque entièrement le trou!

— Moi, je vois assez de place pour qu'un homme agile s'y faufile.

— En toute franchise, Votre Grâce, je n'ai pas envie d'entrer dans ce trou parce que je meurs de peur.

Le duc Orbal leva de nouveau les yeux vers les tubes

qui se profilaient à l'horizon. Il dit, sans se retourner, à un grand gaillard en uniforme bordeaux et noir qui se tenait derrière lui :

– Lequel de ces tubes est actuellement en service ?

– Le second à partir de la droite n'est plein qu'au quart de sa hauteur, Votre Grâce.

– J'ai peur mais je peux surmonter ma peur, déclara Cugel d'une voix tremblante. Je vais aller à la recherche des rêves de Iolo !

– Très bien, dit le duc avec un mince sourire. Je vous en prie, ne tardez pas; ma patience s'émousse.

Cugel essaya d'introduire une jambe dans le trou mais un mouvement de tentacule la lui fit aussitôt ressortir. Le duc murmura quelques mots à son chef de la police qui fit venir un treuil. On tira au moins cinq mètres de tentacule hors du trou.

– Enfourchez le tentacule, serrez-le bien entre vos jambes et tenez-le ferme; il va vous faire entrer dedans, ordonna le duc.

Cugel, désespéré, se hissa dessus. On relâcha la tension du treuil et l'explorateur descendit dans le trou avec le tentacule.

La lumière de la Terre, comme repoussée par une force, ne pénétrait pas à l'intérieur. Cugel plongea dans une obscurité presque totale où, cependant, par il ne savait quelle circonstance paradoxale et singulière, il demeura capable d'appréhender en détail son nouvel environnement.

Il se tenait debout sur quelque chose de plat mais d'inégal qui se soulevait et tanguait comme la surface d'une mer agitée par le vent. Ce sol noir et spongieux présentait de minuscules cavités et des tunnels dans lesquels Cugel aperçut d'innombrables petits points lumineux, presque invisibles. Là où la substance s'élevait, elle formait une crête qui se recourbait comme une vague sur le point de retomber, ou se dressait, déchiquetée en dents de scie; dans les deux cas, sa lisière s'embrasait de rouge, de bleu pâle, et d'autres couleurs que Cugel n'avait jamais vues. Il ne put détecter l'horizon : les concepts de distance, de dimension et de proportion ne s'appliquaient plus à ses perceptions.

Un néant mort planait au-dessus de sa tête. Mais il y avait tout de même un grand disque couleur de pluie suspendu au zénith, un objet si indistinct qu'il en était presque invisible. A une distance indéterminable... deux kilomètres ? vingt kilomètres ? cent mètres ?... un tertre dominait tout le panorama. En l'étudiant plus attentivement, Cugel vit qu'il s'agissait d'un monticule prodigieux de chair gélatineuse à l'intérieur de laquelle flottait un organe globulaire à peu près analogue à un œil. De sa base partaient une centaine de tentacules qui se déployaient sur toute l'éponge noire. L'un d'eux passait près du pied de Cugel et, par la brèche intra-cosmique, sortait sur Terre.

Il découvrit, à moins d'un mètre, le sac de rêves de Iolo. De l'éponge noire écrasée par sa chute, un liquide coulait qui avait fait fondre le cuir. Par ce trou, des rêves en forme d'étoile s'étaient éparpillés sur le sol. En cherchant à l'aveuglette avec la perche, Cugel avait endommagé des barbillons bruns. Un liquide en avait suinté sur les rêves et lorsqu'il ramassa l'un des flocons fragiles, il vit que ses bords rayonnaient de sinistres couleurs. La combinaison des deux exsudats qui imprégnaient l'objet lui picota les doigts.

Une douzaine de petites nodosités lumineuses vinrent voleter autour de sa tête et une voix douce s'adressa à lui.

— Cugel, votre visite nous fait grand plaisir ! Que pensez-vous de notre agréable pays ?

Il regarda, stupéfait, autour de lui. Comment un habitant de ces lieux pouvait-il connaître son nom ? A une dizaine de mètres de là, il remarqua un petit tas de protoplasme qui ressemblait assez à la monstrueuse masse à l'œil flottant.

Les particules lumineuses encerclèrent sa tête et la voix résonna dans ses oreilles.

— Vous avez l'air perplexe, mais rappelez-vous qu'ici, les choses se passent différemment. Nous transférons nos pensées dans de petits nodules; si vous regardez attentivement, vous les verrez filer dans le flux : ce sont de délicats petits animalcules désireux de se décharger du poids des informations. Là ! Faites attention ! Juste devant vos yeux, en voici un qui flotte.

C'est l'une de vos pensées pleines de doutes; elle hésite et attend votre décision.

– Et si je parle? Est-ce que cela facilitera les choses?

– Bien au contraire. Le son nous offense et le moindre murmure nous est insupportable.

– C'est très bien tout cela mais... grommela Cugel.

– Silence, je vous en prie! Envoyez-nous seulement des animalcules!

Cugel expédia une foule de significations lumineuses :

– Je ferai de mon mieux. Peut-être pourriez-vous m'apprendre jusqu'où s'étend ce pays?

– Pas avec certitude. Parfois, j'envoie des animalcules explorer au loin; ils signalent un paysage similaire à celui-ci qui s'étend à l'infini.

– Le duc Orbal d'Ombalique m'a ordonné de recueillir des informations et vos remarques l'intéresseront. Trouve-t-on ici des minerais ou des pierres d'une grande valeur?

– Dans une certaine mesure. Il y a du proscédel et du diphany, ainsi que de rares paillettes de zamandres.

– Je dois rassembler des renseignements sur ce pays puis rapporter les rêves de Iolo; mais j'aimerais acquérir une babiole ou deux, en souvenir de notre agréable rencontre.

– C'est tout naturel! Je comprends votre désir.

– Dans ce cas, comment puis-je me procurer une certaine quantité de ces substances?

– C'est très facile. Envoyez simplement des animalcules recueillir ce dont vous avez besoin.

La créature émit une foule de nodosités protoplasmiques qui se précipitèrent comme des flèches dans toutes les directions et revinrent bientôt avec des douzaines de petites sphères étincelant d'une lumière bleue et glacée.

– Voici des zamandres de la plus belle eau, dit l'entité. Acceptez-les en signe d'amitié!

Cugel rangea les pierres précieuses dans son sac.

– C'est une manière satisfaisante de faire fortune. J'aimerais aussi un peu de diphany.

– Envoyez des animalcules ! Pourquoi vous épuiser pour rien ?

– Je vois que nous avons les mêmes idées.

Cugel expédia plusieurs centaines d'animalcules qui revinrent avec une vingtaine de petits lingots du précieux métal. Il examina son sac.

– J'ai encore un peu de place pour du proscédel. Avec votre permission, je vais envoyer les messagers nécessaires.

– L'idée ne me viendrait même pas de vous en empêcher, affirma la créature.

Les animalcules filèrent au loin pour revenir bientôt avec assez de proscédel pour remplir le sac de Cugel.

– C'est au moins la moitié du trésor d'Uthaw, dit pensivement la créature. Mais on dirait qu'il ne s'est aperçu de rien.

– Uthaw ? demanda Cugel. Faites-vous allusion à cette masse monstrueuse qui est là-bas ?

– Oui, c'est Uthaw, un être parfois grossier et irascible.

L'œil d'Uthaw roula vers Cugel et fit saillie à travers la membrane extérieure. Une marée d'animalcules arrivèrent, palpitant d'informations.

– Je vois que Cugel m'a dérobé mon trésor, ce que je considère comme une violation de l'hospitalité ! Pour châtiment, il devra extraire vingt-deux zamandres de sous les Trillows Frissonnants. Il faudra aussi qu'il m'apporte huit livres de proscédel, criblées à partir de la Poussière du Temps. Pour finir, il grattera seize mètres carrés de diphany en fleur, sur la face du Haut Disque.

– Seigneur Uthaw, répondirent les animalcules de Cugel, la punition est dure mais juste. Attendez un instant que nous allions chercher les outils nécessaires !

Cugel ramassa les rêves et bondit vers l'ouverture. Saisissant le tentacule, il cria dans le trou :

– Faites vite tourner le treuil ! J'ai retrouvé les rêves !

Le tentacule se convulsa et fouetta l'air, bloquant l'issue. Cugel se retourna et, mettant les doigts dans sa bouche, il émit un sifflement perçant. L'œil d'Uthaw roula en arrière et le tentacule retomba, tout flasque.

Le treuil le tira et Cugel fut hissé hors du trou. Uthaw, recouvrant l'usage de ses sens, agita si violemment son tentacule que la corde se brisa; le treuil fut projeté en l'air, plusieurs personnes précipitées à terre. Uthaw ramena son membre dans le trou qui se referma.

Cugel lança dédaigneusement le sac de flocons de rêves aux pieds de Iolo.

– Vous voilà, ingrat ! Prenez vos hallucinations insipides et partez ! Que l'on n'entende plus parler de vous ! (Puis, se tournant vers le duc :) Je peux maintenant vous faire un rapport sur l'autre cosmos. Le sol est formé d'une substance noire et spongieuse où tremblotent un milliard de petites lueurs presque invisibles. Je n'ai découvert aucune limite à l'étendue de ce pays. Un disque blême occupe un quart de ciel. Quant aux habitants, le plus gros est une masse de protoplasme fort mal élevée, appelée Uthaw; les autres lui ressemblent plus ou moins. Aucun bruit n'est permis et les échanges se font par l'intermédiaire d'animalcules qui leur procurent aussi tout ce qui leur est nécessaire. Voilà quelles sont mes découvertes et, avec le profond respect que je vous dois, je revendique le grand prix de mille terces.

Cugel entendit Iolo s'esclaffer dans son dos. Le duc Orbal secoua la tête :

– Mon cher Cugel, ce que vous suggérez est impossible. A quel prodige faites-vous allusion ? A cette motte de terre ? Elle ne peut prétendre à une quelconque singularité.

– Mais vous avez vu le trou ! Avec votre treuil, vous avez tiré le tentacule ! Sur vos ordres, je suis descendu explorer le pays mystérieux !

– C'est vrai, mais trou et tentacule ont tous deux disparu. Je ne dis pas que vous mentez mais il n'y a aucun moyen de vérifier votre rapport. Je ne peux accorder les honneurs à une entité aussi fugitive que le souvenir d'un trou inexistant ! J'ai bien peur d'être obligé d'éliminer votre prodige. Le prix ira donc à Zaraflam et à ses remarquables cafards.

– Un moment, Votre Grâce ! s'écria Iolo. Souvenez-vous que je participe à la compétition ! Laissez-moi, au moins, vous montrer le fruit de mon travail ! Voici un cristal de premier choix, distillé à partir de cent rêves capturés tôt le matin au voisinage d'une troupe de belles jeunes filles endormies dans un berceau de vigne odorante.

– Très bien, dit le duc. Je vais différer l'attribution du prix jusqu'à ce que j'aie vérifié la qualité de vos visions. Comment faut-il procéder ? Dois-je m'endormir ?

– Pas du tout ! L'ingestion d'un rêve pendant l'état de veille ne produit pas une hallucination mais un état d'esprit : une sensibilité nouvelle, une excitation des facultés, une allégresse indescriptible. Mais pourquoi ne pas vous installer confortablement pour goûter à mes rêves ? Vous ! Allez chercher un divan ! Et vous, un coussin pour la noble tête de Sa Grâce ! Vous ! Soyez assez aimable pour prendre le chapeau de Sa Grâce !

Cugel n'avait aucune raison de rester. Il s'éloigna donc vers la périphérie de la foule.

Iolo examina son rêve et, durant un instant, parut étonné par la présence de l'exsudat qui adhérait toujours au cristal; puis il décida de ne pas en tenir compte et se contenta de se frotter les doigts, comme s'il venait de toucher une substance visqueuse.

Faisant une série de grands gestes, il s'approcha du fauteuil massif où le duc Orbal s'était confortablement installé.

– Pour faciliter l'assimilation du rêve, dit Iolo, j'en mets un peu dans chaque oreille; j'en introduis un tantinet dans chaque narine; je parfais l'équilibre en plaçant le reste sous la langue de Votre Grâce. Et maintenant, si Votre Grâce veut bien se détendre, dans une demi-minute, la quintessence d'une centaine de rêves exquis va l'enivrer.

Le duc se raidit. Il empoigna les bras de son fauteuil. Son dos se cambra et ses yeux s'exorbitèrent. Il tourna sur lui-même, tressauta, sursauta et partit en bondissant à travers la place, sous les yeux stupéfaits de ses sujets.

Iolo cria d'une voix claironnante :

– Où est Cugel ? Allez chercher ce scélérat de Cugel !

Mais Cugel avait déjà quitté Cuirnif et on ne le découvrit nulle part.

DE CUIRNIF À PERGOLO

Les quatre magiciens

Le séjour de Cugel à Cuirnif fut gâté par plusieurs incidents désagréables et il quitta la ville avec plus de hâte que de dignité. Il se fraya un chemin à travers un fourré d'aulnes, il sauta par-dessus un fossé et grimpa, des pieds et des mains, jusque sur la grand-route du Vieux Ferghaz. Il s'arrêta pour écouter, et découvrant que la poursuite avait pris fin, il partit d'un bon pas vers l'ouest.

La route traversait une grande lande bleue bigarrée de petits bois. Tout était plongé dans un silence inquiétant; scrutant le paysage, Cugel ne vit que le vaste ciel et la solitude la plus absolue, sans le moindre signe d'habitation.

De Cuirnif arriva un cabriolet tiré par un wheriot unicorne. Le conducteur n'était autre que Bazzard qui, comme lui, avait participé à l'Exposition des Prodiges. Le sien, comme le « Nulle Part » de Cugel, avait été disqualifié pour des raisons techniques.

– Alors, Cugel, dit Bazzard en arrêtant sa voiture, je vois que vous avez décidé de laisser votre prodige à Cuirnif.

– Je n'avais pas le choix. Le trou ayant disparu, « Nulle Part » était devenu une grosse motte de terre que je suis heureux d'abandonner à la garde du duc Orbal.

– J'ai fait de même avec mes poissons morts, dit Bazzard qui regarda la lande, autour de lui. C'est une contrée sinistre; il y a des asmes cachés dans chaque bosquet. Où allez-vous ?

– A Azenomei, en Almery. Mais pour le moment, j'aimerais trouver un abri pour la nuit.

– Dans ce cas, pourquoi ne venez-vous pas avec moi ? Je vous serais reconnaissant de me tenir compagnie. Ce soir, nous nous arrêterons à l'*Auberge de l'Homme de Fer,* et demain nous arriverons à Llaio où je vis avec mes quatre pères.

– Votre offre est la bienvenue.

Cugel grimpa sur le siège; Bazzard fouetta le wheriot et le cabriolet partit à bonne allure sur la route.

– Si je ne me trompe, dit Bazzard au bout d'un moment, Iucounu, le Magicien Rieur, comme on l'appelle, séjourne à Pergolo, qui est près d'Azenomei. Peut-être le connaissez-vous ?

– Oh, oui. Il a fait quelques bonnes plaisanteries à mes dépens.

– Ah, ah ! Je suppose, alors, que ce n'est pas un de vos meilleurs amis.

Cugel jeta un coup d'œil par-dessus son épaule et dit à voix bien haute.

– Si par hasard quelqu'un m'écoute, sachez que je porte un profond respect à Iucounu.

Par un geste, Bazzard montra qu'il avait compris.

– Quoi qu'il en soit, pourquoi retournez-vous à Azenomei ?

De nouveau, Cugel jeta des regards inquiets autour de lui.

– Pour en revenir à Iucounu, ses nombreux amis lui rapportent souvent des propos entendus par hasard, mais qu'ils déforment parfois; c'est pourquoi je me garde de parler à tort et à travers.

– C'est une sage résolution ! A Llaio, mes quatre pères aussi sont très prudents.

Au bout d'un moment, Cugel reprit la conversation.

– J'ai connu beaucoup de gens qui avaient quatre fils, mais jamais un fils avec quatre pères. Quelle explication vous en ont-ils donnée ?

– Je ne leur ai jamais posé la question, dit-il en se grattant la tête. Je profiterai de la première occasion pour le faire.

Le voyage se déroula sans incident et, à la fin de

l'après-midi du second jour, ils arrivèrent tous deux à Llaio, une vaste demeure à seize pignons.

Un valet d'écurie se chargea du cabriolet; Bazzard, suivi de Cugel, franchit une grande porte ornée de ferrures, traversa une salle de réception et entra dans un petit salon. De hautes fenêtres, composées chacune de douze carreaux violets, estompaient la lumière du soleil; des poutres magenta, surannées, réchauffaient les sombres boiseries de chêne. Au milieu, sur un tapis vert sombre, il y avait une longue table. Le dos au feu, quatre hommes, d'un aspect qui sortait tout à fait de l'ordinaire, étaient assis les uns près des autres. Ils n'avaient, à eux tous, qu'un seul œil, une seule oreille, un seul bras et une seule jambe. A part cela, ils se ressemblaient beaucoup : petits et frêles, avec des visages ronds et sérieux et des cheveux noirs coupés court.

Bazzard fit les présentations. Tandis qu'il parlait, les quatre hommes se passèrent habilement le bras, l'œil et l'oreille, afin d'être chacun capable d'évaluer quelle sorte d'homme était leur visiteur.

– Voici Cugel, un menu seigneur de la Vallée de la Twish, qui a souffert des plaisanteries de quelqu'un que nous ne nommerons pas. Cugel, je vous présente mes quatre pères : Disserl, Vasker, Pelasias et Archimbaust, magiciens réputés jusqu'à ce qu'ils se mettent à dos un certain sorcier farceur.

Pelasias, qui, à ce moment, portait l'œil et l'oreille, dit :

– Soyez le bienvenu ! Les invités sont rares à Llaio. En quel lieu avez-vous eu la chance de rencontrer notre fils Bazzard ?

– Nos deux pavillons étaient voisins à l'Exposition des Prodiges. Avec tout le respect que je dois au duc Orbal, je pense que ses jugements sont arbitraires; ni Bazzard ni moi n'avons gagné le prix.

– Cugel n'exagère en rien, fit remarquer Bazzard. Le duc ne m'a même pas laissé simuler les chants de mes infortunés poissons !

– Quel dommage ! dit Pelasias. Mais cette Exposition est une expérience que vous n'oublierez sans doute pas, et vous n'avez pas perdu votre temps. Ai-je raison Bazzard ?

– Tout à fait, père, et pendant que tout cela est encore frais dans ma mémoire, j'aimerais que vous m'aidiez à comprendre quelque chose. Souvent un père se vante d'avoir quatre fils; mais comment un fils peut-il se glorifier d'avoir quatre pères ?

Disserl, Vasker et Archimbaust tapotèrent sur la table; l'œil, l'oreille et le bras passèrent de l'un à l'autre. Pour finir, Vasker fit un geste brusque.

– La question est nulle et non avenue.

Archimbaust, s'emparant de l'œil et de l'oreille, examina Cugel avec attention. Il parut s'intéresser particulièrement à son chapeau, de nouveau orné de « L'Eclaboussure de Lumière ».

– Voilà un remarquable ornement, dit-il.

– Je le tiens pour très beau, dit Cugel en s'inclinant poliment.

– Accepteriez-vous de nous dire quelle est son origine ?

– Parlons de choses plus intéressantes, répondit Cugel en secouant la tête. Bazzard m'a dit que nous avions un certain nombre d'amis communs, dont le noble et respecté Iucounu.

– Faites-vous allusion à cet être répugnant, immoral et trouillard, connu parfois sous le nom de « Magicien Rieur » ? demanda Archimbaust en clignant de l'œil d'étonnement.

Cugel fit la grimace et frissonna.

– Je n'appliquerais jamais des épithètes aussi insultantes à ce cher Iucounu, surtout si je pensais que l'un de ses fidèles espions, ou lui-même, pouvait m'entendre.

– Ah, ah ! s'écria Archimbaust. Je comprends maintenant votre méfiance ! Ne craignez rien ! Nous sommes protégés par un dispositif d'alarme. Vous pouvez parler librement.

– Dans ce cas, j'admettrai que mon amitié pour Iucounu n'est ni profonde ni éternelle. Récemment, un démon aux ailes de cuir m'a, sur ses ordres, transporté de l'autre côté de l'Océan des Soupirs et m'a laissé tomber sur un rivage désolé connu sous le nom de Grève de Shanglestone.

– Si c'était une plaisanterie, elle était de mauvais goût ! déclara Bazzard.

– C'est aussi mon opinion, dit Cugel. Quant à cet ornement, c'est une écaille appelée « Eclaboussure de Lumière Brise-Ciel Pectorale », provenant du démiurge Sadlark. Elle possède un pouvoir que, franchement, je ne comprends pas, et il est dangereux d'y toucher, sauf avec des mains mouillées.

– Très bien, dit Bazzard, mais pourquoi avez-vous refusé d'en parler tout à l'heure ?

– Tout simplement parce que Iucounu possède toutes les autres écailles de Sadlark. Il convoite donc « L'Eclaboussure de Lumière », avec ce désir si intense qui est l'un des traits de sa personnalité.

– C'est fort intéressant ! s'exclama Archimbaust.

Ses frères et lui tapotèrent sur la table une rafale de messages et échangèrent œil, oreille et bras, avec une rapidité étonnante. Cugel, les regardant, se dit qu'il pouvait hasarder une hypothèse sur la manière dont les quatre pères avaient engendré un seul fils.

– Quels sont vos plans, en ce qui concerne Iucounu et cette extraordinaire écaille ? demanda bientôt Vasker.

– Je suis à la fois hésitant et mal à l'aise. Iucounu convoite mon écaille, c'est vrai. Il va me contacter et me dire : « Ah, mon cher Cugel, comme c'est gentil à vous de m'avoir apporté « L'Eclaboussure de Lumière » ! Donnez-la-moi ou préparez-vous à l'une de mes plaisanteries ! » Alors, que voulez-vous que je fasse ? J'ai perdu tout avantage sur lui. Lorsqu'on a affaire à Iucounu, il faut se préparer à sauter lestement de côté et d'autre. J'ai l'esprit vif et le pied agile, mais est-ce suffisant ?

– Bien sûr que non. Cependant...

Un sifflement se fit entendre. Aussitôt Vasker dit, avec des trémolos dans la voix :

– Oui, ce cher Iucounu ! Comme c'est étrange, Cugel, que vous le comptiez parmi vos amis !

Comprenant le signe que lui fit Bazzard, Cugel dit d'une voix aussi pleine d'affection :

– On sait partout quel homme merveilleux c'est !

– Oh, oui ! Nous avons eu quelques petites divergences d'opinion, mais n'en est-il pas toujours ainsi entre amis ? Maintenant, tout est oublié des deux côtés, j'en suis certain.

– Si vous avez le bonheur de le voir en Almery, dit Bazzard, transmettez-lui, je vous en prie, nos souvenirs les plus amicaux !

– Je n'irai pas voir Iucounu, répliqua Cugel. J'ai l'intention de me retirer dans une petite cabane confortable, sur les bords de la Sune; et peut-être d'apprendre un métier utile.

– C'est là un projet fort raisonnable, dit Archimbaust. Maintenant, Bazzard, parle-nous encore de l'Exposition.

– Elle a été magnifiquement conçue. Aucun doute là-dessus ! Cugel y a présenté un trou remarquable, mais le duc Orbal l'a éliminé sous prétexte de fugacité. Xallops a exposé un « Compendium de la Connaissance Universelle » qui a étonné tout le monde. Sur la couverture, l'Emblème Gnostique était représenté ainsi... (Prenant un stylo et du papier, Bazzard griffonna : *Ne levez pas la tête mais l'espion d'Iucounu est au plafond, sous la forme d'une mince volute de fumée.*) Regardez, Cugel ! Etait-ce bien cela ?

– Oui, à peu près, bien que vous ayez omis plusieurs ornements importants.

– Ma mémoire est défaillante, dit Bazzard en chiffonnant la feuille de papier et en la jetant dans le feu.

– Cher Cugel, dit Vasker, peut-être prendrez-vous une gorgée de dyssac ? Ou préférez-vous du vin ?

– J'aime autant l'un que l'autre.

– Dans ce cas, je vous recommande le dyssac. Nous le distillons nous-mêmes à partir de plantes de la région. Si tu veux bien nous servir, Bazzard...

Tandis que le fils servait l'alcool, Cugel jeta, d'un air désinvolte, un coup d'œil sur l'ensemble de la pièce. Tout là-haut, dans l'ombre, il vit une mince volute de fumée qui les regardait de ses deux petits yeux rouges.

D'une voix monotone, Vasker parla du poulailler de Llaio et du prix élevé de la nourriture. Enfin, l'espion commença à s'ennuyer ferme; la fumée descendit le long du mur, se glissa dans la cheminée et disparut.

— L'alarme est rétablie ? demanda Pelasias en regardant Bazzard avec l'œil dont il venait de s'emparer.

— Oui.

— Alors, nous pouvons de nouveau parler librement. Cugel, je n'irai pas par quatre chemins. Nous fûmes autrefois des magiciens renommés mais Iucounu nous a joué un tour dont nous ne nous sommes pas remis. La plus grande partie de notre pouvoir s'est évanouie; il ne nous reste plus qu'un peu d'espoir et, bien sûr, notre haine qui, elle, est éternelle.

— C'est clair, en effet ! Que proposez-vous ?

— Et vous ? Quels sont vos plans ? Iucounu va vous arracher l'écaille en riant et en plaisantant. Comment allez-vous l'en empêcher ?

— J'y ai réfléchi, dit Cugel en se tripotant le menton d'un air gêné.

— Et alors ?

— J'ai pensé que je pourrais cacher l'écaille puis tromper Iucounu par toute une série d'insinuations et de leurres. Mais je n'y crois déjà plus tout à fait, Iucounu peut ignorer mes énigmes en faveur des Displasmes Triomphants de Panguire. Je m'empresserai alors de dire : « Iucounu, vos plaisanteries sont merveilleuses; voici l'écaille. » Tout ce que j'espère, c'est de pouvoir prétendre que je lui offre l'écaille par pure générosité.

— En quoi cela vous avancerait-il ? demanda Pelasias.

Cugel regarda tout autour de la pièce.

— Vous êtes sûrs que nous ne craignons rien ?

— Tout à fait.

— Alors, je vais vous révéler un fait important. L'écaille dévore tout être vivant qui la touche, sauf en présence de l'eau qui atténue sa voracité.

— Je trouve que vous portez ce colifichet mortel avec beaucoup d'aplomb, dit Pelasias qui regarda Cugel avec respect.

— Je suis perpétuellement conscient de sa présence. Elle a déjà absorbé un pélgrane et un hybride de bazil et de sime.

— Ah, ah ! Soumettons cette écaille à un test. Dans le poulailler, nous avons attrapé au piège une fouine que nous allons tuer. Pourquoi ne pas le faire faire par votre écaille ?

– Si vous voulez.

Bazzard alla chercher le prédateur qui grondait et sifflait en montrant les dents. Cugel se mouilla les mains puis attacha l'écaille à un bâton avec lequel il toucha la fouine qui fut instantanément dévorée. De nouveaux points rouges apparurent dans la nodosité qui vibra avec une telle vivacité que Cugel n'osa pas épingler de nouveau l'écaille sur sa casquette. Il l'enveloppa dans plusieurs couches d'un tissu épais et la fourra dans son sac.

– Votre écaille a fait la preuve de son pouvoir, conclut Disserl qui, pour le moment, portait l'œil et l'oreille. Néanmoins, elle n'agit que par contact. Vous avez besoin de notre aide, si faible soit-elle. Et, si vous réussissez, peut-être retrouverons-nous, grâce à vous, l'usage de nos membres.

– Ils ne seront plus en état de vous servir, dit Cugel d'un air de doute.

– Nous ne nous faisons aucun souci à ce sujet, répliqua Disserl. Nos organes sont soigneusement gardés en vie, dans les caves d'Iucounu.

– Je suis heureux de l'apprendre. J'ai hâte d'entendre ce que vous allez me proposer.

– Tout d'abord, il faut nous assurer que Iucounu ne peut pas prendre l'écaille, soit par la force, soit par l'intimidation, ou au moyen de la Digitale Appropriatrice d'Arnhoult, ou encore grâce à une stase temporelle, telle que l'Entretemps Interminable. Si vous réussissez à le contrecarrer, il jouera le jeu selon vos règles et vous tiendrez la victoire.

– Je me sens déjà tout réconforté, dit Vasker après avoir pris les organes. Nous avons, en Cugel, un homme qui peut affronter Iucounu pied à pied, sans jamais reculer !

Cugel se mit brusquement debout et marcha nerveusement de long en large.

– Une attitude agressive, ce n'est peut-être pas la meilleure tactique. Après tout, Iucounu connaît un millier de tours. Comment l'empêcher d'utiliser son pouvoir magique ? Voilà le nœud de l'affaire.

— Je vais prendre conseil de mes frères, dit Vasker. Bazzard! Cugel et toi, vous pourriez dîner dans la Salle des Trophées. Faites attention aux espions.

Après un bon dîner, tous deux revinrent au petit salon où les autres magiciens sirotaient, à tour de rôle, le contenu d'un grand pot de thé. Pelasias, qui portait l'œil, le bras et l'oreille, dit :

— Nous avons consulté *Le Pandemonium* de Boberg, ainsi que l'Index du Vapurial. Nous sommes maintenant convaincus que vous portez quelque chose qui n'est pas simplement une belle écaille. C'est le centre nerveux du cerveau de Sadlark. Il a assimilé plusieurs êtres possédant de fortes personnalités, y compris notre fouine, et il montre maintenant des signes de vitalité, comme s'il se rétablissait après une longue estivation. Il ne faut plus renforcer le pouvoir de Sadlark.

— Tout cela peut se poser en termes de logique, dit Archimbaust qui venait de prendre les organes. Première proposition : afin d'accomplir notre projet, Cugel doit affronter Iucounu. Seconde proposition : il ne faut pas que Iucounu s'empare de l'écaille.

— Votre raisonnement est méthodique, fit remarquer Cugel en fronçant les sourcils. Mais j'envisage un programme plus subtil. L'écaille sera l'appât de notre piège; Iucounu tombera avec empressement dedans et deviendra impuissant.

— C'est de l'ineptie! Premièrement : des espions, et peut-être Iucounu lui-même, vous guettent constamment. Deuxièmement : il identifiera votre appât de loin et enverra un passant, ou vous-même, dans le piège que vous aurez tendu. Troisièmement : plutôt que d'entamer des négociations, Iucounu se servira du Froust Ancien de Tinkler, et vous vous retrouverez en train de filer de Pergolo, à grandes foulées de dix mètres, pour rapporter l'écaille à Iucounu.

— Revenons à vos propositions logiques, dit Cugel en levant la main. Si je m'en souviens bien : Deuxième Proposition : il ne faut pas qu'Iucounu s'empare de l'écaille. Et ensuite?

— Plusieurs corollaires en découlent. Pour ralentir l'élan de son avance, nous devons feindre la soumission d'un chien battu; c'est une attitude que Iucounu, par vanité, est tout prêt à accepter. Ensuite, il nous faut un objet qui jette le trouble dans la situation, et nous offre ainsi tout un éventail d'options parmi lesquelles choisir. Demain, Bazzard fera une copie de l'écaille, en or, avec une belle hypolite rouge, pour imiter la nodosité. Puis il fixera la fausse écaille sur votre casquette dans du diambroïde explosif.

– Et il faudra que je porte cela sur ma tête?

– Bien sûr! Vous aurez alors trois cordes à votre arc. Tout sera détruit si Iucounu essaie le moindre de ses tours. Vous pourrez peut-être donner votre casquette à Iucounu, puis vous enfuir et attendre l'explosion. Ou bien, si Iucounu détecte la présence du diambroïde, d'autres voies s'offriront à vous. Par exemple, vous essaierez de temporiser et vous mettrez l'authentique écaille à l'œuvre.

– Propositions et corollaires à part, dit Cugel en se frottant le menton, je n'ai guère envie de porter une charge d'explosif attachée à ma casquette.

Archimbaust continua à discuter de ce plan, mais Cugel demeura hésitant. Pour finir, ce père-là rendit les organes à Vasker qui dit :

– Je propose un programme à peu près similaire. Comme dans l'autre, vous arrivez discrètement en Almery. Vous marchez nonchalamment sur le bas-côté de la route, le visage dissimulé par un pan de votre cape; et vous prenez n'importe quel nom, sauf le vôtre. Iucounu sera intrigué et il viendra à votre rencontre. Votre ligne d'action sera alors une sobre courtoisie. Vous déclinerez poliment toutes ses offres et vous poursuivrez votre chemin. Cette attitude poussera sûrement Iucounu à commettre des excès malavisés. Et vous n'aurez plus qu'à agir!

– Et s'il se contente de s'emparer de ma casquette et de l'écaille, fausse ou vraie, et qu'il s'en serve?

– C'est là qu'intervient le projet d'Archimbaust, fit remarquer Vasker.

– Je trouve que vos plans manquent d'une certaine élégance, dit Cugel en se mordant la lèvre inférieure.

S'emparant des organes, Archimbaust dit avec emphase :

— Mon idée est la meilleure ! A trente ou quarante grammes de diambroïde, préférez-vous l'Enkystement de Forlorn, à soixante-dix kilomètres sous terre ?

Bazzard, qui s'était tu jusqu'alors, proposa son propre plan :

— Nous n'avons besoin d'utiliser qu'une petite quantité de diambroïde, ce qui doit dissiper une grande partie des craintes de Cugel. Trois gouttes suffiront à emporter la main, le bras et l'épaule de Iucounu.

— Voilà un excellent compromis ! s'écria Vasker. Bazzard ! Tu raisonnes fort bien ! Après tout, le diambroïde n'explosera peut-être pas. Je suis sûr que Cugel va jouer avec Iucounu comme le chat avec la souris.

— Faites-lui croire que vous manquez de confiance en vous ! intervint Disserl. N'oubliez pas que sa vanité peut devenir votre alliée !

— Surtout, n'acceptez aucune faveur de lui ! dit Pelasias. Ou vous deviendrez son obligé, ce qui équivaut à un trou sans fond. Autrefois... (Le sifflement retentit, le système d'alarme détectant soudain un espion.)... emportiez des fruits secs dans votre sac, dit Pelasias d'un ton monotone. La route est longue et fatigante, surtout si vous prenez le Chemin du Vieux Ferghaz, qui suit chaque méandre de la Sune. Pourquoi ne pas vous diriger vers Taun Tassel, sur la Watersgleam ?

— Excellente suggestion. Le chemin est long et la Forêt de Da bien sombre, mais je pourrai ainsi échapper à la notoriété et, par la même occasion, éviter mes anciens amis.

— Et quels sont vos projets à long terme ?

— Je vais me construire une petite hutte au bord de l'eau pour y passer le reste de mes jours, dit Cugel avec un rire mélancolique. Peut-être ferai-je le commerce des noix et du miel sauvage.

— Il y a toujours une clientèle pour le pain cuit à la maison, fit remarquer Bazzard.

— Voilà une excellente idée ! Je peux aussi me mettre à la recherche des fragments de vieux manuscrits, ou m'adonner simplement à la méditation et regarder la rivière couler. C'est du moins ce que j'espère.

— Quelle touchante résolution ! Si seulement nous

pouvions vous aider ! Mais notre magie est faible; nous ne connaissons qu'une seule incantation qui pourrait vous être utile : le Don Par Douze de Brassman, qui change simplement un terce en douze terces. Nous l'avons enseigné à Bazzard afin qu'il ne soit jamais dans le besoin. Il le partagera sans doute avec vous ?

– Avec plaisir, répondit Bazzard. Vous trouverez en lui un grand réconfort.

– C'est vraiment très gentil. Avec cela et le paquet de fruits et de mendiants que vous m'avez promis, je serai pourvu pour le voyage.

– Tant mieux ! Peut-être nous laisserez-vous en souvenir le colifichet qui orne votre casquette, afin qu'en le voyant nous pensions à vous ?

– Tout le reste de ce que je possède est à vous ! dit Cugel en secouant la tête d'un air affligé. Mais je ne me séparerai jamais de mon talisman porte-bonheur !

– Peu importe ! De toute façon, nous ne vous oublierons pas. Bazzard, remets du bois dans le feu ! Ce soir, il fait un froid qui n'est pas de saison.

La conversation se poursuivit ainsi jusqu'à ce que l'espion s'en aille; alors, à la demande de Cugel, Bazzard lui apprit l'incantation du Don Par Douze. Puis, brusquement, ce dernier s'adressa à Vasker qui portait alors l'œil, l'oreille et le bras.

– Il y a un autre de nos petits enchantements qui pourrait aider Cugel, celui des Jambes Infatigables.

– Quelle idée ! répondit son père en riant. Cugel n'a pas envie qu'on le surprenne en train d'utiliser un charme habituellement réservé à nos wheriots ! Cette magie-là ne serait pas en harmonie avec sa dignité.

– Je fais passer ma dignité en second, contraint par certaines nécessités, dit Cugel. Qu'est-ce que c'est que ce sortilège ?

– Il empêche les jambes de souffrir de la fatigue d'une longue marche, répondit Bazzard d'un air de s'excuser. Et ainsi que l'a souligné Vasker, nous l'utilisons surtout pour soulager nos wheriots.

– Je vais réfléchir, conclut Cugel.

Et la conversation en resta là.

Le lendemain matin, Bazzard emmena Cugel dans son atelier où, après avoir enfilé des gants mouillés, il exécuta une copie de l'écaille, en or fin, avec un noyau central formé d'une hypolite d'un rouge flamboyant.

– Maintenant, dit-il, trois gouttes de diambroïde, ou plutôt quatre, et le destin de Iucounu est pour ainsi dire réglé.

Cugel le regarda d'un air morne fixer l'ornement sur une couche de diambroïde et attacher le tout à sa casquette.

– Vous allez y puiser un grand réconfort.

Cugel coiffa, à contrecœur, le couvre-chef.

– Je ne vois pas l'avantage que peut m'apporter cette fausse écaille, même agrémentée d'explosif. Sauf, bien entendu, que toute duplicité a une valeur en soi.

Il rangea « L'Eclaboussure de Lumière » dans la manchette d'un gant spécial que venaient de lui fournir les quatre magiciens.

– Je vous donne un paquet de fruits secs et vous serez prêt à partir. Si vous marchez d'un bon pas, vous arriverez à Taun Tassel avant la tombée de la nuit.

– Lorsque je pense à la longueur de l'étape, je me sens enclin à envisager d'un œil favorable le sortilège des Jambes Infatigables.

– Cela ne nous prendra que quelques minutes! Allons en parler à mes pères.

Tous deux se rendirent au petit salon où Archimbaust consulta un répertoire des Sortilèges. Enonçant les syllabes avec effort, il envoya la force salutaire sur Cugel.

A l'étonnement de tous, le charme vint se heurter aux jambes de Cugel, rebondit, revint les frapper sans résultat, puis s'éloigna avec un fracas qui se réverbéra de mur en mur et alla se perdre au loin en une série de petits sons grinçants.

Les quatre magiciens se consultèrent longtemps; pour finir, Disserl se tourna vers Cugel.

– C'est inouï! Cela ne peut s'expliquer que par la présence de « L'Eclaboussure de Lumière » dont la puissance étrangère agit comme une carapace qui vous protège de la magie terrienne!

– Essayons sur Cugel le Charme de l'Effervescence Interne! s'écria Bazzard tout excité; s'il s'avère impuissant, nous saurons que votre hypothèse est juste!

– Et si l'enchantement est efficace ? demanda sèchement Disserl. Est-ce là votre conception de l'hospitalité ?

– Toutes mes excuses ! dit Bazzard confus. Je n'avais pas bien réfléchi !

– Je vais donc être obligé de me passer des « Jambes Infatigables » ! Mais peu importe, je suis habitué aux longues marches. Bon, il faut que je parte !

– Tous nos espoirs vous accompagnent ! dit Vasker. Soyez à la fois hardi et circonspect !

– Je vous remercie infiniment des sages conseils que vous m'avez prodigués. Mais, maintenant, tout repose sur Iucounu. Si son avarice l'emporte sur sa prudence, vous retrouverez bientôt les organes qui vous manquent. Bazzard, j'espère que notre rencontre fortuite va porter ses fruits.

Et Cugel s'éloigna de Llaio.

Pergolo

Là où un pont de verre noir traversait la Sune, Cugel vit une balise indiquant qu'il pénétrait en terre d'Almery.

La route bifurquait. L'ancienne voie de Ferghaz longeait la rivière tandis que la Route des Marches du Royaume de Kang, tournant vers le sud, traversait les Collines Suspendues et descendait dans la vallée de la Twish.

Cugel prit à droite, en direction de l'ouest, et traversa une région de petites fermes dont les terres étaient délimitées par des rangées de grands mulgoons.

Un ruisseau sortait de la Forêt de Da pour se jeter dans la Sune; la route le traversait sur un pont à trois arches. De l'autre côté, appuyé contre le tronc d'un prunier, Iucounu l'attendait en mâchonnant un brin de paille.

Cugel s'arrêta pour mieux le regarder et conclut que ce n'était ni une apparition ni une hallucination au visage jaunâtre et aux bajoues pendantes, mais Iucounu en personne. Son torse en forme de poire était revêtu d'une veste fauve, ses jambes minces enchâssées dans un pantalon collant, rayé rose et noir.

Cugel ne s'attendait pas à le voir si tôt. Il le scruta, comme s'il doutait de ses yeux, et dit :

– Est-ce que je me trompe en croyant reconnaître Iucounu ?

– Pas du tout, répondit Iucounu en roulant ses yeux jaunes dans toutes les directions, sauf celle où se trouvait Cugel.

– Quelle surprise !

Le magicien porta la main à sa bouche pour dissimuler un sourire.

– Une agréable surprise, j'espère ?

– Inutile de le dire ! Je ne m'attendais pas à vous trouver flânant le long de la route, et cela m'a saisi. Etes-vous en train de pêcher sur le pont ? Mais je vois que vous n'avez ni canne à pêche ni appât.

Iucounu tourna lentement la tête et inspecta Cugel de ses yeux mi-clos.

– Je suis également surpris de vous voir de retour. Pourquoi être allé vous promener si loin ? Vos précédents méfaits avaient eu lieu le long de la Twish.

– C'est à dessein que je fuis les lieux que j'ai hantés autrefois, ainsi que mes anciennes habitudes. Ni les uns ni les autres ne m'ont rapporté aucun profit.

– A un certain âge, le besoin de changement se fait toujours sentir. Moi aussi, j'envisage une métamorphose qui pourrait bien vous surprendre. (Il ôta la paille de sa bouche et dit :) Cugel, vous avez bonne mine ! Vos vêtements vous vont bien, ainsi que votre casquette. Où avez-vous trouvé un si beau bijou ?

– Cette petite chose ? dit Cugel en levant la main et en touchant la copie de l'écaille. C'est mon talisman porte-bonheur. Je l'ai pêché dans un bourbier, près de la Grève de Shanglestone.

– J'espère que vous m'en avez rapporté un autre, en souvenir ?

– Je n'ai trouvé qu'un seul exemplaire de cette qualité, répondit Cugel en secouant la tête, comme à regret.

– Je suis très déçu. Quels sont vos projets ?

– J'ai l'intention de mener une vie simple : une cabane sur les bords de la Sune, avec un porche donnant sur l'eau; et là, je me consacrerai à la calligraphie et à la méditation. Peut-être vais-je lire l'*Etude Détaillée de Tous les Eons*, de Stafdyke; traité auquel tout le monde fait allusion mais que personne n'a lu sauf, je pense, vous-même.

– Oui, je le connais bien. Alors, vos voyages vous ont rapporté de quoi satisfaire vos désirs.

– Mes richesses ne sont guère abondantes, dit Cugel en secouant la tête et en souriant. Mais peu importe car ce que je désire, c'est une vie simple.

– L'objet qui orne votre casquette n'a-t-il donc aucune valeur ? Au centre, il brille comme s'il y avait une belle hypolite.

– Ce n'est que du verre qui réfléchit les rayons rouges du soleil, dit Cugel en secouant une fois encore la tête.

– Il y a souvent des voleurs sur cette route. Leur première idée serait de vous arracher cet extraordinaire bijou.

– Tant pis pour eux. (Cugel ricana.)

– Pourquoi ? demanda Iucounu avec empressement.

– Toute personne qui essaierait de me le prendre exploserait en mille morceaux, répondit Cugel en le caressant.

– Risqué mais efficace, dit Iucounu. Mes affaires m'appellent ailleurs.

Iucounu, ou son apparition, s'évanouit. Cugel, sûr que des espions guettaient tous ses gestes, haussa les épaules et poursuivit sa route.

Une heure avant le coucher du soleil, il arriva au village de Flath Foiry où il prit logement à l'*Auberge des Cinq Drapeaux*. Il dîna dans la salle commune et fit la connaissance de Lorgan, un négociant en broderies de luxe, qui aimait autant parler que boire. Mais Cugel n'avait envie ni de l'un ni de l'autre et il prit prétexte de sa fatigue pour se retirer tôt dans sa chambre. Lorgan continua à tenir des propos de table avec plusieurs marchands de la ville.

Cugel s'enferma à clef puis inspecta soigneusement

la pièce. Le lit était propre; les fenêtres donnaient sur un potager; les chants et les cris de la salle commune ne lui parvenaient qu'assourdis. Avec un soupir de satisfaction, il éteignit la lumière et se mit au lit.

Comme il se disposait à dormir, Cugel crut ouïr un bruit bizarre. Il leva la tête pour écouter mais n'entendit plus rien. Il se détendit de nouveau. Le drôle de bruit recommença, mais plus fort, et une douzaine de grandes bêtes ressemblant à des chauves-souris jaillirent de l'obscurité en chuchotant. Elles se jetèrent au visage de Cugel et s'accrochèrent à son cou avec leurs griffes, espérant ainsi l'occuper tandis qu'une espèce d'anguille noire essayait, de ses longues mains tremblantes, de lui dérober sa casquette.

Cugel repoussa les chauves-souris, toucha la voleuse avec « l'Eclaboussure de Lumière », provoquant ainsi sa dissolution; les autres créatures s'enfuirent de la pièce en criant et en chuchotant.

Il ralluma la lampe. Tout semblait normal. Il réfléchit un moment puis sortit dans le couloir et examina la chambre voisine de la sienne. Elle était vide et il en prit aussitôt possession.

Une heure plus tard, son repos fut de nouveau troublé, cette fois par Lorgan qui était tout à fait ivre. Voyant Cugel dans son lit, il cligna des yeux et dit :

– Pourquoi êtes-vous couché dans ma chambre, Cugel ?

– Vous vous trompez. La vôtre, c'est celle d'à côté.

– Ah ! Bon. Toutes mes excuses.

– Ce n'est rien. Bonne nuit.

– Merci.

Lorgan repartit en titubant. Cugel, fermant la porte à clef, se rendormit de nouveau et passa une très bonne nuit, sans prêter l'oreille aux bruits et aux cris qui sortaient de la chambre voisine.

Le lendemain matin, il prenait son petit déjeuner lorsque Lorgan descendit l'escalier en boitillant et vint lui raconter ses aventures nocturnes.

– J'étais en train de dormir de tout mon cœur lorsque deux gros madlocks aux bras puissants et au cou de taureau, et dont les yeux verts brillaient d'un éclat phosphorescent, sont entrés par la fenêtre. Ils m'ont roué de coups malgré mes supplications. Puis ils se sont emparés de mon chapeau et dirigés vers la fenêtre, comme pour s'en aller; mais alors, revenant sur leurs pas, ils m'ont encore frappé en disant : « Ça, c'est pour le mal que tu nous as donné. » Et ils sont enfin partis. Avez-vous déjà vu une chose pareille?

– Jamais. C'est un scandale.

– Il arrive de drôles de choses dans la vie. En tout cas, je ne remettrai jamais les pieds dans cette auberge.

– Et vous ferez bien. Maintenant, je vous prie de m'excuser, mais il faut que je poursuive mon voyage.

Cugel régla sa note et repartit sur la grand-route. La matinée s'écoula sans incident.

A midi, il aperçut une tente de soie rose dressée sur une pelouse, au bord de la route. Iucounu, assis à une table chargée de boissons et de mets succulents, se dressa sur ses pieds en l'apercevant.

– Cugel! Quelle agréable surprise! Venez partager mon repas!

Cugel mesura la distance qui séparait le magicien de l'endroit où il serait obligé de s'asseoir; elle ne lui permettait pas de le toucher avec « L'Eclaboussure de Lumière » dissimulée dans sa main gantée.

– J'ai déjà pris un déjeuner nourrissant, composé de noix, d'amandes, de noisettes et de raisin. Vous avez choisi un joli coin pour votre pique-nique. Je vous souhaite bon appétit. Et au revoir.

– Attendez, Cugel! Un moment, je vous prie! Prenez au moins une coupe de ce délicieux Fazola! Vous n'en marcherez que plus gaillardement.

– Plus vraisemblablement, il me fera tomber endormi dans le fossé.

La bouche graisseuse de Iucounu se tordit. Puis, il se remit à sourire d'un air affable.

– Cugel, je vous invite alors à me rendre visite à Pergolo; vous n'avez sûrement pas oublié les agréments de ma demeure? Chaque soir, nous donnerons un grand banquet. J'ai découvert une nouvelle magie qui me permet d'évoquer des personnages célèbres de tous les éons. A Pergolo, les divertissements sont toujours merveilleux!

– Vous essayez de me tenter avec vos chants de sirène ! Si je goûtais à de telles splendeurs, mes résolutions partiraient en fumée ! Je ne veux plus être Cugel le Viveur !

Se rejetant en arrière dans son fauteuil, Iucounu, morose, lança un regard mauvais sur la casquette de Cugel. Avec un geste d'impatience, il marmonna une incantation de onze syllabes et l'air, entre eux, se déforma et s'épaissit. Des forces magiques se précipitèrent vers Cugel et le dépassèrent pour aller crépiter dans toutes les directions, en laissant dans l'herbe de grandes traînées rousses et noires.

Les yeux jaunes de Iucounu saillirent dans leurs orbites mais Cugel fit mine de ne s'être aperçu de rien. Il salua poliment le magicien et poursuivit sa route.

Il chemina pendant une heure, les genoux pliés, à cette allure bondissante qui lui avait fait parcourir tant et tant de lieues. Descendant des monts, la Forêt de Da apparut sur sa droite, plus douce et plus saine que le Grand Erm, là-bas, au nord. La rivière et la route pénétrèrent sous son ombre qui étouffait tous les bruits. Des fleurs à longues tiges poussaient dans l'humus : délices, jacinthes des bois, rosaces, écailles de jonc. Des moisissures couleur de corail pendaient des souches mortes comme une dentelle féerique. La lumière bordeaux du soleil se glissait en oblique entre les arbres, saturant la pénombre d'une douzaine de couleurs sombres. Pas un mouvement, pas un son, sauf les trilles d'un oiseau éloigné.

En dépit de cette apparente solitude, Cugel fit jouer son épée dans le fourreau et marcha à pas feutrés; les forêts révèlent souvent de terribles secrets à l'homme sans malice.

Au bout de quelques kilomètres, les arbres s'éclaircirent. Cugel arriva à un croisement; là, une voiture suspendue, tirée par quatre wheriots blancs, l'attendait. Sur le siège du cocher étaient assises deux jeunes filles aux longs cheveux orange, au teint mat et bruni, aux yeux d'un vert d'émeraude. Elles portaient une livrée terre de Sienne et blanc d'huître; après un rapide coup d'œil en coin sur Cugel, elles regardèrent fixement devant elles, d'un air plein de morgue.

– Hohé, Cugel ! cria Iucounu en ouvrant la portière de la voiture. Je prends par hasard cette route et, tiens ! J'aperçois mon ami Cugel arrivant à grands pas ! Je ne m'attendais pas à vous trouver déjà si loin !

– J'apprécie beaucoup cette route dégagée. Je marche vite parce que je voudrais arriver à Taun Tassel avant la nuit. Pardonnez-moi donc si, une fois de plus, j'abrège notre petite conversation.

– Ce n'est pas la peine ! Taun Tassel est sur mon chemin. Montez dans ma voiture; nous parlerons en cours de route.

Cugel hésita, jetant des regards à droite et à gauche, et Iucounu s'impatienta.

– Bon, alors ? aboya-t-il. Qu'est-ce que vous décidez ?

– Je n'accepte jamais un service sans contrepartie, répondit Cugel avec un sourire d'excuse. Cela évite les malentendus.

– Pourquoi ergoter sur des détails ? s'exclama Iucounu sur un ton de reproche. Montez, Cugel ! Vous pourrez me parler de vos scrupules tandis que nous avancerons.

– Bien. Je vous accompagne jusqu'à Taun Tassel, mais vous acceptez ces trois terces en compensation entière, exacte et définitive pour le transport et pour tout autre complément, conséquence, addenda, soit directs, soit indirects, dudit transport, en renonçant à toute réclamation, maintenant et à jamais, y compris tous les temps passés et futurs, sans exception, et vous m'acquittez ainsi, en partie et en totalité, de toute obligation de quelque sorte que ce soit.

Iucounu tendit ses petits poings fermés vers le ciel et grinça des dents.

– Je n'accepte pas votre misérable philosophie ! Moi, j'aime donner ! Je vous offre le droit de propriété pleine et entière sur cette excellente voiture, y compris les roues, les ressorts, le capitonnage, les quatre wheriots avec leurs vingt-six aunes de chaîne en or, et les deux jeunes filles qui vont avec. Le tout est à vous ! Allez où vous voulez !

– Votre générosité me confond ! Puis-je vous demander ce que vous voulez en échange ?

– Bah ! Une babiole quelconque, pour symboliser

notre échange. Le colifichet que vous portez sur votre coiffure me suffira.

— Vous demandez la seule chose qui m'est chère, dit Cugel avec un geste de regret. C'est le talisman que j'ai trouvé près de la Grève de Shanglestone. Je l'ai porté contre vents et marées et je ne pourrai jamais y renoncer. Il se peut même qu'il possède un pouvoir magique.

— Quelle sottise! s'exclama Iucounu en ricanant. J'ai un certain flair pour la magie : cet ornement est aussi insignifiant que de la bière éventée.

— Son scintillement m'a soutenu aux heures de tristesse; je ne pourrai jamais m'en séparer.

— Vous êtes devenu trop sentimental! (Fixant quelque chose par-dessus l'épaule de Cugel, Iucounu poussa un terrible cri d'alarme.) Attention! Une armée de taspes fonce sur nous!

Cugel se retourna et aperçut une horde d'espèces de scorpions verts, grands comme des fouines, qui arrivaient en bondissant.

— Vite! cria Iucounu. Montez dans la voiture! Cochers, en avant!

Cugel hésita une fraction de seconde puis grimpa tant bien que mal dans le véhicule. Iucounu poussa un gros soupir de soulagement.

— De justesse! Je crois que je viens de vous sauver la vie!

— Les taspes se sont évanouis! dit Cugel en regardant par la portière. Comment est-ce possible?

— Peu importe; nous voici partis, sains et saufs. Réjouissez-vous que je me sois trouvé là avec ma voiture! J'espère que vous appréciez ma présence à sa juste mesure! Peut-être céderez-vous enfin à mon caprice pour l'objet qui orne votre coiffure?

Cugel analysa la situation. Il ne pouvait, du coin où il était assis, mettre l'écaille véritable en contact avec le visage de Iucounu. Il décida de temporiser.

— Pourquoi voulez-vous posséder pareille babiole?

— Pour tout vous dire, je fais collection d'objets de cette sorte. Le vôtre occupera une place de choix dans mon exposition. Passez-le moi pour que je l'étudie.

— Ce n'est guère facile! Si vous regardez mieux,

vous verrez qu'il est fixé à ma casquette par du diambroïde.

– Pourquoi vous porter à de tels excès ? dit Iucounu vexé en faisant claquer sa langue.

– Afin de dissuader les voleurs. Pour quelle autre raison ?

– Vous pouvez sûrement le détacher sans danger ?

– Alors que nous cahotons et ballottons dans une voiture emportée par des wheriots au galop ? Je n'oserais même pas le tenter.

– Cugel, dit Iucounu en lui lançant un regard en coin, essayez-vous de m'entortiller, comme on dit vulgairement ?

– Bien sûr que non.

– Je l'espère.

Tous deux gardèrent le silence tandis que le paysage défilait comme l'éclair. C'est une situation bien précaire, se dit Cugel, même si mes plans exigent que les événements se déroulent ainsi. Il ne devait surtout pas permettre à Iucounu de regarder l'écaille de près; son nez tout bosselé pouvait vraiment humer la magie, ou son absence.

Il s'aperçut tout à coup que la voiture ne roulait plus dans la forêt. Il se tourna vers Iucounu :

– Ce n'est pas la route de Taun Tassel. Où allons-nous ?

– A Pergolo. J'insiste pour vous garder chez moi plus longtemps.

– Il m'est difficile de refuser votre invitation.

La voiture franchit une chaîne de collines et descendit dans une vallée dont Cugel se souvenait fort bien. Il entrevit le cours de la Twish sur laquelle se réfléchit un instant la lumière rouge du soleil. Puis, Pergolo, la demeure de Iucounu, apparut au sommet d'une colline, et peu après l'attelage s'arrêta devant un portique.

– Nous voici arrivés, dit le sorcier. Cugel, je vous souhaite, une fois de plus, la bienvenue à Pergolo ! Voulez-vous descendre ?

– Bien volontiers.

Iucounu le fit entrer dans un grand salon.

– Prenons tout d'abord un verre de vin pour nous rafraîchir de la poussière que nous avons respirée. Puis nous pourrons resserrer les liens de notre amitié, qui remonte bien plus loin que vous ne semblez vouloir l'admettre.

Iucounu faisait allusion à une époque où Cugel avait eu l'avantage sur lui.

– Ces jours-là ont disparu dans les brumes du temps, répondit Cugel. Tout est maintenant oublié.

– Dans quelques jours, nous nous en rappellerons, à notre grand amusement mutuel, dit Iucounu en souriant malgré ses lèvres pincées. Pourquoi n'enlevez-vous pas votre cape, votre casquette et vos gants ?

– Je suis très bien ainsi, rétorqua Cugel en mesurant la distance qui les séparait.

Un grand pas en avant, un mouvement du bras, et ce serait fait. Iucounu devina peut-être le tour que prenaient les pensées de Cugel car il recula d'un pas.

– Le vin d'abord. Entrons dans la petite salle à manger.

Le magicien le fit entrer dans une grande pièce lambrissée d'acajou où il fut reçu avec effusion par un petit animal gras aux longs poils, aux pattes courtes et aux yeux noirs en bouton de bottine. Il cabriola et aboya d'une voix aiguë.

– Eh bien, Ettis, comment vas-tu ? T'a-t-on donné assez de graisse de rognons ? Bien ! Je suis content de te voir en pleine forme car, avec Cugel, tu es mon seul ami. Bon ! Ça suffit ! Il faut que je m'entretienne avec Cugel.

Iucounu lui fit signe de s'asseoir à la table et il s'installa en face de lui. L'animal courut de-ci de-là en aboyant, ne s'arrêtant que pour mordiller les chevilles de Cugel.

Deux sylphides entrèrent en flottant dans l'air, chargées de plateaux d'argent qu'elles déposèrent devant Cugel et Iucounu; puis elles repartirent comme elles étaient venues.

– Comme vous le savez, Cugel, je ne sers à mes invités que ce qu'il y a de meilleur, dit le magicien en se frottant les mains. Ce vin est un Angelus de Quantique, et les biscuits sont faits avec le pollen des fleurs de trèfle.

– Votre goût a toujours été exquis.

— Je n'apprécie que les choses raffinées. (Il goûta le vin.) Il est incomparable ! (Il but de nouveau.) Capiteux, mordant, avec une pointe d'arrogance. (Il regarda Cugel.) Qu'en pensez-vous ?

Cugel hocha la tête d'un air triste.

— Une goutte de cet élixir et je ne pourrai plus jamais souffrir une boisson ordinaire. (Il trempa un biscuit dans son vin et le tendit à Ettis qui s'était de nouveau arrêté pour lui mordre le mollet.) Ettis a, bien sûr, plus de discrimination que moi.

Iucounu se mit debout d'un bond en protestant, mais déjà Ettis avait avalé le morceau; il se mit à se tordre curieusement et tomba le ventre en l'air, les quatre pattes raidies.

— Vous lui avez appris à faire « le chien mort » ? C'est une bête intelligente.

Iucounu s'écroula lentement dans son fauteuil. Deux sylphides entrèrent dans la pièce et emportèrent Ettis sur un plateau d'argent.

— Revenons à nos affaires, dit Iucounu entre ses dents serrées. Au cours de vos flâneries sur la Grève de Shanglestone, avez-vous rencontré un certain Twango ?

— Bien sûr. Un homme extraordinaire ! Il a montré beaucoup de chagrin lorsque j'ai refusé de lui vendre mon petit colifichet.

— A-t-il dit pourquoi ? demanda Iucounu en scrutant attentivement le visage de Cugel.

— Il a parlé du démiurge Sadlark, mais en des termes si incohérents que je ne m'y suis pas intéressé.

— Je vais vous montrer Sadlark, dit Iucounu en se levant. Venez ! Rendons-nous dans ma salle de travail que vous n'avez sûrement pas oubliée.

— Votre « salle de travail » ? Ces épisodes se sont effacés de ma mémoire.

— Moi, je m'en souviens très clairement. Dans les moindres détails.

En cours de route, Cugel essaya de se rapprocher en douce de Iucounu; mais celui-ci se maintint toujours à un mètre environ, hors de portée de la main gantée de Cugel qui se tenait prêt à utiliser « L'Eclaboussure de Lumière ». Ils entrèrent dans la salle de travail.

— Je vais vous montrer ma collection, dit le magicien. Et vous comprendrez alors pourquoi je désire votre talisman.

Il fit un geste, et un rideau rouge sombre s'ouvrit, révélant les écailles de Sadlark, fixées sur une armature de fils d'argent. D'après cette restauration, Sadlark avait une taille moyenne, deux ambulateurs épais et courts et deux paires de bras articulés se terminant par dix doigts préhensiles. La tête n'était qu'une tourelle posée directement sur un torse en forme de proue. Les écailles ventrales étaient d'un blanc verdâtre; celles de la carène, vert foncé teinté de vermillon, se terminaient, à la partie frontale de la tourelle, par un vide qui attirait l'œil.

– Voici Sadlark, dit Iucounu avec un grand geste, l'être imposant venu du monde supérieur et dont les contours évoquent puissance et vélocité. Son apparence enflamme l'imagination, n'est-ce pas, Cugel ?

– Pas tout à fait. Mais vous avez recréé un spécimen remarquablement beau, et je vous en félicite.

Il fit le tour de l'objet, comme pour l'admirer, dans l'espoir de pouvoir bondir à portée de bras de Iucounu; mais le Magicien Rieur se déplaça en même temps que lui, contrecarrant ainsi son plan.

– Sadlark est bien plus qu'un simple spécimen, dit Iucounu d'une voix empreinte de ferveur. Observez bien les écailles, toutes en place, sauf à l'extrémité de la carène où un vide absolu agresse le regard. Une seule manque, mais c'est la plus importante de toutes : le centre protonastique, ou comme on l'appelle, « L'Eclaboussure de Lumière Brise-Ciel Pectorale ». Pendant de longues années, j'ai cru avec une angoisse indicible qu'elle avait disparu. Imaginez, Cugel, cette montée d'allégresse, ces chants qui jaillirent dans mon cœur, ces crépitations de joie pure résonnant dans tous les conduits de mon être, lorsque je vous vis et découvris là, sur votre casquette, l'écaille qui me manquait ? Je ne me serais pas plus réjoui en apprenant que le soleil venait de recevoir cent ans de vie en plus ! J'aurais dansé de liesse ! Cugel comprenez-vous mon émotion ?

– La description même, oui. Mais quant à la cause de l'émotion, je reste perplexe.

Et Cugel s'approcha de l'armature, espérant que Iucounu, dans son enthousiasme, s'avancerait à sa portée.

Le magicien, s'éloignant en sens contraire, caressa la structure, faisant tinter les écailles.

– Par certains côtés, vous êtes obtus, Cugel. Votre cervelle ressemble à du porridge tiède, et je dis cela sans animosité. Vous ne comprenez que ce que vous voyez, et cela n'est que la plus petite partie de la réalité. (Il émit un rire hennissant et Cugel lui lança un regard interrogateur.) Observez Sadlark ! Que voyez-vous ?

– Une armature de fils métalliques et un certain nombre d'écailles qui dessinent la forme supposée de Sadlark.

– Et si l'on enlevait les fils métalliques ?

– Les écailles tomberaient par terre.

– C'est tout à fait vrai. Le centre protonastique rattache les écailles entre elles par des lignes de force. Ce point nodal est l'âme et la force de Sadlark. S'il était en place, Sadlark vivrait de nouveau; car il n'est pas mort, il s'est seulement dissocié.

– Et ses organes internes, alors ?

– Dans le monde d'en haut, ils ne sont pas considérés comme nécessaires; on les trouve même plutôt vulgaires. Sadlark n'en possédait pas. Avez-vous d'autres questions à poser ?

– J'oserai vous faire poliment remarquer que le jour tire à sa fin et que je souhaite arriver à Taun Tassel avant la nuit.

– Vous y serez ! dit chaleureusement Iucounu. Mais d'abord, soyez assez bon pour déposer, sur la table de travail, « L'Eclaboussure de Lumière » dépouillée de toute trace de diambroïde. Vous n'avez pas le choix.

– Si, dit Cugel. Je préfère garder mon écaille. Elle me porte chance et me protège de la magie, comme vous vous en êtes déjà aperçu.

– Cugel, votre entêtement est bien gênant. (Des lumières jaunes dansaient au fond des yeux du magicien.) Il est vrai que l'écaille dresse une noble barrière entre vous et toute magie hostile. Mais elle est neutre vis-à-vis de celle du monde d'en haut, à laquelle je peux commander. Je vous en prie, cessez de vous avancer furtivement et constamment vers moi dans l'espoir de me tenir à portée de votre épée. Je suis las de sauter en arrière chaque fois que vous vous coulez dans ma direction.

– Un acte aussi infamant ne m'est jamais venu à l'idée ! (Et d'un air hautain, Cugel tira son épée et la déposa sur l'établi.) Là ! Voyez par vous-même combien vous m'avez sous-estimé !

– Gardez vos distances tout de même, dit Iucounu en clignant des yeux sur l'épée. Je n'aime pas les familiarités.

– Vous n'avez, en ce domaine, rien à craindre de moi, affirma Cugel avec dignité.

– Je serai franc ! Vos mauvaises actions sont restées trop longtemps impunies et, en tant qu'homme juste, je suis obligé d'agir. Mais n'aggravez pas votre cas.

– Voilà un langage bien sévère ! C'est vous qui m'avez offert de me conduire à Taun Tassel. Je ne m'attendais pas à tant de traîtrise !

– Pour la dernière fois : donnez-moi l'écaille !

– Je ne peux vous rendre ce service. Mais puisque c'est la dernière fois que vous me le demandez, partons maintenant pour Taun Tassel.

– L'écaille, je vous prie !

– Arrachez-la à ma casquette, si vous voulez. Mais je ne vous aiderai en rien.

– Et le diambroïde ?

– Sadlark me protégera. C'est à vous de prendre vos risques.

– Sadlark me protégera aussi, comme vous allez le voir !

Iucounu poussa un grand éclat de rire, enleva ses vêtements et glissa ses jambes à l'intérieur des ambulateurs de Sadlark; son visage apparut derrière le vide central de la tourelle. Les fils et les écailles se resserrèrent autour de son corps rondelet, pour former comme une deuxième peau.

– Alors, Cugel, que pensez-vous de cela ?

La voix de Iucounu résonnait comme un chœur de tubas. Cugel demeura d'abord bouche bée; puis il dit enfin :

— Les écailles de Sadlark vous vont remarquablement bien.

— Ce n'est pas par hasard, j'en suis certain !

— Et pourquoi ?

— Parce que je suis un avatar de Sadlark, une émanation de son essence personnelle ! Telle est ma destinée, mais avant de pouvoir disposer de sa puissance, il faut que je sois Sadlark tout entier ! Sans ergoter, vous allez mettre « L'Eclaboussure de Lumière » à la place qui lui revient. Souvenez-vous que Sadlark n'est plus là pour vous protéger contre ma magie, qui est devenue la sienne.

Une sensation de grouillement, dans la manchette de son gant, lui indiqua que le centre protosnatique de Sadlark approuvait les dires du magicien.

— D'accord, dit Cugel.

Il détacha soigneusement l'objet qui ornait sa casquette et en ôta le diambroïde. Il garda la fausse écaille un moment dans sa main puis il la mit contre son front.

— Que faites-vous ! hurla Iucounu.

— Pour la dernière fois, je renouvelle ma force vitale ! Cette écaille m'a souvent soutenu dans mes épreuves.

— Arrêtez ! Je vais avoir besoin du moindre iota de sa force. Remettez-la-moi !

Cugel fit glisser la véritable écaille dans sa main gantée et dissimula la fausse. Il dit d'une voix mélancolique :

— C'est avec douleur que je renonce à mon trésor. Puis-je une dernière fois la porter à mon front ?

— Surtout pas ! déclara Iucounu. J'ai l'intention de la mettre sur le mien. Posez l'écaille sur l'établi et reculez !

— A votre guise, soupira Cugel. Il mit « L'Eclaboussure de Lumière » sur l'établi puis, prenant son épée, il sortit de la pièce d'un air désespéré.

Avec un grognement de satisfaction, Iucounu porta l'écaille à son front.

Cugel alla se poster près de la fontaine, le pied posé sur le rebord du bassin. Dans cette position, il écouta gravement les terribles sons qui jaillirent de la gorge de Iucounu.

Le silence revint dans la salle de travail.

Plusieurs minutes s'écoulèrent.

Un pas aux résonances métalliques retentit aux oreilles de Cugel.

Sadlark entra dans le vestibule, avançant par petits bonds maladroits; il essayait de se servir de ses ambulateurs comme de pieds et tombait lourdement de temps en temps avec un grand bruit d'écailles.

La lumière de cette fin d'après-midi entrait à flots par la porte; Cugel ne bougea pas, espérant que Sadlark sortirait à l'aveuglette et retournerait dans le monde d'en-haut.

Le démiurge s'arrêta et dit d'une voix haletante :

– Cugel ! Où est Cugel ? Toutes les forces que j'ai consommées, y compris celles de la fouine et de l'anguille, exigent d'être unies à Cugel ! Où es-tu ? Cugel, montre-toi ! Je ne vois rien dans cette étrange lumière de la Terre, et c'est pourquoi je suis tombé dans le bourbier.

Cugel demeura silencieux, osant à peine respirer. Sadlark tourna lentement le point nodal rouge de son brise-ciel dans toutes les directions.

– Ah, Cugel, tu es là ! Ne bouge pas !

Sadlark avança vers lui en faisant des embardées. Désobéissant à son ordre, Cugel se précipita de l'autre côté de la fontaine. Rendu furieux par son insubordination, le démiurge bondit, Cugel saisit un récipient, le remplit d'eau et le jeta sur Sadlark qui, ayant mal évalué la distance, tomba de tout son long dans la fontaine.

L'eau siffla et bouillonna. Les écailles se détachèrent et tombèrent au fond en tournoyant lentement.

Cugel fouilla parmi elles jusqu'à ce qu'il retrouve « L'Eclaboussure de Lumière ». Il l'enveloppa dans plusieurs épaisseurs de tissu mouillé et l'emporta dans la salle de travail où il la mit dans un bocal rempli d'eau qu'il scella et rangea.

La demeure était silencieuse, mais Cugel ne se sentait pas tranquille; la présence de Iucounu flottait toujours en ces lieux. Peut-être le Magicien Rieur le guettait-il de quelque retraite secrète et préparait-il quelque bonne farce en s'efforçant d'étouffer ses éclats de rire ?

Cugel visita tout Pergolo avec soin mais ne découvrit aucun indice, sauf la bague ornée d'une opale que Iucounu portait au pouce. C'est en la découvrant dans la fontaine, parmi les écailles, qu'il se sentit certain que le Magicien Rieur n'existait plus.

A l'une des extrémités de la table était assis Cugel; à l'autre, Bazzard. Disserl, Pelasias, Archimbaust et Vasker étaient installés de chaque côté. Ils avaient retrouvé leurs membres dans les caves, les avaient triés et distribués à leur propriétaire, à la satisfaction de tous.

Six sylphides servaient le banquet dont se régalait fort la compagnie, bien qu'il y manquât les bizarres condiments et les improbables combinaisons de la « nouvelle cuisine » de Iucounu.

On porta de nombreux toasts : à l'ingéniosité de Bazzard, à la fermeté d'âme des quatre magiciens, aux courageuses supercheries de Cugel. On demanda plusieurs fois à ce dernier où ses projets allaient maintenant le conduire. Chaque fois, il répondait en secouant tristement la tête :

– Maintenant que Iucounu n'est plus là pour me fouetter, je n'ai plus envie d'aller nulle part.

– Sans but, la vie est insipide, dit Vasker en vidant sa coupe.

Disserl leva aussi son verre pour en tirer la dernière goutte et répondit à son frère :

– Je crois que cette pensée a déjà été énoncée auparavant. Un critique maussade avancerait même le mot « banalité ».

– Ce sont des idées que seul un esprit original redécouvre et renouvelle, pour le bien de toute l'humanité, répliqua tranquillement Vasker. Je réaffirme ce que j'ai dit ! Cugel, êtes-vous d'accord ?

Celui-ci fit signe aux sylphides de mieux se servir de leurs carafes.

– Ce jeu intellectuel me déconcerte; je suis bien embarrassé. Les deux points de vue sont convaincants.

– Peut-être reviendrez-vous avec nous à Llaio, dit Vasker, et nous pourrons alors discuter tout à loisir de nos théories philosophiques.

– Je n'oublierai pas votre invitation. Mais, durant les mois qui viennent, je reste à Pergolo pour régler les affaires de Iucounu. Déjà, un certain nombre de ses espions m'ont soumis des factures qui sont presque sûrement falsifiées. Je les ai aussitôt congédiés.

– Et lorsque tout sera en ordre? demanda Bazzard. Que ferez-vous? Sera-ce une cabane rustique au bord de la rivière?

– Ne rien faire d'autre que de regarder la lumière du soleil jouer sur les eaux, cela m'attire, certes. Mais je crains que cela ne finisse par me rendre nerveux.

– Il y a beaucoup de choses à voir de par le monde, suggéra Bazzard. Jehaz, la ville flottante est, paraît-il, splendide. Il y a aussi la Terre des Dames Blêmes que vous pourriez explorer. Ou bien comptez-vous passer le reste de vos jours en Almery?

– L'avenir me semble estompé, comme par une brume.

– C'est la même chose pour nous aussi, déclara Pelasias. A quoi bon faire des plans? Le soleil peut s'éteindre demain.

– Il faut bannir cette idée de nos esprits! s'écria Cugel avec un geste extravagant. Ce soir, nous sommes ici, à boire du vin pourpre! Que demain dure à jamais!

– Je pense la même chose! dit Archimbaust. C'est « maintenant » qui compte. Nous ne ferons jamais l'expérience que de ce « maintenant » qui revient à intervalles réguliers, d'une seconde pour être exact.

– Et le premier « maintenant »? Et le dernier « maintenant »? demanda Bazzard les sourcils froncés. Doit-on les considérer comme une même entité?

– Bazzard, ta question est trop profonde pour un banquet, dit sévèrement Archimbaust. Les chansons de tes poissons musiciens conviendraient mieux.

– Leurs progrès sont bien lents. J'ai désigné un chantre et choisi des contraltos pour former le chœur mais l'harmonie en est encore instable.

— Peu importe, conclut Cugel. Ce soir, nous nous en passerons. Iucounu, où que tu sois, dans le monde d'en-bas, dans le monde d'en-haut, ou dans aucun monde du tout, nous buvons ton propre vin en souvenir de toi ! C'est la plaisanterie de la fin, et bien qu'elle ne soit pas très drôle, elle s'exerce à tes dépens et réjouit donc la compagnie ! Sylphides, à vos carafes ! Amis, à vos coupes ! Bazzard, avez-vous goûté cet excellent fromage ? Vasker, un autre anchois ? Que la fête continue !

S-F classique

Jacques Sadoul présente une sélection des meilleurs auteurs du genre, déjà publiés et inédits.

Demandez à votre libraire le catalogue semestriel gratuit.

ASIMOV Isaac

Les cavernes d'acier (404★★★)
Dans les cités souterraines du futur, le meurtrier reste semblable à lui-même.

Les robots (453★★★)
D'abord esclaves soumis des hommes, ils deviennent leurs maîtres.

Tyrann (484★★★)
Les despotes de Tyrann veulent conquérir l'univers. Sur la Terre, une poignée d'hommes résiste encore.

Un défilé de robots (542★★★)
D'autres récits passionnants sur ce sujet inépuisable.

Cailloux dans le ciel (552★★★)
Un homme de notre temps est projeté dans l'empire galactique de Trantor.

La voie martienne (870★★★)
Une expédition désespérée pour fournir de l'eau à Mars.

BLISH James

Semailles humaines (752★★)
Des hommes adaptés aux conditions de vie extra-terrestre colonisent la Galaxie.

BROWN Fredric

Paradoxe perdu (767★★)
Une anthologie de S-F humoristique.

BRUNNER John

Tous à Zanzibar
(2 t. 1104★★★★ et 1105★★★★)
Surpopulation, violence, pollution, craintes d'aujourd'hui, réalités de demain.

Le troupeau aveugle
(2 t. 1233★★★ et 1234★★★)
L'enfer quotidien de demain, comme si vous y étiez.

Sur l'onde de choc (1368★★★★)
Un homme seul peut-il venir à bout d'une société informatisée ?

CLARKE Arthur C.

2001 - L'odyssée de l'espace (349★★)
Ce voyage fantastique aux confins du cosmos a suscité un film célèbre.

Les enfants d'Icare (799★★★)
L'arrivée d'êtres d'outre-espace signifie-t-elle la perte de la liberté ?

CURVAL Philippe

L'homme à rebours (1020★★★)
La réalité s'est dissoute autour de Giarre : sans le savoir, il a commencé un voyage analogique. Inédit.

Cette chère humanité (1258★★★★)
L'appel au secours désespéré du dernier montreur de rêves.

DEMUTH Michel

Les années métalliques (1317★★★★)
Les meilleures nouvelles de l'auteur des Galaxiales.

DICK Philip K.

Dr Bloodmoney (563★★★)
La vie quotidienne dans une civilisation post-atomique.

A rebrousse-temps (613★★★)
Le sens du temps s'est inversé : les morts commencent à renaître.

Simulacres (594★★★)
Le pouvoir était-il détenu par des hommes ou des simulacres animés électroniquement ?
Ubik (633★★★)
Le temps s'en allait en lambeaux. Une bouffée de 1939 dérivait en 1992.
Les clans de la lune alphane (879★★★)
Cette ancienne colonie terrienne n'est plus peuplée que de malades mentaux.
L'homme doré (1291★★★)
L'essentiel de l'œuvre de nouvelliste de Philip K. Dick. Inédit.
Le dieu venu du Centaure (1379★★★)
Palmer Eldritch : on connaît ses yeux factices, son bras mécanique, ses dents en acier, mais qu'y a-t-il au delà ?

DISCH Thomas

Génocides (1421★★)
Pour l'envahisseur, les hommes ne sont guère plus que des insectes.

FARMER Philip José

Des rapports étranges (712★★)
Sur une planète isolée, un géant barbu, qui ressuscite les morts, déclare être Dieu.
La nuit de la lumière (885★★)
C'est un arbre, c'est aussi un homme.

HARNESS Charles

L'anneau de Ritornel (785★★★)
C'est dans l'Aire Nodale, au cœur de l'univers, que James Andrek trouvera son destin.

HARRISON Harry

Appsala (1150★★★)
Jason dinAlt tombe de Charybde en Scylla.

HERBERT Frank

La ruche d'Ellstrom (1139★★★★)
Ou l'enfer des hommes insectes.

KLEIN Gérard

La loi du talion (935★★★)
Elle seule régit ce monde où s'affrontent cinquante peuples stellaires.

LEINSTER Murray

La planète oubliée (1184★★)
Des hommes s'efforcent de survivre sur une planète peuplée d'insectes géants.

LEVIN Ira

Un bébé pour Rosemary (342★★★)
A New York, Satan s'empare des âmes et des corps.
Les femmes de Stepford (649★)
Ces jeunes femmes trop parfaites ne seraient-elles que des robots ?

Mac DONALD John D.

Le bal du cosmos (1162★★)
Traqué sur Terre, il se voit projeté dans un autre monde.

MOORE Catherine L.

Shambleau (415★★★)
Parmi les terribles légendes qui courent l'espace, l'une au moins est vraie : la Shambleau.

PADGETT Lewis

L'échiquier fabuleux (689★)
Un homme venu du futur intervient dans une guerre du présent.

SILVERBERG Robert

Les monades urbaines (997★★★)
70 milliards d'humains dans des tours de 1000 étages.
Trips (1068★★★)
Corps d'emprunt, temps parallèles, tissu urbain proliférant... : huit drôles de trips.
L'oreille interne (1193★★★)
Télépathe, il sent son pouvoir décliner.
Les chants de l'été (1392★★★)
Silverberg est aussi un maître de la nouvelle. Inédit.
Le chemin de l'espace (1434★★★)
La superstition religieuse ouvre-t-elle la route des étoiles ? Inédit.

SIMAK Clifford D.

Au carrefour des étoiles (847★★)
Sur Terre, une station secrète où transitent les voyageurs de l'espace.

Demain les chiens (373★★★)
Les hommes ont-ils réellement existé ? se demandent les chiens le soir à la veillée.

Projet Vatican XVII (1367★★★★)
Curieuse entreprise pour les robots sans âme : créer un pape aussi électronique qu'infaillible. Inédit.

SPIELBERG Steven

Rencontres du troisième type (947★★)
Le premier contact avec des visiteurs venus des étoiles.

SPINRAD Norman

Jack Barron et l'éternité (856★★★★)
Faut-il se vendre pour conquérir l'immortalité ?

STEINER Kurt

Ortog et les ténèbres (1222★★)
La science permet-elle de s'aventurer dans le domaine de la mort ?

STURGEON Theodore

Cristal qui songe (369★★★)
Fuyant des parents indignes, Horty trouve refuge dans un cirque aux personnages fantastiques.
Killdozer - le viol cosmique (407★★★)
Des extra-terrestres à l'assaut des hommes et de leurs machines.

VAN VOGT A.E.

Le monde des A (362★★★)
Gosseyn n'existe plus : il lui faut reconquérir jusqu'à son identité.
A la poursuite des Slans (381★★)
Beaux, intelligents, supérieurs aux hommes, les Slans doivent se cacher.
La faune de l'espace (392★★★)
Au cœur d'un désert d'étoiles, le vaisseau spatial rencontre des êtres fabuleux.
Les joueurs du A (397★★★)
L'enjeu de ce siècle éloigné dans le futur, c'est la domination des mondes.
La guerre contre le Rull (475★★★)
Seul Trevor pouvait sauver l'humanité de son plus mortel ennemi, le Rull.
Invasion galactique (813★★★)
Deux races galactiques s'affrontent sur la Terre.
L'horloge temporelle (934★★)
Les nouvelles les plus récentes du grand écrivain américain.
L'été indien d'une paire de lunettes (1057★★)
Dans ce monde, les hommes sont soumis à la tyrannie des femmes. Mais pourquoi les obligent-elles à porter des lunettes ?
Le colosse anarchique (1172★★★)
Pour jouer, il doit détruire la race humaine.
Les opérateurs humains (1447★★★)
Un recueil des meilleures nouvelles de l'auteur.

VANCE Jack

Marune : Alastor 933 (1435★★)
On lui a tout volé, jusqu'à son identité.
Trullion : Alastor 2262 (1476★★)
Des intrigues se nouent dans l'amas stellaire d'Alastor.

ZELAZNY Roger

L'île des morts (509★★)
Qui avait bien pu ressusciter plusieurs ennemis défunts de Francis Sandow ?

Achevé d'imprimer sur les presses de l'imprimerie Brodard et Taupin
58, rue Jean Bleuzen, Vanves. Usine de La Flèche,
le 5 juin 1984
6551-5 Dépôt Légal juin 1984. ISBN : 2 - 277 - 21665 - 8
Imprimé en France

1665
★★★★

Editions J'ai Lu
27, rue Cassette, 75006 Paris
diffusion France et étranger : Flammarion